I0597674

DIE SUCHE NACH ASHLYN

Die SEALs von Hawaii, Buch 6

SUSAN STOKER

Besuchen Sie Susan im Netz!
www.stokeraces.com
facebook.com/authorsusanstoker
twitter.com/Susan_Stoker
bookbub.com/authors/susan-stoker
instagram.com/authorsusanstoker
Email: Susan@StokerAces.com

Die Rettung von Harley
Die Hochzeit von Emily
Die Rettung von Kassie
Die Rettung von Bryn
Die Rettung von Casey
Die Rettung von Wendy
Die Rettung von Sadie
Die Rettung von Mary
Die Rettung von Macie
Die Rettung von Annie

SEALs of Protection:
Schutz für Caroline
Schutz für Alabama
Schutz für Fiona
Die Hochzeit von Caroline
Schutz für Summer
Schutz für Cheyenne
Schutz für Jessyka
Schutz für Julie
Schutz für Melody
Schutz für die Zukunft
Schutz für Kiera
Schutz für Alabamas Kinder
Schutz für Dakota

Eine Sammlung von Kurzgeschichten
Ein langer kurzer Augenblick

KAPITEL EINS

»Ich mag deine Wohnung«, sagte Slate, nachdem Ashlyn ihn herumgeführt hatte. Sie war aufgedreht vor lauter Nervosität. Er war noch nie bei ihr zu Hause gewesen, obwohl sie sich schon seit über einem Jahr kannten.

»Danke. Es ist nicht besonders schick, aber es gefällt mir«, antwortete Ashlyn.

Sie hatte Slate kennengelernt, als Lexie angefangen hatte, mit Midas auszugehen. Zu Beginn hatte sie ihn nicht besonders gemocht, aber je mehr Zeit sie mit ihm und seinem Team verbrachte, desto mehr wuchs er ihr ans Herz. Er neigte dazu zu glauben, dass hinter jeder Ecke Bösewichte lauerten, die nicht nur sie, sondern auch alle ihre Freundinnen angreifen würden ... was sie ihm nicht verübeln konnte, denn mit Monica, Lexie, Kenna, Carly und Elodie war tatsächlich schon viel Schlimmes passiert.

Aber im Gegensatz zu diesen Frauen würden Ashlyns aktueller Chef oder ihr Ex-Freund kein Problem darstellen. Sie war zwar wegen eines Mannes nach Hawaii gezogen, ja, aber Franklin hatte sich als fauler Schnorrer entpuppt. Sie konnte sich nicht vorstellen, dass er die Energie aufbringen würde, sie aus irgendeinem Grund zu belästigen. Was die Arbeit anging, war *Food For All* ein Traumjob. Sie traf eine Menge interessanter Leute und war nicht jeden Tag von acht bis fünf an ein Büro gebunden. Und sie liebte die Menschen, mit denen sie arbeitete. Lexie war natürlich fantastisch und Elodie war ein Genie, wenn es darum ging, aus den gespendeten Lebensmitteln Gerichte zu kreieren.

Auch wenn Ashlyn im letzten Jahr möglicherweise leichte Gefühle für Slate entwickelt hatte, hatte sie nie erwartet, dass etwas zwischen ihnen passieren würde. Sie war nicht die Art von Frau, bei der große, gut aussehende und knallharte Navy SEALs zweimal hinsahen. Sie war nicht hässlich, aber ihrer Meinung nach auch nichts Besonderes. Ihr bestes Merkmal war ihr langes, glattes, geschmeidiges braunes Haar. Ihre Augen hatten einen eher langweiligen Braunton ... ihr Gesicht wies keine herausragenden Merkmale auf.

Mit einem Meter siebenundsiebzig war sie groß, hatte jedoch ständig Mühe, die zusätzlichen fünf bis zehn Kilo abzunehmen, die sie mit sich herumtrug. Lange, kurvige Beine, kein großer Hintern, ein wenig *zu viel* Polsterung um die Taille ...

Kurz gesagt, sie war nicht hässlich, aber sie war auch nicht die Art von Frau, nach der sich die Leute umdrehten, wenn sie vorbeiging.

Und abgesehen von ihrem gewöhnlichen Aussehen schien Slate häufig von ihr genervt zu sein.

Trotzdem hatte er Ashlyn vor Kurzem, als er sie von einem der vielen Grillfeste seines SEAL-Teams nach Hause gebracht hatte, zu Tode schockiert, indem er sie um eine Verabredung bat. Sie hatte natürlich sofort Ja gesagt, jedoch mit dem Vorbehalt, dass sie nichts Ernstes wolle. Slate hatte zugestimmt ... also hatte sie ihn zu sich nach Hause eingeladen, um ihre neue Vereinbarung der Sexfreundschaft zu testen.

Ashlyn war nicht nervös gewesen, als sie ihn eingeladen hatte, aber jetzt, da sie mit Slate in ihrer kleinen Wohnung stand, war sie sich plötzlich nicht mehr so sicher. Sie hatte ihm gerade eine Führung gegeben, bei der sie ihm unter anderem das zusätzliche Schlafzimmer gezeigt hatte, das sie für Step-Aerobic nutzte und in dem sich ein Sammelsurium von Sachen befand, die nirgendwo sonst in der Wohnung Platz fanden; das große Schlafzimmer; das kleine halbe Bad im Flur; die funktionale Küche; die Waschküche, die eher ein Schrank war; und jetzt standen sie in ihrem überraschend geräumigen Wohnzimmer, zu dem auch ein winziger Balkon gehörte, den sie nie benutzte und der einen Blick auf den Parkplatz bot. Das Wohnzimmer war es, das sie von der Wohnung überzeugt hatte. Es gefiel ihr, dass es zur Küche hin offen war und dass sie sich nicht eingeengt fühlte.

Jetzt, da sie in diesem Raum stand und sich unwohl fühlte, kam Slate auf sie zu. Ashlyn konnte seinen Gesichtsausdruck nicht deuten. Er sah ... entschlossen aus. Andererseits sah er *immer* so aus. Er war etwa zehn Zentimeter größer als sie, sein schwarzes Haar war recht kurz geschnitten und da es schon spät am Tag war, hatte er Bartstoppeln am Kinn und an den Wangen. Der Blick aus seinen dunkelbraunen Augen war auf sie gerichtet und Ashlyn konnte ihren eigenen Blick nicht von ihm abwenden, als er sich ihr näherte.

Er legte seine Hände auf ihre Schultern und drückte sie sanft. »Hast du deine Meinung geändert?«, fragte er leise.

Ashlyn schüttelte sofort den Kopf. »Nein.«

»Was ist dann los? Du siehst aus, als wolltest du die Flucht ergreifen.«

Eigentlich sollte sie sich an Slates Unverblümtheit gewöhnt haben, aber irgendwie konnte er sie immer noch überraschen. »Ich versuche nur, mir über alles klar zu werden. Über uns. Wie wir von zwei Menschen, die sich nie wirklich verstanden haben, zu ... dem hier wurden.«

Ohne ein Wort legte Slate einen Arm um ihre Schultern und zog sie zur Couch. Er setzte sich, nahm sie mit sich und zog sie an seine Seite. Dann schnappte er sich die Fernbedienung vom Tisch neben der Couch, zog die quadratische Ottomane näher heran – sie hatte keinen Couchtisch, sondern bevorzugte die große gepolsterte Ottomane – und schaltete den Fernseher ein.

»Ähm, Slate?«

»Ja?«, fragte er scheinbar unbeeindruckt.

»Wollen wir nicht ... ähm ... du weißt schon?«

Er nickte. »Oh ja, wir werden, ähm, *du weißt schon*, aber nicht, während du deswegen ausflippst.«

»Ich flippe nicht aus«, protestierte Ashlyn.

Er drehte sich um und sah sie an, während er eine Augenbraue hochzog.

Ashlyn konnte sich ein Kichern nicht verkneifen. »Okay, ich bin ein bisschen nervös, aber das heißt nicht, dass ich dich nicht will.«

Slate grinste. »Das ist gut, Ash, denn ich will dich auch. Aber es gibt keinen Grund zur Eile.«

Daraufhin brach Ashlyn in Gelächter aus.

»Was?«, fragte Slate, als sie sich wieder unter Kontrolle hatte.

»Ich kann nicht glauben, dass *der* Duncan Stone gerade gesagt hat, dass es keinen Grund zur Eile gibt«, stichelte Ashlyn. »Du bist der König der Ungeduld.«

Das Grinsen, das jetzt über sein Gesicht huschte, brachte Ashlyn dazu, den Bauch anzuspannen. Der Mann war einfach umwerfend.

»Bei dummem Mist warte ich nicht gern«, stimmte er zu. »Ich mag es nicht, zu irgendetwas zu spät zu kommen. Wenn es einen Plan gibt, führe ich ihn lieber einfach aus und erledige ihn. Aber wenn es um Intimität geht ... habe ich es absolut nicht eilig. Vorfreude ist der halbe Spaß. Und ich muss sagen, Babe, ich habe über ein Jahr lang darauf gewartet, dich zu kosten, zwischen deine langen Beine zu kommen ... also kann ich auch noch ein wenig länger warten.«

Ashlyn bewegte sich in seiner Umarmung. Verdammt,

dieser Mann war tödlich. »Ich war mir nicht sicher, ob du mich überhaupt mochtest.«

»Ich mochte dich. Ich *mag* dich«, sagte er einfach.

Und einfach so verschwand Ashlyns Nervosität. Sie war wahnsinnig erregt und der Gedanke an Slate zwischen ihren Beinen, wie er es gerade beschrieben hatte, ließ ihre Nippel hart werden. »Willst du wirklich fernsehen?«, fragte sie.

Slate wandte die Aufmerksamkeit nicht von ihrem Gesicht ab. »Ich will das tun, was *du* tun willst.«

»Ich will nicht fernsehen.«

»Sprich es aus, Ash«, forderte er.

Sie konnte spüren, wie seine Muskeln sich anspannten. Als sie seinen Blick fixierte, sagte sie kühn: »Ich will dich. Das tue ich schon seit langer Zeit. Auch wenn du mich manchmal nervst, heißt das nicht, dass ich mir dich nicht schon längst in meinem Bett vorgestellt habe.«

»Geh voran«, antwortete Slate mit tiefer, grummelnder Stimme, die Ashlyns Schritt zum Kribbeln brachte.

Sie lächelte und stand auf, Slate auf den Fersen, und ging auf den Flur zu, der zu ihrem Schlafzimmer führte. Eigentlich sollte sie immer noch nervös sein, aber sie wusste ohne Zweifel, dass Slate ihre Welt auf den Kopf stellen würde ... in jeder Hinsicht.

Sie ging zu ihrem Bett und drehte sich zu ihm um.

Er hob eine Hand und strich ihr mit dem Fingerrücken über die Wange. Eine Gänsehaut breitete sich auf Ashlyns Armen aus. »Nichts Ernstes«, erinnerte sie ihn. »Wenn wir das hier tun, darfst du nicht damit anfangen, mich übermäßig zu beschützen. Nun ... nicht noch mehr, als du es ohnehin schon tust. Wir haben nur Spaß.«

Slate nickte. »Das ist für mich völlig in Ordnung. Ich bin noch nicht bereit, sesshaft zu werden.«

»Hast du ein Kondom dabei?«, fragte Ashlyn.

»Ja.«

Das war gut, denn sie hatte keins. Es war schon eine Weile

her, dass sie mit einem Mann zusammen gewesen war, und sie war definitiv nicht darauf vorbereitet, dass Slate heute Abend in ihrem Schlafzimmer stand.

»Das ist deine letzte Chance, deine Meinung zu ändern«, warnte er mit tiefer Stimme.

»Dasselbe könnte ich auch zu dir sagen«, erwiderte Ashlyn.

»Auf gar keinen Fall.«

»Dann zieh dich aus«, forderte sie ihn heraus. Sie musste zugeben, dass ihr das gefiel. Sie mochte die Freiheit ihrer Vereinbarung. Sie waren zwei Menschen, die sich zueinander hingezogen fühlten und nun Sex haben wollten. Keine Erklärungen oder Versprechen und kein Druck.

Ohne ein weiteres Wort zu verlieren, griff Slate nach dem Saum seines T-Shirts. Er hatte es hoch und über den Kopf gezogen, bevor Ashlyn blinzeln konnte.

Sie starrte voller Ehrfurcht auf all die Muskeln. Auf seiner Brust waren ein paar Haare verteilt und sie wollte die kleinen Nippel auf seinen Brustmuskeln kosten. Ihre Hände bewegten sich, ohne dass ihr Gehirn es ihnen befahl. Sie legte ihre Handflächen auf seine Haut, und er atmete bei ihrer ersten Berührung scharf ein.

Oh ja, das würde gut werden.

Er ließ seine Hände zum Saum ihres Hemdes wandern und sie hob die Arme, um ihm zu helfen. Ihre Haare fielen ihr um die Schultern, sobald der Stoff ihren Kopf freigab. Die Strähnen kitzelten ihre Haut, aber sie vergaß alles bis auf Slates Hände, als er hinter sie griff und geschickt den Verschluss ihres BHs öffnete.

»Wunderschön«, murmelte er, während er den Kopf beugte.

Ashlyn stöhnte und ihr Kopf fiel nach hinten, als er an einer ihrer Brustwarzen saugte. Hart.

Als er schließlich den Kopf hob, trafen sich ihre Blicke – dann begann das Wettrennen, wer sich am schnellsten ausziehen konnte.

Ehe Ashlyn sichs versah, lagen sie völlig nackt auf ihrem Bett und Slate küsste sie, als könnte er nie genug bekommen.

Sie kratzte mit ihren Fingernägeln über seinen Rücken und versuchte, ihn näher zu sich zu ziehen, was unmöglich war, da sie einander bereits von der Brust bis zu den Knien berührten. Ashlyn konnte seine harte Erektion an ihrem Bauch spüren und Lust keimte in ihr auf. Sie brauchte ihn in sich. Tief. Er musste sie hart ficken.

Sie löste ihren Mund von seinem und befahl: »Dring in mich ein. Sofort.«

»Ich muss sicher sein, dass du bereit für mich bist«, erwiderte er, während seine Hüften gegen sie stießen.

»Ich bin bereit.«

Aber Slate nahm sie nicht beim Wort. Er ließ eine seiner Hände zwischen sie gleiten und Ashlyn zuckte, als seine Fingerspitze ihre Klitoris berührte. Sie wusste, was er finden würde. Sie war noch nie in ihrem Leben so erregt gewesen.

»Nass«, flüsterte Slate mit einem kleinen, etwas arroganten Lächeln.

Ashlyn verdrehte die Augen. »Ja, ja, ja. Ich habe dir gesagt, dass ich bereit bin.«

Er sagte nichts weiter, sondern ließ nur seine Finger tiefer gleiten. Ganz langsam schob er einen in sie hinein, woraufhin Ashlyn die Augen schloss und stöhnte. Es fühlte sich fantastisch an, aber sie brauchte mehr.

Sie öffnete die Augen, als sie spürte, wie er sich von ihr löste. Sein Finger glitt zwischen ihren nassen Schamlippen hervor, während er nach dem Kondom griff, das er beim Ausziehen seiner Hose auf das Bett geworfen hatte.

»Beeil dich«, drängte sie, während sie mit den Händen über seinen Bizeps fuhr.

»Wer ist jetzt ungeduldig?«, scherzte er.

»Oh mein Gott, willst du mir wirklich *jetzt* auf die Nerven gehen?«, schnaubte sie.

Slate lachte leise, als er das Kondom über seinen Schwanz

zog, und Ashlyn merkte in diesem Moment, dass sie beim Sex noch nie gelacht hatte. In der Vergangenheit war es zwischen ihr und ihren Partnern immer nur um die Sache gegangen. Beim Sex war es nie um Spaß gegangen, nur um Befriedigung ... was irgendwie traurig war.

Aber dann verschwanden alle Gedanken an Lachen und Spaß aus ihrem Kopf, als Slate die Spitze seines Schwanzes zwischen ihren Beinen platzierte.

Ashlyn begriff zum ersten Mal, wie groß er war. Er war nicht viel länger als die meisten anderen, aber er war dicker als alle anderen, mit denen sie je zusammen gewesen war. Sie schaute nach unten und hielt den Atem an, als er sich seinen Weg in ihren Körper bahnte. Ihre Muskeln spannten sich an einer Stelle an, als der Schmerz die Lust, die sie nur wenige Augenblicke zuvor empfunden hatte, abzulösen begann.

Slate schien es zu merken. Er spannte den Kiefer an, als er auf halbem Wege in ihr innehielt.

»Gib mir eine Sekunde«, flüsterte Ashlyn, während sie ihren Körper dazu zu bringen versuchte, sich zu entspannen und ihn in sich aufzunehmen.

Er bewegte die Hand, die nicht den Ansatz seines Schwanzes hielt, und benutzte seinen Daumen, um ihre Klitoris zu reiben. Ashlyn wölbte den Rücken, wobei sie unbeabsichtigt mehr von ihm in sich aufnahm.

»So ist es gut, Babe. Du kannst mich nehmen. Du bist so verdammt umwerfend. Für mich gespreizt, mit meinem Schwanz in dir. Es ist so verdammt heiß.«

Sie registrierte seine Worte kaum, denn die Lust überkam sie, als er ihre Klitoris schneller bearbeitete. Sie krallte ihre Finger in seinen Bizeps, während er mit ihrem Körper spielte.

»Bist du bereit für mehr?«, fragte er.

Ashlyn konnte nicht sprechen, selbst wenn ihr Leben davon abgehangen hätte. Sie war überwältigt von den Gefühlen.

»Du bist bereit«, entschied Slate, wobei die Zufriedenheit

in seinem Tonfall deutlich zu hören war. Er hörte nicht auf, ihre Klitoris zu streicheln, während er ganz in sie eindrang.

Sie stöhnten beide auf, als seine Hoden gegen ihren Hintern drückten. Er packte ihre Hüften und zog sie fest an sich, was ihm einen weiteren Zentimeter in ihren Körper hinein ermöglichte.

»Heilige Scheiße, Slate. Ich ... du ... *verdammt*«, stotterte Ashlyn.

Er lachte und sie spürte, wie es von der Stelle, an der sie miteinander verbunden war, durch sie hindurch vibrierte.

»Ich weiß, dass du nicht über mich lachst«, sagte sie stirnrunzelnd.

»Nein. Auf keinen Fall«, erwiderte Slate, offensichtlich immer noch amüsiert.

Als Vergeltung spannte Ashlyn ihre inneren Muskeln an und fühlte sich bestätigt, als das Lächeln aus seinem Gesicht verschwand und er nach Luft schnappte.

»Wenn du damit fertig bist, über mich zu lachen, können wir vielleicht ficken«, sagte sie ein wenig bissig.

Slates Blick traf den ihren und er stützte seine Ellbogen rechts und links neben ihren Körper. Mittlerweile klebten sie praktisch aneinander, während er so weit wie möglich in ihr vergraben war.

»Willst du, dass ich mich bewege, Ash?«

»Ja!«, rief sie.

»Du fühlst dich fantastisch an«, sagte er zu ihr, während er seine Hüften in Bewegung versetzte, sich zurückzog und wieder in ihr versank.

»Du auch«, entgegnete sie.

»Ich werde nicht lange durchhalten«, warnte er. »Du bist zu eng. Zu verdammt heiß. Und für mich ist es schon zu lange her.«

Ashlyn war darüber überrascht. Sie hielt Slate nicht für eine männliche Hure, aber sie hatte gedacht, dass er regelmäßig flachgelegt wurde.

»Du musst auch kommen«, bettelte er.

Ashlyn keuchte: »Das werde ich.«

»Nein, Babe. Ich meine vor mir. Ich will spüren, wie du meinen Schwanz drückst.«

Seine Worte waren heiser und machten sie verdammt heiß. Sie nickte.

»Berühr dich selbst«, befahl er.

»Herrisch«, murmelte sie, während sie einen seiner Arme losließ und eine Hand zwischen ihre Körper schob.

»Du hast herrisch noch nicht gesehen«, sagte er.

Ashlyn konnte nicht anders, als mit den Augen zu rollen. »Bitte.« Sie begann, ihre Klitoris zu streicheln. »Dein zweiter Vorname könnte genauso gut herrisch sein. Du sagst mir liebend gern, was ich tun und lassen soll.«

»Im Moment solltest du dich selbst befriedigen«, schoss er zurück.

Ashlyn konnte sich ein Grinsen nicht verkneifen.

Slate schüttelte den Kopf. »Scheiße, du bringst mich noch ins Grab. Schneller, Ash. Ich will deinen Orgasmus sehen und spüren. Nächstes Mal werde ich besser sein und es dir mit meinem Mund und meinen Händen besorgen, bevor ich in deinen feuchten Körper gleite. Diesmal konnte ich es nicht erwarten. Es hat auch nicht geholfen, dass du praktisch sofort in Flammen aufgegangen bist, als ich dich berührt habe.«

Es konnte Ashlyn nicht einmal peinlich sein. Sie war schon in dem Moment feucht gewesen, in dem er sie das erste Mal berührt hatte. Zum Teufel, bereits zuvor, als sie sich nur auf der Couch unterhalten hatten. Slate erregte sie wie kein anderer Mann. Sie grinste noch breiter.

»Wirst du immer so heiß für mich sein?«, fragte er.

»Wahrscheinlich.«

»Gut. Komm, Babe. Jetzt.«

»Ja, Sir«, neckte sie und bewegte ihre Finger schneller über ihre Klitoris. Sie hatte nicht viel Platz, aber das Gefühl, Slate in ihrem Körper zu spüren, während sie masturbierte, war mehr als genug, um ihr Verlangen in die Höhe zu treiben.

Slate richtete sich so weit auf, dass er beobachten konnte, was sie tat, und begann, träge in ihren Körper zu stoßen.

»So verdammt heiß«, murmelte er. Sein Blick blieb an der Stelle haften, wo ihre Körper sich trafen.

Das war alles, was Ashlyn brauchte, um zu explodieren. Als die erste Welle ihres Orgasmus sie durchfuhr, stieß Slate in ihren Körper. Er tat es wieder und wieder, um ihre Lust zu verlängern. So etwas wie diesen Moment hatte Ashlyn noch nie erlebt. Er war fast überwältigend.

Es dauerte nicht lange, bis Slate stöhnte, sich so weit wie möglich in sie schob und dann innehielt, die Muskeln angespannt, als er kam. Die Adern in seinem Nacken traten hervor, als er den Kopf zurückwarf und stöhnte.

Ashlyn wandte sich unter ihm, sie wollte mehr. *Brauchte* mehr.

Slate schien zu spüren, dass sie noch nicht fertig war, denn sobald er sich erholt hatte, lehnte er sich zurück auf die Fersen und hob ihren Hintern auf seinen Schoß. Er war noch immer in ihr und hielt sie mit einer Hand an sich, während er mit der anderen grob ihre Klitoris zu reiben begann.

»Slate!«, rief sie und versuchte, sich von seiner Berührung wegzuwinden.

»Gib mir noch einen«, befahl er.

»Zu empfindlich«, krächzte sie, obwohl sie sich gegen seine Hand drückte.

»Du bist noch nicht fertig. *Noch einmal*«, forderte er.

»Oh Gott!«, stöhnte Ashlyn und spürte, wie ein weiterer Orgasmus in ihr aufstieg.

»Mein geiles Mädchen«, sagte Slate mit Stolz. »Das wird perfekt funktionieren.«

Ashlyn wollte etwas erwidern, konzentrierte sich jedoch zu sehr auf das Atmen.

»Nächstes Mal werde ich diese Muschi lecken«, fuhr Slate

fort, während er sie anstarrte. »Meinen Schwanz in dir zu sehen ist verdammt heiß. Ich kann dich überall um mich herum spüren. Dieses Mal war ich zu schnell, aber das werde ich später wiedergutmachen.«

Slate sprach schmutzig und Ashlyn konnte nicht glauben, dass es sie so sehr anmachte.

»Hör auf rumzualbern«, sagte er grob. »Komm, Ash. Genau so. Du bist fast so weit. Verdammt, du hast keine Ahnung, wie gut es sich anfühlt, wenn du meinen Schwanz drückst.«

Ashlyn flog. Sie wölbte den Rücken und stieß einen erstickten Schrei aus, als sie erneut kam. Diesmal war es noch intensiver. Ihre inneren Wände krampften sich hart zusammen, immer noch gefüllt mit Slates Schwanz. Ihre Muskeln zuckten und sie konnte nichts anderes tun, als zitternd in seinen Armen zu liegen.

Als das extreme Vergnügen vorbei war, sah Ashlyn das zufriedene Lächeln auf Slates Gesicht, bevor er sich herauszog, was ihnen beiden ein Grunzen der Unzufriedenheit entlockte. Er zog sie auf der Matratze hoch, sodass ihr Kopf auf dem Kissen lag. Er deckte sie zu und strich ihr sanft mit der Hand über die verschwitzte Stirn.

»Fühlst du dich gut?«, fragte er.

»Haschst du nach Komplimenten?«, neckte sie ihn.

»Nein. Ich kenne die Antwort, ich wollte sie nur von dir hören«, erwiderte er.

Ashlyn kicherte. »Gut, dann sage ich es dir. Ja, ich fühle mich gut. Verdammt fantastisch, um genau zu sein.«

»Gut. Ich muss dieses Kondom loswerden.«

Ashlyn nickte, aber ihre Augen waren geschlossen. Sie war erschöpft. Vermutlich weil sie seit Jahren keinen so intensiven Orgasmus mehr gehabt hatte. Vielleicht sogar noch nie. Und Slate hatte ihr gerade zwei verpasst. Sie spürte vage, wie er das Bett verließ, und hörte dann, wie das Wasser in ihrem kleinen Bad lief.

Erst als sie spürte, wie sich die Matratze wieder bewegte,

öffnete sie die Augen. Slate saß neben ihr, vollständig angezogen.

Sie nahm an, dass manche Frauen beleidigt wären, wenn der Mann, mit dem sie gerade Sex gehabt hatten, so schnell wieder ging, aber sie und Slate waren nur zwanglos zusammen. Und sie war irgendwie erleichtert, dass er nach Hause ging. Sie mochte ihren Freiraum und wollte sich nicht mit einem unbeholfenen Morgen danach herumschlagen. »Gehst du?«, fragte sie schläfrig.

»Ja.«

»Okay.«

Er starrte sie einen Moment lang an, dann nickte er. »Das wird funktionieren.«

Ashlyn konnte nicht anders, als noch einmal mit den Augen zu rollen. Sie hatte das Gefühl, dass sie sie heute Abend so oft verdreht hatte wie in den letzten zehn Jahren nicht. Aber Slate schien es zu provozieren. »Ja, das wird es«, stimmte sie zu.

»Nächstes Mal halte ich länger durch«, versprach er ihr.

»Das hast du schon gesagt. Hörst du, wie ich mich beschwere?«, fragte sie.

»Nein. Aber das ist eine Sache des Stolzes«, antwortete er achselzuckend.

»Wie auch immer«, sagte Ashlyn.

»Du musst aufstehen und die Tür hinter mir abschließen.«

»Drück einfach den Knopf rein, wenn du gehst«, erwiderte sie.

»Nein. Du musst aufstehen, den Riegel vorschieben und die Kette anbringen.«

»Slate, ich habe es bequem. Und warm. Und du hast mir gerade zwei Orgasmen beschert. Ich rühre mich nicht aus diesem Bett.«

Er stand auf, woraufhin Ashlyn die Augen schloss und sich in die Decke kuschelte. Doch eine Sekunde später kreischte sie, als Slate sie mitsamt des Bettzeugs hochhob.

»Slate!«, protestierte sie, während sie einen Arm um seinen Hals legte, um sich festzuhalten.

Er reagierte nicht, sondern trug sie einfach durch die Wohnung zur Eingangstür. Er stellte sie auf die Füße und Ashlyn griff nach der Decke, damit sie nicht herunterfiel und sie splitterfasernackt im Flur stand. Ja, sie und Slate hatten es gerade getrieben, aber jetzt, da er angezogen war und sie verließ, war sie nicht allzu begeistert davon, nackt vor ihm zu stehen.

»Schließ die Tür hinter mir ab«, befahl er.

»*Gott*, bist du nervig«, beschwerte sich Ashlyn.

»Jeder könnte die Tür eintreten, wenn nur der Knopf reingedrückt ist«, sagte er, ohne die Stimme zu erheben. »Ich bin sicher, Oberbootsfrau Albertson hat dir das beigebracht.«

Ashlyn konnte sich ein Kichern nicht verkneifen. Sie und ihre Freundinnen hatten bei Elizabeth Selbstverteidigungskurse besucht, aber die Jungs konnten sie nicht so nennen. Aus Respekt benutzten sie immer ihren Nachnamen sowie ihren Rang.

»Na gut«, brummte sie in dem Wissen, dass Slate recht hatte, aber es gefiel ihr trotzdem nicht, dass sie nicht mehr im Bett lag und ihren postorgastischen Rausch genoss.

»Hast du Lust, nächstes Wochenende etwas zu unternehmen?«, fragte Slate.

Ashlyn nickte. »Klar. Ich glaube nicht, dass die Mädchen etwas geplant haben.«

»Wenn du diese Woche etwas brauchst, sag mir Bescheid«, befahl Slate.

»Das werde ich.«

Dann überraschte er sie, indem er ihr in den Nacken griff und sie an sich zog. Ashlyn stolperte ein wenig und versuchte, die Decke festzuhalten, während sie sich mit der anderen Hand an seiner Brust abstützte.

Sein Blick war intensiv, als er sie ansah. »Ich folge dir in Bezug auf das, was du den anderen über uns erzählen willst.«

»Was meinst du?«

»Du weißt so gut wie ich, dass Elodie und die anderen auf dumme Gedanken kommen werden, sobald sie hören, dass wir zusammen sind. Zum Teufel, selbst mein Team wird das tun. Wenn du das also eine Weile für dich behalten willst, ist das für mich in Ordnung.«

Ashlyn schluckte schwer. »Du willst ein Geheimnis aus uns machen?«

»Nein.«

Sie blinzelte über seine direkte Antwort.

Er fuhr fort: »Es ist mir scheißegal, ob die anderen wissen, dass wir zusammen sind. Unsere Beziehung geht sie sowieso nichts an. Aber auf keinen Fall möchte ich, dass du gestresst bist, wenn du von den Frauen ins Kreuzverhör genommen wirst. *Wir* wissen, dass wir uns nur amüsieren, aber ich will nicht, dass du verunsichert bist, wenn sie dir wegen unserer Entscheidungen Kummer machen.«

Ashlyn entspannte sich. »Ich kann mit ihnen umgehen. Kommst du auch mit den Jungs klar?«

»Ja.«

Sie zuckte mit den Schultern. »Dann ist es okay, wenn ich es ihnen sage. Außerdem ... möchte ich vielleicht ein paar Sex-Tipps. Würde es dich stören, wenn ich mit ihnen über uns rede?«

Slate grinste. »Erstens brauchst du keine sexuellen Ratschläge, Babe. So heiß, wie du für mich gebrannt hast, brauche *ich* wahrscheinlich Tipps, wie ich *dich* befriedigen kann.«

Ashlyn wusste, dass sie rot wurde, aber er fuhr fort, bevor die Verlegenheit überhandnehmen konnte.

»Zweitens ist es mir egal, ob du mit deinen Mädels darüber sprichst, was wir im Schlafzimmer machen, aber es sollte dir auch nicht unangenehm sein, mit *mir* über unsere Beziehung oder Sex zu reden.«

»Okay«, sagte Ashlyn zu ihm. »Slate?«

»Ich bin hier, Babe.«

»Ich ... wenn wir uns entscheiden, dass wir genug voneinander haben ... Ich will nicht, dass irgendetwas unsere Freundschaft verletzt. Oder es für die anderen unangenehm macht.«

»Wenn das hier seinen Lauf nimmt, ist zwischen uns alles gut«, sagte Slate. »Ich gebe dir mein Wort.«

Ashlyn wusste, dass es nicht so einfach war, aber sie fühlte sich nach ihren Orgasmen immer noch zu ekstatisch, um sich in diesem Moment Gedanken über die Zukunft ihrer Beziehung zu machen. »Okay.«

»Okay. Du solltest heute Abend vielleicht ein Bad nehmen«, sagte Slate.

»Was?«

»Ein Bad«, wiederholte er. »Du warst wirklich eng. Und ich war nicht gerade sanft. Ein Bad könnte den Schmerz lindern, den du morgen spüren könntest. Zumal ich das Gefühl habe, dass es eine Weile dauern wird, bis ich sanft mit dir sein kann.«

»Klar«, sagte Ashlyn. Jetzt, da er es erwähnte, war sie zwischen den Beinen ein wenig wund. Und ein Bad klang himmlisch.

»Ich werde auch noch ein paar Kondome besorgen. Wir können welche hier und bei mir zu Hause aufbewahren.«

»Ich kann sie holen«, bot Ashlyn an.

Er sah amüsiert aus. »Weißt du, welche Größe ich habe?«

»Ähm ... dreifach extragroß?«, riet sie.

Slate brach in Gelächter aus. Als er sich wieder unter Kontrolle hatte, versprach er: »Ich werde die Kondome besorgen.«

»Meinetwegen.«

»Freitagabend. Ich hole dich ab. Wir gehen essen und dann zu mir nach Hause«, sagte Slate.

Ashlyn wollte gegen seine herrische Art protestieren, aber sie war genauso erpicht darauf, das zu wiederholen, was vorhin in ihrem Bett passiert war, wie er anscheinend auch.

»Warum treffen wir uns nicht bei dir? Dann musst du mich hinterher nicht mit zu dir nach Hause nehmen.«

Er starrte sie einen Moment lang an, dann nickte er. Er beugte sich hinunter, küsste ihre Stirn und ließ ihren Nacken los. »Schließ hinter mir ab«, sagte er noch einmal, dann drehte er sich um und verließ ohne ein weiteres Wort ihre Wohnung.

Ashlyn tat, wie geheißen, und schloss sowohl die Kette als auch den Riegel. Dann ging sie zurück in ihr Schlafzimmer, wo sie direkt auf das Bad zusteuerte. Sie stellte das Wasser in der Badewanne an und betrachtete sich im Spiegel, während die Wanne sich füllte.

Äußerlich sah sie nicht anders aus, aber sie *fühlte* sich anders.

Diese Beziehung mit Slate war der Beginn einer neuen Ashlyn. Sie würde sich nicht mehr erlauben, sich blindlings in die Liebe zu stürzen, wie sie es bei Franklin getan hatte. Das Verrückteste, was sie je getan hatte, war gewesen, mit einem Mann, den sie gerade erst kennengelernt hatte, nach Hawaii zu ziehen, aber sie hatte tatsächlich geglaubt, er sei der Richtige. So charmant war er am Anfang gewesen.

Jetzt war es befreiend, in einer Beziehung zu sein, in der keiner von beiden Erwartungen hatte.

Es gab zu viele Dinge, die sie an Slate störten, als dass sie sich jemals mühelos in ihn hätte verlieben können. Er war ungeduldig, herrisch und kontrollierend; zu machohaft, zu sehr auf seinen Job fixiert und definitiv ein mürrischer Typ. Ja, er konnte manchmal witzig sein, und seine herrische Art sowie sein Beschützerinstinkt waren das Ergebnis seines Jobs, aber trotzdem. Zusammengenommen war das alles zu viel.

Aber für eine körperliche Beziehung konnte sie diese Schwächen in Kauf nehmen, denn er war verdammt gut im Bett. Und schön anzusehen war er ebenfalls.

In ein paar Monaten, wenn sie einander überdrüssig waren, würden sie wieder zu Freunden werden. Kumpel, die sich sahen, wenn der Rest ihrer Gruppe zusammenkam. Den Druck zu verlieren, jemanden zu finden, mit dem sie den Rest ihres Lebens verbringen wollte, war geradezu reinigend.

Ashlyn lächelte, als sie in ihre Badewanne stieg, zufrieden über die unerwartete Wendung ihres Abends.

KAPITEL ZWEI

»Hat jemand Lust auf einen weiteren Angelausflug dieses Wochenende?«, fragte Aleck ein paar Tage später nach dem Training.

»Welchen Tag hast du im Sinn?«, fragte Jag.

»Samstag.«

»Klar«, sagte Midas.

»Ich bin dabei«, stimmte Mustang zu.

»Kann nicht«, sagte Slate.

Alle drehten sich mit derselben ungläubigen Miene zu ihm um.

»Warum nicht?«, fragte Aleck. »Du hast immer Zeit.«

Er zuckte mit den Schultern. »Am Freitag gehe ich mit Ashlyn aus und am Samstag werde ich wohl nicht so früh aufstehen können, um mit euch zu gehen.«

Jetzt stand seinen fünf Kollegen der Mund offen.

»Warte, was? Du und Ashlyn?«, fragte Pid. »Wann ist das passiert?«

»Ich habe sie letztes Wochenende von dem Grillfest nach Hause gebracht. Ich habe sie gefragt, ob sie mit mir ausgeht. Sie hat Ja gesagt«, antwortete Slate entspannt.

»Warte, warte, warte. Du und Ashlyn seid *zusammen*?«, fragte Midas. »Mögt ihr euch überhaupt?«

»Natürlich mögen wir uns«, sagte Slate.

»Da hatte ich einen anderen Eindruck. Ihr geht euch immer an die Gurgel«, sagte Mustang. »Als Ash neulich Essen ausliefern wollte, hast du sie wieder einmal angeknurrt und etwas davon gemurmelt, dass ihr Job nicht sicher sei. Sie ist ausgeflippt, hat dir den Arsch aufgerissen und ist dann weggestapft.«

»Jup«, sagte Slate. Er konnte sich das Grinsen nicht verkneifen, als er sich an Ashlyns verärgerten Gesichtsausdruck erinnerte. Er wusste, dass er sich wie ein Arsch benahm, indem er ständig darauf hinwies, dass es ihm nicht gefiel, wie sie über die Insel schlenderte und den Leuten Essen ins Haus lieferte. Aber er konnte nicht aufhören, an all die Dinge zu denken, die ihr passieren könnten ... einschließlich dessen, falls jemand entschied, dass er mehr wollte als nur die Mahlzeiten, die sie auslieferte.

»Was ist los?«, fragte Jag.

»Wir haben nur eine zwanglose Beziehung«, erklärte Slate seinen Freunden. »Wir werden nicht heiraten. Wir werden keine Kinder bekommen. Wir werden nicht zusammenziehen. Im Gegensatz zu euch sind wir nur an etwas Spaß interessiert.«

»Du benutzt sie also für Sex?«, fragte Mustang.

Slate nahm es ihm nicht übel. Die Frage seines Teamleiters war nicht respektlos gemeint, sondern er klang wirklich neugierig. Außerdem ... wie konnte er beleidigt sein, wenn es im Grunde das war, was er und Ashlyn taten? »Ob du es glaubst oder nicht, ich verbringe gern Zeit mit ihr. Und sie scheint es auch zu mögen, mit mir abzuhängen. Ja, es geht um Sex ... ihr habt alle Augen im Kopf; ihr wisst, wie hübsch sie ist. Warum sollte ich das *nicht* tun wollen? Aber es ist eine wechselseitige Sache. Wir waren uns einig, dass wir nichts Ernstes suchen. Dass wir Freunde mit Vorzügen sind.«

»Das ist ein schmaler Grat, Mann«, warnte Midas.

»Wir kommen klar. Wenn die Chemie nicht mehr stimmt, werden wir wieder nur Freunde sein. Es wird schon funktionieren«, sagte Slate.

»Berühmte letzte Worte«, erwiderte Aleck.

»Nein, im Ernst, wir hängen nur zusammen ab. Ob ihr es glaubt oder nicht, zwei Menschen *können* eine Beziehung haben, die nicht innerhalb einer Woche von null auf vierhundertsiebenundsechzig geht«, sagte Slate zu seinen Teamkameraden. »Wir gehen da nicht blind rein. Wir wissen beide, was Sache ist.«

»Aber es könnte seltsam werden, wenn es nicht gut ausgeht«, warnte Pid.

Slate begann, sich zu ärgern. »Es wird nicht seltsam werden. Wir haben darüber gesprochen.«

Die anderen Jungs lachten.

»Klar, ihr habt darüber geredet, das war's also, oder?«, fragte Midas.

»Ja«, sagte Slate. »Und ich glaube, ich bin fertig mit diesem Gespräch. Ich weiß, dass ihr mir nicht glaubt, aber wir haben beide kein Problem damit, es zwanglos zu halten. Wir machen kein Geheimnis daraus, und wenn Ashlyn es euren Frauen noch nicht erzählt hat, wird sie es sicher bald tun. An der Gruppendynamik ändert sich nichts.«

»Außer, dass du am Samstag nicht zum Angeln gehen kannst«, bemerkte Aleck trocken.

Slate verdrehte die Augen über seinen Freund.

Mustang klopfte Slate auf die Schulter. »Nun, ich hoffe, es klappt so, wie ihr beide es wollt«, sagte er. »Ashlyn ist großartig. Elodie liebt sie, und die anderen stehen ihr genauso nahe. Fürs Protokoll, ich finde, ihr seid ein tolles Paar. Du bist ernst und sie ist eher entspannt. Es funktioniert.«

Slate nickte. »Ja, das tut es.«

»Gut. Wir können das Angeln auf ein anderes Wochenende verschieben«, sagte Aleck.

»Ich hätte wahrscheinlich sowieso nicht mitkommen können«, warf Jag ein. »Carly und ich arbeiten an den Hochzeitsplänen.«

»Wie geht's damit voran?«, fragte Midas.

»Gut. Wir versuchen, ein Datum festzulegen, an dem wir das *Duke's* mieten können. Es ist nicht so einfach, wie man denkt, ein ganzes Restaurant zu reservieren. Schon gar nicht ein so beliebtes wie das *Duke's*«, sagte Jag mit einem leichten Kopfschütteln.

Das Gespräch drehte sich um die bevorstehende Hochzeit von Jag und Carly, und Slate konnte nicht umhin, seine Gedanken schweifen zu lassen. Es war noch gar nicht so lange her, da hätte keiner der Jungs im Team auch nur im Traum daran gedacht, über Hochzeiten zu reden, aber jetzt, da die anderen alle wahnsinnig verliebt waren, hatte sich das geändert.

Seine Gedanken kreisten um Ashlyn, wie schon so oft in den letzten Tagen. Er war noch nie so sehr mit einer Frau beschäftigt gewesen. Ehrlich gesagt hatte sie ihn verdammt geschockt, als sie ihm eine Sexfreundschaft vorgeschlagen hatte, aber er war voll dabei. Er war definitiv noch nicht bereit, sesshaft zu werden wie seine Teamkameraden. Er war erst dreiunddreißig. Er hatte mehr als genügend Zeit, um zu heiraten und eine Familie zu gründen, sobald er aus der Navy ausgeschieden war.

Dennoch war er beeindruckt, dass seine Freunde es schafften, denn als SEAL war es verdammt schwer, eine langfristige Beziehung zu führen. Er hatte es aus erster Hand bei anderen SEALs und Navy-Matrosen gesehen. Ehepartner, die es nicht schafften, bei langen oder sogar kurzen Einsätzen allein zu sein. Die fremdgingen, sobald ihr Ehepartner zu einer weiteren sechsmonatigen Mission aufbrach.

Slate wollte das für sich nicht. Er wollte eine Frau finden, der er bedingungslos vertrauen konnte, dass sie ihn nicht betrog, aber bis er nicht die Navy verlassen hatte, konnte er sich eine Beziehung nicht vorstellen.

Deshalb war eine lockere Sache mit Ashlyn genau das Richtige für ihn. Sie hatten nicht über eine feste Beziehung gesprochen, aber er war sich ziemlich sicher, dass sie im Moment an niemand anderem interessiert war. Und er war es auch nicht. Für den Augenblick waren das ungelegte Eier.

»Wie geht es Monica mit der Schwangerschaft?«, fragte Jag Pid.

Slate wandte die Aufmerksamkeit wieder dem Gespräch zu.

»Es geht ihr gut. Sie hat im Moment sehr seltsame Gelüste, aber nach dem zu urteilen, was wir gelesen haben, ist das normal«, sagte Pid. »Noch sechs Monate, und ich kann es kaum erwarten.«

»Elodie hat schon gefühlte hundert Kleider für dein Kind gekauft«, sagte Mustang. Pid und Monica hatten vor Kurzem erfahren, dass sie ein Mädchen bekamen, und beide waren überglücklich.

»Und Kenna hat einen Haufen Jeans und T-Shirts gekauft, weil sie meint, dass Mädchen nicht immer gezwungen sein sollten, Rüschenkram zu tragen«, fügte Aleck hinzu.

Alle lachten.

»Sie wird so verdammt verwöhnt sein«, sagte Pid.

»Als wärst du nicht derjenige, der sie am meisten verwöhnen wird«, warf Jag mit einem Kopfschütteln ein.

»Allerdings«, stimmte er zu.

»Habt ihr euch schon einen Namen überlegt?«, fragte Midas.

»Wir diskutieren noch darüber«, antwortete Pid.

»Das heißt, sie streiten darüber und am Ende wird Monica sie nennen, wie sie will«, vermutete Mustang lächelnd.

»Ehrlich gesagt ist mir der Name egal. Ich liebe sie jetzt schon so sehr, dass es fast beängstigend ist«, gestand Pid.

Slate hörte zu, wie seine Freunde herumplänkelten. Er freute sich für Pid und den Rest seiner Teamkameraden, aber er war auch froh, dass er sich keine Gedanken über Babynamen und Hochzeitspläne machen musste.

Erneut kehrten seine Gedanken zum letzten Wochenende zurück. An den Spaß, den er mit Ashlyn gehabt hatte. Die Frau, die so schnell und so heiß brannte. Sie war im Handumdrehen bereit für ihn. Er freute sich darauf, sie am Freitagabend zu sehen und die Chemie zwischen ihnen weiter zu erkunden.

»Okay, genug geplaudert«, sagte Mustang, womit er Slates Gedankengänge unterbrach. »Wir sehen uns um Punkt neun. Wir besprechen die Informationen über die Atombombe, die Nordkorea angeblich getestet hat. Die Lage dort ist angespannt, vor allem weil China angekündigt hat, das nordkoreanische Atomprogramm zu unterstützen.«

»Glaubst du, wir werden dorthin geschickt?«, fragte Jag.

»Ich bin mir nicht sicher. Es ist eine Möglichkeit. Im Moment müssen wir einfach abwarten. Ihr wisst genauso gut wie ich, dass wir an einem Tag über Nordkorea recherchieren und am nächsten Tag in einem Flugzeug nach Bulgarien sitzen können.«

Slate nickte. Das stimmte. Das war eines der Dinge, die er am meisten daran mochte, ein SEAL zu sein. Die Aufregung und die Tatsache, immer auf Zack bleiben zu müssen.

Die Gruppe verabschiedete sich und ging zu ihren Fahrzeugen. Slate stieg in seinen Trailblazer und fuhr zu seinem kleinen Haus in der Nähe des Strandes. Es lag zwar nicht direkt *am* Strand, so etwas konnte er sich nicht leisten, aber es war nahe genug. Als er in das Haus eingezogen war, war es sehr renovierungsbedürftig gewesen und der Besitzer hatte ihm einen großen Nachlass auf die Miete gewährt, als er sich bereit erklärt hatte, in seiner Freizeit alles zu reparieren, was erneuert werden musste.

Jetzt war das Haus so gut, wie es für ein Mietobjekt sein

konnte. Es gab immer noch einiges, was Slate verbessern konnte, aber er wollte nicht noch mehr Energie und Arbeit in ein Haus stecken, das ihm nicht gehörte. Wenn er aus der Navy ausschied, würde er sich ein eigenes Haus kaufen und so viel Blut, Schweiß und Tränen hineinstecken, bis es sein Traumhaus war.

Er kam nach Hause, duschte, zog seine Uniform an und stellte nach einem Blick auf seine Armbanduhr fest, dass er noch etwas Zeit hatte, bevor er zum Stützpunkt fahren musste. Aus einer Laune heraus griff er zu seinem Telefon und tippte auf Ashlyns Namen. Es war zwar noch früh, aber sie war ein Morgenmensch und würde wahrscheinlich schon wach sein.

»Guten Morgen«, sagte sie, als sie das Gespräch entgegennahm.

»Hey«, sagte Slate. »Ich dachte, ich rufe mal an und frage, wie es dir heute Morgen geht.«

»Mir geht's gut. Ist irgendetwas nicht in Ordnung?«

»Muss irgendetwas nicht in Ordnung sein, damit ich anrufe?«, fragte Slate.

»Nein, aber da du das so früh am Morgen noch nie gemacht hast, dachte ich, ich frage lieber.«

»Wir waren vorher nicht zusammen. Jetzt sind wir es«, antwortete Slate schlicht.

Ashlyn stieß ein kleines Lachen aus, und Slate konnte sich ein Lächeln nicht verkneifen, als er es hörte. Egal wie seine Stimmung war, nach einem Gespräch mit ihr fühlte er sich immer besser – selbst wenn sie sich stritten.

»Stimmt«, sagte sie. »Wie war das Training?«

Die Frage kam nicht unerwartet; sie kannten einander schon lange genug, damit sie mit seinem Zeitplan vertraut war. Sie wusste, dass er an den meisten Tagen früh aufstand, um mit seinem Team zu trainieren, und sie wusste, wann er normalerweise nach Hause kam. Sie wusste auch, dass er dazu neigte, ungeduldig und stur zu sein, dass er etwas zu schnell fuhr und hawaiianisches Essen liebte.

Im Gegenzug wusste er, dass sie eine Leidenschaft für ihren Job hatte, dass sie dazu neigte, Menschen etwas zu sehr zu vertrauen, dass sie die meisten hawaiianischen Gerichte nicht mochte und dass sie, wenn sie aufgebracht war, eher still und in sich gekehrt war, als dass sie weinte oder schimpfte und tobte.

Es hatte definitiv Vorteile, mit einer Frau befreundet zu sein, bevor man sich verabredete. Und Slate konnte ehrlich sagen, dass er Ashlyn als Mensch schon in dem Moment gemocht hatte, in dem sie sich zum ersten Mal begegnet waren. Einige ihrer Entscheidungen gefielen ihm nicht immer, da er das Gefühl hatte, dass sie unnötige Risiken in Bezug auf ihre Sicherheit einging, aber er hatte ihre Freundschaft im letzten Jahr dennoch genossen.

»Slate?«, fragte sie. »Bist du da?«

»Tut mir leid. Ich bin da«, entgegnete er, als er aus seiner Selbstbeobachtung gerissen wurde. »Das Training war gut. Mustang hat es heute etwas ruhiger angehen lassen und uns nur fünf Kilometer schwimmen lassen, bevor wir weitere fünf Kilometer im Sand laufen mussten.«

»Meine Güte, bist du ein Faulpelz.«

Slate konnte sich vorstellen, wie sie mit den Augen rollte, was ihn wieder zum Lächeln brachte.

»Ich dachte, ich wäre gut damit, mein zwanzigminütiges Step-Workout zu erledigen, bevor ich die Zimtrollen aus der Heißluftfritteuse verschlinge.«

Slate lachte. »Du musst mehr Gemüse essen.«

»Ja, ja, ja«, meckerte sie. »Lass mich raten, du trinkst einen Proteinshake zum Frühstück.«

»Nein.« Er hielt einen Moment inne und sagte dann: »Ich esse einen Proteinriegel.«

Ashlyn brach in Gelächter aus und Slate schloss die Augen. Er könnte sie für den Rest seines Lebens jeden Tag lachen hören und trotzdem nicht genug von ihr bekommen.

Bei diesem Gedanken überkam ihn sofort ein Gefühl der

Sorge. Es mochte eine Sexfreundschaft sein und keiner von ihnen hatte mehr vor ... aber nach weniger als einer Woche wusste er, dass er mehr für diese Frau empfand als nur Lust. Vermutlich hatte er das schon immer. Er war nicht verliebt. Aber Ashlyn lag ihm am Herzen.

Ihre nächste Frage verdrängte diese Gedanken in seinen Hinterkopf.

»Richtig, natürlich. Ich hätte es wissen müssen. Hast du heute etwas Interessantes vor?«

»Nein«, antwortete Slate. »Nur Besprechungen. Und du?«

»Nicht wirklich. Ich treffe mich aber mit einem neuen Kunden.«

»Sei vorsichtig«, sagte Slate, wobei die Worte herauskamen, ohne dass er vorher über sie nachdachte.

»Slate«, warnte Ashlyn ihn.

»Ich weiß, ich weiß. Du hast mir immer wieder gesagt, dass du eine erwachsene Frau bist. Dass Leute jeden verdammten Tag Pakete, Essen und sogar Lebensmittel ausliefern, ohne dass es Probleme gibt. Aber ich bin nicht mit ihnen zusammen, sondern mit *dir*. Und ich kenne dich – du stellst nicht einfach die Mahlzeiten vor den Türen der Leute ab, klingelst und gehst. Du gehst in die Häuser der Leute. Du bleibst, um zu plaudern. Der Gedanke, dass jemand dich in die Finger bekommt, macht mich irgendwie verrückt. Wenn ich also will, dass du vorsichtig bist, bin ich nicht nur ein Arschloch. Ich weiß aus erster Hand, wie viel Böses es auf der Welt gibt, und ich will nicht, dass dieses Böse auch nur ein Haar auf deinem schönen Kopf krümmt.«

Slate holte nach seiner Tirade tief Luft. Ashlyn hasste es, wenn er sie wegen ihrer Arbeit bei *Food For All* belehrte. Ja, es gab gefährlichere Jobs, aber es gefiel ihm definitiv nicht, wenn sie in die Häuser von Fremden ging.

»Okay«, sagte sie nach kurzem Schweigen.

»Okay?«, fragte er, verwirrt von ihrer einfachen Antwort. Ashlyn widersprach ihm sonst bei allem.

»Ja. Mir ist klar, dass du nicht begeistert bist von dem, was ich tue. Und ob du es glaubst oder nicht, ich *bin* vorsichtig. Lexie kennt immer meine Route und weiß, wen ich besuchen werde. Ich habe mein Handy immer dabei und es ist eine Tracking-App installiert, mit der sie jederzeit sehen kann, wo ich bin. Wenn ich bei einem neuen Kunden zu Hause bin, schreibe ich ihr eine SMS, wenn ich ankomme und wenn ich gehe. Alles in allem bin ich so vorsichtig, wie ich nur sein kann, Slate.«

Er hatte nicht gewusst, dass sie und Lexie ein so logisches System hatten, aber das hätte er wissen müssen. Dadurch fühlte er sich ein wenig besser. »Welche App?«, fragte er.

Überraschenderweise lachte Ashlyn. »Das ist es, was du aus all dem herausgefiltert hast?«

»Ich habe herausgefiltert, dass du alles tust, was du kannst, um die Gefahr, in der du dich befindest, zu mindern, und das weiß ich mehr zu schätzen, als du denkst. Ich wusste nicht, dass du eine Tracking-App hast, und ich bin verdammt froh, dass du und Lexie ein System habt, wenn du zu einem neuen Kunden für *Food For All* fährst. Ich denke auch, dass es nicht schaden kann, wenn dich noch jemand anderes im Auge hat, nur für den Fall, dass Lexie nicht da ist, um dir den Rücken freizuhalten. Und ich hätte nichts dagegen, dieser Mensch zu sein. Ich werde dein Vertrauen nicht missbrauchen, wenn du mir Zugang gewährst, Ash. Aber es würde mich beruhigen.«

Sie seufzte. »Darf ich dann auch ein Auge auf dich werfen?«, fragte sie sarkastisch.

»Ja.« Noch vor ein paar Monaten hätte Slate niemals jemandem außer seinen Teamkameraden einen solchen Zugang gewährt. Aber er hatte Ashlyn kennengelernt und wusste, dass auch sie das Privileg, zu jeder Tages- und Nachtzeit seinen Standort zu kennen, nicht missbrauchen würde. Er hatte kein Problem damit, sich mit der Tracking-App zu revanchieren.

»Wow, du hast nicht einmal gezögert«, sagte sie.

»Nur weil wir keine Verlobungsringe kaufen, heißt das nicht, dass ich dich nicht respektiere und möchte, dass unsere Beziehung so echt wie möglich ist, solange wir zusammen sind«, erwiderte Slate.

»Stimmt. Okay. Ich schicke dir den Link für die App«, sagte Ashlyn.

»Danke. Und es gibt noch etwas, das du wissen solltest.«

»Oh scheiße, was denn?«, fragte sie.

Slate lachte leise. »Nichts Schlimmes. Ich wollte dich nur vorwarnen, dass ich den Jungs heute Morgen von uns erzählt habe.«

»Ich muss also damit rechnen, dass Lexie und Elodie mich heute Vormittag bei der Arbeit ins Kreuzverhör nehmen«, vermutete sie.

»Da bin ich mir nicht so sicher. Ich meine, wir wissen eigentlich ganz gut, wie man etwas für sich behält«, sagte Slate trocken. »Du weißt schon, nationale Sicherheit und all das.«

Wie erwartet, lachte Ashlyn. Slate liebte es, wie leicht es war, sie zu amüsieren. Und es war ihm wesentlich lieber, wenn sie lachte, als wenn sie ihn finster ansah. Als sie sich das erste Mal begegnet waren, hatten sie einander definitiv auf die Palme gebracht, und er musste zugeben, dass er regelmäßig absichtlich Mist gesagt hatte, um sie zu ärgern. Aber er fand es viel schöner, sie lachen zu sehen, als dass sie sauer auf ihn war.

»Ja, klar. Ihr seid die Schlimmsten, wenn es um Klatsch und Tratsch geht«, sagte sie, als sie sich wieder unter Kontrolle hatte.

Dem widersprach Slate nicht. Die Jungs waren sehr in das Leben der anderen eingeweiht, kein Zweifel. Seine Teamkameraden sprachen schnell über ihre Beziehungen und darüber, was bei allen los war. Er hatte immer irgendwie das Gefühl gehabt, bei diesen Gesprächen außen vor zu sein, deshalb fühlte es sich an diesem Morgen überraschend gut an, ihnen etwas zu erzählen, was sie noch nicht wussten. Er wollte nur nicht, dass seine Freunde einen falschen Eindruck von ihm und Ashlyn bekamen.

Offensichtlich brauchte er zu lange, um zu antworten, denn schon wieder sagte sie: »Slate?«

»Ja, Babe?«

»Du bist doch nicht sauer wegen der Bemerkung über Tratsch, oder? Ich meine, ich weiß ja, dass ihr Geheimnisse für euch behalten könnt. Ich vermute, dass dir eine Menge Mist im Kopf herumschwirrt, über den du gern mit jemandem reden würdest, aber du kannst es nicht.«

»Ich bin nicht sauer«, sagte Slate in sanftem Ton. »Und die Jungs und ich haben uns vor langer Zeit geschworen, dass wir miteinander reden, wenn es zu viel wird.«

»Gut.«

»Ich wollte dich nur vorwarnen, nur für den Fall.«

»Das weiß ich zu schätzen. Und nur damit du es weißt, ich habe den Mädels noch nichts gesagt, denn sie wissen, wie lange ich dich schon mag, und sie würden bestimmt die falschen Schlüsse ziehen. Vor allem wegen der ganzen Baby- und Hochzeitssachen, die in letzter Zeit passieren.«

»Du magst mich schon lange?«, fragte Slate in dem Wissen, dass er albern lächelte, aber es war ihm egal.

»Vielleeeeicht«, trällerte sie.

»Als du mich beschimpft und mit den Augen gerollt hast, weil ich so anmaßend und nervig bin, wolltest du dich mir insgeheim also eigentlich an den Hals werfen?«

»Ich würde nicht sagen, dass ich dich jedes Mal besonders mochte, wenn du deine Grenzen überschritten und mir gesagt hast, ich sei dumm, weil ich mein Leben riskiere, um ein paar Behälter mit Lebensmitteln auszuliefern. Aber wenn du nicht gerade damit beschäftigt warst, überheblich zu sein, habe ich darüber nachgedacht, wie es wäre, dich in meinem Bett zu haben.«

Slate spürte, wie sein Schwanz in seiner Hose zuckte. »Hast

du jemals bei dem Gedanken masturbiert, was ich mit dir machen könnte?«

»Ja«, sagte sie, ohne zu zögern oder sich zu schämen. Ihre Offenheit war einer der hundert Gründe, warum er sie um eine Verabredung gebeten hatte.

»Was ist mit dir? Kommst du jemals, während du an mich denkst?«, fragte sie.

»Jedes verdammte Mal«, knurrte Slate praktisch.

»Na toll«, entgegnete sie.

»Was? Was ist los?«

»Jetzt komme ich zu spät zur Arbeit, weil ich so erregt bin, dass ich mich erst noch um mich selbst kümmern muss, bevor ich gehe.«

»Scheiße, Frau, du bringst mich um«, stöhnte Slate.

»Hey, bei Telefonsex bin ich dabei, wenn du das willst.«

»Nein.«

»Nein?«, wiederholte sie überrascht.

»Wir wohnen nicht einmal zehn Minuten voneinander entfernt. Wenn du scharf bist, schreibst du einfach eine SMS oder rufst an und ich komme vorbei. Wir führen keine Fernbeziehung, Babe.«

»Findest du Telefonsex nicht heiß?«, fragte sie.

»Er kann es sein«, antwortete Slate. »Aber er ist auch verdammt frustrierend. Besonders jetzt, da ich in dir war und weiß, wie gut du dich um meinen Schwanz herum anfühlst. Ich ziehe dich meiner Hand vor.«

»Wow, ähm ... okay. Gut.«

Sie klang durcheinander, was Slate gefiel. »Ich weiß, dass wir bereits Pläne für Freitagabend gemacht haben, aber macht es dir etwas aus, wenn ich heute Abend nach der Arbeit vorbeikomme?«, fragte er.

»Ganz und gar nicht.«

»Gut. Ich schicke dir eine SMS, damit du weißt, wann ich unterwegs bin.«

»Soll ich etwas zum Abendessen kochen?«

»Nein. Ich werde Hunger auf etwas anderes als Essen haben.« Slate wusste, dass er zu heftig war, aber nach der Wendung, die ihr Gespräch genommen hatte, konnte er nicht anders. Der Gedanke, wie sie im Bett lag und sich mit einer Hand zwischen den Beinen befriedigte, saß in seinem Kopf fest. Wenn er es schon für intensiv hielt, wie Ashlyn sich selbst berührte, während er tief in ihr war, dann war der Gedanke, dass sie beim Masturbieren über ihn fantasierte, mindestens genauso heiß.

»Gut. Dann sehen wir uns wohl später.«

»Ja. Ash?«

»Ja?«

»Das gefällt mir.«

»Was gefällt dir?«

»Wir. Dass wir sagen, was wir denken. Dass wir uns nicht schämen zuzugeben, dass wir einander wollen.«

»Mir auch«, stimmte sie zu.

»Gut. Erzähl deinen Mädels von uns. Schick mir den Link für die Tracking-App. Und sei heute vorsichtig.«

»Herrisch«, sagte sie mit einem Prusten.

»Du wusstest, worauf du dich einlässt, als du zugestimmt hast, mit mir auszugehen.«

»Auch wieder wahr. Okay, Slate. Ich wünsche dir einen schönen Tag. Ich hoffe, die Terroristen drehen heute nicht durch, denn ich werde sauer sein, wenn dich irgendetwas davon abhält, später vorbeizukommen.«

»Nichts wird mich von dir fernhalten«, erwiderte Slate. »Kommst du heute Vormittag wirklich zu spät?«

»Oh ja. Auf jeden Fall.«

»Scheiße«, sagte Slate kopfschüttelnd. Er hätte nicht fragen sollen. Jetzt bekam er die Vorstellung nicht aus dem Kopf, wie Ashlyn sich selbst berührte, bevor sie zur Arbeit ging.

»Bis später«, sagte sie mit einem Kichern.

»Bis später«, wiederholte Slate.

Er legte auf und schloss die Augen. Es dauerte einen

Moment, bis er die Kontrolle über seinen Körper wiedererlangte. Aber sobald er wieder gehen konnte, ohne dass seine Erektion durch die Hose durchzubrechen versuchte, schnappte er sich den Proteinriegel, den er zum Frühstück essen wollte, und ging zur Tür.

KAPITEL DREI

»Oh mein Gott!«, kreischte Elodie später am Morgen.

Ashlyn zuckte zusammen, konnte sich ein Lächeln aber nicht verkneifen.

»Du willst mir erzählen, dass du vor vier Tagen mit Slate geschlafen hast und bis *jetzt* gewartet hast, es uns zu sagen?«, fragte Lexie.

Ashlyn nickte. »Ja. Weil ich wusste, dass ihr so reagieren würdet, und weil es nur zwanglos ist. Werdet nicht rührselig und romantisch unseretwegen«, warnte sie ihre Freundinnen. »Nur weil ihr widerlich glücklich mit euren SEALs seid, heißt das nicht, dass Slate und ich auch so enden werden. Wir sind zusammen. Wir haben Sex. Das war's. Man kann sich auch verabreden, ohne dass es etwas Ernstes ist, wisst ihr.«

»Natürlich wissen wir das«, sagte Elodie. »Aber ich weiß noch, wie du uns vor einiger Zeit gesagt hast, dass du Slate *magst.*«

»Ich mag ihn wirklich«, beharrte Ashlyn. »Aber nur weil ich jemanden mag, heißt das nicht, dass ich heimlich seine Kondome sabotiere, damit ich schwanger werde und er mich heiraten muss. Wir hängen zusammen ab. Wir haben Spaß.

Zum Teufel, wir kennen uns ja schon sehr gut von all den Treffen, die wir mit dem Team hatten.«

»Gibt es nicht einen Teil von dir, der tief im Inneren mehr will?«, fragte Lexie.

Ashlyn zuckte mit den Schultern. »Sagen wir es mal so, nachdem er mir am letzten Wochenende den Kopf verdreht, zwei Orgasmen verpasst und sich dann sofort angezogen hat, um zu gehen, war ich nicht im Geringsten verärgert. Ich mag es, allein zu leben. Ich schlafe gern allein im Bett. Ich weiß, wie es läuft, Leute. Slate ist ein guter Kerl, aber auf lange Sicht würde er mich total nerven. Genauso wie ich weiß, dass ich ihn nerven würde. Wir sind in vielerlei Hinsicht zu verschieden. Wir hängen zusammen ab und gehen miteinander aus, aber ich weiß nicht, wie lange das halten wird. Ich werde es einfach genießen, solange es anhält.«

»Das war's also?«, fragte Elodie. »Du würdest nicht einmal in Betracht ziehen, es ernster zu nehmen?«

»Ich habe keine Ahnung, wohin die Dinge zwischen uns führen könnten. Aber im Moment sind wir beide froh, wenn es entspannt und zwanglos ist. Es gibt keinen Druck. Wir mögen beide Sex, und der Sex miteinander ist verdammt spektakulär. Wird Slate eines Tages auf die Knie fallen und mir sagen, dass er sich bis über beide Ohren in mich verliebt hat und ohne mich nicht mehr leben kann? Das bezweifle ich sehr. Und damit habe ich kein Problem. Ganz ehrlich.«

»Nun, ich freue mich für euch«, sagte Lexie. »Slate wirkte schon immer etwas verklemmt, aber wenn ihr beide damit zufrieden seid, euch zwanglos zu treffen, dann ist das gut für euch.«

»Danke«, sagte Ashlyn, die erleichterter war als erwartet. Sie mochte und respektierte diese Frauen und wollte, dass sie sich damit abfanden, dass es ihr mit einem Mann, den sie alle bewunderten, nicht ernst war.

Es war ihr nicht entgangen, dass Slate jede Frau bekommen konnte, die er wollte. Er war ein Held, ehrenhaft, verdammt gut aussehend und sein Beschützerinstinkt konnte manchmal verdammt anziehend sein. Deshalb war die Tatsache, dass er mit ihr ausgehen wollte, immer noch etwas überraschend. Aber sie würde sich darauf einlassen, bis ihre Beziehung ihren natürlichen Lauf nahm.

Und Ashlyn hatte keinen Zweifel daran, dass sie tatsächlich enden würde. Aber sie war fest entschlossen, das Zusammensein mit ihm zu genießen, solange es anhielt.

»Und ... war es so, wie du es dir erhofft hast?«, fragte Lexie mit einem Glitzern in den Augen.

»Du hast doch gehört, dass ich von zwei Orgasmen gesprochen habe, oder?«, erwiderte Ashlyn lächelnd.

Elodie und Lexie grinsten.

»Nur zwei? Im Ernst, du musst auf mehr bestehen«, sagte Elodie.

Ashlyn brach in Gelächter aus. »Nun, er hat mich heute Morgen angerufen, um mir zu sagen, dass die Katze sozusagen aus dem Sack ist und er den Jungs von uns erzählt hat. Und irgendwie habe ich am Ende des Gesprächs zugegeben, dass ich mich selbst berühre, während ich an ihn denke, und er hat mir im Gegenzug gesagt, dass er bei Gedanken an mich masturbiert. Und statt bis Freitag zu warten, um mit mir essen zu gehen, kommt er heute Abend zu mir ... und hat mir gesagt, ich solle mir keine Mühe mit dem Abendessen machen.«

Elodie fächelte sich mit einer Hand Luft zu.

Lexie lächelte. »Gut. Nun, mach dich auf was gefasst, denn nach heute Abend werden dir die beiden Orgasmen wohl ziemlich lahm vorkommen.«

»Ist das komisch?«, fragte Ashlyn. »So über Sex mit Slate zu reden?«

Ihre Freundinnen antworteten gleichzeitig.

»Nein.«

»Auf keinen Fall.«

»Die Sache ist die«, sagte Elodie. »Unsere Jungs? Sie sind sexuell. *Sehr* sexuell. Vielleicht hat das etwas mit dem Testosteron zu tun und damit, dass sie bei ihren Einsätzen die volle Kontrolle haben müssen. Ich weiß es nicht. Es gibt bestimmt Studien darüber, um Gottes willen. Aber warum sollten wir nicht über Sex reden? Männer tun es, frei und offen. Nur Frauen wird auch heute noch gesagt, dass sie sich anständig benehmen und nicht über Sex reden sollen. Das ist dumm. Sex ist fantastisch. Er ist völlig natürlich. Und Sex mit jemandem, der dich liebt und respektiert und will, dass du dich im Bett genauso gut amüsierst wie er? Das ist großartig.«

»Ich wusste nie, was wahre Intimität ist, bis Midas kam«, gab Lexie zu. »Mit jemandem zusammen zu sein, der will, dass du noch vor ihm kommst, ist ...« Ihre Stimme wurde leiser.

»Besonders«, beendete Ashlyn.

»Ganz genau.«

»Gib dich nie mit mittelmäßigem Sex zufrieden«, sagte Elodie. »Wenn Slate dir nicht das gibt, was du brauchst, um in Fahrt zu kommen, hilf ihm zu verstehen, was du brauchst.«

»Keiner von uns beiden konnte warten. Ich schwöre, er braucht mich nur anzuschauen und ich bin feucht«, gab Ashlyn zu. »Und er war innerhalb von fünf Sekunden in mir. Aber er hat darauf bestanden, dass ich zuerst zum Orgasmus komme. Dann ein zweites Mal, während er noch in mir war, obwohl er schon gekommen war«, sagte Ashlyn.

Lexie und Elodie lächelten sie an.

»Ja. Alles gut«, sagte Lexie nach einem Moment.

»Ich denke, du wirst keinen Rat brauchen. Aber wir sind trotzdem hier, falls du ihn brauchst«, fügte Elodie hinzu.

»Danke, Leute«, sagte Ashlyn. Sie hatte keine Ahnung, wie sie so gute Freundinnen gefunden hatte.

»Aber im Ernst, ich freue mich für dich. Und du hast recht«, sagte Lexie, »es ist nichts falsch daran, sich mit Slate zu amüsieren. Solange ihr beide von Anfang an wisst, was Sache ist, finde ich es toll, dass ihr euch trefft.«

»Ich auch«, fügte Elodie hinzu. »Wenn wir jetzt fertig sind, über Sex zu reden – was mich meinen Mann vermissen lässt, obwohl ich ihn erst heute Morgen gesehen habe –, können wir vielleicht die Kisten packen, damit du mit dem Ausliefern weitermachen kannst und ich mit dem morgigen Essen anfangen kann.«

»Ja, Ma'am, jawohl, Ma'am!«, neckte Lexie sie.

Elodie knüllte eine Serviette zusammen und warf sie nach ihr.

Die nächste halbe Stunde verbrachten die drei Frauen damit, die Mahlzeiten zu verpacken, die Ashlyn ausliefern würde. Die neue Kundin auf der heutigen Route war eine alleinerziehende Mutter. Ihr Mann war bei einem Baustellenunfall ums Leben gekommen. Er war nicht versichert gewesen und sie waren extra für den Job nach Hawaii gezogen, sodass sie keine Familie auf der Insel hatte. Sie bemühte sich sehr, einen anständig bezahlten Job zu finden, mit dem sie die Miete für ihre kleine Wohnung, Lebensmittel, Arztrechnungen und all die anderen Dinge, die jeden Tag anfielen, bezahlen konnte.

Lexie hatte letzte Woche mit ihr gesprochen, als die Frau zum ersten Mal anrief, verzweifelt auf der Suche nach Nahrung für ihr Kind. Sie war sofort in den Dienstplan aufgenommen worden, und heute war der erste Tag, an dem Ashlyn bei ihr vorbeikommen würde.

Als sie angefangen hatte, Essen auszuliefern, hatte sie vielleicht zehn Stopps gehabt. Aber als die Monate vergingen und die Menschen mit dem neuen Service von *Food For All* vertrauter wurden, nahmen die Lieferanfragen schnell zu. Jetzt brachte Ashlyn jeden Tag mindestens dreißig Menschen das Essen. Das war alles, wofür sie Zeit hatte. Sie plante ihre Route sorgfältig, um keine Zeit zu vergeuden. Sie konnte ihr Arbeitspensum nicht immer weiter erhöhen, aber es fiel ihr schwer, Menschen abzulehnen, die die Hilfe wirklich brauchten und es nicht zu einem der beiden Standorte von *Food For All* schaffen konnten.

Wie Slate schon vermutet hatte, hatte Ashlyn auf ihrer Route Favoriten, mit denen sie besonders viel Zeit verbrachte.

Die Turners waren eine junge Familie; Brooklyn war erst einundzwanzig und Trey vierundzwanzig Jahre alt. Sie waren von Maui nach Oahu gezogen, in der Hoffnung auf mehr Arbeitsmöglichkeiten. Sie hatten zwei Kinder, Curtis war drei und Briar zwei Jahre alt. Sie kamen gerade so über die Runden, aber mit der Hilfe von *Food For All* schafften sie es.

James Mason war ein achtundachtzigjähriger Mann, der auf Sozialhilfe und seine kleine Rente von der Navy angewiesen war. Er hatte zweimal im Vietnamkrieg gedient und war verletzt worden, was seinen Dienst beendete, aber nicht seine Liebe zu seinem Land. Er war urkomisch und hatte immer spannende Geschichten zu erzählen. Ashlyn tat ihr Bestes, um so lange wie möglich bei ihm zu sitzen, nicht nur, weil es offensichtlich war, dass er einsam war, sondern auch, weil sie es liebte, ihm zuzuhören, wenn er davon erzählte, wie er als Junge während des Zweiten Weltkriegs gewesen war und wie sehr sich die Welt seitdem verändert hatte.

Christi Dryden war Ende zwanzig und behindert. Sie lebte in einer Wohnung mit ihrer Schwester. Ihre Eltern waren vor ein paar Jahren gestorben und Lori tat alles, was sie konnte, um Christi bei sich zu behalten. Ashlyn hatte großen Respekt vor der Frau, die die Verantwortung für die Pflege ihrer Schwester übernommen hatte. Es war nicht leicht, denn ihre medizinische Versorgung war teuer. Die Mahlzeiten, die sie von *Food For All* bekamen, halfen ihnen, die Schwesternhelferin zu bezahlen, die tagsüber bei Christi blieb, während Lori arbeitete.

Jeder, dem Ashlyn Mahlzeiten lieferte, hatte es schwer. An manchen Tagen war es deprimierend, das zu tun, was sie tat. Das Ausmaß der Armut zu sehen, in dem die Menschen lebten. Aber in den meisten Fällen machten ihre Kunden das Beste aus dem, was sie hatten, und waren dankbar für jede Hilfe, die sie bekommen konnten.

Nachdem sie, Lexie und Elodie das Essen in ihren RAV4 gepackt hatten, nahm Ashlyn sich einen Moment Zeit, um Slate den Link für die Tracking-App zu schicken, die sie verwendete. Sie rechnete nicht mit einer Antwort, aber noch bevor sie aus der Gasse hinter *Food For All* herausgefahren war, vibrierte ihr Telefon.

Slate: Ich habe sie heruntergeladen. Füg mich hinzu, Babe.

Ashlyn schüttelte den Kopf über seine Ungeduld und nahm sich eine Minute Zeit, um eine Anfrage an seine E-Mail zu schicken und seine Nummer zu ihrem Freundeskreis in der App hinzuzufügen. So sehr sie auch über seine Überfürsorglichkeit meckerte, konnte sie nicht leugnen, dass es sich gut anfühlte. Sie hatte absolut keine Skrupel, ihren Kunden Mahlzeiten zu liefern. Sie waren alle gute Menschen, aus allen Gesellschaftsschichten, jeder Ethnie und jedem Alter. Sie hatte bisher kein einziges Mal das Gefühl gehabt, in Gefahr zu sein, wenn sie zu ihnen nach Hause kam.

Aber nach der ganzen Scheiße, die mit ihren Freundinnen passiert war, wusste sie es auch zu schätzen, jemanden zu haben, der sich um ihr Wohlergehen sorgte. Jemanden, der Alarm schlagen würde, wenn etwas schieflief. Nicht dass sie erwartete, dass etwas Schlimmes passieren würde.

Ihr Handy piepte mit einer Benachrichtigung und Ashlyn sah, dass Slate tatsächlich die Tracking-App heruntergeladen hatte und nun ihren Standort sehen konnte. Sie entsperrte ihr Handy und rief die App auf, wobei sie lächelte, als sie das neue Symbol auf ihrer Karte sah, auf dem *DS* stand. Duncan Stone.

Sie konnte sehen, dass Slate sich auf dem Marinestützpunkt befand und sogar, in welchem Gebäude er sich aufhielt.

Ein albernes Lächeln breitete sich auf ihrem Gesicht aus. Sie schaltete das Display ihres Handys aus und legte es in den Getränkehalter neben sich. Sie brauchte keinen Blick auf die Karte zu werfen, um die ersten zehn Häuser auf ihrer Liste zu finden. Sie war schon oft genug dort gewesen, um die Routen auswendig zu kennen.

———

Als Ashlyn mit ihren Lieferungen fertig war und zu *Food For All* zurückkehrte, war sie zwar müde, aber auch ein wenig aufgeregt, da sie Slate später sehen würde. Ihre Gedanken kreisten um den Spaß, den sie heute Abend haben würden, weshalb sie beim Betreten des Gebäudes nicht erwartete, von Kenna, Monica und Carly überfallen zu werden. Lexie war ebenfalls da und versuchte, ein Grinsen zu verbergen. Elodie war die Einzige, die fehlte.

»Määäädchen!«, trällerte Kenna, sobald Ashlyn den Hauptraum an der Vorderseite des Gebäudes betreten hatte.

Ashlyn schüttelte den Kopf. »Ich schätze, ihr habt es alle gehört?«

»Gehört, dass du und der letzte verfügbare Mann endlich miteinander ins Bett gestiegen seid? Verdammt, ja, wir haben es gehört!«, sagte Kenna begeistert.

»Das ist wirklich toll, Ash«, erklärte Carly ein wenig ruhiger.

»Ich freue mich für dich«, fügte Monica hinzu. Nach und nach kam die stillste Frau unter ihnen aus ihrem Schneckenhaus heraus. Monica wäre nie der Typ, der gern im Mittelpunkt stand, aber zumindest innerhalb ihrer Freundesgruppe öffnete sie sich mehr.

»Danke, Leute. Ich bin auch ziemlich glücklich«, sagte Ashlyn.

»Ihr saht auf Monicas und Pids Hochzeit auf der Kualoa Ranch ziemlich vertraut aus«, sagte Kenna. »Bist du sicher, dass ihr nicht schon ...« Sie verstummte, als sie anzüglich die Fäuste aneinanderstieß.

Ashlyn verdrehte die Augen. »Mein Gott, wie alt bist du, zwölf? Und nein, Slate und ich hatten damals keinen

Sex. Ehrlich gesagt, auch wenn er mich manchmal nervt –«

»Manchmal?«, unterbrach Lexie sie.

»Na gut, auch wenn er mich oft nervt, ist er auch lustig und ich hänge gern mit ihm ab. Wir hatten ja auch keine wirkliche Wahl. Als Gruppe hängen wir ständig zusammen ab, und die anderen Jungs sind schon vergeben«, sagte Ashlyn, wobei sie Carly zuzwinkerte, der letzten Frau, die sich in einen der SEALs verliebt hatte. Sie und Jag waren erst vor Kurzem zusammengekommen, aber jeder wusste, dass er schon lange ein Auge auf die hübsche Kellnerin geworfen hatte. »Es war irgendwie unvermeidlich«, sagte sie schließlich.

»Ich finde es großartig!«, rief Kenna aus. »Könnt ihr euch vorstellen, dass Slate jemanden in unseren inneren Kreis holt, der eine Zicke ist?«

»Ihr habt doch gehört, dass wir uns nur zwanglos treffen, oder?«, fragte Ashlyn, bevor sich alle über die Möglichkeit einer weiteren zukünftigen Hochzeit freuen konnten. Sie steckten bis zum Hals in den Planungen für Carlys und Jags Trauung, die im *Duke's* Restaurant in Waikiki stattfinden sollte, und sie traute ihren Freundinnen zu, dass sie eine Doppelhochzeit planen würden.

»Was bedeutet das genau?«, fragte Carly.

»Nur, dass wir nicht ineinander verliebt sind«, antwortete Ashlyn.

»Noch nicht«, murmelte Lexie.

Ashlyn ignorierte sie. »Wir hängen einfach gern zusammen ab. Wir tun das, was Millionen andere Paare auf der ganzen Welt tun: Wir lernen uns besser kennen, genießen es, Zeit miteinander zu verbringen, und nehmen die Dinge einen Tag nach dem anderen.«

»Du kannst dich also mit anderen Männern treffen und er mit anderen Frauen?«, fragte Monica.

Ashlyn zuckte mit den Schultern. »Ich denke schon.«

»Du denkst schon? Ihr habt nicht darüber geredet?«, fragte

Kenna verblüfft.

»Leute, es ist ungefähr zwei Komma drei Sekunden her, dass er sich mit mir verabredet hat«, beharrte sie.

»Da hat Kenna allerdings recht. Es ist wichtig zu wissen, ob ihr exklusiv seid oder nicht«, sagte Monica.

»Genau! Was ist, wenn er eine x-beliebige Tussi fickt und dann für einen Nachschlag zu dir kommt?«, fragte Carly.

Ashlyn presste beunruhigt die Lippen aufeinander. »So ist Slate nicht.«

»Ich weiß«, sagte Carly. »Ich habe nur versucht, ein Szenario zu entwerfen.«

»Würde es dich stören, wenn er sich mit einer anderen Frau trifft, während er mit dir zusammen ist?«, fragte Monica.

Ashlyn versuchte, sich nicht von ihren Freundinnen ärgern zu lassen. Sie wollten nur auf sie aufpassen ... aber es war trotzdem irgendwie nervig. Welchen Teil von »zwanglos« hatten sie nicht verstanden?

»Und was ist, wenn du jemanden triffst, den du magst? Ich vermute, er wäre nicht glücklich, wenn er wüsste, dass du mit einem anderen ausgehst, während du mit ihm zusammen bist«, fügte Kenna hinzu.

»Hört mal, das ist doch egal. Ich bin mit niemandem zusammen. Und Slate auch nicht. Keiner von uns hat Zeit, sich mit anderen zu treffen. An den meisten Wochenenden hängen wir mit euch und seinem Team ab. Und es ist ja auch nicht so, dass die Männer mir in der Vergangenheit die Tür eingerannt haben, um mit mir auszugehen. Wir werden das schon klären, wenn es zu einem Problem wird«, sagte Ashlyn.

»Wir versuchen nur, dich zu beschützen«, sagte Lexie leise.

»Ich weiß, und das weiß ich zu schätzen. Aber ich komme klar. Slate kommt klar. Ich freue mich darauf, nicht mehr unter Druck zu stehen und mich zu fragen, ob er der Richtige ist, ob er Kinder haben will und so weiter. Wir gehen die Dinge im Moment einfach entspannt an – und ich möchte, dass ihr das auch tut.«

»Das tun wir.«

»Das werden wir.«

»Kein Problem.«

Ashlyn war erleichtert über die sofortige Unterstützung ihrer Freundinnen.

»Wann siehst du ihn wieder?«, fragte Carly.

»Nun, wir waren am Freitag zum Abendessen verabredet, aber als er heute Morgen anrief, fragte er, ob er heute Abend vorbeikommen könne.«

»Ooooooh«, sang Kenna.

Ashlyn verdrehte die Augen. »Und bevor jemand fragt, ja, wir hatten Sex. Ja, es war fantastisch. Ja, ich hatte mehrere Orgasmen. Und ja, wir werden es heute Abend wieder tun. Wollt ihr noch irgendetwas wissen?«

Alle brachen in Gelächter aus.

»Ich glaube, das war's«, sagte Kenna, die immer noch kicherte.

»Können wir jetzt das Thema wechseln und über jemand anderen reden?«, fragte Ashlyn. »Carly, was gibt's Neues von eurer Feier?«

Zum Glück ließen ihre Freundinnen sie vom Haken und fingen an, über Carlys Hochzeit zu sprechen. Sie hatten sich endlich auf ein Datum geeinigt, in zweieinhalb Monaten sollte es so weit sein. Das war zwar etwas früher, als Carly es sich gewünscht hatte, aber da sie dem Zeitplan des *Duke's* ausgeliefert waren und wann sie das ganze Restaurant für ein paar Stunden mieten konnten, durften sie nicht wählerisch sein.

Ashlyn hatte das Gefühl, dass Jag vermutlich dachte, zweieinhalb Monate seien nicht annähernd früh genug, aber sie sagte nichts.

Lexie und Midas waren die Einzigen, die noch nicht verheiratet waren oder aktiv eine Hochzeit planten. Keiner der beiden hatte es eilig, den Bund der Ehe zu schließen oder Kinder zu bekommen, obwohl Lexie Ashlyn kürzlich gestanden hatte, dass Midas sie in seine Lebensversicherung aufgenommen hatte, damit sie abgesichert war, falls ihm etwas zustoßen sollte.

Der Gedanke, dass einer der Jungs verletzt werden könnte, machte Ashlyn Angst. Sie hatte sie während des letzten Jahres alle sehr gut kennengelernt, und es wäre für alle in ihrem Umfeld verheerend, wenn jemand getötet würde.

Nach etwa einer halben Stunde schaute sie unauffällig auf die Uhr. Zumindest hatte sie gedacht, subtil zu sein. Lexie kam herüber und hakte ihren Arm bei Ashlyn ein. »Ich kann hier alles zu Ende bringen. Fahr nach Hause.«

»Aber –«, fing Ashlyn an.

»Nein. Ich schaffe das«, sagte Lexie nachdrücklich. »Du willst nach Hause und dich für Slate fertig machen. Das kann ich sehen.«

Ashlyn lächelte. »Ich bin albern.«

»Nein. Du bist in einer neuen Beziehung. Das ist ganz und gar nicht albern. Geh.« Lexie zwinkerte ihr zu. »Tu nichts, was ich nicht auch tun würde.«

»Womit ich machen kann, was ich will«, erwiderte Ashlyn.

»Ja.« Lexie umarmte sie. »Viel Spaß.«

»Den werde ich haben. Danke.« Ashlyn erwiderte die Umarmung, dann winkte sie den anderen zu. »Wir sehen uns später, Leute. Ich bin dann mal weg.«

»Tschüss.«

»Grüß Slate von uns.«

»Orgasmen sind dein Freund!«

Der letzte Satz kam von Kenna, und Ashlyn konnte nicht anders, als zu lachen. Sie liebte ihre Freundinnen. Sie waren alle so unterschiedlich, aber sie wollten alle nur das Beste für sie und füreinander. Ashlyn hatte das Gefühl, dass sie insgeheim immer noch hofften, dass sie und Slate sich plötzlich ineinander verlieben würden, aber im Moment war sie froh, sich mit vielen atemberaubenden Orgasmen zufriedengeben zu können – und das würde sich in absehbarer Zukunft auch nicht ändern.

KAPITEL VIER

Slate überprüfte die App zum gefühlt vierhundertsten Mal an diesem Tag. Er hatte sie so eingestellt, dass er benachrichtigt wurde, wenn Ashlyn sich bewegte, nachdem sie länger als fünfzehn Minuten an einem Ort gewesen war. Er hatte beobachtet, wie sie ihre Runden für den Tag drehte und das Essen an alle ihre Kunden auslieferte.

Es war irgendwie peinlich, wie besessen er davon war, sich davon zu überzeugen, dass sie sicher zu *Food For All* zurückkehrte.

Als Mustang ihn bei einem ihrer Treffen auf seine Ablenkung ansprach, tat Slate sein Bestes, um aufmerksam zu sein. Als er die Nachricht erhalten hatte, dass Ashlyn in ihrer Wohnung angekommen war, schien die Zeit jedoch praktisch dahinzukriechen. Er konnte nur noch daran denken, was er mit ihr anstellen wollte, sobald er in ihrer Wohnung war.

Schließlich beendete Mustang das letzte Treffen und sie konnten alle nach Hause fahren. Ohne zurückzubleiben, um mit seinen Teamkameraden zu plaudern, ging Slate den Flur entlang zum Ausgang. Es war fast lächerlich, wie sehr er sich darauf freute, Ashlyn zu sehen. Sein Schwanz versteifte sich in seiner Hose und Slate fluchte. Er benahm sich wie ein geiler Teenager, nicht wie ein reifer Mann von dreiunddreißig Jahren.

Auf dem Weg zu ihrer Wohnung fuhr er wie immer zu schnell. Sein Magen knurrte, aber Essen war das Letzte, woran er dachte. Er hatte in der Vergangenheit schon oft gehungert – es war nicht immer einfach, während einer Mission innezuhalten und etwas zu essen – und er war es gewohnt, ohne Nahrung auszukommen, wenn er in seinem Element war. Und Slate fühlte sich im Moment definitiv in seinem Element. Er war darauf konzentriert, zu Ashlyn zu kommen und dort weiterzumachen, wo sie während ihres Telefonats am Morgen aufgehört hatten.

Er parkte und ging die Treppe zu ihrem Stockwerk im Wohnhaus hinauf, ohne sich an viel von der Fahrt zu erinnern. Dann war er da. Er klopfte an die Tür, aus der er vor ein paar Tagen getreten war, wobei er sich so befriedigt wie schon lange nicht mehr gefühlt hatte.

Die Tür öffnete sich fast sofort, und Slate verschlang Ashlyn mit seinem Blick, als er eintrat. Sie trug Leggings und ein übergroßes langärmeliges Hemd. Er konnte mit einem Blick erkennen, dass sie keinen BH anhatte; ihre Brustwarzen waren bereits hart unter der blassrosa Baumwolle.

»Hi«, sagte sie, als sie die Tür hinter ihm schloss und den Riegel einrastete.

Kaum war die Tür verriegelt, packte Slate sie an den Schultern, drehte sie herum und drückte sie mit dem Rücken gegen die Wand.

Sie starrte ihn mit großen braunen Augen an, und er liebte es, wie ihr der Atem stockte. Ihr langes, glänzendes Haar fiel ihr über die Schultern und streifte die Spitzen ihrer Brüste. Ihre Wangen waren gerötet und sie legte sofort ihre Hände auf seinen Bizeps.

»Hey«, erwiderte Slate verspätet ihren Gruß. »Hattest du einen schönen Tag?« Er zwang sich zu sprechen, bevor er sich auf sie stürzte wie ein brünstiger Panther.

Ihre Lippen zuckten. »Ja. Die anderen haben mich zwar gelöchert, aber sie sind cool.«

Slate nickte. »Keine Probleme mit deinen Lieferungen?«

»Nein. Alle haben sich gut benommen. Den ganzen Tag war kein einziger Axtmörder in Sicht.«

Slate schüttelte verzweifelt den Kopf.

»Hast du die App zum Laufen gebracht?«, fragte sie.

»Jup.« Er würde nicht erwähnen, dass er den ganzen Tag ein Auge auf sie geworfen hatte. Manche Leute würden es vielleicht für unheimlich halten, dass er jede Bewegung seiner Frau sehen wollte. Aber nach allem, was mit Carly, Monica und all den anderen passiert war, wollte er kein Risiko eingehen. Er war sich sicher, dass er mit der Zeit weniger besessen davon sein würde, sich zu vergewissern, dass Ashlyn sicher war. Vielleicht.

»Hast du Hunger? Ich weiß, du hast gesagt, ich brauche mich nicht um das Abendessen zu kümmern, aber ich habe vorhin Gemüse gebraten. Ich habe noch Reste. Ich kann dir ein paar Nudeln kochen und alles zusammenwerfen, denn ich weiß, dass du wahrscheinlich explodieren würdest, wenn du nur Gemüse zum Abendessen hättest.«

»Ich bin ausgehungert«, sagte Slate.

Sie sah überrascht aus. »Okay, dann tritt zurück und ich setze das Wasser auf.«

»Nicht nach etwas zu essen. Nach *dir*«, stellte Slate klar, wobei er die Hände zu ihren Hüften gleiten ließ. Er sprach nicht einmal in ganzen Sätzen, aber er konnte nicht anders. Bei dem Gedanken, seinen Mund zwischen ihren Beinen zu vergraben, kam er sich ein wenig wie ein Neandertaler vor.

Das kleine, sexy Lächeln, das über Ashlyns Gesicht huschte, beruhigte ihn in Bezug auf die leichte Besessenheit, die er von ihrem Körper entwickelte.

Sie spannte kurz ihre Hände an seinen Armen an, dann glitt sie zur Seite, ergriff seine Hand und ging in Richtung ihres Schlafzimmers.

Slate konzentrierte seinen Blick auf ihren Hintern, während sie das taten. Sie hatte Kurven an all den richtigen Stellen. Ihre Brüste waren groß, aber sie hatte obenrum nicht zu viel, denn ihre sexy Hüften glichen alles aus. Sie waren perfekt zum Greifen. Ihre herrlichen Lippen waren prall und er konnte es kaum erwarten, sie an seinem Schwanz zu sehen. Ihre glatten brünetten Haare waren weich und seidig und er konnte sich gut vorstellen, wie sich die dicke Masse anfühlen würde, die seine Brust kitzelte, während sie ihn ritt. Ihre seelenvollen braunen Augen schienen immer mit irgendeiner Emotion zu glänzen ... Humor, Mitgefühl ... Ärger über seine Überheblichkeit.

Ja, es gab nichts an Ashlyn, was ihn nicht verdammt erregt hätte. Er war sich nicht sicher, warum er so lange gebraucht hatte, sie um eine Verabredung zu bitten, aber er war froh, es endlich getan zu haben.

Sie zerrte ihn in ihr Schlafzimmer. Nachdem sie seine Hand losgelassen hatte, zog sie sich wortlos ihr Hemd über den Kopf.

Einen Moment lang war Slate wie betäubt. Er konnte nur dastehen und sie staunend anstarren. Frauen neigten dazu, sich zu viele Gedanken zu machen, wenn es um ihr Aussehen ging. Männer waren im Grunde ihres Herzens einfache Geschöpfe. Sie mochten Brüste. Punkt. Und Ashlyns Brüste waren perfekt.

Slate machte einen Schritt nach vorn und streckte die Hände aus, ohne darüber nachzudenken. Er fasste sie an und fuhr mit den Daumen über beide Brustwarzen, wobei er genoss, wie sie unter seiner Berührung noch härter wurden.

»So verdammt empfindlich«, murmelte er.

Daraufhin wölbte Ashlyn den Rücken, um ihn anzuspornen. Wie schon am vergangenen Abend überkam Slate ein überwältigendes Gefühl der Dringlichkeit. Er brauchte diese Frau. Er hatte das Gefühl, dass er sterben würde, wenn er nicht innerhalb der nächsten sechzig Sekunden in sie eindrang.

Slate nahm einen tiefen Atemzug, schwor sich, nicht wie beim letzten Mal zu schnell zu kommen, ohne Ashlyn wirklich zu schätzen, und zwang sich dazu, sie loszulassen und einen Schritt zurückzutreten.

»Zieh alles aus und leg dich aufs Bett«, sagte er heiser. »Beine gespreizt.«

Ashlyn gab keinen Kommentar ab, sondern lächelte nur und beugte sich vor, um ihre Leggings auszuziehen. Ihre Brüste wippten dabei und wieder einmal musste Slate sich zwingen, sich nicht auf sie zu stürzen.

Er zog seine eigenen Sachen scheinbar in Rekordzeit aus. Er nahm sich einen Moment Zeit, um ein paar Kondome auf den Tisch neben ihrem Bett zu werfen und sich selbst zu streicheln. Sein Schwanz zuckte bei der Berührung und war mehr als bereit, sich in Ashlyns heißem, nassem und engem Körper zu vergraben.

Aber noch nicht.

Sie legte sich auf das Bett, wie er es ihr befohlen hatte, spreizte die Beine, winkelte die Knie an und stellte die Füße flach auf die Matratze. Slate entging nicht, wie ihre Wangen rosa wurden, als sie sich entblößte.

Er kroch auf das Bett, wo er sich sofort zwischen ihren Beinen niederließ. Er beugte sich vor und küsste zärtlich ihren leicht gerundeten Bauch. Er hatte ein schlechtes Gewissen, da er seit seiner Ankunft nicht viel zu ihr gesagt hatte – er hatte sie nicht einmal geküsst –, weshalb er aufschaute und fragte: »Geht es dir gut?«

»Mir wird es besser gehen, wenn du aufhörst herumzualbern«, erwiderte sie.

Slate grinste, erleichtert darüber, dass sie genauso schnell zum guten Teil kommen wollte wie er, und leckte sich über die Lippen. Dann rutschte er ein Stück nach unten und senkte den Kopf.

Nach der ersten Kostprobe ihres leicht würzigen Moschus war Slate geliefert.

Er konnte jetzt schon nicht genug bekommen. Die Art, wie sie seufzte, wie ihre Hüften sich ihm entgegen neigten und ihn ermutigten weiterzumachen, wie sich jeder Muskel ihres Körpers anspannte, wenn er eine Stelle traf, die ihr gefiel ... Er könnte die ganze verdammte Nacht zwischen ihren Beinen verbringen.

Zuerst neckte er sie, leckte ihre Falten und beachtete ihre Klitoris kaum. Er war sich zwar sicher, dass sich das, was er tat, nett anfühlte, aber es ging ihm nicht darum, nett zu sein. Er wollte Ashlyn vor lauter Lust um den Verstand bringen.

Er legte eine Hand auf ihren Bauch, um sie ruhig zu halten, und schob einen Finger tief in sie hinein, während er an ihrer Klitoris saugte. Wie er es erwartet hatte, zuckte sie unter ihm zusammen.

»Slate!«, rief sie.

Slate lächelte, nahm den Mund aber nicht von ihrer Klitoris. Er spürte, wie sich ihre inneren Muskeln um seinen Finger anspannten, während sie sich wand. Er liebkoste das kleine Nervenbündel mit seiner Zunge, und als sein Finger immer leichter in ihren feuchten Kanal hinein und wieder hinaus glitt, wusste er, dass sie kurz vor dem Höhepunkt stand.

»Ja, genau da! Oh mein Gott, ja! Heilige Scheiße, Slate ...«

Ihre Worte kamen atemlos und er konnte die Verzweiflung in ihnen hören, also verdoppelte er seine Anstrengungen und saugte hart an ihrer Klitoris.

Und einfach so explodierte sie. Ihr Orgasmus schien mit seinem Mund an ihrer Perle und seinem Finger in ihr noch intimer zu sein. Sie zitterte unkontrolliert und ihre Schenkel schlugen gegen seine Schultern, als sie versuchte, die Beine zu schließen ... und es nicht konnte, weil er zwischen ihnen war.

»Zu viel, Slate ... genug!«, hauchte sie.

Aber es war nicht genug. Nicht annähernd genug. Slate hob den Kopf und benutzte die Hand, die er auf ihren Bauch gedrückt hatte, um ihre Klitoris zu bearbeiten.

Ashlyn kreischte auf und zuckte heftig. Sie gab einen

erstickten Laut von sich, als sie erneut über den Abgrund stürzte. Eine Frau zum Orgasmus zu zwingen war noch nie sein Ding gewesen, aber es hatte etwas so verdammt Befriedigendes, Ashlyn zu sehen, wie sie sich durch seine Hände in Lust verlor. Sie war ihm ausgeliefert – und das gefiel ihm verdammt gut.

Sie zitterte noch immer, als er seinen Finger aus ihrem weiterhin krampfenden Kanal zog und ihn gierig in den Mund nahm. Verdammt, sie schmeckte so gut. Er erhob sich auf die Knie und nahm ein Kondom vom Tisch. Er rollte es über seinen Schwanz, bevor er in Ashlyns Gesicht blickte.

Der benommene Ausdruck in ihren Augen brachte ihn zum Lächeln. Er stand ihr gut. Und *er* hatte dafür gesorgt. »Bist du bereit?«, fragte er.

Sie nickte immer noch, als er seinen Schwanz zwischen ihren Schamlippen ansetzte und in sie eindrang. Er war dick und das Gefühl, wie ihr Körper sich ihm beugte, reichte aus, um seinen Kopf explodieren zu lassen. Aber genau wie an dem vergangenen Abend wusste Slate, dass er in Schwierigkeiten steckte, als er spürte, wie sie sich um ihn herum anspannte. Er würde auf keinen Fall lange genug durchhalten, um sie zu einem weiteren Orgasmus zu bringen. Sie fühlte sich zu gut an. Sie drückte ihn zu fest.

»Verdammt, Frau«, stieß er hervor, als er spürte, wie seine Hoden sich zur Vorbereitung näher an seinen Körper heranzogen.

Sie kicherte und Slate spürte die Bewegung um seinen Schwanz. Er hatte noch nie jemanden gevögelt, während derjenige lachte, und hatte keine Ahnung gehabt, wie unglaublich sich das anfühlen konnte. »Wenn ich dich hundertmal gevögelt habe, halte ich vielleicht länger als zwei Sekunden durch«, brummte er, während er seinen Schwanz herauszog und wieder in ihren Körper stieß.

Sie antwortete nicht mit Worten, sondern hob nur die Hände und griff nach seinem Bizeps, um die Fingernägel in seine Haut zu graben, als er begann, sie hart und schnell zu ficken.

Es dauerte nicht lange, bis die Lust zu groß wurde und er sich nicht mehr zurückhalten konnte. Er stieß tief in sie hinein und stöhnte, während er kam und eine Gänsehaut auf seinen Armen ausbrach.

Einen Moment lang war er von Scham erfüllt. Wieder einmal hatte er nicht lange durchgehalten, sobald er in sie eingedrungen war. Er war ein erwachsener Mann, kein verdammter Teenager.

Aber Ashlyn stieß tief in ihrer Kehle einen zufriedenen Laut aus. »Das war fantastisch«, flüsterte sie. »Ich bin noch nie so schnell gekommen.«

Wenigstens war er nicht allein. Slate ließ sich auf sie sinken, noch nicht bereit, sich herauszuziehen. Er wusste, dass er das Kondom entsorgen musste, aber er konnte sich nicht dazu durchringen, sie zu verlassen. »Ach ja?«, fragte er.

Sie lächelte ihn an. »Ja.«

»Und wieder einmal bin ich gekommen, als wäre es mein erstes Mal«, entgegnete er angewidert.

»Ich werde dir ein Geheimnis verraten, großer Mann«, sagte Ashlyn. »Wenn ein Typ sich nicht zurückhalten kann, ist das eine Art Kompliment.«

»Klar«, sagte er skeptisch.

»Ich meine es ernst. Und ich würde sogar noch weiter gehen und sagen, dass es für viele Frauen nicht besonders angenehm ist, zehn, zwanzig oder wie viele Minuten lang gestoßen zu werden. Wir kommen an einen Punkt, an dem wir einfach nur noch wollen, dass ihr kommt und fertig werdet. Für mich persönlich geht es um die Stimulation der Klitoris.«

Überraschenderweise spürte Slate, wie sein Schwanz bei ihren Worten zuckte. Es gefiel ihm, dass sie keine Angst hatte, ihm zu sagen, was ihr gefiel. »Zur Kenntnis genommen«, murmelte er.

»Werde ich dich jemals mit den Händen und dem Mund bekommen?«, fragte sie.

Sein Schwanz begann, noch mehr Lebenszeichen von sich zu geben. Das wollte er. Ashlyn auf den Knien vor ihm oder zwischen seinen Beinen, um ihm einen zu blasen, war eine seiner häufigsten Fantasien.

Er griff nach unten und hielt das Kondom fest, als er aus ihr herausglitt. Ashlyn rümpfte auf reizende Weise die Nase. Slate rutschte rüber, sodass er auf dem Rand der Matratze saß, und drehte sich dann in der Taille, mit einer Hand aufgestützt und über sie gebeugt. Er küsste sie lange, tief und sanft und ärgerte sich, dass er es nicht schon früher getan hatte. Dann zog er sich zurück und starrte sie einfach an.

»Slate?«

»Du willst meinen Schwanz, Ash?«

Sie errötete, nickte jedoch.

»Sobald ich mich davon abhalten kann, dich zu bespringen, sobald ich dich sehe, bekommst du deine Chance.«

Wie zu erwarten rollte sie mit den Augen. »Also nie«, schnaubte sie.

Slate brach in Gelächter aus. Er konnte nicht anders. Sie hörte sich so verärgert darüber an, dass er seine Hände nicht von ihr lassen konnte. »Ich komme gleich wieder«, sagte er, als er aufstand, um sich des Kondoms zu entledigen.

»Ähm ... hast du jetzt Hunger? Mein Angebot, dir ein paar Nudeln mit Gemüse zu machen, gilt immer noch.«

Slate überlegte einen Moment, bevor er nickte. »Ja, gern.«

Sie strahlte. »Toll.«

Er konnte sich nicht davon abhalten, sich noch einmal über das Bett zu beugen und sie auf die Stirn zu küssen, bevor er ins Bad ging und auf dem Weg dorthin seine Uniform einsammelte, die er in einem Haufen auf dem Boden liegen gelassen hatte.

Zwanzig Minuten später saß er an ihrem kleinen Tisch in der Küche und aß eine einfache Mahlzeit mit Penne-Nudeln und verdammt gutem Gemüse. Womit auch immer sie es beim Braten gewürzt hatte, es war fantastisch. Es war ein wenig scharf und der Knoblauch war vielleicht etwas zu stark, aber die Nudeln glichen alles aus.

»Gut?«, fragte Ashlyn.

»Köstlich«, antwortete Slate. »Und, sind deine Besuche heute gut gelaufen?«, fragte er.

Ashlyns Gesicht hellte sich auf. »Ja. Da ist diese eine Familie, die so hart arbeitet, um ihren Kindern alles zu geben, was sie brauchen, aber sie sind jung. Ich kann mir nicht vorstellen, zwei Kinder unter vier Jahren zu haben und erst einundzwanzig Jahre alt zu sein. Aber Brooklyn ist eine wirklich gute Mutter, soweit ich sehen kann. Und Curtis und Briar sind so verdammt niedlich. Manche Leute würden denken, dass das, was ich mache, deprimierend ist ... wenn ich sehe, wie schwer die Leute es haben. Aber normalerweise sehe ich das nicht so.«

Natürlich tat sie das nicht. Ashlyn war definitiv ein Mensch, bei dem das Glas immer halb voll war, ein weiterer Grund, warum Slate sich zu ihr hingezogen fühlte.

»Ja, die Menschen, die ich jeden Tag sehe, haben es schwer, aber haben wir das nicht alle? Dabei geht es nicht immer um Geld. Es geht darum, sich würdig zu fühlen, geliebt werden zu wollen oder eine chronische Krankheit zu haben. Es gibt eine Million verschiedene Arten, wie Menschen es schwer haben, und wenn ich ihnen nur eine davon abnehmen kann, indem ich ihnen gesunde, kostenlose Mahlzeiten an die Tür bringe, dann habe ich das Gefühl, dass ich etwas in ihrem Leben bewirkt habe, auch wenn es nur einen kleinen Unterschied macht.«

Slate nickte. »Ich habe Menschen gesehen, die so arm waren, dass sie praktisch nur das Hemd an ihrem Körper besaßen, im Dreck schliefen und das einzige Dach über ihrem Kopf aus ein paar Brettern bestand, die sie von einem Schrotthaufen aufgesammelt hatten. Aber sie waren schnell bereit, jemandem einen Platz unter einer abgewetzten Decke anzubieten, der ihn nötiger brauchte als sie selbst. Sie gaben ihr letztes Stück Brot an jemanden weiter, der hungriger war, und sie begrüßten Fremde mit einem Lächeln. Also ja, ich verstehe vollkommen, was du meinst. Arm zu sein macht niemanden zu einem schlechten Menschen, genauso wenig wie reich zu sein jemanden zu einem guten Menschen macht.«

»Ganz genau.«

Slate konnte den Blick nicht von der Frau abwenden, die ihm gegenübersaß. Lange Zeit war Ashlyn nur eine Freundin der Frauen seiner Teamkameraden gewesen. Die Nervensäge, die ihn gern anschnauzte. Nachdem er mehr Zeit mit ihr verbracht hatte, war er das erste Mal überrascht, als er erkannte, dass Zank und Sarkasmus tatsächlich ein Zeichen dafür waren, dass sie sich mit jemandem wohlfühlte. Er wurde Zeuge desselben trockenen Witzes und verbalen Geplänkels, wenn sie mit ihren Freundinnen abhing.

Etwa zur gleichen Zeit, als er merkte, dass er sich auch körperlich zu ihr hingezogen fühlte. Jetzt, da er ihr gegenübersaß und eine Mahlzeit aß, die Ashlyn extra für ihn zubereitet hatte, konnte er zugeben, dass sie besser zusammenpassten, als er zuerst gedacht hatte.

Slate hatte sich auch nie für Geld interessiert. Ja, er war froh, dass er genug hatte, um sein Haus zu mieten, zu essen und die wenigen materiellen Dinge zu kaufen, die er sich wünschte, aber er strebte nie danach, so reich zu sein wie zum Beispiel Aleck. Genau wie Ashlyn wollte er im Leben der Menschen etwas verändern, wo er nur konnte. Und zu hören, wie respektvoll sie über ihre Kunden sprach, machte ihn umso dankbarer, dass er endlich den Mut aufgebracht hatte, sie um eine Verabredung zu bitten.

Die Art und Weise, wie sie im Bett für ihn entbrannte, und die Tatsache, dass sie tatsächlich ein intelligentes Gespräch führen konnten, gaben Slate die Sicherheit, dass die Beziehung mit Ashlyn fantastisch sein würde, egal wie lange sie dauerte.

Gerade als er sich die letzte Gabel Nudeln in den Mund gesteckt hatte, klingelte sein Telefon.

»Tut mir leid«, sagte er zu Ashlyn und griff danach.

»Ist schon gut«, antwortete sie lässig, während sie aufstand und seinen Teller nahm.

»Slate«, grüßte er, als er bemerkte, dass es Mustang war.

»Hey. Hast du Zeit zum Reden? Ich habe über die Situation in Nordkorea nachgedacht und wollte sie mit jemandem besprechen.«

»Ja, kannst du mir zehn Minuten geben?«, fragte Slate.

»Natürlich. Es ist keine große Sache. Ich kann auch bis morgen warten, wenn du beschäftigt bist.«

»Ist schon in Ordnung. Ich bin gern bereit, dir zuzuhören.«

»Prima. Ruf mich zurück, wenn du kannst.«

»Mach ich. Bis dann«, sagte Slate.

»Bis dann.«

Kaum hatte er die Verbindung beendet, sagte Ashlyn: »Du musst gehen.«

Slate nickte, stand auf und ging zu ihr in die kleine Küche. »Mustang möchte mit mir über ein paar Dinge sprechen. Berufliche Dinge.«

»Ich verstehe schon. Kein Problem.«

Slate untersuchte Ashlyns Gesichtsausdruck sorgfältig auf Anzeichen dafür, dass sie verärgert oder sauer war, dass er so schnell nach dem Essen wieder gehen wollte. Er fand keine. »Vielen Dank für das Essen.«

»Gern. Das ist das Mindeste, was ich tun kann. Du revanchierst dich am Freitagabend, ja?«

»Ja«, sagte Slate.

»Darf ich fragen, wohin du mich ausführst?«

»Nein.«

Ashlyn schmollte. »Aber es ist nicht hawaiianisch, oder?«

»Du magst Malasadas. Die sind hawaiianisch«, sagte Slate mit einem kleinen Grinsen.

»Malasadas sind im Grunde genommen Donuts. Sie

bestehen aus frittiertem Teig mit Zucker. Was kann man daran nicht mögen?«, entgegnete sie. »Poi hingegen ...« Sie erschauderte.

Slate lachte leise. »Ich weiß es besser, als dich in ein hawaiianisches Restaurant auszuführen, auch wenn du etwas verpasst. Aber es wird dir gefallen, versprochen.«

»Okay.«

»Willst du immer noch zu mir kommen? Ich kann dich auch abholen.«

»Ich werde zu dir kommen. Ich will dir keine Unannehmlichkeiten bereiten, indem du mich nach Hause fährst.«

»Na gut. Aber ich sage nur, dass es keine große Sache wäre.«

Ashlyn zuckte mit den Schultern. »Nein, es ist alles gut.«

Slate nickte. »Ich schätze, ich gehe dann mal.«

»Fahr vorsichtig.«

»Immer.«

Ashlyn rollte mit den Augen, als sie ihn zur Tür begleitete. »Klar, Mr. Bleifuß.«

»So schlimm bin ich nicht«, argumentierte Slate.

»Ähm, doch, das bist du. Du erträgst keine roten Ampeln, keinen Stau und keinen Menschen, der länger als zwei Sekunden vor dir ist. Deine Ungeduld wird noch zehnmal schlimmer, wenn du hinter dem Steuer eines Wagens sitzt.«

Er konnte ihr nicht wirklich widersprechen, denn sie hatte recht. Also grinste er einfach.

Sie schüttelte nur den Kopf und lächelte zurück. »Geh«, befahl sie. »Wir sprechen uns später.«

Slate gefiel es, dass sie nicht schmollte, weil er ging. Er war praktisch nur zum Sex gekommen und sie schien damit einverstanden zu sein. Er könnte nicht glücklicher sein, dass sie auf einer Wellenlänge waren.

Er trat näher an sie heran und umarmte sie. Dann küsste er sie auf die Stirn und wandte sich zum Gehen. »Schließ hinter mir ab«, befahl er, als er den Riegel öffnete.

»Mhm-hm«, murmelte Ashlyn.

Sie war immer noch eine Nervensäge, aber Slate musste zugeben, dass er ihre Bissigkeit mochte. »Wir sehen uns.«

»Bis dann, Slate.«

Erst auf halbem Weg nach Hause bemerkte Slate, dass er immer noch lächelte.

KAPITEL FÜNF

Ashlyn konnte sich nicht erinnern, wann sie jemals eine bessere Woche gehabt hatte. Ihr Sexleben war plötzlich fantastisch. Allen ihren Kunden ging es im Moment gut. Sogar ihre Beziehung zu Elodie, Lexie und den anderen schien irgendwie besser zu sein, nur weil sie mit Slate zusammen war. Sie war glücklich. Sehr glücklich.

Und heute Abend führte er sie zum Essen aus. Sie hatte die Sexfreundschaft vorgeschlagen, weil sie bereits seit einer gefühlten Ewigkeit scharf auf ihn gewesen war, aber sie hatte nicht gedacht, dass sie so gut zusammenpassen würden, wie sie es taten. Sie hatte gedacht, sie würden weiterhin mit ihren Freunden in einer großen Gruppe abhängen, wie sie es schon immer getan hatten, ab und zu Sex haben und das war's.

Aber sie stellte fest, dass Slate mehr Tiefgang hatte, als sie ihm zugetraut hatte. Sie hatte deswegen irgendwie ein schlechtes Gewissen. Er war mehr als der eingebildete, gut aussehende Navy SEAL, für den sie ihn gehalten hatte.

Ja, es gab Dinge an ihm, die ihr nicht gefielen, aber sie entschied, dass sie darüber hinwegsehen konnte, wenn seine guten Eigenschaften so viel wichtiger waren. Er war immer noch ungeduldig, herrisch, überfürsorglich und etwas ruppig.

Aber er war auch rücksichtsvoll und dankbar für die kleinen Dinge – zum Beispiel, wenn sie ihm Abendessen machte – und er konnte seine nervigen Macken im Bett in etwas Positives verwandeln.

Natürlich war guter Sex nicht der einzige Schlüssel zu einer erfolgreichen Beziehung, aber er trug viel dazu bei, sie zu verbessern.

Ashlyn fuhr vor Slates kleinem Strandhaus vor und lächelte. Sie liebte sein Haus. Es war nicht schick, von außen sah es sogar ziemlich rau aus. Aber sie war schon ein- oder zweimal drinnen gewesen und er hatte es wirklich gemütlich und bequem eingerichtet.

Sie parkte auf der Straße vor seinem Haus und ging zur Tür. Sie wurde geöffnet, bevor sie überhaupt klopfen konnte.

Sie hatte viel zu lange überlegt, was sie zu ihrer Verabredung anziehen sollte. Slate hatte sie schon in allem gesehen, angefangen bei Jeans über Shorts bis hin zu Badeanzügen, aber da dies ihre erste offizielle Verabredung war, wollte sie gut aussehen. Sie hatte sich für einen fließenden Rock entschieden, der ihr bis zu den Knien reichte, eine hellblaue Bluse mit V-Ausschnitt und ein Paar Riemchensandalen, die ihrer Meinung nach ihre Waden betonten.

Es war erst ein paar Tage her, dass Ashlyn ihn das letzte Mal gesehen hatte, aber als er die Tür öffnete, sah er noch besser aus, als sie ihn in Erinnerung hatte. Statt seiner Uniform trug er eine Jeans und ein marineblaues Hemd mit Kragen. Sein schwarzes Haar umrahmte sein kantiges Kinn perfekt. Er hatte leichte Stoppeln am Kinn, und Ashlyn konnte es kaum erwarten, die kratzige Haut an ihren empfindlichen Schenkeln zu spüren.

Als sie errötete, da sie sofort an Sex dachte, lächelte sie zu ihm hoch. »Hi. Ich hoffe, ich bin nicht zu spät.«

»Nur ein paar Minuten«, entgegnete Slate mit der tiefen, grummelnden Stimme, die sie so gut kannte. »Komm rein.«

Ashlyn wusste genau, dass Slate es hasste, wenn jemand zu

spät kam. Es schien in seiner DNA verankert zu sein, pünktlich oder zu früh zu sein. Aber in seiner Stimme hörte sie nicht einen Funken Verärgerung. Das war zwar etwas überraschend, aber sie würde diesem geschenkten Gaul nicht ins Maul schauen.

Seine Hand war warm auf ihrem Rücken, als sie sein Wohnzimmer betrat, und Ashlyn konnte sich nur schwer beherrschen, sich nicht umzudrehen und sich auf den Mann zu stürzen. Gott, sie hatte sich nach nur zweimal zusammen in eine Sexfanatikerin verwandelt. Es war fast schon peinlich. Aber als sie einen Blick auf die Beule in Slates Jeans erhaschte, fühlte sie sich nicht mehr so schuldig.

»Ich habe für halb acht reserviert, also haben wir noch ein bisschen Zeit, bevor wir gehen müssen. Willst du noch ein wenig auf der Dachterrasse sitzen?«

»Ja.« Ashlyn musste nicht einmal über ihre Antwort nachdenken. Seine Dachterrasse war der beste Teil des Hauses. Er hatte sie selbst gebaut, nachdem er die Genehmigung des Eigentümers eingeholt hatte. Das Haus lag einen Block vom Strand entfernt, aber wenn man auf dem Dach saß, schien es fast so, als wäre man direkt am Strand. Als sie das letzte Mal mit ein paar Freunden bei ihm gewesen war, ging gerade die Sonne unter und es war einer der schönsten Anblicke, die sie je gesehen hatte.

Dann wurde ihr noch etwas anderes bewusst, was er gesagt hatte. »Warte, halb acht? Ich dachte, du hättest für sieben reserviert.«

»Ich habe gelogen«, sagte er ohne Gewissensbisse. »Ich wusste, dass du es nicht rechtzeitig schaffen würdest, also habe ich uns ein Polster geschaffen.«

Ashlyn runzelte die Stirn und stemmte die Hände in die Hüften. »Ich glaube, jetzt bin ich beleidigt«, erklärte sie.

»Nein, bist du nicht«, erwiderte er, legte einen Arm um ihre Taille und zog sie zu sich heran.

Mit einem leisen *Uff* landete sie an ihm. Als er sich zu ihr hinunterbeugte und seine Lippen auf ihre presste, vergaß sie, dass sie sich geärgert hatte. Eigentlich vergaß sie sogar alles.

Sie hatten sich bereits geküsst, aber dieser Kuss schien gemächlicher zu sein. Er ließ sich Zeit, neckte sie mit den Zähnen und der Zunge, bevor er sie dazu brachte, sich ihm zu öffnen.

Als sie sich voneinander lösten, wusste Ashlyn nicht einmal mehr, worüber sie gesprochen hatten. Aber er erinnerte sie schnell daran.

»Ich hasse es, zu spät zu kommen, also dachte ich mir, ich lasse uns etwas Spielraum, nur für den Fall.«

Ashlyn konnte nicht die Energie aufbringen, um sauer zu sein. Er hatte sie mit einem einzigen Kuss besänftigt. Er hatte sie bereits durchschaut ... und das verhieß nichts Gutes für die Zukunft.

»Wie auch immer«, schnaubte sie.

Slate grinste. »Komm schon, ich habe Gläser und Wein hochgebracht, bevor du gekommen bist.«

Okay, das war süß. Und er konnte nicht wirklich erwartet haben, dass sie zu spät kommen würde, wenn er den Wein schon auf die Terrasse gebracht hatte.

Sie ging die Treppe hinauf, Slate dicht auf den Fersen. Unter normalen Umständen wäre sie dabei ein wenig besorgt gewesen, aber sie wusste ohne Zweifel, dass Slate dafür sorgen würde, dass sie nicht fiel. Als sie das letzte Mal auf die Terrasse gegangen war, war sie ein nervöses Wrack gewesen, weil die Stufen sowohl schmal als auch steil waren, aber damals hatte sie Slate nicht im Rücken gehabt.

Sie öffnete die Tür am oberen Ende der Treppe und seufzte zufrieden, als sie in die warme Abendluft trat. Slate hatte eine Art kleine Nische gebaut mit einem Dach für den Fall, dass es regnete und er dort oben sitzen wollte, aber im Großen und Ganzen war es eine einfache Konstruktion. Eine ebene Fläche aus dicken Brettern mit ein paar Stühlen und einem kleinen Tisch. Um die Terrasse herum gab es ein kurzes Geländer, das höchstens einen Meter hoch war, sodass sich der Bereich sicher, aber nicht einengend anfühlte. In der Ferne, über den Dächern der Häuser auf der anderen Straßenseite, war das Meer zu sehen. Wenn sie genau hinhörte, konnte Ashlyn die Wellen an der Küste brechen hören.

»Ich liebe es hier oben«, sagte sie mit einem Seufzer.

»Ich weiß.«

Sie drehte sich zu Slate um. »Wirklich?«

»Ja. Ich habe dich beobachtet, als du das letzte Mal hier oben warst, und es war offensichtlich, wie sehr du die Aussicht genossen hast.«

Es überraschte Ashlyn ein wenig, dass er es bemerkt hatte, denn das war mindestens drei Monate her, aber es wärmte ihr das Herz, dass er ihr schon damals Aufmerksamkeit geschenkt hatte.

»Hier, setz dich. Ich hole dir ein Glas Wein«, sagte Slate und deutete auf einen der äußerst bequemen Adirondack-Stühle, die sie sich bei ihrem letzten Besuch gern geschnappt hätte, wenn sie gewusst hätte, wie sie sie unbemerkt vom Dach in ihren Wagen hätte bekommen können.

Ashlyn trank nie etwas, wenn sie wusste, dass sie fahren würde – niemals –, aber sie wollte aus ihren Macken keine große Sache machen. Sie setzte sich hin und seufzte sofort zufrieden, als sie in die Ferne auf die rollenden Wellen starrte.

Slate reichte ihr das Glas Weißwein und sie nahm einen kleinen Schluck, während er sich auf dem Stuhl neben ihr niederließ. Er hatte sich ebenfalls ein Glas eingeschenkt.

»Magst du Wein?«, fragte sie, da sie sich nicht daran erinnern konnte, dass er in ihrer Gegenwart schon einmal Wein getrunken hatte.

Er zuckte mit den Schultern. »Ja. Warum?«

»Ich weiß nicht, es scheint einfach ... nicht zu dir zu passen.«

»Es wäre nicht meine erste Wahl für ein entspannendes Getränk, aber ich weiß, dass du ihn magst, und ein gemeinsames Glas auf meiner Terrasse mit einer schönen Frau schien mir angemessen.«

Sie lächelte. Gott, es war so nett, so etwas zu sagen.

»Ich könnte auch runtergehen und eine Dose Bier holen, sie austrinken und mir dann die Dose auf der Stirn zerdrücken, wenn dir das lieber ist«, sagte Slate grinsend.

Ashlyn brach in Gelächter aus. »Nein, das ist perfekt. Danke.« Und das war es auch. Das zarte Glas in seiner großen, schwieligen Hand zu sehen war irgendwie sexy. Sie wusste aus eigener Erfahrung, wie sanft diese Hände sein konnten und wie gut sie sich auf ihrer Haut anfühlten.

»Wie privat ist diese Terrasse?«, fragte sie und schaute sich um, um herauszufinden, ob man sie von den Fenstern der umliegenden Häuser aus sehen konnte.

Slate schnaufte. »Nicht privat genug.«

»Verdammt«, murmelte Ashlyn leise.

Slate sagte nichts, sondern nahm nur einen weiteren Schluck seines Weins und starrte sie über den Rand des Glases hinweg an. Sein Blick war intensiv und Ashlyn hatte das Gefühl, dass sie ihm nur das kleinste Zeichen geben musste, und das Abendessen wäre vergessen.

Aber so sehr sie den Sex mit Slate auch liebte, sie hatte sich schon die ganze Woche darauf gefreut, mit ihm auszugehen. Bisher waren sie immer mit der ganzen Gruppe oder zumindest mit ein paar anderen Leuten ausgegangen. Sie wollte ihn besser kennenlernen, unter vier Augen.

Als sie den Blickkontakt brach, drehte sie sich um und starrte in die Ferne. »Wenn ich so eine Terrasse hätte, würde ich hier oben leben«, sagte sie nach einem Moment.

»Ich komme ständig hier hoch«, gab Slate zu. »Besonders nach einer harten Mission. Die Sterne zu beobachten, das Meer zu hören ... das hilft mir, mich zu erholen.«

Ashlyn nickte. Das konnte sie verstehen. Einer ihrer Lieblingsplätze war der Balkon in Kennas und Alecks Wohnung. Das Apartment ihrer Freunde war wunderschön und teurer, als sie es sich je würde leisten können, aber der Blick auf das Meer war jeden Cent wert, den die Wohnung kostete.

Sie saßen eine Weile in geselligem Schweigen, während Slate an seinem Wein nippte, bevor er schließlich auf die Uhr schaute und fragte: »Bist du bereit zu gehen?«

»Was, wenn ich sage, ich bin es nicht? Und ich den Rest des Abends hier sitzen bleiben will?«, fragte sie.

»Dann bleiben wir den Rest des Abends hier sitzen. Ich rufe an und bestelle etwas, das geliefert wird. Du kannst hier so lange sitzen bleiben, wie du willst.«

»Das ist eine gute Antwort. Aber ich will ausgehen. Ich will unbedingt wissen, wohin du mich heute Abend ausführst.«

»Gib es zu, du vertraust mir nicht«, sagte Slate.

Ashlyn runzelte überrascht die Stirn. »Ich vertraue dir«, erwiderte sie. »Das tue ich wirklich«, betonte sie, als er eine Augenbraue hochzog. »Ich meine, wenn ich dir nicht vertrauen kann, wem zum Teufel dann?«

»Ich werde immer dein Bestes im Sinn haben, wenn ich etwas tue«, versicherte Slate. Er ließ ihr keine Zeit, diese Aussage infrage zu stellen. Er klang wesentlich ernster, als es das Gespräch rechtfertigte. Er stand auf und hielt ihr die Hand hin. »Komm, lass uns etwas essen.«

Ashlyn stand auf und griff nach ihrem Glas.

»Lass es stehen. Ich komme später wieder hoch und hole alles. Ich will nicht, dass du die Treppe runtergehst, ohne beide Hände frei zu haben, um dich am Geländer festzuhalten.«

Da Ashlyn keine große Lust hatte, ein Glas Wein zu halten, während sie die Treppe bewältigte, nickte sie.

»Ich gehe zuerst«, sagte Slate, als er die Tür zur Treppe öffnete.

»Damit du meinen Sturz abfangen kannst?«, neckte sie.

»Ja.« Seine Antwort war prompt und aufrichtig. »Leg deine Hand auf meine Schulter, wenn du musst«, fuhr er fort, während er darauf wartete, dass sie sich ihm näherte.

Ashlyn schluckte schwer. Mann, er machte es ihr schwer,

sich an seine Fehler zu erinnern, indem er so süß war. Sie schafften es die Treppe hinunter, ohne dass sie sich durch ein Stolpern lächerlich machte, und sie schnappte sich ihre Handtasche, als sie zur Haustür gingen.

Slate hielt die Beifahrertür seines Trailblazers auf und Ashlyn konnte nicht anders, als zu staunen, wie höflich und zuvorkommend er war. Sie war eher an seine Scherze und ruppigen Befehle gewöhnt als an die Seite, die sie heute Abend von ihm sah. Aber sie hasste es nicht. Ganz und gar nicht.

Zu ihrer Überraschung fuhr er nicht in Richtung Honolulu und Waikiki, sondern auf die Westseite der Insel und nahm die 93 in Richtung Waianae.

Sie wollte ihn unbedingt fragen, wohin sie fuhren, aber sie konnte ihre Neugierde im Zaum halten, da sie wusste, dass er es ihr sowieso nicht verraten würde. Nach einer landschaftlich reizvollen Fahrt die Küste hinauf hielt er auf dem Parkplatz eines Restaurants namens *Staxx Sports Bar & Grill*.

Er stellte den Motor ab und drehte sich zu ihr um. »Es ist nichts Besonderes, aber ich glaube nicht, dass du so eine Art hochtrabende Frau bist.«

»Bin ich auch nicht«, stimmte sie sofort zu.

»Es gibt ein paar leckere traditionelle tongaische Gerichte, aber auch Steak, Hähnchenflügel, Fischtacos, Burger ... und wir werden auf jeden Fall die Kartoffelkroketten bestellen. Nach dem Essen, das du mir neulich zubereitet hast, wirst du die Knoblauchkroketten bestimmt auch probieren wollen.«

Ashlyn grinste. »Ich mag Knoblauch. Verklag mich.«

»Du hast Glück, ich auch«, sagte Slate. »Es gibt auch jede Menge Fernseher, Dartscheiben und manchmal gibt es Live-Poker- und Quiz-Turniere.«

»Ooooh, Quiz-Turniere«, sagte Ashlyn aufgeregt. »Ich liebe Quiz-Turniere! Ich bin zwar nicht gut darin, aber ich liebe sie.«

»Damit das klar ist, Babe, ich habe diesen Ort nicht ausgewählt, weil ich ein Typ bin, der sich nur in Sportbars wohlfühlt.

Ich habe ihn gewählt, weil es dort verdammt gutes Essen gibt. Und weil ich es mit dir teilen wollte.«

»Okay.« Ehrlich gesagt war ihr der Gedanke nicht gekommen, aber sie war froh, dass er es klargestellt hatte.

»Komm schon. Ich schwöre, ich habe die ganze Fahrt über dein Magenknurren gehört.«

Ashlyn verdrehte die Augen. »Hast du nicht.«

Er grinste sie an und Ashlyn hätte schwören können, dass angesichts der Hitze in seinem Blick ihre Eierstöcke explodierten.

»Erst das Essen«, murmelte er, bevor er aus dem Wagen stieg und damit bewies, dass er definitiv auf derselben Wellenlänge lag wie sie, wenn es darum ging, worauf sie am *meisten* Hunger hatten.

Sie wartete nicht auf ihn, sondern stieg aus, bevor er auf ihre Seite des Fahrzeugs gelangen konnte.

Er machte keine Bemerkung darüber, was sie irgendwie überraschte, sondern nahm nur ihre Hand in seine und führte sie zum Eingang.

Eine Stunde später lehnte Ashlyn sich auf der mit Leder bezogenen Bank zurück und seufzte zufrieden. »Diese Kartoffelkroketten waren das Beste, was ich je gegessen habe«, sagte sie glücklich.

»Das kann man wohl sagen, denn du hast ungefähr zehn Kilo von den Dingern verdrückt«, stichelte Slate sie.

Er war großartige Essensgesellschaft. Die Unterhaltung war beständig gewesen, er hatte seinen Blick nicht gelangweilt durch das überfüllte Restaurant schweifen lassen und Ashlyn gefiel es, wie interessiert er an allem war, was sie zu sagen hatte. Andererseits war sie genauso fasziniert von den Geschichten, die er über einige seiner Einsätze erzählte. Ihr war klar, dass er ihr nichts Geheimes erzählte, aber es war eine Seite von Slate, an die zu denken sie sich bisher nicht erlaubt hatte.

So wie damals, als er und sein Team von ihrem Evakuierungsort abgeschnitten gewesen waren und sie fast fünf Kilometer hatten kriechen müssen, um vom Feind nicht entdeckt zu werden. Oder als er Spinnen und eine Schlange gegessen hatte, als ihnen die Vorräte ausgingen, weil ein Einsatz länger dauerte als erwartet.

Er versuchte, seine Geschichten locker und lustig zu halten, und während Ashlyn an den entsprechenden Stellen lachte, war der Gedanke daran, wie sehr er und seine Freunde bei jedem Einsatz in Gefahr waren, nicht wirklich zum Lachen.

Sie hatten gerade ihren Hauptgang beendet – sie hatte den Staxx-Burger und er seinen Bao mit geschmortem Schweinebauch verschlungen – und warteten nun auf die frittierte Eiscreme, die sie zum Nachtisch bestellt hatten.

»Kann ich dich etwas fragen?«, begann Ashlyn.

»Natürlich«, sagte Slate, beugte sich vor, stützte seine Ellbogen auf den Tisch und schenkte ihr seine ungeteilte Aufmerksamkeit.

»Ich könnte einen Rat gebrauchen ... aber nicht, wenn du deinen Beschützerinstinkt übermäßig raushängen lässt.«

»Das kann ich nicht versprechen, denn ich möchte dich beschützen«, entgegnete Slate ruhig. »Aber ich werde mein Bestes tun, um mich zu mäßigen, denn es ist ja nur eine Unterhaltung.«

Ashlyn kicherte. Die Antwort war so typisch für Slate, dass sie sie ihm nicht übel nehmen konnte. »Okay, weißt du noch, wie wir vorhin über einige meiner Kunden gesprochen haben?«

»Ja.«

Ashlyn war angenehm überrascht von Slates Interesse an den Männern und Frauen gewesen, denen sie das Essen brachte. Sie hatte sich zurückgehalten, darüber zu sprechen, weil sie wusste, dass er ihren Job nicht gerade guthieß, aber er hatte aufmerksam zugehört, die richtigen Fragen gestellt und schien wirklich neugierig auf die Menschen zu sein, mit denen sie täglich zu tun hatte.

»Nun … ich habe über Christi nachgedacht.«

»Sie ist diejenige im Rollstuhl, richtig?«, fragte Slate.

»Ja. Das ist sie. Ich weiß nicht genau, was für eine Behinderung sie hat; ich finde es irgendwie komisch, danach zu fragen. Ich meine, wenn ich mehr Zeit mit ihr und ihrer Schwester verbringen würde, würden sie sich sicher öffnen, aber das ist wohl nicht so wichtig. Jedenfalls habe ich mir überlegt, ob ich es nicht schaffen könnte, dass sie mal aus dem Haus kommt. Zum Beispiel mit ihr an den Strand gehen, um frische Luft zu schnappen oder so. Ich bin mir sicher, dass ich einen Weg finden werde, sie zu transportieren, aber ich will nicht, dass Lori sich schlecht fühlt, wenn ich es ihr anbiete. Ihre Schwesternhelferin würde natürlich mitkommen, aber ich weiß einfach nicht, wie ich das Thema ansprechen soll. Sie ist immer im Haus, wenn ich ankomme. Meistens sitzt sie vor dem Fernseher. Ich finde es einfach schrecklich, dass sie in Hawaii sind und Christi nie rauskommt. Was denkst du?«

Slate griff über den Tisch und nahm ihre Hand in seine. »Erstens denke ich, dass du das größte Herz von allen hast, die ich je getroffen habe. Die meisten Menschen würden ihren Job als Essenslieferant machen und das war's dann. Sie würden die Turners nicht kennenlernen, keine Extra-Leckereien für die älteren Kunden einschmuggeln und sie würden sich ganz sicher nicht um ein behindertes Mädchen kümmern, das mehr frische Luft braucht.«

»Aber?«, fragte Ashlyn, als er einen langen Moment innehielt.

»Ich will nicht sagen, dass es eine schlechte Idee ist, aber vielleicht ist Christi mit ihrem Leben, so wie es ist, ganz zufrieden. Vielleicht mag sie den Geruch des Meeres nicht, weil er sie an Dinge erinnert, die sie wegen ihrer Behinderung nicht tun kann. Vielleicht mag sie es nicht, angestarrt zu werden, wenn sie sich außerhalb des Hauses aufhält. Natürlich ist es sehr wichtig, mit Lori zu sprechen, denn sie ist schließlich für das Wohlergehen ihrer Schwester verantwortlich. Du hast mir bereits erzählt, wie sehr sie sich bemüht, Christi bei sich zu behalten, und du willst ihr auf keinen Fall den Eindruck vermitteln, sie tue nicht genug.«

»Stimmt«, sagte Ashlyn.

»Aber selbst wenn du mit Lori sprichst und sie zustimmt, wenn du einen Transport organisieren kannst, wenn du dich vergewisserst, dass der Ort, an den du Christi bringen willst, rollstuhlgerecht ist, wenn die Schwesternhelferin ihr Einverständnis für den Ausflug gibt und zustimmt, dich zu begleiten … es gibt immer noch etwas Wichtiges, das dir fehlt.«

»Was?«

»*Christi* zu fragen, ob sie an den Strand gehen will. Du hast gesagt, dass sie nicht sprechen kann, aber sie muss doch irgendwie kommunizieren können. Sie ist ein Mensch und hat es verdient, dass man sie nach ihrer Meinung fragt und nicht, dass man Entscheidungen ohne sie trifft.«

Ashlyn starrte Slate an. Er hatte recht. Hundertprozentig recht – und sie war eine Idiotin. Sie hatte nicht ausdrücklich etwas anderes gesagt, aber es war tatsächlich ihre Absicht gewesen, das mit Lori und der Schwesternhelferin zu besprechen ... nicht mit Christi. Sie schloss die Augen und fühlte sich furchtbar.

Slate drückte ihre Hand. »Hey, sieh mich an.«

Sie wollte es nicht, aber sie öffnete die Augen und begegnete seinem Blick.

»Sie hat Glück, jemanden wie dich in ihrem Leben zu haben.«

Ashlyn schluckte schwer. Sie hatte mit Feuereifer versucht, Christis Leben zu verbessern, ohne eine Ahnung davon zu haben, ob die Frau zufrieden war oder nicht. Sie sah sie nicht als *Person*. Nicht wirklich. Sie hatte einfach eine Idee im Kopf und angefangen, Dinge zu planen, ohne an alle Aspekte zu denken. Christi zu fragen, ob sie an den Strand gehen wolle, sollte das Erste sein, was sie tat, nicht das Letzte.

Slate beugte sich vor und führte ihre verschränkten Hände

zu seinem Mund. Er küsste sanft ihre Finger. »Du bist eine fantastische Fürsprecherin, Ashlyn. Du kümmerst dich um deine Kunden, was verdammt großartig ist.«

Sie kicherte. Slate brachte sie zum Lachen, obwohl sie sich beschissen fühlte, weil sie so achtlos war.

Da erschien der Kellner mit einem riesigen Teller und drei Kugeln frittierter Eiscreme. Er stellte den Teller ab, legte zwei Löffel daneben und sagte: »Guten Appetit!«

Slate hielt ihre rechte Hand fest und griff nach einem Löffel. Ashlyn zog an ihrer Hand. Er ließ sie nicht los. Ohne ihren leichten Widerstand anzuerkennen, löffelte er einen Bissen Eiscreme.

»Hey, Großer, ich brauche meine Hand zum Essen«, sagte sie grinsend zu ihm.

»Du hast noch eine«, erwiderte er scheinbar unbekümmert.

»Ja, aber ich bin Rechtshänderin«, erinnerte Ashlyn ihn.

»Ich weiß. Wenn du mit der linken Hand essen musst, bekomme ich mehr.«

»Hey!«, beschwerte sie sich, lachte und zerrte mit mehr Mühe an ihrer Hand.

Slates Lippen verzogen sich zu einem Grinsen. »Du weißt, dass du mehr als deinen gerechten Anteil essen wirst, wenn ich dich nicht behindere.«

»Das werde ich nicht!«

»Babe, du bist die größte Naschkatze, die ich je getroffen habe. Es ist mir egal, dass du das Doppelte deines Gewichts an Kartoffelkroketten gegessen und den Burger verschlungen hast, als hättest du einen Magenparasiten. Wenn du die Chance bekommst, wirst du dieses Eis inhalieren und mir nur ein paar Löffel geschmolzenen Breis übrig lassen.«

Ashlyn konnte nicht anders, sie lachte noch mehr über das Bild, das er malte. »Gut. Ich verspreche, nur meine Hälfte zu essen, wenn du mir meine Hand zurückgibst.«

Er musterte sie skeptisch.

»Und solltest du dir nicht Sorgen machen, ob du gesund

isst und so? Mr. *Ich verzehre nur Proteinshakes und -riegel zum Frühstück.*«

»Es ist Freitag. Mein Schummeltag«, sagte er, ohne zu zögern.

»Komm schon, es schmilzt!«, jammerte Ashlyn.

Slate drückte ihre Hand noch einmal, dann ließ er sie los. Sofort griff sie nach einem Löffel und tauchte ihn in die Nachspeise. Mit einem großen Bissen im Mund funkelte sie Slate an.

»Verdammt, du bist süß«, murmelte er, bevor er sich wieder auf die Leckerei zwischen ihnen konzentrierte.

Ashlyn hätte in einer Million Jahren nicht gedacht, dass es sie erregen würde, als *süß* bezeichnet zu werden ... aber sie hätte auch nie gedacht, dass diese Worte von Slate kommen würden. Das Lächeln verschwand nicht aus ihrem Gesicht, während sie ihr Dessert verspeisten.

KAPITEL SECHS

Als sie nach dem Abendessen zu Slates Haus fuhren, fühlte Ashlyn sich extrem entspannt. Der Abend war großartig gewesen. Sie hatte es geliebt, Zeit mit ihm allein zu verbringen. Er war ein großartiger Gesprächspartner. Wenn sie mit ihren Freunden unterwegs waren, hielt er sich im Hintergrund und sagte oft sehr wenig. Als sie sich das erste Mal begegnet waren, hatte sie ihn eigentlich für einen launischen und etwas niedergeschlagenen Menschen gehalten, aber das war überhaupt nicht der Fall. Er zog es einfach vor, seinen Freunden das Rampenlicht zu überlassen.

»Kommst du mit rein?«, fragte Slate, als er den Motor abstellte.

Es war bereits ziemlich spät, aber keiner von ihnen musste am Morgen arbeiten, also nickte Ashlyn. »Wenn das in Ordnung ist.«

»Das ist mehr als in Ordnung«, antwortete er, beugte sich vor, packte sie im Nacken und zog sie zu sich heran. Er küsste sie direkt in seinem Wagen, wobei sich seine Zunge mit ihrer duellierte, woraufhin Ashlyn sich vor Lust wand.

»Rein mit dir«, knurrte er, nachdem er sich abrupt zurückgezogen und seine Tür geöffnet hatte.

Ashlyn grinste, folgte ihm und traf sich an der Motorhaube des Fahrzeugs mit ihm. Slate legte einen Arm um ihre Schultern und führte sie zur Eingangstür.

Überraschenderweise drückte er sie nicht sofort gegen eine Wand und zog sie nackt aus. Stattdessen deutete er mit dem Kinn auf die Couch, nachdem er die Tür abgeschlossen hatte. »Setz dich. Ich hole uns etwas zu trinken.«

Ashlyn war immer noch erregt, aber sie ließ sich von der entspannten Stimmung, in die sie auf der Rückfahrt geraten war, mitreißen und ging zu seiner Couch. Sie war aus hellbraunem Mikro-Wildleder und äußerst bequem. Nachdem sie sie das erste Mal gesehen hatte, hatte sie sich auch so eine Couch zulegen wollen, aber sie lag außerhalb ihrer Preisklasse.

Als Slate mit einem Glas in der Hand neben ihr auftauchte, öffnete sie den Mund, um ihm zu sagen, dass sie nichts trinken wolle, da sie später noch fahren müsse, aber er sprach, bevor sie es konnte.

»Das ist Sprite. Ich dachte mir, dass du keinen Alkohol willst.«

»Danke«, sagte Ashlyn, erfreut – aber nicht überrascht –, dass er an ihre Sicherheit dachte.

Er setzte sich neben sie und stellte die Bierflasche, die er aus dem Kühlschrank geholt hatte, auf den Couchtisch. Nachdem er gewartet hatte, bis sie einen Schluck Limonade getrunken hatte, nahm er ihr das Glas aus der Hand und stellte es neben sein eigenes Getränk. Dann griff er nach ihr.

Aber anstatt sie näher an sich heranzuziehen, drehte er ihren Körper zu sich hin, zog ihre Beine hoch und legte ihre Füße in seinen Schoß. Dann streifte er ihre Sandalen ab und begann, ihre Fußsohlen zu massieren.

»Heilige Scheiße. Hör nie wieder damit auf«, stöhnte Ashlyn.

Slate lächelte und rieb weiter.

Es war schwer zu glauben, dass sie hier war. In Slates Haus.

Mit vollem Bauch und dem Mann, in den sie seit Monaten *heftig* verknallt war und der ihr die Füße massierte.

Er hatte nur das Licht in der Küche angemacht, also war es im Raum ziemlich dunkel. Und ruhig. Zufrieden seufzend zog Ashlyn ein kleines Kissen vom Ende der Couch heran und stopfte es sich unter den Kopf. Jetzt konnte sie sehen, was Slate tat, und sich gleichzeitig entspannen.

Einige Minuten vergingen, während er ihre Füße massierte, bevor sie sprach. »Das ist schön.«

Slates Lippen zuckten.

»Ich meine nicht die Massage. Ich meine, das ist toll. Großartig, um genau zu sein. Aber ich meine ... das ... mit dir zusammen zu sein. Einfach in diesem Moment gegenwärtig zu sein.«

Sobald die Worte ihren Mund verließen, kam Ashlyn sich dumm vor. Aber sie hätte wissen müssen, dass sie sich bei Slate nicht unwohl fühlen würde.

»Ja, das ist es. Bei meinem Terminkalender und den Dingen, die ich bei der Arbeit sehe und höre, vergesse ich manchmal, im Moment zu leben. Mir Zeit zu nehmen, um zu schätzen, was ich habe.«

»Hast du eine Familie?«, fragte sie.

»Nein. Ich bin aus einem Ei geschlüpft«, antwortete Slate, ohne zu zögern.

Ashlyn stupste ihn mit dem Fuß an. »Trottel. Du weißt, was ich meine. Ich habe noch nie gehört, dass du deine Eltern oder deine Geschwister erwähnt hättest.«

»Ich spreche nicht viel über sie«, sagte Slate, während er seine Massage fortsetzte. »Aber ich habe sie. Meine ältere Schwester ist die Assistentin einer Kongressabgeordneten in Washington, D. C. und mein jüngerer Bruder arbeitet auf einer Ranch in Montana.«

»Wow. Unterschiedlicher könntet ihr nicht sein, was?«, fragte Ashlyn.

»Nein. Das macht die Dinge sehr interessant, wenn wir alle zusammen sind.«

»Und deine Eltern?«

»Sie leben in Idaho auf einem vier Hektar großen Grundstück. Meine Mutter war Lehrerin und mein Vater war Steuerberater. Sie sind jetzt beide im Ruhestand und lieben das ruhige Leben«, sagte Slate. »Was ist mit dir?«

»Ich bin ein Einzelkind«, antwortete Ashlyn. »Ich habe es als Kind wirklich vermisst, jemanden zum Abhängen zu haben. Meine Eltern sind immer noch zusammen ... aber ich wünschte, sie hätten sich schon vor langer Zeit scheiden lassen.«

»Verstehen sie sich nicht?«, fragte Slate. Er hörte auf, ihre Füße zu reiben, und legte einfach seinen Arm über ihre Knöchel.

»Nein. Solange ich denken kann, gehen sie sich gegenseitig an die Gurgel. Und das nicht auf eine scherzhafte oder gesunde Art und Weise. Sie stritten sich, versöhnten sich, und einen Tag später schrien sie sich wieder an. Mein Vater hat viel Zeit damit verbracht, auf der Couch zu schlafen.«

»Das ist scheiße.«

Ashlyn zuckte mit den Schultern. »Es ist, wie es ist. Viele Kinder haben es schlimmer als ich. Sie hatten beide gute Jobs, sodass es uns nie an Geld mangelte. Wir gehörten zur soliden Mittelschicht. Ich hatte immer etwas zu essen und Kleidung zum Anziehen.«

»Aber?«, drängte Slate.

Ashlyn schaute ihn an. »Aber was?«

»Ich höre da ein Aber heraus. Deine Grundbedürfnisse wurden erfüllt, aber was noch? Wo bist du in der Familiendynamik gelandet?«

Verdammt, Slate war ein guter Beobachter. »Oft waren sie zu sehr damit beschäftigt, sich gegenseitig zu beschimpfen, um daran zu denken, dass sie ein Kind haben. Und wenn sie von mir Notiz genommen haben, dann nur, um sich gegenseitig vorzuwerfen, mich falsch erzogen zu haben.« Ashlyn zuckte mit den Schultern. »Ich habe gelernt, dass es besser ist, ihnen aus dem Weg zu gehen, als die Aufmerksamkeit auf mich zu lenken. Ich war schon sehr früh unabhängig.«

»Das ist scheiße, Babe«, sagte Slate.

»Ja«, stimmte sie zu.

Zwischen ihnen herrschte Schweigen.

»Tut mir leid, dass ich die Laune verdorben habe«, sagte sie nach einem Moment.

»Das hast du nicht. Im Gegenteil, du faszinierst mich.«

Ashlyn schaute ihn überrascht an.

»Du hattest vielleicht nicht die beste Kindheit, aber trotz deiner schlechten Vorbilder bist du eine loyale Freundin. Du arbeitest hart. Du hast Ehrgeiz und Einfühlungsvermögen für andere. Ich habe keine Ahnung, wo oder wie du das alles gelernt hast bei der Art von Eltern, die du anscheinend hattest, aber ich bin beeindruckt.«

»Ich habe schon als Kind gelernt, gut aufzupassen. Ich musste die Stimmung meiner Eltern einschätzen, um zu wissen, wie ich mit ihnen umgehen sollte. Als ich älter wurde, ging das auch bei anderen so weiter. Ich beobachtete jeden um mich herum. Indem ich Menschen beobachtete, die hässlich zu anderen waren, und die Reaktionen sah, wenn jemand einen Menschen freundlich behandelte, beschloss ich, dass ich wie Letztere sein wollte und nicht wie Erstere«, erklärte Ashlyn.

»Nun, das ist dir definitiv gelungen«, sagte Slate.

Er hätte nichts sagen können, was sie mehr erfreut hätte. Manche Frauen sehnten sich nach Komplimenten für ihr Aussehen oder ihre materiellen Besitztümer, aber zu hören, dass Slate sie lobte, weil sie nett war, bedeutete ihr die Welt. »Danke.«

Sie wurden wieder still, als Slate sie erneut massierte. Aber diesmal blieb er nicht nur bei ihren Füßen. Seine Hände ließ er ihre Beine hinaufwandern, streichelte ihre Waden und kitzelte ihre Kniekehlen.

Als er schließlich seine Position auf der Couch veränderte, ein Knie beugte und sich ihr zuwandte, beschleunigte sich Ashlyns Herzschlag.

Sie hatte einen Rock angezogen, um bei ihrer ersten offiziellen Verabredung gut auszusehen. Er war locker und bequem – und im Moment kein Hindernis für Slates wandernde Hände. Sie glitten unter den Stoff, bis er die Innenseite ihrer Oberschenkel streichelte.

Ashlyn konnte sich ein Stöhnen nicht verkneifen.

Ein kleines Lächeln schlich sich auf sein Gesicht, und als er ihren Slip zur Seite zog, schloss Ashlyn die Augen und spreizte die Beine für ihn.

Es dauerte nicht lange, bis sich ein Orgasmus an sie heranschlich. Slates Hände waren magisch, und er wusste genau, wo und wie er sie berühren musste, um sie in die Höhe zu treiben.

Einige Minuten später, als sie keuchte und aufgehört hatte, vor Lust zu zittern, sagte Slate: »Ich mag diesen Rock.«

Ashlyn konnte nicht anders, sie brach in Gelächter aus.

»Ich meine es ernst«, sagte er. »Du hast keine Ahnung, wie hart es für mich war, meine Hände während des Essens bei mir zu behalten.«

Ashlyn setzte sich auf und ignorierte, wie nass ihre Unterwäsche jetzt war. Sie wusste, dass sie sie bald ausziehen würde. »Hart?«, fragte sie und schaute anzüglich auf seinen Schoß. Seine Erektion war deutlich hinter dem Reißverschluss seiner Jeans zu sehen.

Slate stand auf und hielt ihr die Hand hin. »Sollen wir das ins Schlafzimmer verlegen?«

»Ja bitte«, entgegnete sie höflich, als sie nach seiner Hand griff. Sobald er sie hatte, zog Slate sie hoch und beugte sich gleichzeitig vor. Er drückte seine Schulter in ihren Bauch und hievte sie darüber.

»Slate!«, kreischte sie.

»Sei still, Frau«, sagte er, während er sich in Richtung seines Schlafzimmers drehte.

Ashlyn musste kichern, als er sie davontrug, als wäre sie ein Preis, den er in einem Kampf gewonnen hatte. Als er an der Seite seines Bettes ankam, warf er sie auf die Matratze. Ashlyn hüpfte und lachte noch mehr. Sie blieb jedoch nicht lange liegen, denn sie wollte unbedingt Hand an Slates Schwanz anlegen, und jetzt schien der perfekte Zeitpunkt gekommen zu sein.

Während er sich das Hemd auszog, rutschte sie vom Bett. Sie hatte seinen Reißverschluss geöffnet und berührte seine Erektion, bevor er wusste, wie ihm geschah.

»Scheiße!«, rief er aus, als Ashlyn seine Unterwäsche herunterschob und seinen Schwanz herauszog.

Die Spitze war dunkelviolett und die Adern, die sich über die gesamte Länge zogen, schienen vor Erregung zu pulsieren. Sie schaute ihm in die Augen, während sie sich nach vorn beugte und mit ihrer Zunge über die Unterseite seines harten Schaftes fuhr.

Sofort bildete sich ein Lusttropfen an der Spitze und Ashlyn konnte sich ein zufriedenes Lächeln nicht verkneifen.

»Hör auf rumzualbern«, brummte Slate, als er seine Hände auf ihren Kopf legte, um ihr durch die Haare zu fahren.

Ashlyn wollte sich über seine Ungeduld lustig machen, aber im Moment war sie genauso erpicht darauf anzufangen, wie er es zu sein schien. Sie öffnete den Mund und nahm ihn so weit in sich auf, wie sie konnte. Was nicht allzu weit war, denn er war so dick. Sie begann, sich langsam auf und ab zu bewegen, und nahm jedes Mal etwas mehr von ihm auf, genoss seinen Geschmack ... und das unablässige Stöhnen aus seinem Mund.

Er krallte die Finger in ihr Haar, aber er zwang sie nicht, sich schneller zu bewegen oder mehr von ihm zu nehmen, als sie bequem bewältigen konnte. Er bewegte sich und spreizte seine Beine weiter auseinander, während sie an ihm saugte.

Ashlyn hatte das in der Vergangenheit nie wirklich genossen, aber bei Slate gefiel es ihr verdammt gut. Sie liebte die Kontrolle, die sie über diesen starken, gefährlichen Mann hatte. Sie benutzte ihre Hand, um ihn zu wichsen, während sie sich weiter an ihm auf und ab bewegte.

»Heilige Scheiße, Babe ... das ist so verdammt gut! Du hast ja keine Ahnung. Ich liebe es, in deiner Muschi zu sein, aber das ist –« Er atmete scharf ein und konnte seinen Gedanken nicht zu Ende führen, als sie mit ihrer anderen Hand seine Hoden umfasste und seinen Schwanz schneller bearbeitete.

Ashlyn war so vertieft in das, was sie tat, dass sie nicht merkte, wie Slate ihre Haare losließ. Bevor sie sichs versah, flog sie praktisch wieder durch die Luft. Sie landete mit dem Rücken auf der Matratze, wo Slate schnell ihre Oberschenkel packte und ihren Hintern zur Bettkante zog. Er schob ihren Rock hoch und riss ihr wie ein Wilder den Spitzenslip vom Leib.

Er griff nach der Kondomschachtel auf dem Nachttisch und verschüttete den Inhalt in seiner Eile, sie zu öffnen, überall. Er schaffte es, eine der Verpackungen aufzureißen und das Kondom in Rekordzeit über seinen Schwanz zu ziehen. Er drückte ihre Schenkel auseinander und platzierte seinen Schwanz zwischen ihren Beinen.

Aber dann nahm er einen tiefen Atemzug und schloss die Augen, offensichtlich in dem Versuch, sich zu beherrschen.

»Ich bin bereit«, sagte Ashlyn. »Fick mich, Slate.«

Er schaute auf sie herab und sie konnte die Erleichterung in seinen Augen sehen. »Es hat dir gefallen, mir einen zu blasen, oder?«

»Ja.« Es hatte keinen Sinn zu lügen. Er würde selbst merken, wie feucht sie war, sobald er in sie eindrang.

»Das wird hart und schnell«, warnte er.

Ashlyn lächelte. Es war nicht so, als wären seine Worte eine Überraschung. »Okay.«

Das war die einzige Erlaubnis, die Slate brauchte. Er drang

mit einem harten Stoß in sie ein, sodass Ashlyn scharf einatmete. Dann fickte er sie hart.

Es fühlte sich gut an, aber es würde nicht reichen, um sie zum Höhepunkt zu bringen. Es machte ihr nichts aus. Die Gewissheit, dass sie Slate so um den Verstand gebracht hatte, war verdammt heiß. Sie hatte das Gefühl, dass er die eiserne Kontrolle, die er wie einen Schutzschild um sich trug, nur selten losließ.

Es dauerte nicht lange, bis er leise fluchte und tief in sie stieß, wobei sein ganzer Körper erschauderte. Es war wunderschön, ihn kommen zu sehen. Die Befriedigung, das Vergnügen und die Ehrfurcht in seinem Gesicht waren es wert, dass sie nicht selbst zum Orgasmus kam. Seine Jeans hing immer noch von seinen Schenkeln herab und er sah besser aus als jedes halb angezogene männliche Model, das sie je gesehen hatte.

Und im Moment … gehörte er ganz ihr.

Schließlich öffnete er die Augen und als er ihren Blick erwiderte, erschauerte Ashlyn. Sie sah Entschlossenheit in seinem Gesicht.

»Du bist dran«, sagte er.

Ashlyn schüttelte den Kopf. »Ist schon gut, ich –«

Ihre Worte wurden abrupt unterbrochen, als er sich aus ihrem Körper zurückzog und neben dem Bett auf den Boden kniete. Er schnappte sich ein Kissen und schob es ihr unter den Hintern.

»Slate?«

»Pst«, sagte er unwirsch. Dann fragte er: »Hattest du schon mal einen G-Punkt-Orgasmus?«

»Ähm, ich bin mir nicht sicher …«

»Dann hattest du noch keinen«, sagte er. »Halt dich fest, Babe. Ich werde deine Welt auf den Kopf stellen, so wie du es bei mir getan hast.«

Ashlyn hatte keine Zeit, einen Kommentar abzugeben, bevor er sich zu ihr beugte und sie um den Verstand brachte.

Dreißig Minuten später fühlte Ashlyn sich, als hätte sie keinen einzigen Knochen mehr im Leib. Slate hatte ihr bewiesen, dass sie noch nie einen G-Punkt-Orgasmus gehabt hatte, und ihr gezeigt, wie anders und intensiv er sein konnte. Dann hatte er sie nackt ausgezogen, ihren schlaffen Körper auf das Bett gelegt, sie auf den Bauch gedreht und von hinten genommen, sodass sie ein weiteres Mal explodierte – dieses Mal, während er tief in ihr steckte, mit den Fingern an ihrer Klitoris –, bevor er selbst wieder kam.

Jetzt lagen sie verschwitzt und erschöpft da. Slate hatte sie dicht an seine Seite gezogen und sie hatte ihren Kopf auf seine Schulter gelegt. Noch nie hatte sie etwas so Lustvolles erlebt wie das, was Slate während der letzten Stunde getan hatte. Der Mann sollte definitiv mit einem Warnschild herumlaufen.

»Geht es dir gut?«, fragte er, während er mit der Hand über ihr Haar strich.

Sie schmiegte sich enger an ihn, wobei sie fast schnurrte. »Mir geht es fantastisch«, sagte sie. »Und dir?«

»Verdammt perfekt«, murmelte er.

Ashlyn lächelte gegen seine Schulter.

»Ich habe mich etwas gefragt«, sagte Slate nach ein oder zwei Minuten angenehmen Schweigens.

»Ja?«, erwiderte Ashlyn.

»Ich weiß, dass du kein Problem mit dem Trinken im Allgemeinen hast, aber gibt es einen tieferen Grund, warum du nicht einmal einen Drink zu dir nimmst, wenn du fahren musst? Abgesehen von der Tatsache, dass es natürlich verdammt klug ist, es zu tun«, fügte er hinzu.

Oh Gott. Er war *wirklich* scharfsinnig. »Ich habe in einer Kneipe in San Diego gearbeitet, bevor ich nach Hawaii gezogen bin«, erzählte sie. »*Aces Bar and Grill.* Sie gehört einer Frau, die mit einem SEAL verheiratet ist.«

»Ich kenne den Ort«, sagte Slate. »Tolle Atmosphäre.«

Ashlyn nickte. »Ja, ich habe es dort geliebt. Da war ein Typ, der immer da war. Jeden einzelnen Tag. Er war ein Veteran und kam immer ziemlich früh rein, setzte sich ans Ende der Theke und nahm ein paar Drinks. Etwas Klares, also dachte ich mir, dass es vielleicht ein Gin Rickey oder so etwas war ... du weißt schon, Club Soda, Gin und Limette. Er war witzig und erzählte tolle Geschichten über seine Zeit bei der Navy. Ich vermutete, dass seine Frau vor Kurzem gestorben war und er einsam war. Er ging immer gegen zehn, bevor es in der Kneipe zu voll wurde. Jedenfalls kam ich eines Tages zur Arbeit und er war nicht da. Jessyka, die Besitzerin, überbrachte mir die schlechte Nachricht, dass er in der Nacht zuvor bei einem Autounfall unter Alkoholeinfluss tödlich verunglückt war. Ich nahm an, dass es daran lag, dass er betrunken gefahren war. Aber anscheinend trank er immer nur Sprite mit Limette, wenn er die Kneipe besuchte. Jemand anderes hatte sich betrunken hinter das Steuer seines Wagens gesetzt und ihn frontal getroffen.«

Slate umarmte sie mit einem Arm und drehte sich, um sie auf die Stirn zu küssen.

»Ich weiß, dass das Leben kurz ist und wir nicht wissen, wann unsere Zeit um ist, aber ich möchte niemals etwas Dummes tun und der Grund dafür sein, dass das Leben eines anderen Menschen noch kürzer ist. Deshalb trinke ich nicht, wenn ich weiß, dass ich Auto fahren werde. Selbst wenn es nur ein Drink ist oder wenn ich weiß, dass es noch Stunden dauert, bis ich mich hinter das Steuer eines Wagens setzen muss. Ich kann es nicht tun. Ich habe den Wein vorhin wirklich zu schätzen gewusst, und glaub mir, wenn ich nicht gefahren wäre, hätte ich ein oder zwei Gläser getrunken. Aber ... wie auch immer, deshalb habe ich nur einen Schluck genommen.«

»Das finde ich sehr klug.«

»Ich will nicht, dass du denkst, ich würde dich verurteilen, wenn du zum Essen etwas trinkst oder so. Das ist völlig in Ordnung. Ich kann es nur nicht. Wenn ich an diesen netten alten Mann denke, macht mich das immer noch wütend.«

»Einer der Schüler, mit denen ich zur Highschool ging,

fuhr nach dem Trinken und verunglückte am Abend des Abschlussballs mit seinem Wagen«, sagte Slate leise. »Es war sehr traurig. Seine Partnerin starb nicht, aber sie endete im Rollstuhl. Ihr Rückenmark war durchtrennt. Ich verstehe es also. Und damit du es weißt, ich bin sehr vorsichtig. Ich beschränke mich auf einen Drink, wenn ich fahre.«

Ashlyn tätschelte seine Brust und genoss das Gefühl der krausen Haare dort. »Ich weiß. Das ist mir aufgefallen.«

»Und jetzt, da ich die Stimmung ruiniert habe ... können wir darüber reden, wie sehr es dich erregt hat, meinen Schwanz zu lutschen?«, fragte Slate.

Ashlyn brach in Gelächter aus. Bei jedem anderen Mann wäre es ihr wahrscheinlich peinlich gewesen, aber bei Slate fühlte es sich ganz natürlich an, über so ziemlich alles zu reden, während sie nackt in den Armen des anderen lagen. Sie stützte ihren Kopf auf die Hand auf seiner Brust und sah ihn an. »Ich konnte nicht anders. Du bist echt heiß, Slate.«

»Du auch, Babe. Zu sehen, wie deine Lippen sich um meinen Schwanz legen, ist ein wahr gewordener Traum.«

Sie lächelte. »Gut, denn ich werde es noch einmal versuchen, weil du mich aufgehalten hast, bevor ich fertig war.«

Jetzt war es an Slate zu lachen. »Willst du, dass ich in deinem Mund komme, Ash?«

»Ähm ... vielleicht?«

Er grinste. Breit. »Das ist für mich in Ordnung.«

Ashlyn gähnte abrupt. »Tut mir leid«, murmelte sie. »Ich sollte jetzt gehen.«

Slate starrte sie eine ganze Weile an, bevor er schließlich nickte. »Willst du noch duschen, bevor du gehst?«, fragte er.

»Nein. Das würde mich zu sehr aufwecken. Ich werde nach Hause fahren und mich hinlegen. Außerdem«, fügte sie hinzu, »mag ich es irgendwie, nach dir zu riechen.«

»Ich mag es auch, dich an mir zu riechen«, sagte er zu ihr. »Wirst du lange genug wach bleiben können, um sicher nach Hause zu kommen?«

»Klar.«

»Während du dich anziehst, mache ich dir einen Tee zum Mitnehmen, okay?«

»Klingt gut, danke, Slate.«

Er setzte sich auf, wobei er sie mitnahm. Dann legte er seine Finger unter ihr Kinn und zog ihr Gesicht zu sich heran. Er küsste sie, und es war länger, langsamer und süßer als jeder andere Kuss, den sie bisher geteilt hatten. Als er sich zurückzog, ließ er den Blick über ihr Gesicht und ihren Körper wandern.

»Du hast eine Sexfrisur«, verkündete er grinsend.

Ashlyn verdrehte die Augen. »Wie auch immer. Du hast einen Sex-*Knutschfleck*«, gab sie zurück und nickte zu einer Stelle auf seiner Brust, an der zu saugen sie sich nicht hatte verkneifen können.

»Ich werde ihn mit Stolz tragen, Babe«, sagte er und schien sich nicht im Geringsten dafür zu schämen, dass sie ihn markiert hatte. Er küsste sie noch einmal fest und schnell, dann rutschte er unter der Decke heraus.

Ashlyn bewunderte einen Moment lang seinen Hintern, während er durch das Zimmer ging und die Klamotten einsammelte, die er zuvor ausgezogen hatte. Er war muskulös und rund, und Ashlyn wollte noch einmal ihre Hände darauf legen.

»Aufstehen«, befahl Slate. »Bevor es noch später wird. Ich bin nicht begeistert, dass du um diese Zeit noch durch die Gegend fährst, aber ich weiß, wenn ich mich dazu äußere, würdest du ausrasten und sagen, ich sei albern und ein Neandertaler.«

»Ähm, du hast dich doch gerade dazu geäußert«, informierte Ashlyn ihn.

Slate ignorierte sie, während er sich eine graue Jogginghose anzog ... ohne Unterwäsche. Als er sich zu ihr umdrehte, musste sie bei seinem Anblick schlucken. Sie hatte nie verstanden, warum Frauen im Internet auf Bilder von Männern in

Jogginghosen abfuhren, aber in diesem Moment tat sie es. Sie konnte die Umrisse seines Schwanzes deutlich erkennen und die Anziehungskraft dieses Anblicks schien ihr noch heißer zu sein, als ihn nackt zu sehen.

»Meine Augen sind hier oben, Ashlyn«, sagte Slate, wobei der Humor in seinem Tonfall deutlich zu hören war.

Sie zwang ihren Blick von seinem köstlichen Schwanz hinauf zu seinem Gesicht.

»Steh auf. Zieh dich an. Ich hole deinen Tee«, sagte Slate.

Ashlyn nickte.

»Scheiße. So süß«, murmelte er, bevor er sich umdrehte und aus dem Schlafzimmer ging.

KAPITEL SIEBEN

Zehn Tage.

So viel Zeit war seit ihrer ersten Verabredung vergangen, und Slate hatte seitdem jeden Tag mit Ashlyn gesprochen.

Er war begeistert, wie gut die Dinge liefen. Der Sex war nicht von dieser Welt. Er war noch nie mit einer Frau zusammen gewesen, die so leidenschaftlich, begeistert und sinnlich war wie Ashlyn. Aber es war noch mehr als das. Er genoss es, von ihrem Tag zu hören. Er war daran interessiert zu erfahren, wie es ihren Kunden ging. Er freute sich darauf, die lustigen Dinge, die seine Teamkameraden bei der Arbeit sagten und taten, mit ihr zu teilen.

Und er war geradezu besessen von dieser verdammten Tracking-App.

Pid hatte ihn an diesem Nachmittag zusammengeschissen, als er sie zum gefühlt fünfzigsten Mal überprüft hatte. Er wollte nur sicher sein, dass Ashlyn ihre Lieferungen ohne Probleme durchführte.

Sie hatten sich für heute Abend zum Essen verabredet, aber nach seinem Arbeitstag war Slate weder in der Stimmung noch in der Lage, etwas anderes zu tun, als direkt nach Hause zu fahren und sich auf seiner Dachterrasse auszuruhen. Er wollte Ashlyn nicht enttäuschen, und es war nicht so, dass er sie nicht sehen wollte. Er musste einfach eine Weile an einem ruhigen Ort sitzen, ohne mit jemandem reden zu müssen.

Er wartete, bis er zu Hause war, bevor er sie anrief, damit er sich auf das Gespräch konzentrieren konnte und nicht versuchte, gleichzeitig zu fahren und zu telefonieren.

»Hallo!«, sagte sie fröhlich, als sie abnahm. »Bist du auf dem Weg?«

Obwohl sie seinen Standort auf der Tracking-App hätte sehen können, schien sie sie nicht oft benutzen zu wollen. Slate wusste nicht, ob er sich darüber freuen oder ärgern sollte.

»Ich kann heute Abend leider nicht vorbeikommen«, sagte er zu ihr.

»Oh.« Er konnte die Enttäuschung in ihrem Tonfall hören.

»Ehrlich gesagt, die Arbeit war scheiße«, erklärte er. »Ich wäre heute Abend nicht die beste Gesellschaft und mir ist sowieso ein wenig übel.«

»Du bist krank?«, fragte sie besorgt.

»Nein. Aber heute Nachmittag haben wir vier Stunden lang Körper- und Helmkamera-Videos für das Training angeschaut. Mir schwirrt der Kopf. Ich fühle mich, als wäre ich stundenlang auf einem Boot im unruhigen Meer gewesen.«

»Oh mein Gott. Vier Stunden lang dieses Zeug ansehen? Ich habe einige dieser Videos von den Körperkameras der Polizisten gesehen und mir wird schon schlecht, wenn ich mehr als zwei Minuten am Stück zusehe. Es tut mir so leid, Slate.«

»Normalerweise stört mich das nicht so sehr, aber da wir versucht haben herauszufinden, was bei der Mission eines Teams, die wir analysieren, schiefgelaufen ist, mussten wir uns das Video jedes Mannes wieder und wieder ansehen. Also ja, das war etwas viel.«

»Ich werde weder see- noch reisekrank, aber manchmal bekomme ich richtig schlimme Kopfschmerzen«, sagte Ashlyn. »Ich bin mir nicht sicher, ob ich sie als Migräne bezeichnen würde, weil ich sie nur ab und zu bekomme, aber dadurch kann mir auch extrem übel werden. Dann hilft mir nur, in einem dunklen Raum ohne Geräusche zu liegen. Also verstehe ich es. Gibt es irgendetwas, was ich tun kann?«

Slate war nicht überrascht, dass Ashlyn mit der Änderung der Pläne einverstanden war. Sie schien in fast jeder Hinsicht mit dem Strom zu schwimmen. Grund Nummer zweitausend, warum er gern mit ihr zusammen war. »Nein, ich werde mich nur ausruhen. Wahrscheinlich gehe ich auf das Dach und entspanne eine Weile.«

»Du solltest etwas essen«, sagte sie sanft. »Ich weiß, dass dir nach all den Videos wahrscheinlich nicht danach ist, aber ich bin sicher, dass du Hunger hast, und manchmal ist einem mit leerem Magen noch übler, als es ohnehin schon der Fall ist.«

»Mir geht's gut, Babe.«

»Slate ... ernsthaft.«

»Mir geht's gut. Ich hole mir später etwas«, log er.

»Okay. Waren ... Vergiss es.«

»Was?«

»Ich wollte nur fragen, ob die Videos auch ... auf andere Weise schlimm waren. Du sagtest, ihr wolltet herausfinden, was schiefgelaufen ist.«

»Ja. Sie waren schlimm«, sagte Slate, ohne weiter darauf einzugehen. »Was ist mit dir? Hattest du einen guten Tag?«, fragte er und versuchte absichtlich, das Thema zu wechseln. Er wollte nicht an seine SEAL-Kameraden denken, die im Dreck lagen und an den Schüssen starben, die sie bei dem Hinterhalt erlitten hatten, in den das Team geraten war.

Nach einer Weile sah er nur noch die Gesichter seiner eigenen Teamkameraden auf diesen Männern. Mustang verblutete durch einen Bauchschuss. Alecks Augen starrten leer in den Himmel, da sein halber Kopf weggeblasen war. Jags Schmerzensschreie, als er versuchte, sein eigenes Bein abzubinden, um die Blutung in seiner Oberschenkelarterie zu stoppen. Und Pids verzweifelte Hilferufe über das Funkgerät, während er und Midas ihr Bestes taten, um die feindlichen Schützen zurückzuhalten.

»Er war in Ordnung. Ich habe heute getan, was du vorgeschlagen hast.«

»Und was war das?« So sehr Slate sich auch gewünscht hatte, heute Abend allein zu sein, stellte er fest, dass Ashlyn der einzige Mensch war, mit dem zu reden er im Moment ertragen konnte. Überraschenderweise besänftigte ihre Stimme seine Müdigkeit ein wenig.

»Bevor ich angesprochen habe, Christi mit ihrer Schwester oder ihrer Betreuerin an den Strand zu bringen, habe ich *sie* gefragt, was sie davon hält. Und weißt du was? Obwohl Christi nicht sprechen kann, ließ sie mich unmissverständlich wissen, dass sie den Strand *nicht* mag. Sie gestikulierte mit den Händen und grunzte, aber als ich ihr vorschlug, mit ihr in den Garten zu gehen, lächelte sie. *Lächelte*, Slate. Und sie lächelte weiter und neigte den Kopf zur Sonne, als wir draußen saßen. Es war ein guter Tag.«

»Das ist toll, Babe.«

»Es war so eine kleine Geste. Und ich hätte daran denken sollen, sie als Erstes zu fragen. Stattdessen war ich zu sehr mit der Logistik beschäftigt, sie in meinen Wagen zu bekommen, dann zum Strand zu fahren und mit allen anderen zu reden. Dein Rat war genau richtig. Ich glaube, zu viele Leute reden um behinderte Menschen herum, anstatt *mit* ihnen zu reden. Danke, dass du mir praktisch einen Klaps verpasst und mir gezeigt hast, was für eine Idiotin ich gewesen bin.«

»Das Beste für jemanden zu wollen ist nicht idiotisch«, sagte Slate. »Dein großes Herz ist eine deiner besten Eigenschaften.«

»Auch wenn es dich manchmal verrückt macht?«, fragte Ashlyn.

Slate lachte leise. Er hatte nicht erwartet, heute lachen zu können nach allem, was er gesehen hatte, aber Ashlyn hatte das Unmögliche geschafft. »Das ist auch die Sache, die mich nachts wach hält«, sagte er zu ihr.

»Ich dachte, das wäre meine gewinnende ... Persönlichkeit«, stichelte sie.

Daraufhin lachte Slate noch mehr. »Oh ja, die auch«, stimmte er zu.

»Okay, nun ... danke, dass du mich angerufen hast, um mir zu sagen, dass du heute Abend nicht kommst. Es tut mir wirklich leid, dass du einen harten Tag hattest und dass du am liebsten kotzen würdest. Geh rauf auf deine Terrasse – aber fall nicht runter. Es wäre blöd, wenn du deinen Freunden gegenüber zugeben müsstest, dass du dir das Bein gebrochen hast, weil du wie ein betrunkener Matrose gelaufen bist und mit dem Arsch voran vom Dach deines Hauses gefallen bist.«

Slate konnte sich ein Grinsen nicht verkneifen. »Ja, das wäre tatsächlich blöd.«

»Wir sprechen uns morgen?«, fragte Ashlyn.

»Ja, Babe, das werden wir.«

»Gut. Bis dann.«

»Bis dann.«

Slate legte das Handy weg und atmete tief durch, während er sich gegen den Küchentisch lehnte. Er fühlte sich besser. Nicht großartig, aber besser. Mit Ashlyn zu reden, so stellte er fest, schien ihn immer in eine bessere Stimmung zu versetzen. Die Bilder, die er heute gesehen hatte, waren immer noch in seinem Kopf, aber sie waren jetzt gedämpft. Mit einem kleinen Lächeln schnappte er sich eine Flasche Wasser und ging die Treppe zu seiner Dachterrasse hinauf.

Eine Stunde später fühlte Slate sich bereits wesentlich entspannter. Die frische Luft und das Rauschen des Meeres hatten ihren Zweck erfüllt und seinen Kopf frei gemacht. Auch seine Übelkeit war Gott sei Dank verschwunden.

Ein Wagen erregte seine Aufmerksamkeit, als er in seine Straße einbog – und noch mehr, als er in seine Einfahrt einfuhr. Er runzelte die Stirn, da er niemanden erwartete und das Fahrzeug nicht erkannte, und er stand auf, um einen besseren Blick darauf zu werfen, wer es sein könnte.

Er sah das Logo eines Internet-Lieferdienstes an der Tür.

Er rollte mit den Augen und wusste sofort, dass Ashlyn es sich nicht hatte verkneifen können, sich um ihn zu kümmern. Er ging die Treppe hinunter, um zu sehen, was sie für ihn als Abendessen bestellt hatte.

Der junge Mann hatte die Tüte bereits abgestellt und war auf dem Weg zurück zu seinem Wagen.

»Wenn Sie einen Moment warten, kann ich Trinkgeld holen«, rief Slate.

»Nicht nötig. Das Trinkgeld über die App war mehr als großzügig. Guten Appetit!«

Kopfschüttelnd hob Slate die Tüte auf und ging zurück ins Haus. Er stellte das Essen auf den Küchentisch und begann, es auszupacken, wobei die Gerüche aus den abgedeckten Behältern seinen Bauch zum Knurren brachten.

Sie hatte bei *Oahu Grill* bestellt, einem hawaiianischen Restaurant, das er liebte. Und sie hatte es übertrieben.

Es gab Tintenfisch Lu'au; Taroblätter, die langsam gekocht und mit Tintenfisch und Kokosmilch vermischt wurden; Hähnchen Hekka; zerkleinertes Hühnchen und lange Reisnudeln, die in einer halbsüßen Soße auf Shoyu-Basis mit grünen Bohnen und Karotten gekocht wurden; und einen Ho'io-Salat, der aus Farnsprossen mit getrockneten Krabben, Tomaten und Zwiebeln bestand, ebenfalls in einer Soße auf Shoyu-Basis. Zum Nachtisch gab es sogar Kona-Kaffee-Eiscreme, die mit Trockeneis verpackt war.

Alles, was sie bestellt hatte, waren Dinge, von denen er irgendwann einmal gesagt hatte, dass er sie liebte. Nicht einmal zwingend direkt *ihr* gegenüber. Aber in Gesprächen mit ihren Freunden, wenn sie alle zusammen waren.

Ashlyn hatte keine Witze gemacht. Sie war *sehr* aufmerksam ... und sie tat alles, um den Leuten zu zeigen, wie wichtig sie ihr waren.

Slate machte sich nicht die Mühe, die Speisen aufzutragen, sondern stellte die Behälter einfach auf den kleinen Tisch und schnappte sich Besteck.

Bevor er sich über das köstlich duftende Essen hermachte, griff er zu seinem Handy, um Ashlyn eine SMS zu schicken.

Slate: Ich kann das auf keinen Fall alles essen. Aber danke, dass du an mich gedacht hast.

Sofort erschienen drei hüpfende Punkte und Slate wartete ungeduldig darauf, dass sie zu Ende tippte und die Eingabetaste drückte.

Ashlyn: Bitte, ich habe dich essen sehen, und ich bin sicher, dass das, was ich bestellt habe, nichts ist. Ich hoffe, dir ist nicht mehr übel.

Slate: Ich bin in Ordnung.

Ashlyn: Ja, das bist du. :) Ich dachte, du brauchst Futter für die Seele, damit du dich besser fühlst.

Slate: Ich weiß das zu schätzen.

Ashlyn: Und jetzt schuldest du mir was, weil du das ganze Eis für dich allein hast. Du musst nicht mit mir darum kämpfen. Ich hoffe, es ist nicht zu sehr geschmolzen. Als ich anrief, versicherte mir der Typ, dass sie es so verpacken, dass es mindestens zwei Stunden hält, aber ich war trotzdem skeptisch.

Slate: Es ist perfekt. Und wenn wir das nächste Mal ausgehen, überlasse ich dir das ganze Eis.

Ashlyn: Ich mache einfach einen Screenshot von dieser Aussage, damit ich ihn dir zeigen kann, wenn du es vergisst und meinen Löffel klaust.

· · ·

Slate lachte erneut laut auf. Er wollte gerade antworten, als sein Magen wieder knurrte. Mist, er hatte nur ein kurzes Dankeschön schicken wollen und jetzt war er in ein Gespräch vertieft, anstatt zu essen.

Slate: Ich mache jetzt Schluss, damit ich noch etwas essen kann, bevor alles kalt wird. Danke, Babe. Es bedeutet mir sehr viel, dass du dir die Mühe machst, mir Essen zu schicken.

Ashlyn: Gern geschehen. Lass dir deine schleimigen, ekligen hawaiianischen Gerichte schmecken, Slate.

Wieder lachte er, während er den Kopf schüttelte.

Slate: Schlaf gut.

Ashlyn: Du auch.

Ashlyn: Oh, und … ich glaube, ich habe es vorhin nicht gesagt, aber ich danke dir für das, was du tust, Slate. Ich weiß, dass es nicht immer einfach ist, tatsächlich ist es oft einfach beschissen, aber ich schätze dich und deine Teamkameraden sehr. Wir reden morgen.

Slate war es gewohnt, dass ihm für seinen Dienst gedankt wurde. Oft fühlte es sich jedoch unaufrichtig an. Als würden die Leute nur etwas aufsagen, was sie glaubten, sagen zu müssen, anstatt etwas zu sagen, was sie wirklich fühlten. Aber Ashlyns Worte schienen aufrichtig zu sein. Auf ihre ganz eigene Art und Weise lustig, aber wirklich ehrlich. Und sie waren genau das, was er heute Abend hören musste. Nach allem, was er vorhin gesehen hatte, konnten ihre Worte die Bilder in seinem Kopf besänftigen.

Slate nahm seine Gabel, biss zuerst in das Lu'au und

seufzte zufrieden, als die Aromen auf seiner Zunge explodierten. Ja, hawaiianisches Essen war nicht jedermanns Sache, aber er liebte es verdammt noch mal.

Als er auf die Gerichte hinunterblickte, konnte er sich nicht erinnern, wann sich das letzte Mal jemand so um ihn gekümmert hatte, wie Ashlyn es heute Abend getan hatte. Meistens war er es, der sich um andere kümmerte. Es fühlte sich ... wirklich gut an.

KAPITEL ACHT

Ashlyn entspannte sich müde und zufrieden auf Slates Couch und dachte an morgen. Carly und Jag hatten alle für Sonntag ins *Duke's* eingeladen, um verschiedene Optionen für ihr Hochzeitsessen zu probieren. Aber eigentlich war es nur eine Ausrede, um alle zusammenzubringen und Spaß zu haben, denn alles, was im *Duke's* serviert wurde, war köstlich. Egal wofür sie sich entschieden, es würde perfekt sein. Ashlyn freute sich darauf, Zeit mit all ihren Freunden zu verbringen.

Fast zwei Wochen waren vergangen, seit Slate angerufen hatte, um ihre Verabredung zum Essen abzusagen. Ashlyn wusste, dass sie zu viele Gerichte für ihn bestellt hatte, aber sie hatte ihm alles besorgen wollen, was er mochte, damit er sich besser fühlte. Wenn sie nicht persönlich für ihn da sein konnte, würde sie ihm etwas zu essen schicken.

Zum Glück hatte es funktioniert. Als Slate sie das nächste Mal sah, hatte er ihr *genau* gezeigt, wie sehr er die Geste zu schätzen wusste. Sie hätte nicht gedacht, dass sie in einer Nacht so oft zum Orgasmus kommen könnte, aber er hatte ihr bewiesen, wie viel ihr Körper aushalten konnte.

Ihre Beziehung schien gut zu laufen. Auch wenn sie sich

manchmal über Kleinigkeiten stritten, hatte sie nie das Gefühl, dass Slate wirklich genervt war – oder ihrer überdrüssig wurde.

Was sie anging, so war sie stolz auf seine Arbeit als SEAL, und der Mann gab einen fantastischen Begleiter ab, aber vor allem war sie gern mit ihm zusammen. Es machte sie glücklich. Sie sahen einander nicht jeden Tag, aber sie redeten und schrieben sich häufig. Manchmal rief er sie nach dem Training an und manchmal wartete er, bis sie beide von der Arbeit kamen. Er erkundigte sich immer nach ihren Kunden und schien aufrichtig interessiert an den Geschichten, die sie über die Männer und Frauen erzählte, die sie versorgte.

Heute Morgen hatte Slate sie früh abgeholt und sie hatten den Tag mit einer Wanderung auf dem Kealia Wanderweg verbracht. Er befand sich auf der Nordseite der Insel und bot zwar eine üppige Landschaft sowie einen wunderschönen Blick auf den Ozean, aber er hatte Ashlyn auch ihre letzten Reserven geraubt. Sie hatte nicht gedacht, dass sie nicht in Form war, aber offensichtlich war das der Fall. Als sie schließlich den Bergkamm erklomm, fühlte sie sich, als würde sie sterben.

Natürlich hatte Slate kein Erbarmen mit ihr und anstatt sich Sorgen darüber zu machen, wie laut ihre Atmung geworden war, hatte er sie geneckt und angespornt. Das war jedoch genau das, was sie brauchte, um die Wanderung zu beenden.

Ashlyn konnte sich nicht an eine bessere Verabredung mit einem Mann erinnern. Es war erfrischend, dass sie bei Slate nicht immer perfekt sein musste. Sie konnte verschwitzt und mürrisch sein, eine Jogginghose tragen und ihre Haare zu einem wirren Dutt zusammengebunden haben, und es war ihm egal. Er schien sie so zu mögen, wie sie war. Was großartig war.

Jetzt war sie zwar steif und wund von der Wanderung, aber

zufrieden. Sie und Slate vegetierten gerade auf seiner Couch, nachdem er Burger zum Abendessen gemacht und sie zwei gegessen hatte. Sie fühlte sich satt und entspannt.

»Heute war gut«, sagte sie nach einem Moment.

Slate hatte den Fernseher eingeschaltet und den Film *R.E.D. – Älter, Härter, Besser* mit Bruce Willis und Morgan Freeman gestartet. Er war gut, aber Ashlyn fiel es schwer, die Augen offen zu halten. Die Anstrengung des Tages und die Speisen in ihrem Bauch machten sie extrem schläfrig.

»Das war es«, stimmte Slate zu.

»Ich habe nachgedacht ...«, begann sie.

»Gott steh uns allen bei«, stichelte Slate sie.

»Halt die Klappe«, entgegnete Ashlyn kopfschüttelnd. Sie gab ihr Bestes, um ihn mit dem Ellbogen zu stoßen, aber da sie mit seinem Arm um ihre Schultern quasi an seiner Seite klebte, war es nicht sehr effektiv.

»Tut mir leid«, sagte er, ohne so zu klingen, als täte es ihm leid. Tatsächlich klang er eher amüsiert. »Erzähl weiter.«

»Ich habe darüber nachgedacht, wie sehr sich die Dinge verändern und doch gleich bleiben. Neulich unterhielt ich mich mit James Mason – du weißt schon, der Navy-Veteran, den ich beliefere – und er erzählte, wie er und seine Frau früher lange Wanderungen um die Insel unternahmen. Er hat zum Mittagessen immer ein Picknick gepackt. Nichts Ausgefallenes, meistens Sandwiches und Kartoffelchips. Sie suchten sich ein schönes Plätzchen auf dem Weg und genossen die Gesellschaft des anderen, während sie aßen. Der heutige Tag hat mich daran erinnert.«

Slate drückte ihre Schultern und küsste sie auf den Kopf. »Ja. Es war wirklich ein guter Tag.«

»Ich wette, James hätte ein paar Vorschläge für andere Wanderungen, die wir machen könnten. Vielleicht welche, die mich nicht so fertigmachen wie die heutige.«

Slate lachte leise. »Du hast dich gut geschlagen, Babe.«

»Klar. Ich habe gekeucht wie ein Nilpferd außer Form.«

»Nein, hast du nicht. Vielleicht wie ein Ferkel außer Form –«

»Slate!«, rief Ashlyn und setzte sich auf, um ihm einen ordentlichen Stoß mit dem Ellbogen verpassen zu können.

»War nur Spaß!«, sagte er sofort, während er ihren Arm ergriff. Dann drehte er sich und legte sich auf die Couch, während sie auf ihm lag.

Er war hart wie ein Stein unter ihr, aber überraschend bequem.

»Du magst ihn«, sagte Slate.

Ashlyn brauchte eine Sekunde, um sich gedanklich davon zu lösen, wie sehr es ihr gefiel, auf Slate zu liegen. Sie konnte seinen Schwanz zwischen ihren Beinen spüren. Er war noch nicht hart, aber sie hatte das Gefühl, dass sie nur eine schmutzige Bemerkung machen oder sich an ihm reiben müsste, um das zu ändern. Sie liebte es, wie empfänglich er für sie war … so wie sie für ihn. Aber im Moment genoss sie die entspannte Intimität. Die Atmosphäre war nicht sexuell aufgeladen, sie war angenehm.

»James? Ja, das tue ich. Einige ältere Leute, denen ich Essen liefere, sind verdammt mürrisch. Sie beschweren sich über das, was ich mitgebracht habe, obwohl sie es umsonst bekommen. Sie bitten mich nicht herein und haben definitiv kein Interesse daran, mich kennenzulernen. Aber James ist anders. Als ich das erste Mal an seine Tür klopfte, bestand er darauf, dass ich reinkomme. Er holte mir ein Glas Eiswasser und sagte mir, wie hübsch ich sei.«

»Er ist wahrscheinlich einsam. Hast du nicht gesagt, dass seine Frau vor Kurzem gestorben ist?«, fragte Slate.

»Ja, aber ich glaube, es ist einfach seine Art, einladend und freundlich zu sein. Er hat mir mehrmals erzählt, dass seine Frau immer genervt von ihm war, weil er sich mit jedem angefreundet hat, den er getroffen hat. Mit dem Mann hinter der

Kasse im Supermarkt, den Kellnern und Kellnerinnen, den Angestellten im Baumarkt. Er hat mir auch von jedem einzelnen seiner Nachbarn erzählt. Der Mann weiß alles über jeden. Sogar den Schmutz«, sagte Ashlyn. »Er hat mir erzählt, dass die Frau, die drei Türen weiter wohnte, eine Affäre mit dem Surflehrer ihres Sohnes hatte. Eines Tages kam ihr Mann früher von der Arbeit nach Hause und der Surfer musste splitterfasernackt aus dem Fenster springen.«

Slate lächelte. »James scheint ein besonderer Typ zu sein.«

»Das ist er. Er hat auch seine Eigenarten ... einschließlich mancher, die mir Sorgen bereiten.«

»Was zum Beispiel?«

»Nun, als ich letzte Woche ankam, war ein Handwerker gerade dabei, ein Leck im Dach zu reparieren. Anstatt einen Scheck auszustellen, ging James zu einem dekorativen Glas auf dem Küchentisch und holte einen Stapel Hundertdollarscheine heraus. Er nahm drei davon und gab sie dem Mann. Dann legte er den Rest zurück in das Glas.« Sie schüttelte den Kopf. »Nachdem der Mann gegangen war, fragte ich ihn, warum er so viel Geld bei sich hat, und er sagte mir, dass er den Banken nicht traue. Nachdem er gehört hatte, was seine Eltern tun mussten, um die Depression und die verschiedenen Krisen zu überleben, war es ihm lieber, sein Geld in der Nähe zu haben.«

»Das ist nicht klug«, sagte Slate mit einem Stirnrunzeln.

»Ich weiß. Ich habe versucht, ihn davon zu überzeugen, dass die Welt heute ganz anders ist, und ihm von den Schutzmaßnahmen für das Geld auf der Bank erzählt, aber er hat nur die Achseln gezuckt und gesagt, er sei alt und eingefahren«, erklärte Ashlyn. »Das macht mir natürlich Sorgen. Aber er ist achtundachtzig, er wird nicht mehr viel Zinsen bekommen, wenn er alles, was er hat, auf die Bank bringt. Da er von *Food For All* beliefert wird, nehme ich an, dass er nicht in Geld schwimmt.«

»Vielleicht solltest du ihm sagen, dass er wenigstens nicht

wieder so ein Bündel Bargeld vor anderen Leuten herausziehen soll, wenn du ihn das nächste Mal siehst. Es könnte sein, dass das Herumfuchteln mit Geld eine zu große Versuchung für jemanden ist und derjenige zurückkommt, um ihn auszurauben.«

»Das habe ich schon getan«, sagte Ashlyn. »Er hat gelacht und gesagt, dass er zwar alt ist, aber immer noch schießen kann.«

Sie spürte mehr als dass sie hörte, wie Slate unter ihr lachte. »Ich glaube, ich mag den Kerl.«

»Das würdest du«, sagte Ashlyn. »Ich habe das Gefühl, dass er als jüngerer Mann genauso herrisch und überfürsorglich war wie du.«

Slate lächelte sie an. »Ich finde es toll, wie sehr du dich um deine Kunden kümmerst«, sagte er. »Du bist ein guter Mensch, Ashlyn Taylor.«

»Das bist du auch, Duncan Stone.«

»Woher weißt du eigentlich meinen vollen Namen?«, fragte er.

Ashlyn tat so, als würde sie ihre Lippen verschließen. »Das werde ich nie verraten.« Die Wahrheit war, dass sie während einer Unterhaltung mit den anderen Frauen über die Spitznamen der Jungs gefragt hatte, wie Slate wirklich hieß. Niemand wusste es, und Elodie hatte es sich zur Aufgabe gemacht, es herauszufinden. Innerhalb von zwei Tagen hatte sie Ashlyn eine SMS mit Slates Namen geschickt.

»Das ist eigentlich egal. Es ist nicht so, dass ich mich dafür schäme oder so«, sagte Slate.

»Es ist ein guter Name. Stark, wie du. Obwohl ich nicht weiß, warum die Leute dich nicht Stone statt Slate getauft haben.«

»Ich glaube, das lag an meinen schwarzen Haaren. Du weißt schon, schwarz wie Schiefer«, sagte er.

Ashlyn fand es irgendwie lustig, dass alle in seinem Team Spitznamen hatten. Es kam ihr albern vor, aber da sie ihn schon so lange als Slate kannte, konnte sie ihn sich nicht mehr anders vorstellen.

Ashlyn öffnete den Mund, um ihm zu sagen, wie sehr sie sein dichtes schwarzes Haar mochte, aber ein riesiges Gähnen verschluckte ihre Worte.

Slate ließ seine Hand zu ihrem Hinterkopf wandern und drückte sie sanft an seine Brust. »Ruh dich aus, Babe. Du bist müde.«

Das war sie, aber sie fühlte sich furchtbar, weil sie schlechte Gesellschaft war. »Mir geht's gut«, beteuerte sie.

»Du kannst deine Augen nicht offen halten«, erwiderte er mit einem kleinen Kopfschütteln. »Ruh deine Augäpfel mal kurz aus.«

»Bist du sicher?«, fragte Ashlyn, während sie sich bereits an ihn kuschelte. Slate war immer so warm und sie liebte es, dass sie so perfekt zueinander passten.

»Ja. Ich schaue mir nur noch den Film an.«

»Okay, weck mich auf, wenn er vorbei ist.«

Er summte in der Kehle.

Ashlyn musste müder gewesen sein, als sie dachte, denn sie erinnerte sich nur noch an das Gefühl von Slates Hand, mit der er ihr leicht übers Haar strich ... und dann an nichts mehr.

⁂

Ashlyn wälzte sich hin und her und verzog das Gesicht, als ihr klar wurde, dass sie es auf der Wanderung mit Slate übertrieben hatte. Ihr ganzer Körper schmerzte. Sie versuchte, sich auf die andere Seite zu rollen, um auf die Uhr zu schauen und zu sehen, wie spät es war – aber ein starker Arm um ihre Taille hinderte sie daran.

Als sie die Augen öffnete, merkte sie, dass sie nicht in ihrem eigenen Bett lag.

Die Nacht zuvor, als sie mit Slate geredet hatte und dann an seiner Brust eingeschlafen war, kam ihr blitzartig wieder in den Sinn – und sie geriet in Panik.

Scheiße, sie und Slate hatten noch nie beim anderen übernachtet. Sie hatten noch nicht einmal darüber gesprochen! Wenn sie zusammen zu Abend aßen, hatten sie normalerweise danach Sex in einer ihrer Wohnungen, und wer nicht dort lebte, stand auf und ging. Diese Routine war für Ashlyn völlig in Ordnung. Sie war nicht beleidigt, wenn Slate ging, und er schien nie verärgert, sie gehen zu lassen.

Aber sie hatte keine Ahnung, was er davon halten würde, dass sie über Nacht geblieben war. Kerle konnten bei so etwas seltsam werden. Sie wollte keinen Staub aufwirbeln, wenn alles zwischen ihnen noch so neu war.

Ihr gefiel es, wie die Dinge liefen. Sie mochte Slate, und sie wollte nicht, dass er dachte, sie müsse ihre Routine ändern. Ernster werden. Die Nacht beim anderen zu verbringen war definitiv eine große Veränderung der unausgesprochenen Regeln, nach denen sie in den letzten Monaten gelebt hatten.

»Morgen«, sagte Slate verschlafen.

Ashlyn war sich nicht sicher, was sie tun sollte. Aus dem Bett springen, sich entschuldigen und abhauen? So tun, als wäre es ganz normal, in seinem Bett und in seinen Armen aufzuwachen?

Aber da Slate Slate war, nahm er ihr die Entscheidung aus der Hand. Er zog sie sanft an der Schulter, bis sie neben ihm auf dem Rücken lag. Dann stützte er sich auf einen Ellbogen und legte seinen anderen Arm um ihre Taille. »Was ist los?«, fragte er mit einem leichten Stirnrunzeln.

Ausnahmsweise wünschte Ashlyn, er wäre nicht so verdammt scharfsinnig. »Nichts.«

»Babe.«

Das war's. Nur ein Wort, aber es war so voller Skepsis, dass Ashlyn nicht anders konnte, als mit ihren Gedanken herauszuplatzen.

»Es tut mir leid! Ich wollte nicht auf dir einschlafen. Ich

meine, ich habe es getan. Du hast gesagt, ich könne es. Und du warst so bequem und ich war müde vom Wandern. Du hättest mich aufwecken sollen. Dann wäre ich gegangen. Ich wollte unsere Abmachung nicht ändern.«

»Atme, Ash, es ist alles in Ordnung. Zunächst einmal habe ich dich zum Schlafen ermutigt. Es hat mir gefallen, dich zu halten, während du eingeschlafen bist. Du schnarchst, weißt du.«

Ashlyn runzelte die Stirn. »Tue ich nicht.«

»Doch, das tust du. Es ist kein richtiges Schnarchen, aber du schniefst irgendwie im Schlaf. Es ist niedlich.«

»Konzentrier dich, Slate. Und nicht auf mein Nicht-Schnarchen«, gab sie zurück.

»Tut mir leid. Ich wusste, dass du müde bist, und hatte kein Problem damit, dass du ein Nickerchen machst. Als der Film zu Ende war, habe ich versucht, dich zu wecken, aber du warst weg. Und ich meine wirklich weg. Ich bin mir nicht einmal sicher, ob es sicher ist, so fest zu schlafen. Was ist, wenn jemand in deine Wohnung einbricht? Oder wenn ein Feuer ausbricht? Du würdest wahrscheinlich durchschlafen.«

»Ich hatte schon immer einen sehr tiefen Schlaf«, gab Ashlyn verlegen zu.

»Gut. Noch etwas, was ich letzte Nacht über dich gelernt habe. Das, und dein Schnarchen.«

»Hör auf mit dem Schnarchen«, schimpfte Ashlyn. »Ich schnarche *nicht*!«

»Klaaar. Na gut. Jedenfalls habe ich versucht, dich zu wecken, aber du hast nach mir ausgeholt und gesagt, ich solle still sein. Also habe ich dich hier reingetragen, dich ausgezogen, es lange und langsam mit dir getrieben und bin dann selbst eingeschlafen.«

Ashlyn starrte ihn fünf Sekunden lang ausdruckslos an.

»Das hast du nicht. Da hätte ich nicht durchgeschlafen.«

Slate hatte ein ernstes Gesicht gemacht, aber bei ihren Worten lachte er. »Ganz genau, das hättest du nicht. Ich meine, das wäre ein Schlag ins Gesicht gewesen. Aber im Ernst, ich habe dich hierhergebracht, es dir bequem gemacht und mich dann neben dich gelegt. Verdammt gut geschlafen habe ich auch. Du warst wie ein Fels. Wenn du einmal weg bist, bist du wirklich weg, Babe. Das ist gut für mich, denn ich habe einen leichten Schlaf. Wenn du so ein Schläfer wärst, der sich die ganze Nacht hin und her wälzt, wäre es ätzend gewesen, weil ich jedes Mal aufgewacht wäre, wenn du dich bewegt hättest.«

Ashlyn konnte ihn nur anstarren. Zum ersten Mal wurde ihr bewusst, dass sie nur ihren Slip anhatte. Slate hatte ihr Hemd, den BH und die Leggings ausgezogen. Sie war nicht verärgert. Es war nicht so, als hätte er sie nicht schon vorher nackt gesehen. Er hatte alles gesehen, was sie zu bieten hatte, und das aus nächster Nähe. Es war eine intime Angelegenheit, sie bettfertig zu machen, aber sie konnte nicht leugnen, dass es nett von ihm war, sich um sie zu kümmern, wenn sie so müde gewesen war.

»Du bist also nicht sauer, dass ich über Nacht geblieben bin?«, platzte sie heraus.

»Hast du nicht gehört, was ich gerade gesagt habe?«, fragte Slate.

»Ähm … doch.«

»Dann hast du nicht richtig zugehört, denn nichts von dem, was ich gesagt habe, hätte darauf hindeuten können, dass ich sauer bin, dass du über Nacht geblieben bist.«

»Okay.«

»Okay. Bist du heute Morgen wund?«

»Ja.«

»Wie sehr?«

»Ähm, auf einer Skala von eins bis zehn, etwa zwölf.«

Slate nickte, beugte sich hinunter und küsste sie auf die Stirn, dann rollte er sich weg.

»Slate?«, fragte Ashlyn, streckte eine Hand aus und berührte seinen nackten Rücken. Er trug nur Boxershorts und sonst nichts. Die Muskeln in seinem Rücken spannten sich an, als er sich umdrehte, um sie anzusehen.

»Ja?«

»Wo willst du hin?«

»Ich hole dir Schmerztabletten. Dann lasse ich ein Bad für dich ein. Das wird deinen Muskeln helfen, sich ein wenig zu entspannen. Wie magst du dein Wasser? Warm, kühl oder kochend heiß?«

Ashlyn schluckte schwer. Sie war in seinen Raum eingedrungen, ohne ihm eine Wahl zu lassen, und jetzt musste er sich weiter um sie kümmern, weil sie es am Vortag übertrieben hatte?

»Babe? Wie heiß magst du dein Badewasser?«

»Nicht ganz so heiß wie kochendes Nudelwasser«, antwortete sie.

»Alles klar. Bleib hier und entspann dich. Ich komme gleich mit etwas Wasser und den Tabletten zurück.«

»Wirst du dich mir anschließen?«, platzte Ashlyn heraus.

»Nein. Ich bade nicht.«

»Was ist mit Sex?«

»Was soll damit sein?«, fragte Slate mit einer leichten Neigung seines Kopfes.

»Ich ... ähm ... willst du es?«

Ein verruchtes Lächeln huschte über sein Gesicht. »Aber ja. Aber du bist wund. Ich werde nicht verkümmern und sterben, wenn ich heute Morgen nicht in deine herrliche Muschi komme. Während du in der Wanne bist, mache ich uns Frühstück. Vielleicht können wir einen gemütlichen Spaziergang am Strand von Waikiki machen, bevor wir die anderen im *Duke's* treffen. Deine Muskeln zu dehnen wird auch helfen. Aber wenn du heute Morgen noch etwas zu erledigen hast, ist das auch okay.«

Etwas hatte sich plötzlich zwischen ihnen verändert und Ashlyn war sich nicht ganz sicher, wie sie es verarbeiten sollte. »Es ist Sonntag. Normalerweise bin ich sonntags faul, also nein, ich habe nichts zu tun, bevor wir uns im *Duke's* treffen.«

»Klasse. Bleib hier. Ich bin gleich wieder da.«

Dann drehte Slate sich noch ein wenig weiter, küsste sie kurz auf die Lippen und stand auf.

Ashlyn behielt ihren Blick auf seinem Rücken, während er in seinem kleinen begehbaren Kleiderschrank verschwand. Ein paar Sekunden später tauchte er in einer schwarzen Jogginghose wieder auf und ging auf die Badezimmertür zu. Sie hörte, wie das Wasser aufgedreht wurde, und nach etwa einer Minute kam er zurück ins Zimmer. Er schenkte ihr ein Lächeln und ging dann wortlos in die Küche, um ihr ein paar Schmerztabletten zu holen.

Kaum war er außer Sichtweite, ließ Ashlyn sich auf das Bett zurückfallen und atmete langgezogen aus. Sie war sehr froh, dass er nicht ausgeflippt war, weil sie heute Morgen noch da war. Sie hatte ein schlechtes Gewissen, nicht aufgewacht zu sein, als er sie in sein Schlafzimmer getragen hatte, aber sie war erleichtert, dass zwischen ihnen noch alles in Ordnung zu sein schien.

Sie mochte Slate. Er war ein guter Mann. Sie war noch nicht bereit, die Dinge zu beenden. Und es schien, als müsste sie sich darüber noch keine Sorgen machen.

Ashlyn hatte keinen Zweifel daran, dass sie einander irgendwann überdrüssig werden würden. Die Dinge, die er tat, würden sie immer mehr nerven. So wie es wahrscheinlich auch für ihn mit ihr wäre. Das passierte immer.

Aber für den Moment würde sie genießen, dass Slate sich um sie kümmerte ... und ihr heißes Bad.

»Du siehst großartig aus!«, rief Lexie später am Tag.

Der Tag war bisher entspannt verlaufen und Ashlyn konnte sich an keinen besseren »Morgen danach« erinnern als an den,

den sie mit Slate verbracht hatte. Er hatte ihr ein Glas Wasser und Tabletten gebracht und ihr befohlen, das ganze Wasser zu trinken. Sie tat ihm den Gefallen und wurde nur ein wenig rot, als er ihre Hand nahm und sie ins Bad führte. Sie mochte mit dem Mann in unzähligen Stellungen Sex gehabt haben, aber fast nackt bei Tageslicht herumzulaufen war etwas ganz anderes. Aber er fand es nicht seltsam. Er wies sie einfach auf die zusätzliche Zahnbürste hin, die er aus einer Schublade hervorgeholt hatte, und ließ sie allein im Bad zurück.

Die Temperatur des Badewassers war perfekt, und sie blieb in der Wanne, bis sie sich wie eine Dörrpflaume fühlte. Dann duschte sie, wusch sich die Haare mit Slates Shampoo und zog sich an, bevor sie zu ihm in die Küche ging.

Er hatte einen Auflauf mit Kartoffeln, Eiern und Spinat gemacht und ihn aus dem Ofen geholt, sobald er sie sah. Beim Frühstück hatten sie sich weiter über James und die Familie Turner sowie über ein neues japanisches Paar unterhalten, das auf die Insel gezogen war und noch nicht ganz Fuß gefasst hatte. Er erzählte, dass es auf der Arbeit zurzeit ziemlich stressig sei und dass er und sein Team vielleicht bald auf Mission müssten.

Sie dachte nicht gern darüber nach, aber da es ein Teil von Slate war, scheute sie sich nicht, ihm eine Million Fragen zu stellen. Die meisten konnte er nicht beantworten, und sie verstand warum.

Nach dem Frühstück war er Ashlyn in ihre Wohnung gefolgt, damit sie sich umziehen und für ihren Ausflug ins *Duke's* fertig machen konnte. Sie waren am Strand von Waikiki auf und ab gegangen, hatten die Leute beobachtet und sich Geschichten über die schrillen Typen ausgedacht, die sie sahen. Und jetzt waren sie mit dem Rest ihrer Freunde im Restaurant.

»Im Ernst«, wiederholte Lexie, »du strahlst ja förmlich. Wenn ich es nicht besser wüsste, würde ich sagen, du bist schwanger.«

Ashlyn spuckte fast den Schluck Mai Tai aus, den sie gerade getrunken hatte. Slate hatte ihn ihr gereicht, als sie sich vorhin mit ihren Freundinnen unterhalten hatte. Sie hatte nicht vor, heute noch Auto zu fahren, also konnte sie ruhig ein wenig trinken ... und Slate wusste das natürlich.

»Meine Güte, ich bin nicht schwanger«, sagte Ashlyn, als sie sich wieder unter Kontrolle hatte.

»Ich bin der gleichen Meinung wie Lexie. Du siehst anders aus. Nicht schlecht anders, nur ... anders«, sagte Kenna und nahm einen Schluck von ihrem eigenen Getränk.

»Ich bin derselbe Mensch, der ich immer war«, erwiderte Ashlyn.

»Die Sache mit Slate läuft gut«, sagte Elodie. Es war keine Frage.

»Ja.«

»Das freut mich«, fügte Elodie hinzu.

»Und die zwanglose Sache ist immer noch der Plan?«, fragte Carly.

»Natürlich. Warum?«, hakte Ashlyn nach.

»Kein Grund. Ich habe nur ... egal.«

»Ernsthaft, was?«, beharrte Ashlyn.

»Okay, aber du darfst nicht wütend werden. Ich habe nur gedacht, dass ich Slate noch nie so ... ruhig gesehen habe. Normalerweise scheint er kurz davor zu sein, die Hände in die Luft zu werfen, *Scheiß drauf* zu sagen und aus dem Raum zu stürmen.«

»Das sehe ich auch so«, sagte Monica. Aufgrund ihrer Schwangerschaft hatte sie anstelle eines Cocktails ein Glas Wasser in der Hand. »Früher ließ er den Blick ständig durch den Raum wandern, als suchte er immer nach einer Gefahr oder einer Ausrede, um zu gehen. In letzter Zeit ist sein Blick auf *dich* fixiert.«

Die Worte ihrer Freundinnen sorgten dafür, dass sich ein warmes Glühen in Ashlyn ausbreitete. Sie zuckte mit den

Schultern. »Er ist ein Beschützer. Ihr wisst das, weil eure Männer auch so sind. So ist er nun mal.«

»Du hast recht«, sagte Lexie. »Aber es scheint jetzt noch intensiver zu sein.«

»Er hat dich schon immer beobachtet, aber in letzter Zeit ist es anders«, stimmte Elodie zu.

»Nun, wir haben Sex«, sagte Ashlyn nüchtern. »Unsere Beziehung hat sich verändert. Sie ist persönlicher geworden. Und vielleicht beobachtet er mich heute einfach aufmerksamer, weil wir gestern Abend und heute Morgen keinen Sex hatten und er jetzt scharf ist.« Sie versuchte, die Worte ihrer Freundinnen zu verwerfen, denn der Gedanke an eine dauerhafte Beziehung mit Slate war gefährlich. Sie wussten beide, was sie an dem anderen hatten, und das würde sie nicht aufs Spiel setzen. Das wäre für keinen von ihnen fair.

»Warte, warte, warte«, sagte Lexie mit zusammengekniffenen Augen. Sie schaute sich um und lehnte sich dann zu Ashlyn. »Gestern Abend *und* heute Morgen? Bist du über Nacht geblieben? Oder hat er das getan?«

Ashlyn seufzte. Sie liebte ihre Freundinnen, aber manchmal waren sie viel zu aufmerksam. Und sie hatten ein Gedächtnis wie ein Elefant, wenn es ihnen in den Kram passte. »Ja. Ich wollte es nicht, aber ich bin auf seiner Couch eingeschlafen. Er konnte mich nicht aufwecken, weil ich so tief schlafe, also hat er mich ins Bett getragen.«

Alle fünf Frauen seufzten, als wäre es das Romantischste, was sie je gehört hatten.

»Du schläfst wirklich wie ein Toter«, sagte Kenna nach einem Moment. »Bei unserer ersten Übernachtung hatte ich ein schlechtes Gewissen, weil wir alle so laut waren, während du geschlafen hast, aber du hast nicht einmal gezuckt.«

»Aber es ist alles in Ordnung?«, fragte Lexie und legte ihre Hand auf Ashlyns Arm.

Sie nickte. Vor nicht allzu langer Zeit hatte sie Lexie anvertraut, dass sie und Slate noch nie die ganze Nacht zusammen verbracht hatten und dass sie sich Sorgen machte, wie es sich negativ auf ihre Beziehung auswirken könnte, wenn sie diesen Schritt wagten.

»Es ist gut. Wirklich gut sogar«, antwortete Ashlyn.

»Hey, Leute, sie sind bereit für uns!«, rief Jag. Sie hatten alle im Barbereich des *Duke's* abgehangen, bis das Essen fertig war. Alani, die Managerin, hatte in einer Ecke des Restaurants ein paar Tische für ihre Gruppe aufgestellt.

Die Frauen gingen alle auf ihre Männer zu, aber Elodie hielt Ashlyn am Arm fest und hielt sie für einen Moment zurück. »Ich freue mich für dich«, sagte sie.

»Danke«, entgegnete Ashlyn mit einem Lächeln.

»Ich weiß, dass du es locker angehen willst, aber ich muss dir sagen … du solltest dich nicht scheuen, das zu tun, was du willst.«

Ashlyn starrte die andere Frau an. Elodie war durch die Hölle gegangen und irgendwie hatte sie es geschafft, nicht nur ihren Verstand zu bewahren, sondern auch einen Mann zu haben, der alles dafür tun würde, dass sie in Sicherheit war und alles hatte, was sie sich jemals wünschen könnte.

»Ich möchte einfach nur Spaß haben. Mit einem Mann auszugehen, der kein Idiot ist, der nicht versucht, mich auszunehmen, und der mich so mag, wie ich bin. Bis jetzt ist Slate dieser Mann. Ich bin noch nicht bereit, sesshaft zu werden. Ich will noch nicht heiraten und ich will zu diesem Zeitpunkt in meinem Leben definitiv keine Kinder.«

»Ich will nur nicht, dass du zu stur bist. Oder bereust, dass du das Beste, was dir je passiert ist, aufgegeben hast«, sagte Elodie.

»Slate ist ein guter Mann. Eigentlich ist er sogar ein *großartiger* Mann. Aber ich bin mir nicht sicher, ob er *der Eine* ist. Wie soll ich das wissen, wenn ich so wenige ernsthafte Beziehungen hatte?«, fragte Ashlyn. »Wir gehen die Dinge langsam an. Wir genießen die Gesellschaft des anderen und der Sex ist einfach nicht von dieser Welt. Ich will es auf keinen Fall vermasseln, indem ich die Dinge überstürze.«

»Ich verstehe«, sagte Elodie, »aber erlaube deinen Hormone nicht, deinen gesunden Menschenverstand außer Kraft zu setzen.«

Ashlyn öffnete den Mund, um zu fragen, was sie damit meinte, aber ein Arm wurde um ihre Taille gelegt. »Wenn du dich nicht beeilst, ist das ganze gute Zeug weg«, drängte Slate sie ungeduldig.

Ashlyn verdrehte die Augen. »Immer in Eile«, stichelte sie ihn.

»Scheiße, ja, wenn es darum geht, diesen Typen beim Essen zuvorzukommen«, erwiderte Slate.

»Lexie sieht aus, als wäre sie bereit, sich mit jemandem zu prügeln, wenn derjenige den Hühnerflügeln zu nahe kommt, auf die sie so scharf ist, seit sie gehört hat, dass sie angeboten werden«, bemerkte Elodie.

Sie gingen in die Ecke, wo alle ihre Teller mit Kostproben füllten. Slate beugte sich hinunter und flüsterte: »Alles klar?«

Ashlyn hielt inne und sah zu ihm auf. »Ja, warum?«

»Du fühlst dich unwohl, wenn du im Mittelpunkt der Aufmerksamkeit stehst, und es sah so aus, als wäre es eine Zeit lang ziemlich intensiv gewesen.«

Ashlyn war überrascht, dass er das über sie wusste, aber eigentlich sollte sie es nicht sein. Sie kannten sich schon eine ganze Weile, auch wenn sie erst seit etwa einem Monat offiziell zusammen waren. »Mir geht's gut. Sie wollten nur wissen, ob du gut im Bett bist.«

Slate blinzelte.

Ashlyn konnte kein ernstes Gesicht behalten. Sie brach in Gelächter aus. »Oh mein Gott, wenn du nur dein Gesicht sehen könntest.«

»Luder«, knurrte Slate. »Ich habe versucht, nett zu sein.«

Ashlyn wurde nüchtern und legte eine Hand auf Slates Arm. »Es tut mir leid. Das weiß ich, und ich weiß es zu schätzen. Mir geht es gut. Sie haben nur gesagt, dass sie dachten, ich sähe wirklich glücklich aus. Und das bin ich auch, Slate. Ich habe mir heute Morgen Sorgen gemacht, dass du denkst, ich würde die Grenzen überschreiten, die wir für unsere Beziehung gesetzt haben. Aber du hast alles normal erscheinen lassen. Es war ein wirklich toller Tag und ich bin sehr zufrieden damit, wie die Dinge zwischen uns laufen.«

»Ich mag keine Regeln in meinen Beziehungen«, erklärte er ihr ernst. »Ich muss bei der Arbeit schon genügend Regeln befolgen. Ich möchte, dass sich die Dinge zwischen uns natürlich entwickeln. Ich hatte kein Problem damit, dass du über Nacht geblieben bist, Ashlyn. Ich war sogar erleichtert, dass du so spät nicht mehr allein Auto gefahren bist ... etwas, das mich jedes Mal stört, wenn du mein Haus verlässt. Und ich habe nicht gelogen, als ich sagte, dass ich wirklich gut geschlafen habe. Ich bin noch nicht bereit, mit dir zusammenzuziehen, aber die ganze Nacht bei dir oder bei mir zu bleiben ist für mich definitiv eine Option.«

Ashlyn grinste. »Ich sehe das genauso.«

»Gut. Können wir *jetzt* etwas zu essen holen?«, fragte er.

Auch wenn er versuchte, so zu tun, als wäre er verärgert, merkte Ashlyn, dass er über ihre Antwort erleichtert war. »Ja.« Dann legte sie ihre Hand an seine Wange und wartete, bis er ihren Blick erwiderte. »Danke.«

»Wofür?«, fragte Slate.

»Dafür, dass du du selbst bist.«

Die Worte drückten nicht genau das aus, was sie ihm mitteilen wollte. Wie froh sie war, dass er zu der Sorte Mann gehörte, die sich Sorgen machte, wenn ihre Freundin spät nachts nach Hause fuhr, auch wenn sie dazu durchaus in der Lage war. Dass er sich Sorgen machte, weil sie Muskelkater hatte. Dass er ihr ein Bad einließ und dann mit ihr einen Spaziergang machte, obwohl er etwas Produktiveres hätte tun können. Dass er sich Sorgen zu machen schien, dass ihre Freundinnen ihr das Leben schwer machten. Dass er sich ihre

Geschichten über ihre Kunden anhörte, obwohl sie genau wusste, dass er sich Sorgen machte, weil sie zu so vielen Häusern ging.

Sie war froh, dass er der Mann war, der er auf so viele Arten war.

Slate musste den tieferen Sinn ihrer Worte verstanden haben, denn er machte keine Anstalten zu scherzen. Er nickte nur und beugte sich dann hinunter, um sie zu küssen. Mitten im Restaurant bedeckte er ihre Lippen mit seinen und forderte Einlass in ihren Mund. Der Kuss schien ... aus irgendeinem Grund intensiver als sonst zu sein. Bedeutungsvoller.

Als er sich zurückzog, leckte Ashlyn sich über die Lippen und starrte zu ihm auf. Er führte seine Hand an ihre Wange und strich mit dem Daumen sanft über ihre Haut, bevor er wieder nickte, ihre Hand ergriff und sie zu ihren Freunden zog.

Später an diesem Abend, nachdem Carly und Jag entschieden hatten, welche Gerichte auf ihrer Hochzeit serviert werden sollten; nachdem sie mit ihren Freunden gelacht hatte, bis ihr der Bauch wehtat; nachdem sie bei Slate vorbeigefahren waren, um seine Trainingsklamotten für Montagmorgen zu holen; nach dem Abendessen – bei dem Slate mit Carlys Hilfe etwa drei Liter Mai Tais aus dem *Duke's* geschummelt hatte, obwohl es illegal war – und nachdem Slate sie auf ihrer Couch sowie gegen eine Wand gefickt hatte, sie so lange geleckt hatte, bis sie um Gnade bettelte, und sie dann lange und langsam geliebt hatte, lag Ashlyn praktisch vollkommen verausgabt und entspannt in ihrem Bett.

»Hast du noch Muskelkater?«, fragte er leise, während er mit einer Hand über ihren nackten Rücken fuhr.

Ashlyn konnte sich ein Lachen nicht verkneifen. »Ich kann mich kaum noch an meinen Namen erinnern nach all dem

Alkohol und den Orgasmen. Ich wüsste nicht mal, ob ich Muskelkater habe, wenn mein Leben davon abhinge.«

Slate lachte leise.

Für ein oder zwei Minuten herrschte eine angenehme Stille zwischen ihnen. Dann sagte Slate: »Ich hatte wieder einen richtig guten Tag.«

Ashlyn grinste ihn an und spürte, wie seine Worte sie bis in die Zehenspitzen wärmten. »Ich auch.«

»Wer steht morgen auf deinem Plan?«, fragte er.

Sie prustete. »Ich habe keinen Schimmer. Und du erwartest doch nicht wirklich, dass ich jetzt denke, oder?«

»Ich glaube, ich mag dich so.«

»Wie denn?«

»Beschwipst. Und im Sexkoma.«

Ashlyn kicherte. »Warum überrascht mich das nicht?«

»Ich werde früh aufstehen, um zum Training zu gehen. Soll ich dich vorher wecken oder dich schlafen lassen?«, fragte er.

»Weck mich auf«, sagte sie sofort.

»Wirst du dich wecken lassen *können*?«, erwiderte er.

»Ja«, sagte sie ein wenig beleidigt. »Ich schlafe nur supertief, direkt nachdem ich mich hingelegt habe. Morgens, wenn ich meinen Schönheitsschlaf bekommen habe, wache ich leicht auf.«

»In Ordnung, Babe. Ich stelle dir ein Glas Wasser neben das Bett. Trink es ganz aus, ohne dich allzu sehr zu beschweren, okay?«

»*So* betrunken bin ich nicht«, protestierte sie, obwohl sie schon lange nicht mehr so viel Alkohol getrunken hatte wie an diesem Tag.

»Trotzdem«, sagte er.

»Gut, Mr. Herrschsucht. Ich werde es trinken.«

»Danke.«

Es war schön, ihn hier zu haben. Ashlyn erinnerte sich daran, zu Beginn ihrer Beziehung froh gewesen zu sein, ihr Bett nach dem Sex für sich allein zu haben. Aber jetzt fiel ihr kein einziger guter Grund ein, warum sie allein sein wollte. Er war warm, er kuschelte gern und trotz seines harten Körpers gab er ein hervorragendes Kopfkissen ab.

»Ash?«

»Hmmm?«, sagte sie kurz vor dem Einschlafen.

Nach einer langen Pause antwortete er: »Schlaf gut.«

Sie hatte den flüchtigen Gedanken, dass diese Worte nicht das waren, was er hatte sagen wollen, aber sie war zu müde und befriedigt, um nachzufragen. »Du auch.«

KAPITEL NEUN

Slate starrte auf die schlafende Frau im Bett hinunter. Der gestrige Tag ... nun, die letzten zwei Tage ... waren aufschlussreich gewesen. Der Sex zwischen ihnen war zwar der beste, den er je gehabt hatte, und er liebte es, wie enthusiastisch sie im Bett war, aber er stellte fest, dass er es genauso genoss, mit ihr zusammen zu sein, wenn sie keinen Sex hatten.

Es war schon lange her, dass er mit einer Frau geschlafen hatte. *Geschlafen*, geschlafen. Wie er Ashlyn schon gesagt hatte, hatte er einen leichten Schlaf. Das kleinste Geräusch oder die kleinste Bewegung weckte ihn normalerweise auf. Mit einer Frau zu schlafen, nachdem sie Sex gehabt hatten, bedeutete also normalerweise eine beschissene Nachtruhe. Aber bei Ashlyn war er kein einziges Mal aufgewacht, da sie so fest schlief.

Es war Montagmorgen und er musste pünktlich zum Training kommen, sonst würde Mustang ihm die Hölle heißmachen. Aber Slate konnte sich nicht dazu durchringen zu gehen. Er hatte keine Ahnung, was es mit Ashlyn auf sich hatte, das ihn so widerwillig gehen ließ. Sie war eine gute Frau, er respektierte sie, aber er war noch nicht bereit, sesshaft zu werden, so wie seine Teamkameraden es getan hatten.

Mit diesem Gedanken im Kopf beugte Slate sich hinunter und schüttelte Ashlyn leicht.

Sie stöhnte.

Er konnte sich ein Grinsen nicht verkneifen. »Hey, Babe. Ich gehe jetzt.«

»Mkay«, murmelte sie.

»Wach auf und trink etwas Wasser«, befahl er.

»Ich bin wach«, sagte sie in einem Tonfall, der ihre Worte Lügen strafte.

»Ash, *aufstehen*. Du hast versprochen, dass du das Wasser trinkst.«

Stirnrunzelnd öffnete Ashlyn die Augen. »Du bist wirklich nervig«, sagte sie zu ihm.

»Und du wirst dich besser fühlen, wenn du etwas trinkst. Glaub mir.«

»Meinetwegen«, brummte sie und griff nach dem Glas, das er ihr hinhielt. Sie schluckte das Wasser hinunter, ohne Luft zu holen, was sein Lächeln nur noch breiter werden ließ.

»So. Zufrieden?«, fragte sie, als sie sich wieder auf die Matratze fallen ließ.

»Ja. Ich habe nachgedacht ...«, begann Slate.

Ashlyn stöhnte auf. »Es kann nicht gut sein, so früh am Morgen zu denken.«

»Wir haben am Mittwoch Wassertraining, dann haben wir den Rest des Nachmittags frei. Was hältst du davon, wenn ich dich an dem Tag bei einigen deiner Lieferungen begleite?«

Ashlyn öffnete erneut die Augen. »Ist das dein Ernst?«

»Ja.«

»Ja! Das würde mich freuen. Die Turners stehen für diesen Tag auf meinem Plan. Und James auch. Oh, und Jazmin. Ihr Sohn Henry kommt gegen halb vier von der Schule nach Hause und er liebt alles, was mit dem Militär zu tun hat. Ich bin sicher, er würde dich gern kennenlernen.«

Slate war sich nicht sicher, warum er ihr angeboten hatte, sie zu begleiten ... wahrscheinlich, um sich in Bezug auf ihren

Job zu beruhigen. Er freute sich jedoch über ihre begeisterte Antwort. »Gut. Ich kann mich nach dem Mittagessen bei *Food For All* mit dir treffen. Passt dir das?«

»Perfekt.«

»Dann ist das abgemacht. Schlaf noch eine Weile. Soll ich dich nach dem Training anrufen, um sicherzugehen, dass du schon auf den Beinen bist?«, fragte er.

»Ja, würdest du das tun? Normalerweise bin ich gut im Aufstehen, aber ich glaube, ich habe einen ziemlichen Kater.«

Slate wollte am liebsten lachen, wusste aber, dass sie das nicht zu schätzen wüsste. Er nahm an, dass sie ein wenig Schmerzen haben würde, weshalb er darauf bestanden hatte, dass sie das Wasser trank.

»Okay, Babe. Wir sprechen uns später.« Slate beugte sich zu ihr hinunter und küsste sie sanft auf die Lippen.

»Bis dann«, sagte sie und griff nach seiner Hand, bevor er weggehen konnte. »Slate?«

»Ja?«

»Ich kann es kaum erwarten, dass es Mittwoch ist.«

»Ich auch nicht, Babe. Ich auch nicht«, erwiderte er, drückte ihre Hand und ging auf die Tür zu. Er drehte sich noch einmal um und sah die Frau an, die ihm nicht aus dem Kopf ging, bevor er sich zum Gehen zwang.

»Was ist mit dir und Ashlyn los?«, fragte Mustang nach dem Training. Die anderen waren bereits gegangen und Slate half seinem Teamleiter, seinen Wagen mit den Gewichten zu beladen, die sie am Morgen benutzt hatten.

»Wir sind zusammen«, sagte Slate.

»Was du nicht sagst, Sherlock«, gab Mustang zurück. »Aber es sieht jetzt ernster aus als vor ein paar Wochen, als ihr angefangen habt, miteinander auszugehen.«

»Warum?«, fragte er, die Arme vor der Brust verschränkt.

»Ich will ja kein Arschloch sein, aber selbst ein Blinder könnte die Intensität zwischen euch beiden sehen. Vor allem wenn ihr behauptet, dass ihr nur eine Sexfreundschaft habt.«

»Ich will auch kein Arschloch sein, aber was zwischen Ashlyn und mir ist, geht nur Ashlyn und mich etwas an«, sagte Slate. Er war nicht bereit, mit jemandem über seine Beziehung zu sprechen. Verdammt, er war sich nicht sicher, was es zu sagen gab. Sie waren zusammen. Punkt. Sie planten keine verdammte Hochzeit wie Jag und Carly und versuchten auch nicht, einen Namen für ihr Kind zu finden wie Pid und Monica.

»Klar, das kann ich respektieren. Aber ich versuche nur, auf sie aufzupassen. Frauen sind ... nicht wie wir. Sie sind viel emotionaler. Elodie und ich machen uns Sorgen, dass es Schwierigkeiten geben könnte, wenn einer von euch sich verliebt und der andere nicht.«

Slate konnte sich ein Lachen nicht verkneifen. »Wir sind nicht verliebt«, sagte er, ohne zu zögern. »Verdammt, es war Ashlyns Idee, eine Sexfreundschaft zu führen.«

»Aber du verbringst neuerdings viel mehr Zeit mit ihr. Und jetzt übernachtest du sogar bei ihr«, merkte Mustang an.

Slate runzelte die Stirn. »Und?«

»Ich will damit nur sagen, dass du vorsichtig sein solltest. Ich mag Ashlyn. Elodie mag Ashlyn. Verdammt, *jeder* mag sie. Ich will nur nicht, dass die Dinge in der Zukunft seltsam werden, wenn es zwischen euch nicht klappt.«

»Das wird nicht passieren«, sagte Slate entschieden. Er konnte die Skepsis im Gesicht seines Freundes sehen. »Wir haben schon darüber gesprochen. Zwischen uns ist alles in Ordnung. Sogar großartig. Der Sex ist gut – nein, er ist phänomenal. Es macht Spaß, mit ihr abzuhängen, und wir amüsieren uns. Aber das war's, Mustang. Ganz im Ernst.«

»Du kennst doch das Sprichwort, dass getroffene Hunde bellen, oder?«, sagte sein Freund sarkastisch.

»Ich will, dass du mich diesbezüglich in Ruhe lässt«, erwiderte Slate. »Ich respektiere dich und würde mich verdammt noch mal für dich opfern, aber jetzt hör auf damit. Zwischen uns ist alles in Ordnung. Ich mag sie. Ich liebe sie nicht und ich bin noch nicht bereit, sesshaft zu werden wie du und die anderen. Wenn du damit nicht klarkommst, weiß ich nicht, was ich sagen soll. Ich habe das Memo nicht bekommen, das besagt, dass ich das nächste Mädchen heiraten muss, mit dem ich Sex habe«, sagte er defensiv.

»In Ordnung«, murmelte Mustang, der die Hände hob. »Ich werde mich zurückhalten. Ich habe meinen Teil sowieso gesagt. Zurück zum Job. Ich habe dem Rest des Teams noch nichts gesagt, das werde ich heute Morgen tun, sobald wir alle im Büro sind, aber es besteht die Möglichkeit, dass wir noch diese Woche nach Bahrain fliegen.«

Slate verzog das Gesicht. »Personenschutz-Dienst?«

»Ja«, antwortete Mustang mit einem Nicken. »Die Spannungen sind immer noch hoch, seit Israel zum Zentralkommando der Vereinigten Staaten gehört und nicht mehr zum europäischen. Für das CENTCOM-Treffen nächste Woche in Bahrain wurden wir gebeten, nicht nur für zusätzliche Sicherheit für die US-Vertreter zu sorgen, sondern auch vor Ort zu sein, falls es zu Unruhen kommt.«

»Verdammt«, seufzte Slate. Dann zuckte er mit den Schultern. »Besser als in den Bergen des Irans oder Iraks nach Aufständischen zu suchen.«

»Stimmt. Niemand erwartet, dass es etwas anderes ist als das, was es ist ... ein paar Tage lang gelangweilt herumstehen, während Politiker versuchen, einen außenpolitischen Kompromiss zu finden.«

»In Ordnung. Ich bin gespannt auf die Details, die wir heute noch erfahren werden. Oh, warte, du denkst, dass wir *nach* Mittwoch abreisen werden, oder?«

»Höchstwahrscheinlich, warum?«

»Ich habe Ash versprochen, sie am Mittwochnachmittag bei ihren Lieferungen zu begleiten«, entgegnete Slate.

Mustang grinste, aber wie versprochen nutzte er die Gelegenheit nicht, um eine weitere Bemerkung über seine Beziehung zu Ashlyn zu machen. »Ich nehme an, dass du das immer noch tun kannst. Die Treffen fangen erst am Sonntag an, also sollten wir nicht vor Freitag aufbrechen müssen. Frühestens am Donnerstagabend.«

»Großartig. Du rechnest doch nicht mit Komplikationen bei unserer Rückkehr, oder? Es wäre blöd für Jag und Carly, wenn sie ihre Hochzeit verschieben müssten.«

»Nein. Das war einer der Gründe, warum ich den Kommandanten dazu gedrängt habe, uns diese Mission anstelle einer anderen zu übertragen«, sagte Mustang. »Ich weiß, dass die Hochzeit erst in einem Monat stattfindet, aber wir wissen beide, dass kurze und einfache Missionen manchmal alles andere als das sind.«

Slate nickte zustimmend. Mustang war ein guter Teamleiter. Er scheute sich nicht, harte Entscheidungen zu treffen, wenn sie gerechtfertigt waren, aber er hatte immer das Beste für die SEALs unter seinem Kommando im Sinn.

»Ich verschwinde. Wir sehen uns später«, sagte Slate.

Mustang nickte und schloss den Kofferraum seines Wagens. »Bis dann.«

Auf dem Weg zurück zu seinem Haus weigerte Slate sich, zu intensiv über das nachzudenken, was Mustang gesagt hatte. Mit ihm und Ashley war alles in Ordnung. Sie wussten, woran sie waren. Keiner von beiden war bereit für eine dauerhafte Beziehung, und keiner von beiden war in den anderen verliebt. Alles war gut. Großartig, um genau zu sein.

Slate weigerte sich, sich von den Bedenken seiner Freunde beeinflussen zu lassen. Nur weil sie wollten, dass er so sesshaft wurde wie sie, hieß das noch lange nicht, dass das in dieser Sekunde passieren würde.

Er ließ seine Gedanken zur vergangenen Nacht wandern. Wie heiß Ashlyn für ihn gebrannt hatte. Sein Schwanz verhärtete sich und Slate atmete tief ein. Für einen kurzen Moment wünschte er sich, er wäre auf dem Weg zurück zu ihr. Er würde sie gern mit seinem Mund zwischen ihren Beinen aufwecken und ihr einen oder zwei Orgasmen verpassen, bevor er selbst kam. Aber er würde sich mit seiner eigenen Hand in der Dusche begnügen müssen.

Danach würde er Ashlyn anrufen, um sich zu vergewissern, dass sie wach war, bevor er zur Arbeit fuhr. Wenn das Team abreisen müsste, gäbe es im Vorfeld eine Menge logistischer Dinge zu klären. Die ganze Woche wäre mit Berichten und dem Sammeln von Informationen ausgefüllt, ganz zu schweigen vom Training am Mittwochmorgen. Die Zeit mit Ashlyn bei ihren Lieferungen zu verbringen würde eine schöne Abwechslung in dieser voraussichtlich hektischen Woche sein.

KAPITEL ZEHN

»Du siehst müde aus«, platzte Ashlyn heraus. Sie hatte nicht beabsichtigt, gleich so unhöflich zu sein, aber jetzt konnte sie die Worte nicht mehr zurücknehmen. Sie hatte Slate seit Montag nicht mehr gesehen und hasste es, dass er so erschöpft aussah.

Zum Glück nahm er es ihr nicht übel. »Ja, wir hatten ein paar lange Tage.«

Slate hatte ihr von der bevorstehenden Mission erzählt, als er sie am Montagabend angerufen hatte, und er hatte ihr versichert, dass es nichts Gefährliches war. Sie war sich nicht sicher, ob sie ihm wirklich glauben sollte, aber da er sie bisher noch nie angelogen hatte, schenkte sie ihm den Vertrauensbonus.

Aber nur weil es nicht um Leben und Tod ging, hieß das nicht, dass er sich nicht den Arsch abarbeitete. Erst spät gestern Abend war er sich überhaupt sicher gewesen, dass er heute Nachmittag freihaben würde.

Ashlyn hatte sich darauf gefreut, dass er einige ihrer Kunden kennenlernen würde, und obwohl sie es verstanden hätte, wenn er hätte absagen müssen, war sie erleichtert, dass er trotzdem mit ihr kommen konnte. Trotzdem konnte sie nicht anders, als zu sagen: »Wenn du lieber nicht mitkommen willst, um stattdessen ein Nickerchen zu machen, verstehe ich das.«

Sie standen auf dem Parkplatz bei *Food For All*, wo sie sich nach dem Mittagessen mit ihm getroffen hatte, um ihre Lieferroute fortzusetzen. Slate ging auf sie zu und legte seine Hände an ihre Wangen. »Ich freue mich schon seit einer Weile auf diesen Tag. All die Geschichten, die du mir über deine Kunden erzählt hast, haben mich gefesselt. Ich will mit dir kommen, Ash.«

»Okay«, sagte sie mit einem breiten Lächeln.

Er starrte sie einen langen Moment an, bevor er langsam den Kopf senkte. »Ich habe nicht richtig Hallo gesagt, oder?«, fragte er. Er ließ ihr keine Gelegenheit zu antworten, bevor seine Lippen auf ihren lagen. Im Gegensatz zu anderen Küssen war dieser langsam und träge, aber dennoch begann Ashlyn, sich zu winden.

»Jetzt bin ich bereit«, sagte er, nachdem er den Kopf gehoben und sich über die Lippen geleckt hatte, als wollte er ihren Geschmack einfangen.

»Und ich bin verdammt scharf«, murmelte Ashlyn. Sie wurde mit einem Lachen von Slate belohnt. Er ging zur Fahrerseite ihres RAV4 und öffnete ihr die Tür. Sie setzte sich hinter das Lenkrad und beobachtete Slate, wie er um den Wagen herum auf die andere Seite schlenderte.

Sobald er eingestiegen war und sich angeschnallt hatte, sagte er: »Fahren Sie los, James.«

Ashlyn verdrehte die Augen. »Du bist ein Idiot«, entgegnete sie, als sie den Motor startete.

Er grinste nur.

Nachdem sie losgefahren war, fragte sie: »Stört es dich, dass ich fahre?«

»Warum sollte es?«, entgegnete er, wobei die Verwirrung in seiner Stimme deutlich zu hören war.

»Nun, Männer wie du scheinen immer gern das Sagen zu

haben. Die Kontrolle zu haben. Und eine Frau ans Steuer zu lassen scheint dagegen zu verstoßen.«

»Es ist mir scheißegal, ob du fährst«, antwortete er. »Es gibt Zeiten, in denen ich gern das Sagen habe, und ich kann nicht leugnen, dass ich ein klitzekleines Kontrollproblem habe. Aber ich habe dich fahren sehen, Babe. Du bist vorsichtig und nicht rücksichtslos. Du rast nicht und du hast noch nie aus Wut gehupt. Ich weiß, dass diese Dinge dich nicht immun gegen Unfälle machen, aber ich habe kein Problem damit, dass du fährst.«

Manche Frauen hätte seine Bemerkungen vielleicht nicht so wichtig gefunden, aber Ashlyn fühlte sich, als hätte sie eine wichtige Prüfung bestanden. Das war zwar albern, schließlich fuhr sie ja nur Auto, um Himmels willen, aber trotzdem. »Danke«, sagte sie nach einem Moment. »Ich fand es schon immer verrückt, dass ein Mann denkt, dass er im Auto sicherer ist, wenn er fährt.«

Slate lächelte sie an. »Also, wo fahren wir zuerst hin?«

»Zu den Turners. Trey ist wahrscheinlich bei der Arbeit, aber Brooklyn wird mit ihren Kleinen da sein.«

»Die Kinder sind zwei und drei, richtig?«, fragte Slate.

Erfreut, dass er sich daran erinnert hatte, nickte Ashlyn. »Ja. Und sie sind ganz schön anstrengend.«

»Willst du Kinder?«, fragte Slate.

Ashlyns Augen weiteten sich und sie schaute zu ihm rüber.

Er lachte. »Entspann dich. Das war keine Einladung. Ich bin nur neugierig.«

Sie atmete erleichtert aus. »Ich denke schon.«

»Hmmm, das hört sich für mich nicht wirklich nach einem Ja an«, bemerkte Slate.

Ashlyn zuckte mit den Schultern. »Es ist nicht so, dass ich keine Kinder mag. Ich mag sie. Aber bis jetzt hatte ich noch nie das Bedürfnis, eigene zu haben. Vielleicht bin ich deshalb egoistisch, aber ich mag mein Leben. Wenn ich Brooklyn oder Jazmin oder andere Eltern auf meiner Route sehe, bemerke ich, wie sehr sie sich abmühen und wie erschöpft sie immer sind, und das macht mir nicht gerade Lust, selbst Mutter zu werden.«

»Glaubst du, sie sind nicht glücklich mit ihren Kindern?«, fragte Slate.

»Nein, das ist es nicht. Sie lieben ihre Kinder, das ist offensichtlich. Und ich würde wahrscheinlich anders denken, wenn ich meine eigenen hätte, aber im Moment fühle ich mich einfach nicht so stark dazu hingezogen.« Sie zuckte wieder mit den Schultern und rang nach den richtigen Worten. »Es ist schwer zu erklären.«

»Nein, du erklärst es sehr gut. Und damit das klar ist, ich finde nicht, dass du egoistisch bist. Kinder zu haben ist eine große Verpflichtung. Es kostet Zeit, eine Menge Mühe und ja, auch Geld. Ganz zu schweigen davon, dass die Welt ein beängstigender Ort ist, der mit jedem Tag beängstigender zu werden scheint. Ich verstehe das.«

Ashlyn schaute zu ihm rüber. »Wie stehst du zu Kindern?« Sie konnte nicht glauben, dass sie sich getraut hatte, ihn zu fragen. Andererseits hatte er die Unterhaltung begonnen.

»Ähnlich wie du. Ich bin eher zurückhaltend, weil ich es hassen würde, ein Kind vaterlos zu lassen, wenn mir etwas zustieße. Ich bin gut in meinem Job und habe fünf der besten Männer, die ich mir wünschen kann, an meiner Seite, aber wenn deine Zeit vorbei ist, ist sie vorbei. Ich möchte nicht, dass ein Kind von mir mit meinem Tod konfrontiert wird.«

»Aber du wirst nicht immer ein SEAL sein«, merkte Ashlyn an.

»Stimmt. Und meine Einstellung zum Kinderkriegen könnte sich ändern, wenn ich ausgetreten bin.« Jetzt war es an ihm, mit den Schultern zu zucken.

Sie schwiegen eine Weile, während Ashlyn fuhr.

»Ich glaube, du wärst eine tolle Mutter«, sagte Slate. »Du würdest einen Weg finden, die Dinge zum Laufen zu bringen, wenn du ein Kind hättest. Ich vermute, du würdest es in einen

Kindersitz schnallen, weiter ausliefern und all deine Kunden bezaubern.«

Sie lächelte. »Danke. Und das Gleiche gilt für dich. Du wärst ein großartiger Vater. Ich habe das Gefühl, du wärst total interaktiv und jedes deiner Kinder wäre wie ein Mini-Du. Es würde dir nacheifern und so sein wollen wie sein Daddy.«

Slate antwortete nicht, sondern griff nur nach ihrer Hand. Er drückte sie sanft und hielt sie fest, während sie fuhren.

Das war es, was Ashlyn sich ihr ganzes Leben lang von einer Beziehung gewünscht hatte. Jemanden, zu dem sie ehrlich sein konnte, der ihr ein echter Partner war, mit dem sie sich sexuell verbunden fühlte ... und der ihr ein Kribbeln im Bauch vermittelte, indem er einfach ihre Hand hielt.

Sie unterdrückte ein ironisches Seufzen. Natürlich würde sie genau das, was sie sich wünschte, bei einem Mann finden, mit dem sie nur zwanglos zusammen war.

Zehn Minuten später bog sie in die Straße, in der die Turners wohnten. Sie parkte vor dem Haus und stellte den Motor ab. Sie und Slate stiegen aus dem Wagen, nachdem sie die Heckklappe geöffnet hatte. Slate schnappte sich den Karton mit den Mahlzeiten und folgte ihr, als sie zur Haustür ging.

Sie klopfte leise, um die Kinder nicht zu wecken, falls sie noch schliefen, aber das aufgeregte Kreischen von drinnen ließ sie wissen, dass sie definitiv nicht schliefen.

Brooklyn öffnete die Tür und gesellte sich zu ihnen auf die Veranda, als Briar und Curtis heraustapsten und sich an Ashlyns Beine klammerten.

»Ash!«, rief der kleine Junge mit einem breiten Grinsen.

Seine Schwester sagte nichts, sondern legte nur den Kopf schief und grinste.

»Hey, ihr Kleinen! Geht es euch heute gut?«, fragte Ashlyn.

Die Kinder antworteten nicht, aber das hatte sie auch nicht erwartet. Ashlyn schaute ihre Mutter an – und verkniff sich ein Lachen, da sie Slate anstarrte. Er trug immer noch die Uniform, mit der er am Morgen zur Arbeit gekommen war, und er hatte begonnen, seinen Bart ein wenig rauswachsen zu lassen. Er hatte behauptet, es sei in Vorbereitung auf die Mission, zu der sie in ein paar Tagen aufbrechen würden, und dass der Bart ihm an vielen Orten dabei half, sich unter die Einheimischen zu mischen. Für den Moment machte er ihn jedoch einfach nur noch umwerfender.

Brooklyn war offenbar derselben Meinung.

»Hey, Brook«, sagte Ashlyn. »Das ist Slate. Er hilft mir heute mit den Lieferungen.«

»Hi«, sagte sie schüchtern.

»Hi«, ahmte Curtis seine Mutter nach. Er ging zu Slate hinüber und packte sein Hosenbein. »Hoch!«, forderte er.

»Oh, das tut mir leid«, sagte Brooklyn, während sie nach ihrem Sohn griff. »In letzter Zeit will er ständig getragen werden. Es ist die Hölle für meinen Rücken.«

»Ist schon in Ordnung«, entgegnete Slate. »Nimmst du das bitte?«, fragte er und hielt Ashlyn den Karton hin.

Sie nahm ihn und sah zu, wie er sich bückte, um den kleinen Jungen hochzuheben. Er setzte ihn auf seine Hüfte und grinste. »Hey, Curtis. Warst du heute ein braver Junge für deine Mama?«

Curtis schien wie hypnotisiert von Slate. Er legte eine Hand auf sein Gesicht und tätschelte seinen Bart.

Ashlyn hätte schwören können, dass ihre Eierstöcke sich zusammenkrampften, als sie sah, wie Slate den kleinen Jungen im Arm hielt. Sie mochte ihm gerade gesagt haben, dass sie noch nicht bereit war, selbst Kinder zu bekommen, aber ihn mit Curtis zu sehen veranlasste sie dazu, diese Entscheidung bereits zu überdenken.

»Kommt rein«, sagte Brooklyn, nahm die kleine Briar auf den Arm und winkte sie ins Haus. »Die Wohnung ist ein einziges Chaos, aber ich habe gelernt, mich damit abzufinden und zu versuchen, mich nicht zu sehr zu schämen. Mit zwei Kleinkindern ist es sicherlich nicht einfach, das Haus sauber zu halten.«

»Das ist schon in Ordnung«, beruhigte Ashlyn sie. »Und wir können heute nicht bleiben. Ich bin im Verzug, weil ich eine lange Mittagspause eingelegt habe, um mich mit Slate zu treffen. Aber das Essen wird euch schmecken. Elodie hat sich heute mit den Mahlzeiten selbst übertroffen. Sie hat Gemüsetaschen gemacht, die eigentlich total einfach und langweilig klingen, aber irgendwie hat sie es wie immer geschafft, eine Gourmetmahlzeit zu zaubern. Sie hat rote und grüne Paprika in dünne Scheiben geschnitten, Zwiebeln, Pilze, Zucchini, Salat und Tomaten in eine Focaccia-Tasche gelegt. Dann hat sie Brie-Käse und diese köstliche Meer-rettich-Mayonnaise hinzugefügt. Glaub mir, auch wenn du denkst, dass du einige dieser Zutaten nicht magst, wirst du deine Meinung ändern, wenn du sie alle zusammen probierst.«

»Das klingt fantastisch«, sagte Brooklyn.

»Und da ich weiß, dass Trey kein großer Fan von Gemüse ist, habe ich für ihn eine Zitronen-Pfeffer-Hühnerbrust mitge-bracht. Oh, und die siebenschichtigen Dessertriegel sind zum Sterben gut. Ich empfehle dir, ein Glas Milch bereitzuhalten, wenn du sie isst«, schlug sie grinsend vor. »Die passt perfekt dazu.«

»Ich kann es kaum erwarten, alles zu probieren«, entgeg-nete Brooklyn.

»Ich habe auch ein paar Windeln im Wagen«, fuhr Ashlyn fort. »Jemand hat sie gespendet und ich dachte, du könntest sie gebrauchen.«

»Oh ja, vielen Dank!«

»Wenn du ihn nimmst, hole ich sie«, sagte Slate.

Ashlyn griff sofort nach dem kleinen Jungen. Curtis lächelte, erfreut darüber, dass ein anderer Erwachsener ihm Aufmerksamkeit schenkte. Seine Schwester hingegen schien damit zufrieden zu sein, in den Armen ihrer Mutter zu liegen.

Kaum war Slate von der Veranda verschwunden und auf dem Weg zurück zum Wagen, sagte Brooklyn: »Määääädchen!«

Ashlyn lachte. »Ich weiß, oder?«

»Ich weiß noch, dass du gesagt hast, dass du mit jemandem zusammen bist, aber *verdammt*.«

»Ja, er ist großartig.«

»Wenn das, was du über ihn gesagt hast, stimmt, ist er mehr als großartig. Du musst an ihm festhalten, Ash. Er ist umwerfend, rücksichtsvoll und er war toll mit Curtis.«

»Das mit uns ist nicht ernst«, protestierte Ashlyn.

Brooklyn zog eine Augenbraue hoch. »Weiß *er* das? Denn die Art, wie er dich ansieht, sagt etwas anderes.«

»Natürlich weiß er das. So ist er nun mal. Er ist sehr … intensiv.«

»Hm-hm, rede dir das nur ein.«

Ashlyn öffnete den Mund, um zu protestieren, aber Slate kam zurück, bevor sie etwas anderes sagen konnte.

»Hier, bitte sehr. Kann ich sie für dich reinbringen?«

»Ja bitte«, sagte Brooklyn lächelnd, trat aus dem Weg und zog beide Augenbrauen hoch, als Slate sich umdrehte, um die Packung mit den Windeln in die Tür zu stellen.

Sie lächelte die andere Frau nur an.

»Nochmals vielen Dank für die Mahlzeiten. Ich kann es kaum erwarten, sie zu probieren.«

»Natürlich. Wir sehen uns am Freitag«, sagte Ashlyn, beugte sich vor und setzte Curtis vorsichtig auf der Veranda ab. Als seine Mutter die Tür öffnete, rannte er kreischend ins Haus und schaute nicht zurück.

»Meine Güte, er ist heute gut drauf. Nochmals vielen Dank und wir sehen uns am Freitag«, rief Brooklyn, als sie ins Haus ging, um sich um ihr Kleinkind zu kümmern.

Als sie wieder in den Wagen stiegen, lächelte Slate sie an.

»Was?«, fragte Ashlyn.

»Nichts.«

»Komm schon, was?«, drängte sie.

»Du hast gut mit ihm ausgesehen.«

Sie wusste genau, von wem Slate sprach. »Das Gleiche

könnte ich von dir behaupten. Ich stehe zu meiner Aussage von vorhin, du wärst ein toller Vater.«

»Sie ist nett, aber sie hat es schwer«, sagte Slate als Nächstes.

»Ich weiß. Ich wünschte, ich könnte mehr für sie tun.«

»Du tust mehr als viele andere Menschen. Und mir ist aufgefallen, dass du ihr nicht gesagt hast, dass du diese Windeln gekauft hast.«

Ashlyn zuckte mit den Schultern. »Sie ist stolz. Und es war keine große Sache für mich, eine Packung im Laden zu kaufen, als ich das letzte Mal dort war.«

»Ich bereue, dass ich das nicht schon früher getan habe«, sagte Slate.

»Was?«, fragte Ashlyn, als sie den Wagen startete.

»Mit dir zu kommen. Die Menschen zu sehen, denen du hilfst. Wenn ich das getan hätte, hätte ich dir wegen der Lieferungen vielleicht nicht so hart zugesetzt.«

Seine Worte bedeuteten ihr viel. »Danke.«

»Ich meine es ernst. Sie sorgen sich offensichtlich sehr um dich, und du machst dir offensichtlich Sorgen um sie. Sie können sich glücklich schätzen, dich auf ihrer Seite zu haben.«

»Nun, du hast erst einen Kunden kennengelernt«, sagte Ashlyn, fast verlegen über sein Lob. »Sie sind nicht alle so freundlich wie Brooklyn und ihre Kinder.«

»Ich wette, sie sind trotzdem sehr dankbar«, entgegnete Slate. »Wohin als Nächstes?«

Der Nachmittag verging schnell. Es war schön, Seite an Seite mit Slate zu arbeiten. Wie Ashlyn gewarnt hatte, waren nicht alle ihre Kunden übermäßig freundlich, aber sie schienen alle froh zu sein, sie zu sehen, und dankbar für das Essen.

Es war kurz vor siebzehn Uhr, als sie vor dem letzten Haus anhielt. »Ich habe James für den Schluss aufgehoben«, sagte sie zu Slate. »Er wird sich riesig freuen, dich kennenzulernen, und wahrscheinlich über die Navy reden wollen. Ist das okay? Musst du zurück?«

»Das ist in Ordnung«, winkte Slate ab. »Ich habe dich so oft von ihm sprechen hören, dass ich das Gefühl habe, ihn schon zu kennen. Willst du mit mir essen gehen, nachdem wir uns wieder bei Lexie bei *Food For All* gemeldet haben?«

Ashlyn nickte. »Klar.«

»Wenn ich dich den ganzen Tag über die Gemüsetaschen und das Zitronenpfeffer-Hühnchen reden höre, knurrt mir der Magen.«

Sie lachte. »Komm schon, ich bin mir sicher, dass James auf uns wartet. Er hat einen Stuhl direkt am Fenster stehen, damit er alle Leute in der Nachbarschaft kommen und gehen sehen kann.«

Als sie zur Tür gingen, hielt Slate diesmal ihre Hand, während er mit der anderen das restliche Essen trug.

James öffnete die Tür, bevor sie sie erreicht hatten. »Wie geht's meinem Lieblingsmädchen?«, fragte er grinsend.

Ashlyn ließ Slates Hand los und umarmte den älteren Mann vorsichtig. Sein Rücken war vom Alter gerundet und sein weißes Haar stand zerzaust in alle Richtungen ab. Auf seinen Wangen wuchsen Bartstoppeln, weil er sich ein oder zwei Tage nicht mehr rasiert hatte, und auf seinem Hemd waren Flecke zu sehen. Aber jedes Mal, wenn sie bei ihm vorbeikam, begrüßte er sie so herzlich, dass sein ungepflegtes Äußeres sie nicht im Geringsten störte.

»Tut mir leid, dass wir zu spät sind«, sagte sie, als sie sich zurückzog. Ashlyn hielt ihre Hand auf seinem Oberarm, um sicherzugehen, dass er nicht umkippte. Für seine achtundachtzig Jahre war er erstaunlich beweglich, aber sie wollte nicht riskieren, dass er stolperte.

»Du bist nicht zu spät, du bist genau pünktlich!«, rief James. »Ich habe gerade eine neue Kanne Kaffee gekocht. Kannst du ein bisschen reinkommen?«

Ashlyn hätte ihn dafür gescholten, wie viel Kaffee er trank, aber als sie ihn einmal darauf angesprochen hatte, sagte er zu ihr, dass er schon sein ganzes Leben lang jeden Tag zwei Kannen davon getrunken hatte und auch jetzt nicht damit aufhören würde.

»Wir würden gern ein bisschen bleiben«, versicherte Ashlyn ihm. »James, ich möchte dir Slate vorstellen. Er ist mein Freund. Ich habe dir von ihm erzählt.«

»Ist er der SEAL?«, fragte James.

Ashlyn tat ihr Bestes, um ihr Lächeln zu verbergen. Slate hatte ihr gesagt, dass es in Ordnung sei, James zu erzählen, was er beruflich machte, und es amüsierte sie ein wenig, dass er ihn noch nicht direkt angesprochen hatte. »Ja. Das ist er.«

James' Blick landete auf Slate. Er richtete sich ein wenig auf und führte seine Hand zum Salut an die Stirn. »Freut mich, Sie kennenzulernen.«

Slate erwiderte den Gruß mit einem eigenen. »Ich habe gehört, dass Sie ein paar verdammt gute Geschichten über Ihre Zeit im Dienst auf Lager haben«, sagte er.

Ashlyn spürte, wie James sich in ihrem Griff entspannte. Es war offensichtlich, dass er vor dem Treffen mit Slate nervös gewesen war. Er hatte Ashlyn erzählt, dass er nicht mehr so oft ausging und dass es ihm schwerfiel, mit jüngeren Leuten in Kontakt zu kommen.

»Ich wette, Sie haben auch ein paar Geschichten zu erzählen«, erwiderte James.

»Das habe ich«, stimmte Slate mit einem Nicken zu.

»Nun kommt schon, steht nicht den ganzen Tag hier draußen auf der Treppe. Ich hole uns allen einen Kaffee und wir können reden.«

»Wie wäre es, wenn du und Slate euch hinsetzt und ich den Kaffee hole?«, schlug Ashlyn vor. Sie wusste aus Erfahrung, dass James seinen Kaffee sehr stark und sehr schwarz mochte. Wenn sie ihn herunterbringen wollte, musste sie ihren Kaffee etwas aufpeppen.

»Gut, gut. Dann gehen wir eben und entspannen uns«, sagte James.

Ashlyn griff nach der Tüte, die Slate in der Hand hielt. Er reichte sie ihr und hielt gleichzeitig James' Ellbogen fest, damit er nicht stürzte. Die Bewegung war so beiläufig, dass sie vermutete, dass James nicht das Gefühl hatte, wie ein Invalide behandelt zu werden.

Slate nickte ihr zu und Ashlyn konnte nicht umhin, die Anerkennung und Bewunderung in seinen Augen zu sehen, als er ihren Blick einen Moment lang festhielt. Er führte James in das Haus. Es war klein und unordentlich, aber sauber. Ashlyn wusste, dass er jemanden hatte, der jeden zweiten Tag kam, um kleine Arbeiten im Haus zu erledigen und dafür zu sorgen, dass James etwas zu essen bekam.

Slate setzte ihn in den Sessel, in dem er offensichtlich am liebsten saß, und nahm gegenüber von dem älteren Mann auf der Couch Platz. Ashlyn hörte, wie die beiden sofort anfingen, über das Leben an Bord eines Marineschiffs zu reden und darüber, in welchen Ländern sie schon gewesen waren.

Lächelnd stellte sie die Tüte mit der Zitronenpfeffer-Hähnchenbrust auf den Tresen und öffnete den Schrank, um zwei Kaffeebecher herauszuholen. James' Tasse stand bereits auf dem Tresen, braun gefärbt von vielen Jahren des Gebrauchs. Ashlyn war entsetzt gewesen, als sie sie das erste Mal gesehen hatte, und hatte versucht, die Flecke zu entfernen, aber es hatte keinen Zweck. Sie dachte sich, wenn das Trinken aus der Tasse James noch nicht umgebracht hatte, war es ihre Sorge nicht wert.

Sie legte das Hähnchen mit den Beilagen auf einen Teller, denn sie wollte sichergehen, dass James noch etwas aß, bevor sie wieder wegfuhren, und nachdem sie es in der Mikrowelle erhitzt hatte, schnitt sie es in mundgerechte Stücke. James konnte sein Essen selbst zerschneiden, aber er hatte einmal zugegeben, dass seine Frau das früher auch für ihn getan hatte und wie sehr er diese kleine Geste vermisste. Sie goss den dunklen Kaffee in Tassen. Da sie sich sicher war, dass Slate das starke Gebräu nicht stören würde, fügte sie nur Zucker zu ihrem eigenen hinzu.

Sie brachte den Kaffee zuerst zu den Männern und musste lächeln, als James sie kaum ansah. Es machte ihr jedoch nichts aus, denn es war schön zu sehen, wie er sich freute, mit jemandem zu reden, der seine Geschichte wirklich zu schätzen wusste.

Dann brachte sie James den Teller und reichte ihm eine Gabel. Er erzählte Slate von seiner Zeit auf der *USS Maddox* und wie sie in den sechziger Jahren drei vietnamesische Torpedoboote besiegt hatten. Er schaufelte sich einfach den ersten Bissen Hähnchen in den Mund und redete weiter.

Slate begegnete erneut ihrem Blick und seine Augen funkelten vor Humor, bevor er einen Schluck Kaffee nahm und sich wieder dem älteren Mann zuwandte.

Ashlyn schlenderte zurück in die Küche, um nicht bei dem »Männergespräch« im anderen Raum zu stören. Sie liebte es, James' Geschichten zu hören, aber die meisten davon hatte sie schon mehr als einmal gehört. Als sie sich genauer in der Küche umsah, runzelte sie die Stirn. Es sah nicht so aus, als hätte James' Helfer viel getan, als er gestern dort gewesen war. Soweit sie wusste, kam Aiden Quinlan dienstags, donnerstags und sonntags, um James zu helfen.

Sie hatte ihn nur einmal getroffen und Ashlyn war sich nicht sicher, was sie von dem Mann halten sollte. Er war so groß wie Slate, etwa einen Meter neunzig, und auch ungefähr so alt, Anfang dreißig. Er hatte blondes Haar und blaue Augen und war ziemlich ruhig gewesen, als sie ihn kennenlernte ... aber aus irgendeinem Grund war er Ashlyn einfach nicht geheuer. Sie konnte nicht genau sagen warum. Es war einfach ein Bauchgefühl. James schien ihn zu mögen, also hatte sie ihre Meinung für sich behalten.

Aber wenn sie in letzter Zeit vorbeikam, hatte sie den Eindruck, dass das Haus nicht so gut gepflegt wurde, wie es hätte sein sollen. Als sie einen Blick in das halbe Badezimmer neben der Küche warf, rümpfte Ashlyn die Nase. Die Klopapierrolle war leer, der Mülleimer war voll und der Toilettendeckel war hochgeklappt. Es war offensichtlich, dass der Raum schon eine Weile nicht mehr geputzt worden war.

Sie ging zurück in die Küche, um Papierhandtücher und Reinigungsmittel zu holen. Während James und Slate sich unterhielten, konnte sie sich die Zeit damit vertreiben, ein bisschen sauber zu machen.

Eine halbe Stunde später war das Badezimmer sauber, ebenso wie die Küche. Sie hatte das Geschirr in der Spüle abgewaschen und die verdorbenen Lebensmittel im Kühlschrank weggeschmissen. Sie war sogar in James' Schlafzimmer gegangen, hatte seine schmutzigen Klamotten eingesammelt und eine Ladung in die Waschmaschine gesteckt.

Ein Klopfen an der Tür überraschte sie und Ashlyn trat ins Wohnzimmer, wo James und Slate sich ununterbrochen unterhalten hatten. Sie blinzelte überrascht, als sie Aiden dort stehen sah. Soweit sie wusste, war er mittwochs nicht eingeplant.

»Oh, hi. Ich dachte, du wärst schon weg«, sagte Aiden, als er Ashlyn entdeckte.

Sie betrat den Raum und zuckte mit den Schultern. »Ich habe meinen Lieferplan umgestellt, damit Slate James treffen kann.«

»Hey. Schön, dich kennenzulernen«, sagte Aiden, obwohl er noch nicht vorgestellt worden war. »Ich bin nur vorbeigekommen, um nach dir zu sehen, James, weil du gestern gesagt hast, dass dir die Beine wehgetan haben«, fuhr Aiden fort.

»Deine Beine tun weh?«, fragte Ashlyn besorgt.

»Das ist keine große Sache«, erwiderte James und winkte ihre Bedenken ab. »Ich bin achtundachtzig, da darf ich Schmerzen haben.«

»Hast du schon mit deinem Arzt gesprochen?«, fragte sie.

»Noch nicht. Aber wenn es so weitergeht, werde ich das tun«, versicherte James ihr.

»Nun, da es dir anscheinend gut geht, verschwinde ich wieder«, sagte Aiden und zeigte mit dem Daumen auf die Haustür, durch die er gerade gekommen war.

»Kann ich kurz mit dir reden?«, fragte Ashlyn schnell.

Ein Ausdruck der Ungeduld huschte über Aidens Gesicht.

»Es wird nicht lange dauern«, drängte sie.

»Meinetwegen.«

»Wir können uns in der Küche unterhalten«, sagte sie, als es nicht so aussah, als würde Aiden sich von seinem Platz neben der Tür bewegen.

Er seufzte, nickte und ging auf sie zu.

Slate beobachtete den anderen Mann äußerst aufmerksam, und als Aiden einen Blick in seine Richtung warf, während er an der Couch vorbeiging, sah Ashlyn, wie er einen Schritt zur Seite machte ... als wollte er sich weiter entfernen.

Wenn er Slate gegenüber ein wenig misstrauisch war, würde Ashlyn sich nicht beschweren.

Als sie in der Küche waren, außer Hörweite von James, kam Ashlyn, ohne zu zögern, direkt zur Sache. »Das Haus war ziemlich schmutzig, als ich hier ankam. Das Bad, die Küche und das Schlafzimmer waren ein einziges Chaos. Du wirst dafür bezahlt, für ihn zu putzen, richtig?«

»Du hast mir nicht zu sagen, wie ich meinen Job zu machen habe«, erwiderte Aiden böse.

Ashlyn war ein wenig überrascht über die Gehässigkeit in seinem Ton. Sie hätte ihre Kritik an den Zuständen im Haus wahrscheinlich etwas diplomatischer formulieren können, aber trotzdem.

»Du hast recht, es tut mir leid«, sagte sie sofort.

Es waren die richtigen Worte. Aidens Schultern sackten in sich zusammen und er fuhr sich mit einer Hand durch sein langes blondes Haar. »Nein, *mir* tut es leid. Ich wollte kein Arschloch sein. James hatte gestern keinen guten Tag und auch am Wochenende war er nicht er selbst. Ich habe die ganze Zeit nur mit ihm geredet und versucht, ihn aus seiner Depression herauszuholen, in die er gefallen zu sein scheint.«

Ashlyn runzelte die Stirn. »Depression?«

»Ja. Er lag immer noch im Bett, als ich am Sonntag hierherkam, und er sagte mir, dass er nicht aufstehen wolle, als ich ihn dazu ermutigen wollte«, erzählte Aiden.

Ashlyn war nicht glücklich über das, was sie da hörte. Sie war auch überrascht. »Es scheint ihm heute gut zu gehen.«

»Ja, das scheint es, was eine Erleichterung ist«, stimmte Aiden zu. »Ich hatte keine Zeit, wie üblich zu putzen, deshalb ist es unordentlicher als sonst. Ich kümmere mich am Donnerstag um alles, was du nicht gemacht hast. Danke, dass du den Abwasch gemacht hast und so.«

»Gern geschehen. Ich glaube, wir müssen mit seinem Arzt über seine Beine und seine Depressionen sprechen.«

»Es ist ihm peinlich. Er sagt, er sollte sich besser zusammenreißen können«, erklärte Aiden ihr. »Er hat viel über seine Frau gesprochen und wie sehr er sie vermisst. Ich glaube, er wird sich wieder fangen, und ich bin mir nicht sicher, ob es gut ist, ohne seine Erlaubnis einen Arzt hinzuzuziehen. Selbst wenn wir das tun, wir wissen beide, dass der ihm nur ein paar Pillen verschreiben wird, die ihn umhauen oder so. Deshalb bin ich heute vorbeigekommen, obwohl ich nicht eingeplant bin. Ich wollte nach ihm sehen. Sicherstellen, dass er aufgestanden ist und es ihm gut geht.«

Ashlyn nickte. »Ich weiß das zu schätzen. Er ist mittlerweile wie mein eigener Großvater. Ich wünschte, er würde nicht allein leben, aber daran können wir wohl nichts ändern.«

»Nein. Wie auch immer, danke, dass du hier drin aufgeräumt hast. Wie ich schon sagte, werde ich mich morgen um den Rest des Hauses kümmern«, versprach Aiden.

Beruhigt lächelte Ashlyn ihn an. »Klingt gut.«

»Großartig.« Er erwiderte das Lächeln und fügte hinzu: »Also ... wie ernst ist es dir mit dem Typen da draußen?«

Ashlyn war von der Frage überrascht. »Ähm ... ziemlich ernst.« Nicht ganz, aber sie hatte auch keine Lust, Aiden ihre Beziehung zu Slate zu erklären. Nicht, wenn sie ihn überhaupt nicht kannte.

»Schade. Du bist ziemlich heiß. Wenn du mal mit mir ausgehen willst, hinterlasse einfach deine Telefonnummer nach einer Lieferung auf dem Tresen. Wir können uns gern mal verabreden.«

»Äh ... okay.«

»Okay«, erwiderte er, klopfte zweimal auf den Tresen und ging zurück in den anderen Raum.

Ashlyn folgte ihm, wobei sie darauf achtete, Abstand zu halten. Sie wollte Aiden auf keinen Fall falsche Hoffnungen machen. Er musste ein anständiger Kerl sein, schließlich verdiente er seinen Lebensunterhalt als Helfer für ältere Menschen wie James. Als sie ihn das erste und einzige Mal getroffen hatte, hatte er ihr von den drei anderen älteren Menschen erzählt, die er betreute. Aber sie fühlte sich nicht zu ihm hingezogen ... und da war immer noch dieses Bauchgefühl, das sie bei ihrer ersten Begegnung gehabt hatte. Sie wollte nicht mit dem Kerl ausgehen.

Aiden nickte James und Slate zu und machte sich dann auf den Weg zur Tür. »Wir sehen uns morgen, alter Mann«, sagte er leichthin, als er ging. Er ließ James nicht einmal die Zeit, etwas zu erwidern, bevor er aus der Tür trat und auf einen alten Chevy Chevette zusteuerte, der hinter Ashlyns RAV4 geparkt war.

»Komm, setz dich, Babe«, sagte Slate, wobei er das Kissen neben sich tätschelte.

Da sie den Ausdruck in seinen Augen nicht deuten konnte, tat sie, was er verlangte. Sie war müde vom Tag und vom Putzen der Küche und des Badezimmers und hatte nichts gegen eine kurze Pause einzuwenden.

Kaum saß sie, landete Slates Hand auf ihrem Bein. Seine Finger ruhten auf der Innenseite ihres Oberschenkels ... eine sehr besitzergreifende Berührung. Sie sagte nichts, obwohl sie sah, dass James sie mit einem leichten Lächeln im Gesicht aufmerksam beobachtete.

»Also ... wirst du dich um Ashlyn kümmern?«, fragte James.

»Ja«, sagte Slate, ohne zu zögern.

»Ich habe mal ein Sprichwort gehört und es ist bei mir hängengeblieben. Ein Mann beschützt seine Frau nicht, weil sie schwach ist, er beschützt sie, weil sie wichtig ist«, sagte James.

Ashlyn schmolz fast auf ihrem Platz dahin. Das gefiel ihr. Und zwar sehr. Sie dachte an Elodie, Lexie, Carly, Monica und Kenna. Ihre Freundinnen waren stark und unabhängig, aber sie alle waren schon in Situationen gewesen, in denen sie vor dem Bösen in dieser Welt beschützt werden mussten. Und ihre Männer, Slates Teamkameraden, waren nicht nur zur Stelle gewesen, sondern hatten auch dafür gesorgt, dass ihre Freundinnen nie das Gefühl hatten, nicht selbst stark oder fähig zu sein.

»Das stimmt«, sagte Slate und drehte sich zu Ashlyn um, um ihren Blick zu erwidern. »Im Laufe der Jahre habe ich gelernt, dass der stärkste Mensch oft derjenige ist, der am meisten jemanden braucht, der ihm den Rücken stärkt.«

»Ich mag ihn«, sagte James zu Ashlyn. »Du musst ihn behalten.«

Ashlyn lächelte den älteren Mann an. »Ich mag ihn auch.« Die Bemerkung, dass sie ihn behalten sollte, ignorierte sie einfach mal. Plötzlich kam ihr der Gedanke, dass die eventuelle Trennung von Slate ihre Freunde, darunter auch James, mehr verletzen könnte als sie selbst.

»Wie war's?«, fragte sie und deutete auf den leeren Teller, der vor James stand.

»Gut, wie immer. Deine Freundin weiß wirklich, wie man kocht«, sagte er.

»Das tut sie«, stimmte Ashlyn zu. »Ich bringe deinen Teller in die Küche, bevor wir gehen.« So gern sie auch länger geblieben wäre, es war schon spät und Slate war bereits müde gewesen, bevor sie ihre Runde begonnen hatten. Jetzt musste er noch erschöpfter sein.

»Können wir noch etwas für dich tun, bevor wir gehen?«, fragte Slate, nachdem Ashlyn aufgestanden war. Sie spürte seine Finger auf ihrem Rücken, bevor sie zu James hinüberging, um seinen Teller zu holen.

»Mir geht's gut.«

»Bist du sicher? Tun dir deine Beine heute nicht weh?«

Ashlyn hielt lange genug inne, um James' Antwort zu hören.

»Nein. Aiden ist ein Schwarzseher. Ich bin in Ordnung.«

Zufrieden mit der Beharrlichkeit in der Stimme ihres Freundes, ging Ashlyn in die Küche.

Sie wusch den Teller und die Gabel mit der Hand ab und räumte sie weg, bevor sie zurück ins Wohnzimmer ging. James stand wieder mit Slates Hand auf seinem Ellbogen da. Als sie sie sahen, bewegten sie sich auf die Haustür zu.

Ashlyn umarmte James und spürte dabei, wie Slate seine Hand wieder auf ihren Rücken legte. Sie zog sich ein wenig zurück und ihre Stimme wurde härter. »Du hast meine Telefonnummer, ich erwarte, dass du sie benutzt, wenn es dir nicht gut geht. Auch wenn du nur reden willst, werde ich zuhören, okay?«

»Du musst deine Freizeit nicht damit verbringen, einem alten Mann zuzuhören«, erwiderte er mit einem kleinen Kopfschütteln.

»Das ist kein Umstand für mich«, sagte sie zu ihm. »Ich liebe dich, James. Das weißt du doch, oder?«

Seine Lippen zitterten ein wenig, aber er bekam seine Gefühle unter Kontrolle und nickte. »Das tue ich.«

»Gut. Also ruf mich an, wenn du dich einsam oder deprimiert fühlst, ja?«

Er nickte.

»Aiden kommt morgen, und wir sehen uns am Freitag. Ich

weiß aus zuverlässiger Quelle, dass Elodie eines deiner Lieblingsgerichte kocht.«

»Frittata?«, fragte James hoffnungsvoll.

»Ja«, antwortete Ashlyn mit einem Lächeln. »Also sei brav, oder ich sorge dafür, dass sie mir ausgeht, bevor ich hier bin.«

»Das wirst du nicht«, sagte James mit Bestimmtheit. »Pass auf sie auf«, sagte er zu Slate.

»Das werde ich«, versprach er dem Mann.

Sie warteten, bis er hineingeschlurft war und seine Tür abgeschlossen hatte, bevor sie in ihren Wagen stiegen. Ashlyn ließ den Motor an und fuhr zurück in Richtung *Food For All.*

»Das Arschloch hat dich gefragt, ob du mit ihm ausgehst, oder?«, knurrte Slate nach ein paar schweigsamen Minuten.

Ashlyn schaute ihn überrascht an und dachte gar nicht daran zu lügen. »Aiden? Ja. Woher weißt du das?«

»Weil er dich so angestarrt hat. Was hast du gesagt?«, fragte Slate.

Ashlyn war sich nicht sicher, ob sie für dieses Gespräch bereit war, aber sie schreckte nicht davor zurück. »Ich habe ihm gesagt, dass ich nicht interessiert bin.«

»Gut.«

»Ähm ... wir haben noch nicht darüber geredet. Ich weiß, dass es zwanglos ist und so weiter, aber wie denkst du darüber, dich mit anderen Leuten zu treffen?«

»Ich treffe mich immer nur mit einer Frau zur Zeit«, antwortete Slate.

Erleichterung machte sich in Ashlyn breit. »Das gilt auch für mich. Also sind wir exklusiv?«

»Ja. Wenn du jemanden kennenlernst, an dem du interessiert bist, möchte ich nur, dass du es mich wissen lässt.«

Ashlyn war sich nicht sicher, was das bedeutete. Es ihn wissen lassen, damit er mit ihr Schluss machen konnte? Es ihn wissen lassen, damit er sich auch mit anderen verabreden konnte? Er hatte gesagt, dass er immer nur mit einer Frau zur

Zeit ausging, aber würde sich das ändern, wenn er wüsste, dass sie mit einem anderen zusammen war?

Sie war zu feige, diese Fragen zu stellen. Im Moment war sie einfach nur froh, dass er kein Interesse daran hatte, sich mit einer anderen Frau zu treffen, während sie zusammen waren. Nur weil sie es zwanglos angingen, hieß das nicht, dass sie gern teilte.

Ihr fiel auf, dass sie auf seine letzte Aussage nicht geantwortet hatte. »Das werde ich. Und das gilt auch für dich.«

Slate nickte. Sein Kiefer war angespannt, aber Ashlyn konnte nicht sagen, ob er wütend auf sie, auf Aiden oder sonst was war.

Nach ein paar weiteren Minuten griff er nach ihrer Hand, führte sie sich zum Mund und küsste ihre Finger. »Es tut mir leid, er hat mich einfach überrumpelt. Es hat mir nicht gefallen, wie er dich angeschaut hat.«

Ashlyn beschloss, dass sie die Stimmung auflockern musste, und lächelte ihn an. »Ich glaube, es war wahrscheinlich der Geruch von Hühnchen, der ihn mehr erregt hat.«

Wie sie gehofft hatte, lachte Slate.

»Wo wir gerade dabei sind, ich bin am Verhungern. Was möchtest du zum Abendessen?«

»Ich könnte etwas kochen«, schlug sie vor.

»Wie wäre es, wenn wir in der *Plantation Tavern* anhalten und auf dem Weg zu mir etwas zu essen holen?«, fragte er.

»Zu dir?«, fragte sie.

Sie bemerkte das Funkeln in Slates Augen. »Hast du ein Problem damit?«

»Nein. Ganz und gar nicht.«

»Gut. Und mir ist gerade eingefallen, dass ich meinen Wagen vergessen habe. Wenn wir bei *Food For All* angekommen sind, fahre ich zum Restaurant und hole das Abendessen, und du kannst schon mal zu mir nach Hause fahren.« Er griff in seine Tasche und holte seinen Schlüsselbund heraus. Er nahm einen vom Ring und hielt ihn ihr hin. »Wir treffen uns auf dem Dach.«

Ashlyn gefiel es, dass er sich wohl damit fühlte, sie in seinem Haus zu haben, ohne dass er selbst anwesend war … aber dass er ihr den Schlüssel gab, machte ihr ein bisschen Angst.

Als könnte er ihre Gedanken lesen, sagte er: »Du kannst den Schlüssel auf den Tisch hinter der Tür legen, wenn du drin bist. Ich befestige ihn wieder an meinem Schlüsselbund, wenn ich da bin.«

Ashlyn nickte. »Okay.«

»Hast du Lust auf irgendetwas Bestimmtes?«, fragte er.

»Überrasch mich. Du weißt doch, was ich mag.« Und das tat er. Sie hatten oft genug zusammen gegessen, sowohl mit ihren Freunden als auch allein. Er hatte gelernt, was sie am liebsten aß und was sie nicht ausstehen konnte.

Slate nickte. »Klingt nach einem Plan. Es hat mir heute Spaß gemacht zu sehen, was du machst, Ash. Und auf die Gefahr hin, dass du sagst *Ich hab's dir ja gesagt*, du hattest recht damit, dass du nicht in Gefahr bist. Die meisten deiner Kunden würden sich für dich ein Bein ausreißen.«

»Danke«, sagte Ashlyn. Sie war nicht gerade überrascht, dass Slate ein Mann war, der zugeben konnte, wenn er sich geirrt hatte, aber es fühlte sich trotzdem gut an.

»Aber das heißt nicht, dass ich aufhöre, mir Sorgen um dich zu machen«, warnte er. »Arschlöcher gibt es überall, du musst auf der Hut sein.«

Ashlyn verdrehte die Augen. Klar, dass er es sich nicht verkneifen konnte, ihr einen Sicherheitsvortrag zu halten. »Ja, Sir«, scherzte sie.

»Wenn du nur immer so respektvoll wärst«, gab er trocken zurück.

Ashlyn brach in Gelächter aus. Es war so angenehm, mit Slate zusammen zu sein. Sie konnte sie selbst sein, und es war schön, dass er ihren Job respektierte. Es war lange her, dass sie sich mit jemandem so verbunden gefühlt hatte.

»Vielleicht zeige ich dir heute Abend nach dem Essen, wie respektvoll ich sein kann«, sagte sie in anzüglichem Tonfall.

»Vielleicht sollten wir uns stattdessen in meinem Schlafzimmer treffen«, antwortete er.

»Nein. Mein knallharter Navy SEAL muss essen. Er wird seine Kräfte brauchen.«

»Wenn ich auf dem Heimweg vom Restaurant einen Strafzettel bekomme, ist das deine Schuld«, beschwerte er sich, während er auf seinem Sitz hin und her rutschte in dem Versuch, es sich mit der Erektion bequem zu machen, die Ashlyn jetzt deutlich erkennen konnte.

»Damit kann ich leben«, sagte sie zu ihm.

Heute war ein großartiger Tag gewesen. Aber Ashlyn hatte das Gefühl, dass die Nacht noch besser werden würde.

Aiden Quinlan war nicht glücklich. Er bekam Entzugserscheinungen und hatte kein Geld, um mehr Heroin zu kaufen. Es war schon über vierundzwanzig Stunden her, dass er seinen letzten Schuss genommen hatte, und die Übelkeit setzte ein. Er hasste die Auswirkungen des Entzugs mehr als alles andere auf der Welt.

Sein Plan war gewesen, bei dem alten Mann vorbeizuschauen, um Geld zu besorgen, damit er sich am Abend mit seinem Dealer treffen konnte, aber er hatte nicht damit gerechnet, dass Ashlyn dort sein würde. Es wäre zwar nicht einfach gewesen, den Vorrat des alten Mannes zu plündern, während James im Wohnzimmer saß, aber Aiden war verzweifelt genug, es zu versuchen.

Zum Glück hatte er sich an James' Beschwerde erinnert, dass ihm die Beine wehtaten, und konnte das als Ausrede dafür benutzen, warum er an einem Tag auftauchte, an dem er nicht eingeplant war.

Was für eine Frechheit von dieser Schlampe, sich über den Zustand des Hauses zu beschweren! Wer war sie, dass sie über ihn urteilen konnte? Es war nicht ihre Aufgabe, hinter einem Haufen ekelhafter alter Leute aufzuräumen. Sie waren Chaoten, und er hatte es satt, für so wenig Geld als Hausmädchen zu arbeiten.

Als er als Hilfskraft angefangen hatte, war Aiden mit seinem Gehalt mehr als zufrieden gewesen. Aber nachdem er sich den Rücken verrenkt hatte, während er einem seiner Kunden half, waren ihm starke Schmerzmittel verschrieben worden. Er mochte sie. Und zwar sehr. Als der Arzt die Medikamente absetzte, war sein Rücken immer noch kaputt und Aiden hatte keine andere Wahl, als etwas … *weniger Legales* auszuprobieren, um die Schmerzen in Schach zu halten.

Auch wenn die Schmerzen in seinem Rücken endlich verschwunden waren, seine Drogensucht war es nicht.

Und jetzt reichte das Geld, das er als Hilfskraft bekam, nicht mehr aus. Es war nie genug. Medikamente waren teuer, vor allem wenn sein Körper mit jedem Tag mehr und mehr brauchte. Aber er hatte Glück gehabt, James zugewiesen worden zu sein. Der Mann hasste Banken leidenschaftlich und weigerte sich, sie zu benutzen.

Als Aiden ihn das erste Mal zur Bank fuhr, um seinen Sozialversicherungsscheck einzulösen, hatte er sich nicht viel dabei gedacht, als James das Geld einsteckte und mit nach Hause nahm. Aber als sein Bedarf an Drogen stieg, interessierte es ihn immer mehr, was der alte Mann mit seinem Geld machte.

James war ein paranoider alter Mistkerl. Er griff nie auf seine Verstecke zu, wenn Aiden bei ihm zu Hause war. Aber eines Tages hatte er Glück gehabt. Als er die Arbeit verließ, warf er einen Blick zum Fenster hinein … und sah, wie James ein Bündel Bargeld aus einer Blumenvase in der Ecke des Wohnzimmers zog. Es war immer offensichtlich gewesen, dass die Blumen aus Plastik waren. Aiden hatte den Strauß für unglaublich hässlich gehalten. Jetzt liebte er das verdammte Ding.

Danach war es ein Leichtes, dem alten Kauz Geld zu stehlen. Aiden hatte sich einen perfekten Plan ausgedacht, der in den letzten Monaten reibungslos funktioniert hatte. Er nahm kleine Geldbeträge, nicht so viel, dass James es bemerkte, aber genug, um sich ein paar Schüsse setzen zu können. Aber jetzt brauchte er mehr Drogen, um den gleichen Rausch zu bekommen, und ein- oder zweimal pro Woche ein paar Scheine in die Finger zu kriegen war nicht genug.

Er brauchte größere Beute. Er musste mehr von James' Verstecken finden. Das sollte nicht schwer sein; das Haus war nicht sehr groß.

»Morgen«, versicherte er sich selbst, während er durch seine fast kahle Wohnung schlenderte. Die meisten Dinge, die ein paar Mäuse wert waren, hatte er bereits verpfändet. Nun, verzweifelte Situationen erforderten verzweifelte Maßnahmen, und James Mason war sein persönlicher Geldautomat.

Einen Moment lang meldete sich sein Gewissen und Aiden fühlte sich schlecht, weil er den alten Mann bestohlen hatte. In vielerlei Hinsicht erinnerte er ihn an seinen eigenen Großvater. Aber er drängte diese Gedanken in den Hintergrund. Die einzige Möglichkeit, an den Stoff zu kommen, den er brauchte, war, dieses Geld zu nehmen. James brauchte es nicht. Er ging nirgendwo hin und unternahm nichts. Außerdem würde er es nie vermissen. Er konnte unmöglich genau wissen, wie viel Geld er im Haus versteckt hatte.

Aiden würde vorsichtiger sein müssen. An den Tagen, an denen Ashlyn da sein sollte, müsste er sich vom Haus fernhalten. Es war eine spontane Sache gewesen, sie anzumachen. Je näher er ihr stand, desto besser kannte er ihren Zeitplan. Er wollte weder seinen Goldesel noch seinen Job aufgeben, und tief in seinem Inneren hatte er das Gefühl, dass Ashlyn ein Problem sein könnte. Wenn er sie vögeln würde, könnte er die

Schlampe leichter kontrollieren und vielleicht sogar etwas Geld von ihr bekommen. Aber sie hatte den Köder nicht geschluckt … verdammt noch mal.

Auf keinen Fall wollte er, dass jemand herausfand, was er tat. Er würde einfach mehr Geld nehmen müssen, genug, um eine Weile durchzuhalten. Und definitiv keine unangemeldeten Besuche mehr.

Zufrieden mit diesem Plan nickte Aiden. Er hatte immer noch kein Geld, aber er brauchte Stoff. Dringend. Es sah so aus, als müsste er nach Waikiki fahren und dort betteln, was er hasste. Noch mehr hasste er es, auf Entzug zu sein. Vielleicht würden das Schwitzen und die Art, wie seine Hände zitterten, dazu führen, dass die Touristen noch mehr Mitleid mit ihm hatten. Er konnte immer behaupten, dass sein Blutzucker niedrig war und er Geld zum Essen brauchte.

Aiden machte sich auf den Weg zu seinem Wagen. Morgen um diese Zeit wäre er im Rausch und der alte Mason wäre ein paar Dollar ärmer.

KAPITEL ELF

Ashlyn lehnte sich auf der Liege auf dem Balkon dieser fantastischen Eigentumswohnung zurück, die Kenna mit Aleck bewohnte. Die Männer waren am Vortag zu einer Mission aufgebrochen. Slate behauptete, dass sie nicht lange dauern würde und er sich zu neunundneunzig Prozent sicher war, dass es keine AK-47, Sand oder Panzerfäuste geben würde.

Er hatte es als Scherz gemeint, aber Ashlyn war von dieser Aussage nicht gerade begeistert gewesen. Denn es bedeutete, dass diese Dinge in der Vergangenheit und auch in der Zukunft eine Rolle spielen würden, und es erinnerte sie daran, dass Slate und seine Freunde häufig in Lebensgefahr schwebten. Intellektuell hatte sie zwar gewusst, dass sie nicht gerade durch die Gegend hüpften und Liebe und Freude verbreiteten, wenn sie im Einsatz waren, aber es so offen zu hören war schwer zu ertragen.

Mit einem SEAL auszugehen bedeutete, das Schlimme wie das Gute hinzunehmen. Und bis jetzt hatte Ashlyn mit Slate fast nur Gutes erlebt. Einsätze gehörten dazu, wenn man mit einem Mann vom Militär zusammen war. Sie musste sich einfach damit abfinden. Sie hatte Slate in der Vergangenheit vermisst, wenn er im Einsatz gewesen war, aber auf eine eher abstrakte Art und Weise, so wie sie jeden im Team vermisste, wenn er sein Leben aufs Spiel setzte.

Trotzdem ... es war nicht mehr dasselbe.

»Es ist scheiße, nicht wahr?«, fragte Elodie, als sie sich auf den Stuhl neben ihrem eigenen setzte. Die Sonne begann gerade unterzugehen und der Himmel leuchtete in Orange und Lila. Ashlyn hätte sich auf die Schönheit vor ihr fokussieren sollen, aber sie konnte sich nicht auf den Anblick konzentrieren.

»Ja.«

»Es ist anders, wenn du dich um ihn sorgst«, sagte Elodie mit Bestimmtheit.

»Reden wir darüber, wie beschissen Einsätze sind?«, fragte Kenna, als sie auf den Balkon kam. »Denn wenn das der Fall ist, bin ich bereit für die Unterhaltung.«

»Versuch mal, schwanger zu sein, während dein Mann sich in Gefahr begibt«, beschwerte sich Monica, die hinter Kenna heraustrat.

»Oder deine Hochzeit zu planen und nicht zu wissen, ob dein Verlobter rechtzeitig zurück sein wird«, beschwerte sich Carly. »Ich weiß, dass es noch Wochen bis zu unserer Hochzeit sind, aber ein SEAL-Einsatz kann schnell von einem einfachen Wochenende zu einer monatelangen Abwesenheit werden.«

Ashlyn wandte sich an Lexie, die mit ihr auf der Terrasse gesessen hatte, bevor die anderen nach draußen gekommen waren. »Möchtest du auch deinen Senf dazugeben?«, fragte sie.

Lexie zuckte mit den Schultern. »Ich denke nicht, dass ich das muss. Du gehörst jetzt zu einem exklusiven Klub. Einem, dem keiner von uns wirklich beitreten wollte, aber wir wussten, dass wir keine Wahl hatten, wenn wir mit unseren Männern zusammen sein wollten.«

»Lexie, Monica und ich sind in der noch einzigartigeren Position, *genau* zu wissen, womit unsere Jungs ihren Lebensunterhalt verdienen«, sagte Elodie sanft. »Wir waren mitten in ihren Missionen, als sie uns trafen.«

»Macht es das einfacher oder schwieriger, wenn sie aufbrechen?«, fragte Ashlyn.

»Beides«, sagte Lexie. »Einfacher, weil ich mit eigenen Augen gesehen habe, wie gut das Team ist. Wie gut die Jungs zusammenarbeiten und wie professionell sie sind. Schwieriger, weil ich weiß, dass die Kugeln, die herumfliegen, sehr real sind. Und dass die Dinge durchaus schiefgehen können.«

»Allerdings«, sagte Monica, während sie sich ihren wachsenden Bauch rieb. Es waren noch etwa dreieinhalb Monate bis zum Geburtstermin und sowohl sie als auch Pid warteten sehnsüchtig auf ihr Baby.

»Wie Lexie schon sagte, unsere Jungs sind gut in ihrem Job. Wir müssen einfach darauf vertrauen, dass sie zu uns nach Hause kommen werden«, fügte Elodie hinzu.

»Ich habe vielleicht nicht erlebt, wie gut sie in Übersee sind, aber als ich an diesem Strand war und die Chance bestand, dass ich in Stücke gesprengt werden könnte, hatte ich keinen Zweifel daran, dass Marshall alles tun würde, um mich aus der Situation zu befreien«, sagte Kenna.

»Aber dann hast du dich selbst aus der Situation befreit«, erwiderte Carly lächelnd.

»Ja, aber ehrlich gesagt, das war Glück«, protestierte Kenna.

»Ähm, nein, war es nicht«, widersprach Carly hartnäckig. »Mein Arschloch von Ex war fest entschlossen, jemanden zu entführen und zu foltern. Als er nicht an mich herankam, warst du ein guter Ersatz.«

»Ich will damit sagen, dass du und ich, Carly, das Team in Aktion gesehen haben, auch wenn wir nicht in einem fremden Land waren«, erklärte Kenna.

»Egal wie beängstigend es wird, egal wie besorgt du bist und wie sehr du dich aufregst, wenn du die Nachrichten siehst, du musst positiv bleiben«, sagte Elodie ernst zu Ashlyn. »Slate kann es wirklich nicht gebrauchen, während einer Mission abgelenkt zu werden, weil er denkt, dass du nicht mit dem umgehen kannst, was er beruflich macht.«

Ashlyn dachte einen Moment darüber nach und wusste, dass ihre Freundin recht hatte. Slate musste sich auf seine Arbeit konzentrieren und nicht darüber nachdenken, wie sie mit seiner Abwesenheit zurechtkam.

»Also ... ist es zwischen dir und Slate ernster geworden?«, fragte Carly. »Meines Wissens ist die Sache mit euch immer noch zwanglos.«

»Das ist sie«, bestätigte Ashlyn. »Aber das heißt nicht, dass ich mir keine Sorgen um ihn machen darf.«

»Oh, ich weiß, das wollte ich damit nicht andeuten«, sagte sie schnell.

»Als wir nur Freunde waren, habe ich mir auch Sorgen um ihn gemacht«, entgegnete Ashlyn ein wenig abwehrend.

»Aber jetzt ist es anders, oder?«, fragte Lexie. »Egal wie sehr du versuchst, uns zu erzählen, dass es zwischen euch total entspannt zugeht, du kannst uns auf keinen Fall einreden, dass du nicht anders über seine Einsätze denkst, jetzt, da ihr zusammen seid.«

Lexie hatte recht. Es war tatsächlich anders. Aber Ashlyn konnte nicht genau sagen warum. Am Abend vor seiner Abreise hatte sie bei ihm übernachtet, und der Sex war intensiver als je zuvor gewesen. Immer noch atemberaubend, und er hatte sie mehrmals kommen lassen, bevor er es selbst tat. Aber es war irgendwie ... intimer. Er wirkte nicht so gehetzt oder verzweifelt. Slate hatte sich Zeit gelassen, war sanfter mit ihr umgegangen ... als wollte er alles in die Länge ziehen, so widerwillig, sie zu verlassen, wie sie es war, ihn gehen zu sehen.

»Es ist anders«, gab Ashlyn schließlich zu.

Alle fünf Frauen nickten, eine Erklärung war nicht nötig.

»Ich muss zugeben, dass ich nie wirklich verstanden habe, warum ihr immer alle zusammenkommen musstet, wenn das Team auf Mission ging. Ich meine, ich habe mich natürlich gefreut, mit euch in Kennas schicker Wohnung abzuhängen, aber ich habe es nicht *verstanden*. Jetzt tue ich es.«

»Was genau verstehst du?«, fragte Elodie.

»Das Bedürfnis, sich mit Menschen zu treffen, die wissen, wie du dich fühlst. Die dich nicht dafür verurteilen, dass du wegen etwas ausflippst, über das du keine Kontrolle hast. Dass man sich Zeit nehmen muss, auch wenn es nur ein Abend ist, um zuzugeben, dass man Angst hat, sich Sorgen macht und sogar ein bisschen deprimiert ist, bevor man seine Frau steht und weiterlebt, bis die Jungs nach Hause kommen«, sagte Ashlyn.

»Genau«, murmelte Lexie leise.

»Ja«, stimmte Carly zu.

»Genau richtig«, fügte Elodie hinzu.

Monica nickte.

»Genau deshalb möchte ich euch hier haben«, sagte Kenna. »Ich weiß, dass ihr dasselbe fühlt wie ich, und es ist okay, nicht immer stark zu sein. Wir alle wissen, dass wir uns zusammen-reißen und unser Leben weiterleben müssen, wenn die Jungs weg sind, aber es ist schön zu wissen, dass wir mit unseren Ängsten nicht allein sind.«

»Es gibt Zeiten, in denen ich wirklich ungeduldig werde und am liebsten einfach zum Standesamt gehen würde, um zu heiraten«, gab Carly zu. »Ich meine, ja, wir haben noch etwas Zeit bis zu unserem Hochzeitstag, aber was ist, wenn Jag etwas zustößt? Was ist, wenn er wieder auf Mission muss und es diesmal wesentlich länger dauert? Ich will einfach nur seine Frau sein und komme mir egoistisch vor, dass ich so etwas wie eine traditionelle Hochzeit haben möchte.«

»Du musst deswegen kein schlechtes Gewissen haben«, sagte Elodie sofort. »Du weißt, dass Jag die Hochzeit genauso sehr will wie du.«

»Ich kann nicht umhin, mir vorzustellen, dass Stuart die Geburt unserer Tochter verpassen könnte«, gestand Monica. »Frauen bekommen ständig Babys, ohne dass der Vater dabei ist, aber er freut sich so sehr auf die Geburt, dass es mich umbringen würde, wenn er sie verpasst.«

»Midas und ich haben es nicht eilig zu heiraten, aber ich weiß, dass er sich jedes Mal Sorgen macht, dass ihm etwas zustößt, wenn er weggeht. Er hat mich als Begünstigte in seiner Lebensversicherung eingetragen, was ich gar nicht ausstehen kann, aber er hat darauf bestanden, dass er, wenn wir nicht sofort heiraten, sichergehen will, dass für mich gesorgt ist, nur für den Fall«, erzählte Lexie.

»Soldatenfrau zu sein ist nichts für Weicheier, so viel ist klar«, sagte Kenna seufzend.

Ashlyn nickte wie alle anderen auch … aber plötzlich fühlte sie sich wie eine Betrügerin. Sie fühlte sich heute Abend mehr denn je als Teil der Gruppe, da sie nun mit Slate zusammen war. Aber als sie die Sorgen ihrer Freundinnen hörte, kam sie sich wieder einmal wie eine Außenseiterin vor.

»Okay, diese Unterhaltung ist zu deprimierend geworden«, erklärte Kenna. »Wir müssen mal über etwas anderes reden.«

»Wie läuft's im Job, Monica? Macht es dir immer noch Spaß, mit den Kindern im *Head Start Center* zu arbeiten?«, fragte Carly.

»Es ist großartig«, sagte Monica. »Ich werde alle so sehr vermissen, wenn ich nach der Geburt des Babys eine Auszeit nehme. Aber das Gute daran ist, dass ich sie mit zur Arbeit nehmen kann, wenn ich zurückkehre, und ich muss mir keine Sorgen um eine zuverlässige und vertrauenswürdige Kinderbetreuung machen.«

Nach etwa dreißig Minuten allgemeinen Geplauders über Kindererziehung in der heutigen Zeit, über die Planung von Carlys Hochzeit, darüber, ob jemand den mysteriösen Baker gesehen oder von ihm gehört hatte (das hatte niemand getan), und über Pläne für einen richtigen Mädelsabend, anstatt sich wie sonst in Kennas Wohnung zu verkriechen, fragte Lexie Ashlyn nach einem ihrer *Food For All* Kunden.

»Ich habe vergessen, dich gestern zu fragen, als du von

deinen Lieferungen zurückkamst. Hast du Marcus gesehen? Ging es ihm gut?«

Marcus war einer ihrer Stammkunden. Er hatte sich vor einiger Zeit von seiner Freundin getrennt, die die Trennung nicht gut verkraftet hatte. Kurz gesagt, sie drehte völlig durch, als er anfing, sich mit einer anderen zu treffen, und hatte beschlossen, wenn *sie* Marcus nicht haben konnte, dann konnte ihn niemand haben. Nachdem sie ihn wochenlang belästigt hatte, war sie in seine Wohnung eingebrochen und hatte den Mann zusammengeschlagen. Jemand hatte die Polizei gerufen, und seine Ex wurde verhaftet.

Beschämt versuchte Marcus, seine Lieferungen zu stornieren. Er hatte ohnehin schon Probleme, genügend Geld zu verdienen, um sich selbst zu versorgen, geschweige denn, seiner neuen Freundin alles zu geben, was sie seiner Meinung nach verdient hatte. Ashlyn weigerte sich, ihn kündigen zu lassen, und überredete ihn, im Programm zu bleiben, bis er einen besser bezahlten Job gefunden hatte.

»Seine Ex hat ihm wirklich zugesetzt«, sagte Ashlyn. »Ich meine, ich bin nicht so naiv zu glauben, dass Frauen Männer nicht missbrauchen können, aber ich schwöre, wenn die Polizei nicht rechtzeitig in seiner Wohnung gewesen wäre, hätte Marcus vielleicht nicht überlebt. Er hat mir erzählt, dass sie gerade in die Küche gelaufen ist, um ein Messer zu holen, als die Polizei eintraf.«

»Heilige Scheiße, ernsthaft?«, fragte Elodie.

»Ja.«

»Aber sie ist doch jetzt im Gefängnis, oder?«, fragte Monica, deren Stimme besorgt klang.

»Fürs Erste. Als ich sah, wie schwer er verletzt war, habe ich ein paar Anrufe getätigt«, sagte Ashlyn. »Es gibt Frauenhäuser, die in solchen Situationen helfen, aber es gibt keine Unterkünfte für misshandelte Männer, die das Gleiche tun. Ich verstehe ja, dass die meisten Menschen in missbräuchlichen Beziehungen Frauen sind, aber das heißt nicht, dass Männer nicht auch in verzweifelten Situationen stecken.« Nachdem ich mit drei verschiedenen Organisationen gesprochen hatte, fand ich endlich jemanden, der bereit war zu helfen. Marcus wollte zunächst keine Hilfe annehmen, aber ich glaube, seine Ex hat ihm wirklich Angst gemacht und er weiß, wenn er nicht verschwindet, könnte sie beim nächsten Mal beenden, was sie angefangen hat.«

»Die Insel ist nicht so groß«, bemerkte Kenna. »Glaubst du wirklich, dass er sich vor ihr verstecken kann?«

»Du hast recht, das ist sie nicht. Und nein, das glaube ich nicht. Verrückte Menschen kommen immer zum Ziel, wie wir schon alle aus erster Hand erfahren haben.«

Carly verzog das Gesicht und nickte, genau wie die anderen.

»Er will aufs Festland. Ich weiß nicht wohin, und ich habe ihn auch nicht gefragt. Aber die Person, mit der ich gesprochen habe, gehört zu einer Organisation, die misshandelte Frauen umplatziert. Sie hatte kein Problem damit, ihr Wissen und ihre Verbindungen zu nutzen, um Marcus zu helfen, woanders neu anzufangen.«

»Wow, das ist großartig«, sagte Carly.

»Schade, dass er Hawaii verlassen muss«, sagte Lexie.

»Ja«, stimmte Ashlyn zu. »Aber ich konnte die Erleichterung in seinen Augen sehen, als ich ihm das letzte Mal das Essen gebracht habe, nachdem er mit der Kontaktperson gesprochen hatte.«

»Du bist fantastisch, Ash«, sagte Elodie. »Ich bin stolz, dich meine Freundin nennen zu dürfen.«

»Ich hatte ein schlechtes Gewissen, weil ich nicht versucht habe, ihm Hilfe zu besorgen, *bevor* er zusammengeschlagen wurde«, murmelte Ashlyn.

»Du kannst nur tun, was du tun kannst«, sagte Monica. »Manchmal können Menschen, auch wenn sie alles richtig machen, trotzdem in einer beschissenen Situation enden. Ich glaube fest an Karma, besonders nach dem, was mir passiert ist. Diejenigen, die Schlechtes tun, werden irgendwann dafür leiden. Und die, die Gutes tun, werden belohnt.« Diese Worte waren umso ergreifender, weil Monica sie ausgesprochen hatte. Sie war nicht diejenige, die viel redete, aber wenn sie etwas sagte, war es wichtig.

»Ich weiß. Ich wünschte nur, das Karma würde schneller wirken«, entgegnete Ashlyn.

»Manchmal tut es das«, sagte Monica.

»Wie in deinem Fall«, warf Carly ein.

»Genau.« Monica lächelte ein wenig.

Ashlyn konnte es Monica nicht verübeln, dass sie zufrieden war, dass der Mann, der sie entführt und geplant hatte, dass sie und Baker einen schrecklichen Tod in einem Lavastrom sterben sollten, stattdessen selbst dieses Schicksal erlitten hatte.

»Will jemand Nachschlag?«, fragte Elodie, als sie aufstand und sich streckte.

»Ich!«

»Ja!«

»Ich bin dabei!«

»Ich helfe dir«, bot Ashlyn an, stand auf und schnappte sich die leeren Gläser der anderen Frauen.

Alle außer Monica tranken die extrastarken Margaritas, die Elodie gern zubereitete. Das lag zum Teil an ihrer Schwangerschaft, aber auch daran, dass sie nicht oft Alkohol trank, selbst wenn sie kein Baby in ihrem Bauch hatte.

In der Küche drehte Elodie sich zu Ashlyn um und legte ihr eine Hand auf den Arm. »Geht es dir gut?«

»Ja, warum sollte es mir nicht gut gehen?«

»Ich weiß nicht, ich fand nur, dass du eine Zeit lang etwas ... verloren ausgesehen hast.«

Offensichtlich war Elodie auch im betrunkenen Zustand sehr aufmerksam.

»Ich glaube übrigens, dass du und Slate euch nähersteht, als du vorgibst.«

Ashlyn wollte widersprechen, aber Elodie hielt eine Hand hoch, um sie aufzuhalten.

»Nein, sag nichts. Denk einfach darüber nach. Du und Slate wart Freunde, bevor ihr zusammenkamt. Ihr habt beide die ganze Scheiße durchgemacht, die in letzter Zeit mit Carly, Monica und Kenna passiert ist. Diese Art von emotionalem Aufruhr verbindet die Menschen auf gewisse Weise. Ich weiß, dass ihr euch immer gegenseitig an die Gurgel gegangen seid, aber ich glaube, das lag daran, dass ihr euch nicht eingestehen wolltet, dass ihr euch eigentlich mehr mögt, als ihr dachtet. Und was Slate angeht, so ist sein ständiges Bemühen um deine Sicherheit ein Zeichen dafür, dass du ihm sehr am Herzen liegst. Wenn das nicht so wäre, würde er sich nicht so sehr für deinen Job interessieren und dafür, mit wem du bei deinen Lieferungen in Kontakt kommen könntest. Ich finde es toll, dass ihr eure Beziehung vorangebracht habt. Dass ihr Sex habt. Aber ich würde es hassen, wenn du Slate verlierst, oder er dich, weil ihr beide zu stur seid, um zuzugeben, dass ihr mehr wollt als eine zwanglose Beziehung.«

Ashlyn war sich nicht sicher, was sie darauf antworten sollte. Das war ein bekanntes Argument ihrer Freundinnen.

Sie mochte es, nicht unter dem Druck zu stehen, in einer langfristigen Beziehung zu sein. Sie genoss es, dass sie sich nicht ständig Sorgen darüber machen musste, Slate zu sagen, wo sie sich aufhielt, oder was er denken würde, wenn sie nicht bei ihm übernachten wollte, oder wenn sie mit ihren Freundinnen ausgehen oder sogar zu Hause bleiben und allein vor dem Fernseher dahinvegetieren wollte. Bis jetzt lief es zwischen ihr und Slate ziemlich perfekt, und das wollte sie nicht gefährden.

Aber Elodie hatte auch nicht ganz unrecht – was beunruhigend war. Dieser erste Einsatz, nachdem sie offiziell angefangen hatten, miteinander auszugehen, war schwieriger, als sie erwartet hatte ... und es war erst ein verdammter Tag vergangen.

»Ich will dir wirklich nicht auf die Nerven gehen«, sagte Elodie, als Ashlyn nicht antwortete. »Kein Druck.«

Ashlyn lachte trocken. »Genau. Kein Druck.«

»Im Ernst. Ich liebe euch beide, dich und Slate. Will ich, dass es mit euch beiden klappt? Ja, natürlich. Aber wenn es nicht klappt, dann klappt es eben nicht. Das wird nicht dazu führen, dass ich dich oder ihn weniger mag. Es sei denn, du entpuppst dich als genauso verrückt wie Marcus' Freundin. Dann muss ich dich zur Strecke bringen und dir richtig wehtun.«

Ashlyn hatte das Gefühl, dass Elodie versuchte, witzig zu sein, aber sie wollte sichergehen, dass ihre Freundin wusste, dass sie sich Slate gegenüber *niemals* anhänglich und verrückt verhalten würde. Sie respektierte ihn zu sehr, um ihn in irgendeiner Weise zu verletzen. »Ich weiß nicht, was die Zukunft für uns bereithält, aber wenn er sich entscheidet weiterzuziehen, werde ich ihn lassen«, sagte sie zu ihrer Freundin. »Ich schätze seine Freundschaft und würde gern versuchen, mit ihm befreundet zu bleiben, wenn wir nicht mehr zusammen sind. Ich hoffe, wir können das schaffen.«

Elodie streckte die Hände aus und umarmte Ashlyn fest. »Ich auch«, sagte sie leise. »Aber noch mehr hoffe ich, dass ihr eure Köpfe aus euren Ärschen zieht und erkennt, dass ihr eigentlich perfekt füreinander seid.« Dann trat sie zurück und wandte sich dem Mixer zu. »Gib mir mal die Flasche Tequila bitte.«

Ashlyn schüttelte den Kopf, denn sie wusste, dass Elodie absichtlich das Thema gewechselt hatte, damit sie das letzte Wort über ihre und Slates Beziehung haben konnte. Sie wollte weder sie noch die anderen Frauen enttäuschen, aber Ashlyn war sich einfach nicht sicher, ob sie und Slate es auf Dauer aushalten würden. Nicht wenn die größte Gemeinsamkeit zwischen ihnen die mangelnde Bereitschaft war, sich zu binden.

Sie verdrängte diesen Gedanken für den Moment,

schnappte sich den Alkohol und sah zu, wie Elodie den Rest der Flasche in den Mixer schüttete. Sie grinsten beide, als sie auf den Knopf drückte. Die Drinks würden verdammt stark sein ... was für Ashlyn völlig in Ordnung war. Sie musste an etwas anderes denken als an Slate.

Als die Margaritas fertig zubereitet waren, füllte Elodie die Gläser und nahm zwei davon in die Hand. Ashlyn schaffte es, die restlichen drei zu jonglieren, und sie brachten sie zurück auf den Balkon. Sie wurden von Lexie, Carly und Kenna mit Jubel begrüßt.

»Ich bin gleich wieder da, ich muss nur mal auf die Toilette«, sagte Ashlyn zu der Gruppe.

»Brauchst du Begleitung?«, stichelte Kenna.

Ashlyn lachte. »Nein. Wenn wir in einem Klub wären, dann schon, aber ich glaube, ich schaffe es bis zur Toilette und zurück, ohne dass jemand einbricht und mich entführt.«

»Sag niemals nie«, mahnte Carly, die mit dem Finger wackelte, bevor sie einen großen Schluck ihres Getränks nahm.

Immer noch kichernd drehte Ashlyn sich um und ging zurück ins Haus.

Als sie die Badezimmertür hinter sich schloss, konnte sie nicht widerstehen, ihr Handy herauszuholen und die Tracking-App zu öffnen. Es war dumm, denn sie wusste sofort, was sie sehen würde, als sie auf die Karte tippte.

Das Symbol für Slates Handy war genau da, wo sie es das letzte Mal gesehen hatte ... auf dem Flughafen des Marine-stützpunktes. Offensichtlich hatte er sein Handy vor dem Flug ausgeschaltet und es seitdem nicht wieder eingeschaltet. Es war eine weitere Erinnerung daran, dass Slate da draußen war und sein Leben riskierte, und sie hatte keine Ahnung, wo er genau war oder wann er zurückkommen würde.

Ashlyn vermisste ihn. Bei diesem Einsatz mehr als bei allen anderen. Selbst ihr Bett erschien ihr jetzt ohne ihn zu groß. Was irgendwie beschissen war.

Seufzend steckte sie das Telefon zurück in ihre Tasche,

bevor sie ihr Geschäft erledigte. Danach wusch sie sich die Hände, atmete tief durch und ging zurück auf den Balkon zu ihren Freundinnen. Sie musste es ihnen gleichtun. Sich betrinken, traurig sein, dass ihr Freund nicht in der Stadt war, und morgen würde sie sich wieder aufrappeln und mit dem Leben weitermachen.

KAPITEL ZWÖLF

Ashlyns Telefon klingelte, als sie gerade auf den Parkplatz bei *Food For All* einbiegen wollte. Es war eine Woche her, dass die Jungs auf Mission gegangen waren, und sie hatte gerade ihre Lieferungen für den Tag beendet. Für einen Moment dachte sie, es sei Slate, der anrief, um ihr zu sagen, dass er zu Hause war, aber als sie auf das Display schaute, war sie überrascht, James' Namen zu sehen.

Sie stellte den Motor ab und drückte auf die grüne Taste. »Hey, James. Alles in Ordnung?«

»Natürlich. Du hast gesagt, ich könne jederzeit anrufen«, sagte der ältere Mann.

»Das habe ich«, stimmte Ashlyn zu. »Was gibt's?«

»Mir ist gerade aufgefallen, dass du zu viele Speisen gebracht hast«, sagte James. »Ich habe mich schon gewundert, warum du vorhin so lange in der Küche gebraucht hast, um mein Mittagessen vorzubereiten, und jetzt weiß ich es. Du bist raffiniert.«

Ashlyn lachte. »Zwei der Leute, die ich heute beliefern sollte, waren nicht zu Hause, als ich ankam, also hatte ich noch etwas übrig«, log sie. »Und da ich weiß, wie sehr du Elodies

Maisfrittata magst, dachte ich mir, dass es dir nichts ausmacht, wenn ich das Überschüssige dalasse.«

»Natürlich macht es mir nichts aus. Und ja, ich liebe Frittata. Vielen Dank dafür. Obwohl ich deine Gesellschaft dem Essen vorziehen würde«, sagte er leise.

Ashlyn brach fast das Herz. Es war offensichtlich, dass der ältere Mann einsam war. Und obwohl sie gern Zeit mit ihm verbrachte, konnte sie nicht zu lange bei ihm bleiben, damit sie es noch zu all den anderen Familien und Leuten schaffte, die sie beliefern musste. »Aidan soll doch am Sonntag kommen, oder?«

»Ja. Aber das ist nicht dasselbe. Während der letzten Male, die er hier war, habe ich ein Nickerchen gemacht«, entgegnete James.

»Hast du das? Ich hätte nicht erwartet, dass du tagsüber viele Nickerchen machst«, sagte Ashlyn besorgt.

»Das tue ich auch nicht. Oder zumindest habe ich es früher nicht getan. Ich bin ein alter Mann und werde jeden Tag älter.«

»So alt bist du gar nicht«, gab Ashlyn zurück.

Er lachte. »Ich bin achtundachtzig«, entgegnete er, als hätte sie es vergessen.

»Ich weiß. Aber du bist junge achtundachtzig«, antwortete sie mit einem Lächeln über seine Fröhlichkeit.

»Sicher. Jedenfalls wollte ich dir danken, dass du dich um mich kümmerst. Ich weiß die zusätzlichen Mahlzeiten zu schätzen.«

»Gern geschehen.«

»Und wer weiß, vielleicht schicke ich dir das nächste Mal so ein SMS-Dings.«

Ashlyn brachte es nicht übers Herz, ihm zu erklären, dass er ihr von dem altmodischen Festnetzanschluss, auf den zu benutzen er weiterhin bestand, keine SMS schicken konnte. »Klingt gut. Hab ein schönes Wochenende, James. Wir sehen uns am Montag.«

»Ich freue mich schon darauf. Versuche, dir dieses Wochenende wegen deines Mannes nicht allzu viele Sorgen zu machen. Er ist ein SEAL, er wird schon klarkommen.«

Ashlyn hatte James gegenüber zugegeben, wie sehr sie Slate vermisste. »Ich werde es versuchen.«

»Wir sehen uns nächste Woche.«

»Tschüss.« Ashlyn legte auf und holte tief Luft. Sie hatte keine Pläne für den Abend und das Gefühl, dass sie sich über Slates Abwesenheit den Kopf zerbrechen würde. Auch wenn die Mission, auf der sie waren, nicht gefährlich sein sollte, machte sie sich dennoch Sorgen um ihn, und mit jedem Tag, der verging, ohne dass er zurückkam, stellte sie sich vor, was alles schiefgehen könnte.

Sie griff nach ihrer Handtasche auf dem Beifahrersitz und drehte sich um, um die Tür zu öffnen – und sah jemanden direkt neben ihrem Wagen stehen.

Sie stieß einen mädchenhaften Schrei aus, während sie vor Schreck zusammenzuckte. Dann beugte sich die Person hinunter und lächelte sie durch das Fenster an.

»Slate?«, rief sie in dem verzweifelten Versuch, den Türgriff zu packen. Es fühlte sich an, als bestünde sie nur aus Daumen, aber schließlich schaffte sie es, die Tür zu öffnen. Slate machte einen Schritt zurück, damit sie aussteigen konnte, und dann lag sie in seinen Armen.

»Oh mein Gott! Du bist wieder da!«, rief sie.

»Ich bin wieder da«, erwiderte er lachend.

Sein Lachen war das Beste, was sie seit einer gefühlten Ewigkeit gehört hatte. Sie klammerte sich an ihn und schloss die Augen. Allein das Einatmen seines vertrauten Geruchs ließ ihre Welt zehnmal heller erscheinen.

Zu ihrem Entsetzen spürte sie, wie sich ihr die Kehle zuschnürte und ihre Lippen zu zittern begannen.

»Ich bin gerade zurückgekommen und habe in der App gesehen, dass du auf dem Weg hierher bist. Ich dachte, ich komme vorbei und überrasche dich.« Slate zog sich zurück ... und runzelte die Stirn, als er ihr Gesicht sah. »Ash? Was ist los?«

»N-n-nichts«, stotterte Ashlyn und tat ihr Bestes, um nicht in Tränen auszubrechen.

Er warf ihr einen skeptischen Blick zu. »Babe. Sprich mit mir.«

»Ich bin nur so froh, dass du wieder da bist. Und in Sicherheit«, brachte sie hervor.

»Ich habe dir gesagt, dass diese Mission keine große Sache sein wird. Tatsächlich war sie völlig ereignislos. Wir standen den ganzen Tag herum und versuchten, knallhart und böse auszusehen, während wir uns innerlich zu Tode langweilten. Ich hatte viel Zeit, darüber nachzudenken, was ich nach meiner Rückkehr alles mit dir anstellen will«, sagte er mit einem sexy Grinsen.

Ashlyn nahm einen tiefen Atemzug, was ihr überwiegend half, die Fassung wiederzuerlangen. »Ach ja?«, fragte sie. »Was zum Beispiel?«

»Dich vernaschen und zusehen, wie du an meinen Fingern explodierst. Dann, während du immer noch kommst, in dich hineinstoßen und spüren, wie du meinen Schwanz drückst. Und dich dann hart und schnell vögeln, bis du mich anflehst, dich ein zweites Mal kommen zu lassen. Und das ist nur der Anfang.«

»Heilige Scheiße«, hauchte Ashlyn. Die Bilder, die er malte, waren nichts, was sie nicht schon selbst in ihren Gedanken gesehen hatte, aber irgendwie war sie nach einer Woche, in der sie sich Sorgen um ihn gemacht und allein geschlafen hatte, so erregt wie nie zuvor. »Ja.«

Slate strahlte. »Zu dir oder zu mir?«

»Ist mir egal«, sagte Ashlyn.

»Zu mir«, entschied Slate. »Brauchst du deinen Wagen dieses Wochenende?«

»Ähm, ich glaube nicht. Ich habe nichts vor.«

»Jetzt schon. Mit mir zusammen sein … in meinem Bett, unter meiner Dusche, auf meiner Couch, mit gespreizten Beinen auf meinem Tisch, während ich dich vernasche, auf deinen Knien, mit meinem Schwanz im Mund … Ist das okay?«

Ashlyn konnte kaum sprechen. Ihre Nippel spannten sich fast schmerzhaft unter ihrem Hemd an. Sie wollte Slate. Und zwar sofort.

»Ja. Slate?«

»Ja, Babe?«

»Küss mich.«

»Mit Vergnügen«, sagte er, bevor er den Kopf senkte.

Ashlyn stieß einen zufriedenen Seufzer aus, als seine Lippen die ihren berührten. Sie vergrub ihre Finger so gut es ging in seinem kurzen Haar und hielt sich fest. Ein Bein angehoben, drückte sie ihren Schenkel gegen den seinen. Sie konnte ihm nicht nahe genug kommen. Er ließ die Hand hinunterwandern, um ihr Bein zu ergreifen und sie an sich zu pressen, während sie auf dem Parkplatz knutschten.

»Du weißt wohl schon, dass die Jungs zurück sind«, rief Lexie.

Ashlyn zog sich erschrocken zurück, aber Slate ließ ihr Bein nicht los. Er hatte einen Arm um ihren Rücken gelegt und hielt sie so fest, als wollte er sie nie wieder loslassen. Als Lexie sich näherte, ließ er schließlich ihr Bein langsam an seinem heruntergleiten, aber er löste den Griff um ihren Rücken nicht. Ashlyn vermutete, dass er damit die Erektion verbergen wollte, die sie an ihrem Bauch spürte.

»Ich habe eine Nachricht für dich bei *Food For All* hinterlassen, weil ich nicht wusste, dass du zurück bist«, sagte Lexie. »Da steht nur, dass die Jungs wieder zu Hause sind und ich jetzt Wochenende mache.«

»Slate hat mich überrascht«, sagte Ashlyn zu ihrer Freundin. »Meinst du, die anderen wissen es? Sollen wir sie anrufen?«

»Sie wissen es«, versicherte Slate ihr. »Mustang hat Elodie

vom Flughafen aus angerufen, und Aleck und Jag haben das Gleiche bei ihren Frauen getan. Pid wird Monica von der Arbeit abholen.«

»Also gut. Großartig«, sagte Ashlyn. Sie hatte nicht viel darüber nachgedacht, was für eine große Sache es war, wenn das Team von einer Mission zurückkehrte, aber nach der harten Woche, die sie hinter sich hatte, verstand sie es endlich. Die Tatsache, dass sie zu Hause waren, vor ihren Freundinnen zu verheimlichen, wäre ihr jetzt grausam erschienen.

»Schönes Wochenende«, sagte Lexie, als sie zu ihrem Wagen ging. »Ich würde ja sagen, dass du mich später anrufen sollst, aber ich schätze, dass keiner von uns vor Montag wieder auftauchen wird.«

Ashlyn spürte, wie Slate an ihr lachte. »Wir sehen uns Montag!«, rief sie ihrer Freundin zu.

Lexie winkte, schloss die Tür ihres Wagens und ließ den Motor an.

Slate drehte sich um und ging zu seinem Wagen, den Ashlyn nicht gesehen hatte, da sie zu sehr damit beschäftigt gewesen war, mit James zu reden, als sie geparkt hatte. Er öffnete die Beifahrertür, zog Ashlyn jedoch in eine lange, innige Umarmung, anstatt sie einsteigen zu lassen.

Ashlyn spürte erneut, wie ihr die Emotionen die Kehle zuschnürten, aber sie schluckte sie herunter. Sie wollte Slate zeigen, dass sie stark sein konnte. Dass sie während seiner Abwesenheit nicht zusammengebrochen war.

»Ich habe dich vermisst«, murmelte er an ihrem Hals, während er sie festhielt.

»Ich dich auch«, erwiderte sie.

Es vergingen noch etwa zwanzig Sekunden, in denen sie sich einfach nur umarmten, bevor Slate schließlich tief einatmete und sich zurückzog. »Hast du Hunger?«, fragte er.

Ashlyn schüttelte den Kopf. »Nein. Du?«

»Nein. Ich brauche dich, Babe.«

»Dann lass mich los, damit wir zu dir nach Hause kommen und du mich haben kannst«, witzelte sie.

Slate lächelte. »Klar.« Er deutete auf den Sitz. »Dein Thron, meine Prinzessin.«

Er scherzte, aber Ashlyn konnte nicht anders, als sich bei seinen Worten warm und wohlig zu fühlen.

»Für dich heißt das Königin«, erwiderte sie.

Slate grinste und schloss die Tür, nachdem sie Platz genommen hatte. Dann joggte er um den Wagen herum – er joggte tatsächlich, als könnte er die fünf Sekunden, die er für den Weg zur Fahrerseite brauchen würde, nicht ertragen – und riss die Tür auf.

Auf dem Weg zu seinem Haus sprachen sie nicht miteinander, aber Slate griff nach ihrer Hand und hielt sie die ganze Fahrt über fest.

Stunden später lag Slate mit dem Ellbogen auf der Matratze und dem Kopf in der Hand neben Ashlyn und sah ihr beim Schlafen zu. Es war schon spät, nach Mitternacht, aber er kam einfach nicht zur Ruhe. Sein Körper befand sich noch in der Zeitzone von Bahrain und er war trotz der langen Reisezeit nicht sehr müde.

Ashlyn war unbändig gewesen, als sie endlich zu Hause angekommen waren. Sie hatte bereits angefangen, ihn auszuziehen, noch bevor er die Tür hinter ihnen geschlossen und verriegelt hatte. Sie ging noch im Eingangsbereich seines Hauses auf die Knie und nahm seinen Schwanz in den Mund. Sie hatte ihm auch nicht erlaubt, sich zurückzuhalten, und ihn im Mund behalten, selbst als er sie warnte, dass er gleich kommen würde. Er war in ihren Mund gekommen ... und sie hatte mit einem zufriedenen Lächeln zu ihm aufgeschaut und sich über die Lippen geleckt.

Daraufhin hatte er ein wenig den Verstand verloren, da er sie kosten und den Gefallen erwidern musste. Schließlich erreichten sie sein Schlafzimmer, wo er sie immer wieder bis an den Rand des Orgasmus brachte, bis sie ihn anflehte und ihm mit dem Tod drohte, wenn er sie nicht kommen ließe.

Danach hatte er sie auf die Knie gezwungen und sie von hinten genommen.

Slate konnte sich an keine bessere Heimkehr erinnern als an diese. Er hatte Ashlyn mehr vermisst als erwartet. Er hatte zuvor nicht gelogen, er hatte die meiste Zeit damit verbracht, an sie zu denken. Aber es waren nicht nur sexuelle Gedanken. Er fragte sich, wie ihre Lieferungen funktionierten, ob der Mädelsabend bei Kenna und Aleck gut gelaufen war, wie es der Familie Turner ging und ob sie irgendwelche neuen Kunden hatte. Er hoffte, dass sie genügend aß und auf sich achtete, denn sie neigte dazu, sich selbst zu vergessen, wenn jemand anderes etwas brauchte.

Ashlyn seufzte im Schlaf, drehte sich auf die Seite und kuschelte sich an ihn. Slate drehte sich auf den Rücken und zog sie enger an sich. Sie wachte nicht auf, da sie wie gewöhnlich völlig weg war, aber sie schlang dennoch einen Arm um ihn und legte ihr Bein auf seins. Selbst im Schlaf klammerte sie sich an ihn.

Bei jeder anderen Frau wäre er vielleicht genervt gewesen. Ashlyn jedoch hielt ihn für einen Kuschler, und er hatte sie nie korrigiert. Aber in Wahrheit hatte er es vor Ashlyn nicht gemocht, wenn ihn jemand im Schlaf berührte. So vieles an dieser Beziehung war anders. Er hatte vermisst, wie sie sich im Schlaf an ihn schmiegte. Seine Koje war ihm während der letzten Woche leer erschienen.

Nach der Landung hatte er sofort die Tracking-App aufgerufen, um zu sehen, wo sie war. Anstatt sie anzurufen oder ihr eine SMS zu schicken, um ihr mitzuteilen, dass er zurück war, hatte Slate beschlossen, sie bei *Food For All* zu überraschen. Ihre Freude, ihn zu sehen, war genau das, was er sich erhofft hatte. Seine *eigene* Freude darüber, Ashlyn zu sehen, war jedoch etwas überraschend. Ihm war nicht klar gewesen, wie sehr er sie vermisst hatte, bis sie wieder in seinen Armen lag.

Seit sie nach Hause gekommen waren, hatten sie ihre Hände oder Lippen nicht lange genug voneinander lassen können, um zu essen, was Slate am Morgen unbedingt nachholen müsste. Er wusste nicht, was er im Haus hatte, aber er würde sich etwas einfallen lassen. Sex war zwar gut, aber er wollte nicht, dass Ashlyn hungrig blieb.

»Es ist gut, zu Hause zu sein«, flüsterte er.

Das war es. Aber es war noch besser, mit Ashlyn in seinen Armen zu Hause zu sein.

Sie seufzte im Schlaf, lockerte jedoch nicht ihren Griff um ihn.

Slate starrte an die Decke und stellte fest, dass er vollkommen zufrieden war. Ashlyn um eine Verabredung zu bitten war eine der besten Entscheidungen gewesen, die er seit Langem getroffen hatte. Sie war anders als alle anderen Freundinnen, die er je gehabt hatte. Er liebte es, mit ihr zu lachen, sie zu necken ... sogar ihr Gezanke machte ihn an. Und sie konnte ihm Paroli bieten. Natürlich passten sie auch sexuell gut zusammen. Ja, er wusste nicht, ob er jemals so zufrieden gewesen war. So ... ruhig.

Er dachte an ihr Gespräch vor seiner Abreise nach Bahrain zurück, in dem es um die Frage ging, ob sie fest zusammen waren oder nicht. Er hatte noch nicht einmal darüber nachgedacht, mit jemand anderem auszugehen, bevor sie das Thema angesprochen hatte. Er hatte auch keine Lust, sich jemanden zu suchen ... nicht dass er in der Lage gewesen wäre, das zu tun. Wenn er nicht auf dem Stützpunkt war, hing er mit seinen Teamkameraden oder Ashlyn ab. Ehrlich gesagt hatte er keine Zeit für jemand anderen.

Slate konnte sich auch eingestehen – wenn auch nur vor sich selbst –, dass die Tatsache, dass Aiden sie um eine Verabredung gebeten hatte, ein unangenehmes Gefühl in ihm auslöste. Er war noch nie gut im Teilen gewesen, nicht einmal als Kind. Die Vorstellung, dass Ashlyn mit einem anderen Mann lachte und scherzte, wie sie es mit ihm tat? Allein der Gedanke daran ließ die Muskeln in seinem Kiefer verkrampfen.

Und der Gedanke, dass sie mit einem anderen Mann schlief und ihren wunderschönen Körper an ihn schmiegte, löste in Slate den Wunsch aus, jemandem verdammt wehzutun.

Soweit es ihn betraf, waren sie exklusiv. Er hatte sie gebeten, es ihn wissen zu lassen, wenn sie einen anderen Mann kennenlernte, aber Slate kannte sich selbst zu gut. Wenn das passierte, würde er sie gehen lassen müssen. Er hatte kein Interesse an der Hälfte von Ashlyns Zeit und Aufmerksamkeit.

Slate blinzelte überrascht und spürte, wie sein ganzer Körper errötete, als ihm klar wurde, dass er Ashlyn ganz für sich allein haben wollte. Er konnte sich nicht erinnern, sich jemals zuvor so gefühlt zu haben. Wenn eine Frau zu anhänglich wurde, hatte er immer einen Weg gefunden, sich sanft zurückzuziehen und die Beziehung schließlich zu beenden. Plötzlich fühlte es sich so an, als wäre *er* der Anhängliche in der Beziehung.

Aber Slate stellte erstaunt fest, dass sie sich nicht daran störte.

Es fühlte sich immer noch so an, als wären er und Ashlyn nur zwanglos zusammen. Er sah sie nicht jeden Tag, auch wenn sie meistens miteinander sprachen. Sie hatte kein Problem damit, wenn er nach einem gemeinsamen Abend ging, obwohl sie in letzter Zeit die ganze Nacht zusammen verbrachten, egal ob sie Sex hatten oder nicht.

Slate schloss die Augen und entschied, dass er sich zu viele Gedanken über ihre Beziehung machte. Sie war in Ordnung. Sie genossen die Gesellschaft des anderen. Es war unvermeidlich, dass die Verbindung, die er zu ihr hatte, früher oder später nachlassen würde. Das war in der Vergangenheit immer so gewesen, also erwartete er nichts anderes.

Und wenn es so weit war, würden sie weiterhin Freunde sein und einander sehen, wenn sie mit seinem Team und ihren Frauen zusammen waren. Diese Beziehung war gut so, wie sie war.

KAPITEL DREIZEHN

Ashlyn blinzelte, während sie fuhr. Ihr Kopf brachte sie um. So starke Kopfschmerzen hatte sie schon lange nicht mehr gehabt. Sie hatte bereits überlegt, Lexie anzurufen und ihr zu sagen, dass sie sich den Nachmittag freinehmen musste, aber ihre Kunden verließen sich darauf, dass sie ihnen ihr Essen brachte, und außerdem half Lexie Carly bei den letzten Vorbereitungen für ihre Hochzeit, die in eineinhalb Wochen stattfand.

Also hatte sie ein paar Aspirin genommen und kämpfte sich durch den Nachmittag, wobei ihre Kopfschmerzen mit jeder verstreichenden Minute schlimmer wurden. Als sie vor Jazmins Haus ankam, dachte Ashlyn, sie müsse sich auf der Veranda übergeben.

In dem Moment, in dem die junge Mutter sie sah, hatte sie ihr das Essen aus der Hand genommen und befohlen, nach Hause zu fahren. Natürlich hatten Brooklyn, James und Christis Schwesternhelferin dasselbe gesagt. Glücklicherweise war sie am heutigen Tag tatsächlich früher fertig als gewöhnlich, da sie bei niemandem zum Plaudern geblieben war.

Sie hatte Lexie eine SMS geschickt, in der sie ihr mitteilte, dass sie fertig war und sich auf den Weg nach Hause machte, um ihre Kopfschmerzen zu kurieren, und konzentrierte sich dann darauf, auf dem Weg zurück zu ihrer Wohnung keinen Unfall zu bauen. Sie fuhr in eine Parklücke, ohne sich darum zu scheren, dass ihr Wagen nicht ganz gerade zwischen den Linien stand. Ashlyn schnappte sich ihre Handtasche und atmete durch die Nase ein und durch den Mund aus, um die Übelkeit zu bekämpfen, die sie übermannte.

Dankbarer als jemals zuvor, zu Hause zu sein, schloss Ashlyn die Wohnungstür hinter sich. Sie ließ ihre Handtasche auf den Boden fallen, wobei es ihr egal war, wo sie landete, und ging in Richtung ihres Schlafzimmers. Sie stolperte, als hätte sie eine ganze Flasche Tequila getrunken, während ihr einziger Gedanke darin bestand, ins Bett zu gelangen.

Ohne Licht zu machen und sich die Zeit zu nehmen, die Vorhänge zuzuziehen, schaffte Ashlyn es schließlich zu ihrem Bett und seufzte erleichtert auf. Doch bevor sie sich hinlegen konnte, wusste sie, dass sie es sich bequem machen musste. Sie zog ihre Shorts und ihr Hemd aus – ihrer Flipflops hatte sie sich bereits an der Tür entledigt – und griff hinter sich, um ihren BH zu öffnen. Sie wusste aus Erfahrung, dass jede Art von Kleidung, die an ihrer Haut rieb, ein klaustrophobisches Gefühl in ihr auslöste und die Schmerzen in ihrem Kopf zu verschlimmern schien. Es machte zwar keinen Sinn, aber sie war bereit, alles zu tun, um das Pochen in ihrem Schädel zu lindern.

Als sie bis auf ihren Slip nackt war, legte Ashlyn sich vorsichtig zurück. Sie kroch nicht unter die Decke. Sie schloss einfach die Augen und tat ihr Bestes, um sich zu entspannen.

Das Klingeln ihres Handy auf dem Nachttisch erschreckte sie nicht nur zu Tode, sondern ließ ihren Kopf noch stärker pochen, als sie bei dem Geräusch zusammenzuckte. Ashlyn ärgerte sich darüber, es nicht auf lautlos gestellt zu haben, und griff blindlings danach.

»...lo?«, sagte sie, ohne auf das Display zu schauen. Allein der Gedanke, die Augen zu öffnen, machte die Übelkeit noch schlimmer.

»Ash? Warum bist du schon zu Hause?«

Slate.

»Mir geht es gut«, murmelte sie, obwohl es eine Lüge war. Es ging ihr nicht gut. Sie wollte am liebsten sterben. Aber es gab nichts, was Slate oder jemand anderes tun konnte, um ihr zu helfen. Sie brauchte nur Zeit, um sich auszuruhen. Es würde ihr wieder gut gehen. Irgendwann.

»Das habe ich nicht gefragt, Babe«, sagte er.

Ashlyn zuckte zusammen. Seine Stimme klang extrem laut. Selbst der Klang ihrer eigenen Stimme machte den Schmerz noch schlimmer.

»Ich habe Kopfschmerzen«, flüsterte sie. »Ich habe die Lieferungen beendet und bin nach Hause gefahren.«

»Scheiße«, sagte Slate mit leiserer Stimme als zuvor, wofür Ashlyn sehr dankbar war. »Ich bin schon auf dem Weg.«

»Nein, Slate, es gibt nichts, was du tun könntest.«

»Ist deine Tür unverschlossen?«, fragte er, ihre Proteste ignorierend.

»Ähm ...« Ashlyn konnte sich nicht mehr erinnern, ob sie die Tür abgeschlossen hatte, nachdem sie nach Hause gekommen war.

»Ist auch egal. Wenn ja, werde ich einen Weg finden, zu dir zu gelangen.«

»Ich kann aufstehen und dich reinlassen«, sagte Ashlyn, die sich nicht sicher war, ob sie das wirklich könnte, aber das Gefühl hatte, es trotzdem sagen zu müssen.

»Nein. Bleib, wo du bist. Ich nehme an, du bist im Bett?«

»Ja.«

»Gut.«

»Wirst du meine Tür eintreten, wie der knallharte Navy SEAL, der du bist?«, fragte Ashlyn schwach. »Ich bin mir nämlich nicht sicher, ob mein Vermieter das gutheißen würde.«

Slate lachte leise. »Nein. Schließ die Augen und entspann dich, Ash. Ich werde bald da sein.«

»Sie sind geschlossen. Das Licht tut weh«, jammerte sie und hätte sich am liebsten selbst dafür getreten, dass sie so erbärmlich klang. »Warte, wie spät ist es? Darfst du früher gehen?«

»Ja. Ich gehe jetzt. Ich werde bald da sein.«

»Okay. Fahr vorsichtig.«

»Mach ich. Bis gleich.«

Ohne die Augen zu öffnen, drückte Ashlyn den kleinen Schalter an der Seite ihres Telefons, um es auf lautlos zu stellen, und legte es zurück auf den Nachttisch. Sie konzentrierte sich auf das Atmen, durch die Nase ein und durch den Mund aus, und betete, dass der Schmerz bald nachlassen würde.

Es kam ihr wie nur eine Minute vor, nachdem sie aufgelegt hatte, als das leise Geräusch der sich öffnenden Wohnungstür sie überrascht zusammenzucken ließ. Sie wollte rufen, um sich zu vergewissern, dass es Slate war, aber sie wusste, dass sie sich übergeben müsste, wenn sie ihre Stimme über ein Flüstern hinaus erhob.

Eine Sekunde später wurde die Tür zu ihrem Zimmer knarrend aufgestoßen. Ashlyn öffnete die Augen einen Spalt, seufzte erleichtert, dass es Slate war und kein Serienmörder, der sie in winzige Stücke hacken wollte, und schloss die Augen wieder fest.

»Mein Gott, Babe«, flüsterte Slate.

Jeder Schritt auf dem Teppich klang wie ein kleiner Presslufthammer gegen ihren schmerzenden Kopf. Er stapfte nicht, er ging nur, aber jedes kleine Geräusch schien tausendfach verstärkt.

Ashlyn hob eine Hand und legte sie an ihre Lippen. »Pssst«, sagte sie mit einem kaum hörbaren Flüstern.

Ein Finger strich über ihre Wange und Ashlyn wimmerte. Sofort wich er zurück.

»Ich rufe den Arzt«, flüsterte er.

»Nein, mir geht es gut«, erwiderte sie.

»Das tut es nicht. Du zuckst schon bei dem bloßen Geräusch meiner Schritte auf deinem Teppich zusammen. Du liegst nackt ausgebreitet da, und die Schmerzfalten auf deiner Stirn lösen in mir den Wunsch aus, jemanden umzubringen.«

Ashlyn konnte sich ein schwaches Grinsen nicht verkneifen. »Es sind nur Kopfschmerzen«, sagte sie.

»Klar. Und ich bin nur ein Seemann. Sag mir, was du brauchst«, befahl Slate.

»Dunkelheit. Ruhe. Und hier zu liegen, bis der Schmerz nachlässt.«

»Hast du etwas genommen?«, fragte er.

»Aspirin.«

»Ist das alles?«

»Ja. Ich bekomme das hier nicht oft genug, als dass ein Arzt mir etwas Stärkeres verschreiben könnte.«

»Ich kümmere mich darum«, sagte Slate voller Zuversicht.

Ashlyn wollte die Augen öffnen, um ihn anzusehen, wusste aber, dass es keine gute Idee wäre. Sie begnügte sich damit, blindlings die Hand auszustrecken und seinen Arm zu drücken. »So wie du mein Schloss geknackt hast, um reinzukommen?«, stichelte sie halbherzig.

»Babe, deine Tür war nicht abgeschlossen. Ich bin einfach reingeschlendert. Aber damit das klar ist, mein erster Plan war es, deinen Vermieter aufzusuchen und ihn dazu zu bringen, mir die Tür zu öffnen. Wenn das nicht funktioniert hätte, hätte ich einen Hausmeister gesucht. Und als letzten Ausweg, ja, wollte ich dein Schloss knacken. Nichts wird mich davon abhalten, zu dir zu gelangen, wenn du mich brauchst.«

Auch wenn es verdammt schmerzhaft war, zu sprechen oder jemanden bei sich zu haben, der sprach, brachten seine Worte Ashlyns innere romantische Seele zum Schwärmen.

»Und ich habe ein paar Beziehungen. Ich werde dir etwas Stärkeres gegen die Schmerzen besorgen.«

»Okay.«

Er löste ihre Finger sanft von seinem Arm und küsste ihren

Handrücken, dann legte er sie auf die Matratze. Sie war nicht wirklich überrascht, dass er scharfsinnig genug war, um sofort zu erkennen, dass ein Kuss auf ihr Gesicht oder ihren Kopf noch mehr Schmerzen verursacht hätte. »Schlaf, Babe. Ich komme später mit etwas wieder, das du nehmen kannst.«

Ashlyn wollte nicken, überlegte es sich dann jedoch anders. »Danke.«

Sie hörte, wie er zum Fenster ging und die Vorhänge ein raschelndes Geräusch machten. Sie nahm an, dass Slate dafür sorgen wollte, dass sie so gut wie möglich geschlossen waren. Dann ging er zurück auf ihre Seite des Bettes, blieb dort einen Moment stehen und verließ schließlich den Raum. Die Tür klickte, als er sie hinter sich schloss und Ashlyn wieder allein ließ.

Allein die Tatsache, dass sie ihm wichtig genug war, um vorbeizukommen, gab ihr ein gutes Gefühl. Sie wünschte, sie wäre in besserer Verfassung, um Zeit mit ihm zu verbringen. Die Tage seit seiner letzten Mission waren gut gewesen. *Sehr* gut. Ihre Beziehung schien sogar noch gefestigter zu sein, als hätte die Abwesenheit dem alten Sprichwort recht gegeben. Die Liebe wuchs mit der Entfernung.

Nur dass es sich bei keinem von ihnen beiden um Liebe handelte. Ja, sie mochten und respektierten einander, aber das war es auch schon. Jetzt waren sie Liebende ... aber wenn die Dinge ihren Lauf nahmen, würden sie wieder nur Freunde sein.

Eine kleine Stimme in Ashlyns Hinterkopf schrie, dass sie naiv sei und nicht wahrhaben wolle, was direkt vor ihren Augen geschah. Andererseits schrie ihr Kopf auch vor Schmerzen, also war das vielleicht alles, was sie hörte.

Jetzt, da sie zu Hause war und im Dunkeln auf dem Bett lag, ließ Ashlyn ihren Verstand leer werden. Dass Slate gekommen war, um nach ihr zu sehen, bedeutete ihr die Welt. Und sie würde sich gebührend bei ihm bedanken, sobald sie dazu in der Lage war. In der Zwischenzeit würde sie einfach ein kleines Nickerchen machen.

***

Slate saß an Ashlyns Tisch und fuhr sich aufgeregt mit einer Hand durch die Haare. Sie hatte so starke Schmerzen, dass sie nicht einmal daran gedacht hatte, ihre Tür hinter sich abzuschließen, als sie nach Hause kam. Und ihre Handtasche hatte sie einfach auf den Boden fallen lassen. Und die Art und Weise, wie sie die Stirn in Falten legte, verriet ihm genau, wie sehr ihr Kopf schmerzte. Ganz zu schweigen von der Tatsache, dass sie bis auf ihre Unterhose nackt war, als ob allein der Gedanke, dass irgendetwas ihre Haut berührte, den Schmerz noch verschlimmerte.

Unter anderen Umständen hätte es ihn erregt, eine praktisch nackte Ashlyn mit gespreizten Beinen auf ihrem Bett liegen zu sehen, aber nicht heute.

Als er abwesend auf die Tracking-App geschaut hatte, um Ashlyns Fortschritt auf ihrer Lieferroute zu sehen, war er überrascht gewesen, sie in ihrer Wohnung zu finden. Es war viel zu früh für sie, um schon fertig zu sein.

Ohne ein Wort zu sagen, war er von seiner Besprechung aufgestanden und hatte den Raum verlassen, um sie anzurufen und nach ihr zu sehen. Er hatte nicht einmal darüber nachgedacht, was er da tat. Das Team untersuchte eine Zunahme der Feindseligkeiten in Afghanistan, und es sah so aus, als würden sie in ein paar Wochen wieder ausrücken.

Aber seine Gedanken waren so weit von der Wüste entfernt, wie sie nur sein konnten, als er das erste Wort aus Ashlyns Mund hörte. Sie hatte Schmerzen, und er musste alles tun, damit es aufhörte.

Mustang war aus dem Raum gekommen, um sich zu vergewissern, dass alles in Ordnung war, und Slate hatte ihn darüber informiert, was passiert war und wohin er gehen würde. Ohne zu zögern, nickte Mustang und sagte ihm, er solle sich um sie kümmern und ihm über ihren Zustand Bescheid geben.

Nachdem er sich vergewissert hatte, dass sie es so angenehm wie möglich hatte, schickte Slate Mustang eine SMS, in der er ihn um einen Gefallen bat. Sein Freund rief sofort an und sagte, er würde mit einem Arzt sprechen, den sie auf dem Stützpunkt kannten, und ein stärkeres Schmerzmittel in Ashlyns Wohnung bringen, sobald er von der Arbeit käme.

Slate wollte das Medikament sofort, aber er hatte keine andere Wahl, als zu warten, es sei denn, er wollte Ashlyn wieder allein lassen. Das wollte er definitiv nicht. In der Zwischenzeit konnte er nur dasitzen und sich Sorgen um die Frau im anderen Zimmer machen, die versucht hatte, so stark zu sein und ihm zu versichern, dass es ihr gut ging, obwohl das keineswegs der Fall war.

Er konnte den Fernseher nicht einschalten. Er wäre selbst bei geschlossener Schlafzimmertür zu laut. Er wollte nichts kochen, denn der Geruch könnte ihre Übelkeit noch weiter verstärken. Er trommelte leise mit den Fingern auf die Tischplatte und wartete ungeduldig darauf, dass die Minuten bis zu Mustangs Ankunft vergingen.

Er hasste es, Ashlyn leiden zu sehen. Er rieb sich mit einer Hand über seine Brust. Er war es nicht gewohnt, sich hilflos zu fühlen. Bei einer Mission gab es immer etwas zu tun. Entscheidungen mussten getroffen werden. Aber in dieser Situation konnte er buchstäblich nichts tun, um zu helfen. Er konnte sie nicht umarmen, denn das würde ihr Schmerzen bereiten. Er konnte sie nicht küssen, denn auch das würde noch mehr Schmerzen auslösen. Er konnte sich nicht zu ihr setzen und mit ihr reden, denn ... *Schmerzen.* Alles, was er tun wollte, würde ihr nur noch mehr wehtun. Der Gedanke daran reichte aus, um in *ihm* Brechreiz auszulösen.

Je länger er dasaß und darüber nachdachte, was Ashlyn durchmachte, desto mehr wirbelten seine Gedanken durcheinander und seine Paranoia nahm zu. Könnte sie einen Gehirntumor haben? Sie sollte eine Computertomographie machen lassen. Oder ein MRT. Er würde mit ihr zu einem Arzt gehen und was auch immer los war, sie würden es gemeinsam angehen. Wenn sie dachte, dass er mit ihr Schluss machen würde, weil sie Krebs oder einen Tumor hatte, oder was auch immer der Arzt fand, lag sie falsch.

Als er merkte, wie verrückt seine Gedanken geworden waren, atmete Slate tief ein.

Es waren Kopfschmerzen. Sie sagte, dass sie die ab und zu hatte. Ja, es war schlimm – wirklich schlimm –, aber sie schien nicht darüber auszuflippen. Er musste ihr vertrauen, dass sie ihren eigenen Körper kannte. Er würde sie weiterhin ermutigen, zum Arzt zu gehen, schon allein, um ein paar Pillen zu bekommen, falls es in Zukunft wieder passieren sollte, aber er musste sich zusammenreißen.

Ashlyns Handy leuchtete mit einer weiteren eingehenden SMS auf. Er hatte ihr Telefon vom Nachttisch genommen, bevor er das Zimmer verließ, da er nicht riskieren wollte, dass es klingelte oder vibrierte, während sie versuchte, den Schmerz auszuschlafen. Es hätte ihn nicht überraschen sollen, dass sie es bereits auf lautlos gestellt hatte, aber er wollte nicht zurück ins Schlafzimmer gehen und Ashlyn möglicherweise stören, indem er es zurücklegte.

Seit er sich hingesetzt hatte, bekam sie fast pausenlos SMS. Elodie, Lexie, Kenna, Monica und Carly hatten ihr Nachrichten geschickt. Offenbar hatte Lexie Carly erzählt, dass Ashlyn Kopfschmerzen hatte, und von da an hatte es sich herumgesprochen.

Slate las die SMS, die die Frauen geschickt hatten. Er konnte sie in den Pop-up-Benachrichtigungen sehen, ohne das Telefon entsperren zu müssen.

. . .

Elodie: Tut mir leid, dass du krank bist. Sag mir Bescheid, wenn du etwas brauchst. Ich mache dir eine Tomatensuppe. Und bevor du Igitt sagst, glaub mir, ich mache eine super Tomatensuppe.

Kenna: Carly hat mir erzählt, dass du höllische Kopfschmerzen hast. Das ist scheiße. Ruf mich an, wenn du dich besser fühlst.

Carly: Ich hoffe, es macht dir nichts aus, dass ich den anderen gesagt habe, dass du krank bist. Du musst dich darauf konzentrieren, gesund zu werden, damit du meine Hochzeit nicht verpasst. Ich weiß, das ist egoistisch, aber ich kann mir nicht vorstellen, dass du diesen besonderen Tag nicht mit mir verbringst. Also gute Besserung!

Monica: Pid hat mir gesagt, dass du dich nicht gut fühlst. Ich hatte schon öfter schlimme Kopfschmerzen und habe festgestellt, dass Lavendel wirklich hilft. Wenn es dir morgen nicht besser geht, bringe ich dir ein Päckchen mit.

Aber es war die letzte SMS von Lexie, die Slate die Stirn runzeln ließ.

Lexie: Es tut mir so leid, dass du schon wieder Kopfschmerzen hast. Du hättest mir früher Bescheid sagen sollen, dann hätte ich deine Schicht übernehmen können oder so. Ich weiß, wie schlimm sie werden können. Das letzte Mal hast du drei Tage lang nichts gegessen, und das ist überhaupt nicht cool. Wenn du dich morgen immer noch schlecht fühlst, sag mir Bescheid und ich bringe dir etwas mit, das du essen kannst, ohne dass du kochen musst, okay? Hab dich lieb.

Er dachte nicht einmal darüber nach, was er tat. Er nahm sein eigenes Telefon in die Hand und tippte auf Lexies Namen. Er hatte ihr noch nie eine SMS geschickt, er hatte keinen Grund, privat mit Midas' Frau zu kommunizieren. Aber jetzt konnte er sich nicht mehr zurückhalten.

Slate: Hier ist Slate. Ich habe die SMS gelesen, die du Ash auf ihr Handy geschickt hast. Ich bin jetzt bei ihr zu Hause. Halten diese Kopfschmerzen tagelang an?

Lexie: Oh! Ich bin so froh, dass du bei ihr bist! Normalerweise halten sie nicht so lange an, aber einmal war sie so krank, dass sie ziemlich viel Gewicht verloren hat, weil sie nicht aus dem Bett kam und nichts essen konnte.

Slate: Wann?

Lexie: Wann was?

Slate: Wann waren diese langen Kopfschmerzen?

Lexie: Ich bin mir nicht sicher. Vielleicht vor etwa sechs Monaten?

Slate schloss die Augen und atmete tief durch. Sie hatte tagelang höllische Kopfschmerzen gehabt und er hatte es nicht gewusst. Aus irgendeinem Grund ärgerte es ihn. Nein, sie waren vor sechs Monaten nicht zusammen gewesen, aber sie waren Freunde und er hasste es, dass sie es ihm verheimlicht hatte.

Lexie: Sorge dafür, dass sie viel Wasser trinkt. Sie wird es nicht wollen, weil es wehtut, sich zu bewegen, aber ich habe gelesen, dass es helfen kann, wenn man viel trinkt.

Slate: Mach ich. Gibt es etwas, das sie gern isst, wenn es ihr so schlecht geht?

· · ·

Er war nicht glücklich darüber, dass er keine Antwort auf die einfache Frage wusste, was Ashlyn gern aß, wenn es ihr nicht gut ging, aber er würde sich nicht scheuen zu fragen, was er wissen wollte.

Lexie: Ich glaube nicht, dass sie irgendetwas gern isst. Ich würde es einfach halten. Nichts zu Heißes oder Kaltes, denn das würde die Kopfschmerzen wahrscheinlich noch verschlimmern. Einfaches Brot, Apfelmus, vielleicht einen Eiweißshake, wenn du einen in sie hineinbekommst.

Ihr Rat machte Sinn. Slate ließ die Daumen über die Tastatur fliegen, als er antwortete.

Slate: Danke. Ich werde mich um sie kümmern.

Lexie: Ich weiß, dass du das wirst. Im Ernst, ich fühle mich so viel besser, wenn ich weiß, dass du da bist. Bitte sag ihr, dass wir alle an sie denken. Und vielleicht kannst du mir später eine SMS schicken und mir sagen, wie es ihr geht?

Slate: Mache ich.

Lexie: Danke. Ash kümmert sich immer um alle anderen. Es ist gut, dass sie mal jemanden hat, der sich um sie kümmert. Ich muss Schluss machen, Carly braucht mich. Bis dann.

Slate machte sich nicht die Mühe zu antworten, da er wusste, dass Lexie beschäftigt war. Eine weitere SMS erschien auf seinem Bildschirm. Sie war von Mustang, der ihm mitteilte, dass er gerade auf den Parkplatz gefahren war. Slate stand auf und ging zur Tür, da er nicht wollte, dass sein Freund klopfte oder klingelte.

Nach etwa einer Minute kam Mustang durch den Flur auf

ihn zu. Er hatte eine kleine Tüte in der Hand, die er ihm reichte.

»Wie geht es ihr?«, fragte er.

Slate zuckte mit den Schultern. »Nicht gut. Sie hat Schmerzen.«

»Klar. Der Arzt hat gesagt, dass Ibuprofen die Symptome einer Migräne lindern kann, aber es ist am effektivsten, wenn es bei den ersten Anzeichen der Kopfschmerzen eingenommen wird. Wenn sich die Kopfschmerzen erst einmal festgesetzt haben, ist es meist zu spät, als dass die Medikamente wirken.«

»Scheiße.«

»Ja. Aber er hat mir zwei Topamax-Tabletten gegeben. Er sagte, dass sie manchmal helfen können, auch wenn sie nicht innerhalb von zwei Stunden nach Beginn der Kopfschmerzen eingenommen werden. Er empfiehlt ihr auf jeden Fall, zum Arzt zu gehen, um herauszufinden, was die Schmerzen verursacht, und sich ein Rezept für ein Medikament ausstellen zu lassen, das gegen ihre speziellen Symptome hilft.«

»Danke. Ich weiß das zu schätzen.«

»Behalte sie im Auge. Da dies ein neues Medikament für sie ist, ist es wahrscheinlich klug, sie nicht allein zu lassen.«

»Das hätte ich nicht getan, auch wenn du nicht vorbeigekommen wärst«, sagte Slate, der sich ärgerte, dass sein Freund dachte, er würde so etwas tun.

»Ich weiß, ich sag's ja nur. Brauchst du etwas?«, fragte Mustang.

»Wenn du Elodie überzeugen kannst, mir etwas Zeit zu geben, bevor sie hier auftaucht, wäre ich dankbar. Und ich bin sicher, Ashlyn wäre das auch. Ihre Reaktion auf meine Anwesenheit lässt vermuten, dass sie es hasst, wenn die Leute sie verletzlich und krank sehen.«

»Ich werde mein Bestes tun. Aber du kennst meine Frau. Und die anderen. Sie kümmern sich gern um ihre Angehörigen. Und Ashlyn ist definitiv eine von ihnen.«

Slate nickte. »Tut mir leid, dass ich heute ohne große Vorwarnung gegangen bin. Habe ich etwas verpasst?«

Mustang seufzte. »Nur die Tatsache, dass wir mit neunzigprozentiger Sicherheit in die Wüste reisen werden.«

»Wird Jag seine Hochzeit verpassen?«

»Nicht wenn ich es verhindern kann«, sagte Mustang entschlossen. »Allerdings wird er vielleicht nicht die Flitterwochen bekommen, auf die er sich gefreut hat.«

Slate nickte. Er war nicht sonderlich überrascht. Aber wie er Jag und Carly kannte, würden sie die verpassten Flitterwochen wettmachen, sobald er zurückkam.

»Halt mich auf dem Laufenden, wie es ihr geht«, sagte Mustang.

»Mache ich. Danke noch mal, dass du vorbeigekommen bist.«

»Sie ist eine gute Frau«, sagte Mustang aufrichtig. »Sie sagt nie ein schlechtes Wort über jemanden und ist großzügiger als die meisten. Außerdem ist sie deine Freundin, was bedeutet, dass sie für uns alle wichtig ist. Bis später.«

Als Mustang über den Flur zurückging, schloss Slate die Tür, während er noch immer über die Worte seines Freundes nachdachte. Er liebte die Unterstützung, die seine Teamkameraden sich gegenseitig gaben, wenn es um ihre Frauen ging. Dadurch fühlte sich ihre Gruppe noch mehr wie eine Familie an.

Er ging in die Küche und holte einen Plastikbecher aus einem Schrank. Er kramte herum und war froh, eine Schublade mit Plastikbesteck und Strohhalmen von bestelltem Essen zu finden, die sie aufbewahrt hatte.

Da er sich an Lexies Warnung erinnerte, Ashlyn nichts zu Heißes oder Kaltes zu geben, füllte er den Becher mit Leitungswasser und steckte einen Strohhalm hinein. Er öffnete die Tüte, die Mustang mitgebracht hatte, und fand eine Probepackung des Migränemittels mit zwei Tabletten. Er löste eine

Tablette heraus und machte sich auf den Weg ins Schlafzimmer.

Er stieß die Tür leise auf und sah, dass Ashlyn sich nicht bewegt hatte. Er ging zur Seite des Bettes, wo er auf die Knie ging.

»Ash«, flüsterte er.

Sie rührte sich nicht.

»Ashlyn«, sagte er etwas lauter und hasste es, dass sie die Stirn runzelte, als sie ihren Namen hörte.

»Mach die Augen nicht auf, ich habe eine Tablette für dich.«

»Will schlafen«, murmelte sie.

»Ich weiß, und das kannst du auch, wenn du das hier geschluckt hast. Kannst du das für mich tun?«

»Ja.«

»Ich habe dir Wasser mit einem Strohhalm mitgebracht, damit du den Kopf nicht nach hinten neigen musst, um zu trinken. Stütz dich auf einen Ellbogen und lehne dich zu mir. Gut, genau so.«

Slate behielt ihr Gesicht im Auge, während er den Becher näher an sie heranbrachte. »Mund auf.«

Sie tat, was er verlangte, ohne die Augen zu öffnen.

»Okay, streck deine Zunge raus. Ich lege die Tablette darauf und du schluckst sie mit dem Wasser herunter, das ich hier habe.«

Ihr Vertrauen in ihn war demütigend, als sie ihn nicht fragte, was für ein Medikament er ihr gab. Sie tat einfach, worum er sie bat, und ließ sich von ihm die Pille geben. Als sie sie schluckte, sagte Slate: »Trink weiter. Nimm so viel Wasser zu dir, wie du kannst. Es ist gut für dich, versprochen.«

Ashlyn nickte leicht, während sie weiter durch den Strohhalm trank.

Schließlich zog sie sich zurück und legte sich vorsichtig wieder hin.

»Braves Mädchen. Mit der Tablette wird es dir bald besser gehen, Babe.«

»War es Zyanid? Im Moment klingt das nämlich so, als würde es mir damit *wirklich* besser gehen.«

Slate war hin- und hergerissen. Er freute sich, dass sie zu scherzen versuchte, aber er war nicht begeistert, dass es ein Scherz über das Sterben war, um ihre Schmerzen zu lindern.

»Nein«, sagte er.

»Das war ein Witz«, entgegnete sie seufzend.

»Ich weiß. Und du solltest wissen, dass ich dir nie etwas geben oder tun würde, was dich verletzen würde.«

»Das weiß ich doch. Aber damit du es weißt, auch wenn ich im Moment wirklich froh bin, dass du hier bist, morgen, wenn es mir besser geht, wird es mir wahrscheinlich peinlich sein.«

»Dir muss gar nichts peinlich sein. Du würdest dich ebenso um mich kümmern, wenn ich krank wäre«, sagte Slate.

»Das würde ich«, stimmte sie zu.

»Also gut. Ich habe dir versprochen, wenn du die Tablette genommen hast, kannst du weiterschlafen. Ich werde derweil ins Wohnzimmer gehen.«

»Danke noch mal, dass du hier bist.«

»Ich wäre nirgendwo lieber«, sagte Slate, dann beugte er sich vor und küsste sie so sanft wie möglich auf die Schläfe. »Schlaf«, flüsterte er kaum hörbar.

Ashlyn seufzte und entspannte sich sichtlich.

Slate wich zurück und ließ den Blick nicht von ihrem Gesicht ab, bis er die Tür erreicht hatte. Er schloss sie leise hinter sich, dann nahm er einen tiefen Atemzug. Sie würde wieder werden. Sie war stark. Er hasste es nur, sie so hilflos und verletzt zu sehen. Ihm kam der Gedanke, dass er sehr froh war, dass es passierte, wenn er da war, und nicht, während er sich auf Mission befand. Es würde ihn innerlich zerreißen, wenn er nach Hause käme und feststellen müsste, dass sie während seiner Abwesenheit so krank gewesen war.

Aber es war nicht so, als ließe sich das ändern. Soldaten

und Matrosen verpassten viele wichtige Ereignisse im Leben ihrer Familien. Geburten von Babys, Krankheiten, erste Schritte, Geburtstage, Feiertage, Todesfälle von Freunden und Verwandten. Aber sie hatten geschworen, ihrem Land zu dienen, und leider gehörte es dazu, Dinge zu Hause nicht mitzubekommen.

Slate schwor sich, noch mehr für den Moment zu leben, als er es ohnehin schon tat, und ging zurück an den Küchentisch. Es würde eine lange Nacht werden, aber er würde nirgendwo hingehen.

KAPITEL VIERZEHN

Ashlyn wachte mitten in der Nacht ein paarmal auf, aber erst am nächsten Morgen hatte sie das Gefühl, dass sie sich ohne große Schmerzen bewegen konnte. Sie schaute auf den Nachttisch und sah einen Plastikbecher, aus dem ein Strohhalm ragte. Sie erinnerte sich daran, dass Slate ihn ihr brachte und ihr befahl, zu trinken und eine Tablette zu nehmen, aber mehr nicht.

Sie drehte sich um und setzte sich langsam auf. Sie war froh, dass ihr Kopf nicht sofort anfing zu pochen. Ihr Mund fühlte sich an, als hätte sie die ganze Nacht an Wattebällchen gelutscht, aber erstaunlicherweise hatte das, was sie eingenommen hatte, die schrecklichen Schmerzen gelindert.

Sie fühlte sich immer noch etwas benebelt und wusste, dass sie an diesem Tag keinen Marathon laufen würde, aber sie fühlte sich besser als gewöhnlich nach einer ihrer Kopfschmerzattacken. Sie erinnerte sich an das letzte Mal, als sie drei Tage lang nicht aus dem Bett kam. Ja, das war schlimm gewesen, aber Gott sei Dank schien sie diesmal das Schlimmste hinter sich zu haben.

Ashlyn stand auf und testete vorsichtig ihr Gleichgewicht. Sie musste bald zu einem Arzt gehen. Sie bekam zwar nicht oft

Kopfschmerzen, aber wenn sie welche hatte, waren sie schlimm. Wirklich schlimm. Und es war nicht klug, sie länger zu ignorieren.

Ashlyn schlurfte in Richtung Badezimmer und schnappte sich unterwegs ein übergroßes T-Shirt. Sie pinkelte, putzte sich dann die Zähne und beschloss, dass eine Dusche im Moment etwas zu viel des Guten wäre. Aber das war auch egal, schließlich war es nicht so, als würde sie an diesem Tag noch irgendwo hingehen. Sie hatte vor, sich in ihrer Wohnung zu verbarrikadieren und ihr Gleichgewicht wiederzufinden. Später würde sie Slate anrufen und ihm dafür danken, dass er vorbeigekommen war und ihr diese Tablette besorgt hatte.

Außerdem musste sie Lexie und die anderen wissen lassen, dass es ihr gut ging.

Ihr Magen knurrte, als sie durchs Wohnzimmer in Richtung Küche ging – und bei dem Anblick auf der Couch abrupt innehielt.

Das Letzte, was sie erwartet hatte, war Slate, der fest schlief.

Er sah nicht aus, als hätte er es bequem. Er war am Abend zuvor gegangen ... oder etwa nicht? Er hatte gesagt, dass er gehen würde, damit sie schlafen konnte ... oder nicht? Sie war davon ausgegangen, dass er ihre Wohnung und nicht nur ihr Schlafzimmer verlassen würde, aber scheinbar hatte sie sich geirrt.

Sie musste ein Geräusch gemacht haben, denn Slates Augen sprangen auf und sein Blick fiel sofort auf sie.

»Ash. Geht es dir besser?«, fragte er, als er sich aufsetzte und sich über das Gesicht rieb.

»Ja. Was machst du denn hier?«

»Du warst krank«, antwortete Slate, während er aufstand und sich streckte. Er legte eine Hand auf sein Kreuz und lehnte sich nach hinten. Er trug immer noch die Marineuniform, die er normalerweise bei der Arbeit trug, und aus irgendeinem Grund verlieh der Anblick seiner nackten Füße dem Moment eine gewisse Intimität.

»Aber meine Couch ist scheiße. Und du trägst immer noch deine Uniform«, protestierte sie.

Slate grinste und ging auf sie zu. »Das ist schon okay«, sagte er achselzuckend. »Ich habe schon an schlimmeren Orten übernachtet, und ich bin es gewohnt, in meinen Klamotten zu schlafen. Es ist ja nicht so, dass ich mich während einer Mission nackt ausziehe und es mir bequem mache«, sagte er. »Wie fühlst du dich heute Morgen? Ernsthaft? Tut dein Kopf weh? Deine Stirn ist nicht von einer Million Falten zerfurcht, ich hoffe also, dass das ein gutes Zeichen ist.«

Ashlyn fiel es schwer, die Tatsache zu verstehen, dass Slate geblieben war, um ... was zu tun? Um auf sie aufzupassen?

»Ash? Was ist los? Sprich mit mir«, befahl er sanft.

»Ich ... du ... ich kann nicht glauben, dass du geblieben bist.«

»Wo zur Hölle hätte ich hingehen sollen? Zurück nach Hause? Auf keinen Fall. Nicht, solange ich mir Sorgen um dich gemacht habe. Babe, ich konnte dich nicht einmal anfassen, ohne dass du zusammengezuckt bist. Du hattest alle deine Sachen ausgezogen, vermutlich, weil sie dir auf der Haut wehtaten. Selbst Flüstern war zu laut. Und dein Zimmer war wie eine Höhle. Du hast mich zu Tode erschreckt. Letzte Nacht bin ich jede Stunde aufgestanden, um nach dir zu sehen. Es hat etwa vier oder fünf Stunden gedauert, aber dann schien die Tablette, die ich dir gegeben hatte, endlich zu wirken. Du schienst ruhiger zu sein und bist sogar irgendwann unter die Decke gekrochen. Du musst zu einem Arzt gehen, Ash. Ich will nicht, dass du das noch einmal durchmachst.«

Ashlyn nickte automatisch. »Ich hatte schon heute Morgen beschlossen, anzurufen und zu fragen, ob ich einen Termin bekommen kann.«

»Gut. Komm, setz dich, während ich dir etwas zu essen besorge.«

»Ich weiß nicht, ob ich schon so viel essen kann«, warnte sie.

Slate nickte. »Das wundert mich nicht. Aber du brauchst etwas. Ich mache dir einen Vanille-Proteinshake und vielleicht etwas Apfelmus.«

Ashlyn runzelte verwirrt die Stirn. »Ich glaube nicht, dass ich irgendetwas davon in meiner Küche habe.«

»Jetzt hast du es. Ich habe ein paar Sachen bestellt und gestern Abend liefern lassen.«

Sie war verblüfft. »Das hast du?«

»Ja. Zusammen mit anderen Sachen, von denen ich dachte, dass du sie essen könntest. Jetzt setz dich und lass dich von mir versorgen.«

Ashlyn fühlte sich, als wäre sie in einer anderen Dimension aufgewacht. Sie war schon so lange auf sich allein gestellt, dass sie sich daran gewöhnt hatte, für sich selbst zu sorgen. Sie hatte zwar schon das eine oder andere Mal selbst einen Lebensmittellieferdienst benutzt, aber sie war sich nicht sicher, ob sie heute Morgen daran gedacht hätte. Sie hätte einfach irgendetwas aus ihrem Schrank genommen, bis sie in den Laden hätte gehen können.

Sie setzte sich auf die Couch und bemerkte, dass die Kissen noch warm waren. Als Slate weggehen wollte, nahm Ashlyn seine Hand in die ihre. »Slate?«

Er drehte sich sofort wieder zu ihr um. »Ja?«

»Danke, dass du geblieben bist. Ich glaube, du bist über die Pflicht einer Sexfreundschaft hinausgegangen.«

Seine Augen wurden schmal und er beugte sich vor, um Ashlyn gegen die Sofakissen zu drücken. Er legte seine Hände auf ihre Schultern und stützte sich über ihr ab. »Wir halten uns nicht an Regeln«, sagte er streng. »Wir sind Ash und Slate. Punkt. Du bist eine Freundin, aber du bist auch meine Geliebte. Meine feste Freundin. Ich wäre auf keinen Fall gegangen, als du mich letzte Nacht gebraucht hast, und ich weiß, dass du das Gleiche getan hättest, wenn die Rollen vertauscht gewesen wären.«

Sie nickte sofort.

»Wir laufen zwar nicht los, um Verlobungsringe zu kaufen, aber das heißt nicht, dass du mir nicht wichtig bist und dass ich nicht auf das aufpasse, was mir gehört. Und täusch dich nicht – du gehörst mir, solange wir zusammen sind, genau wie ich dir gehöre. Verstehst du?«

Ihr Herz klopfte wie wild und Ashlyn nickte zum gefühlt zwanzigsten Mal an diesem Morgen.

»Hast du ein Problem damit? Ist das zu viel? Wenn du wieder nur normal mit mir befreundet sein willst, kann ich das tun. Es wäre zwar hart, aber ich würde es tun. Ich will nur nicht, dass du denkst, dass diese Beziehung nur halbherzig ist, auch wenn sie zwanglos ist. Zwanglos heißt nicht, dass ich dich ignoriere, wenn du Schmerzen hast. Es bedeutet nicht, dass wir ficken und dann getrennte Wege gehen, als wären wir Fremde.«

»Okay.«

»Okay?«, erwiderte er mit geneigtem Kopf.

»Okay«, bestätigte Ashlyn.

»Gut. Jetzt entspann dich, während ich dir etwas zu essen hole.«

Mit diesen Worten beugte Slate sich vor, küsste sie sanft auf die Stirn, stand auf und ging in Richtung Küche.

Ashlyn stieß den Atem aus, den sie angehalten hatte. Slate war an guten Tagen sehr intensiv, aber selbst *sie* hatte nicht gedacht, dass er *so* intensiv sein konnte. Sie mochte alles, was er gesagt hatte. Sie war mit dem Gedanken in diese Beziehung gegangen, die Dinge leicht und locker zu halten, aber sie hatte Slates Anziehungskraft unterschätzt ... und ihre eigenen emotionalen Neigungen.

Ashlyn war noch nie in einer halbherzigen Beziehung gewesen. Wenn sie mit jemandem zusammen war, war sie normalerweise von Anfang an voll dabei. Verdammt, sie war mit Franklin nach Hawaii gezogen, viel zu kurz, nachdem sie ihn kennengelernt hatte.

Sie hatte gedacht, dass sie es mit Slate einfach und unbeschwert halten könnte. Wochenlang hatte sie versucht, sich davon zu überzeugen.

Sie hatte sich geirrt.

Nur weil sie ihn sehr mochte und es genoss, Zeit mit ihm zu verbringen, sowohl im Bett als auch außerhalb, hieß das noch lange nicht, dass sie heiraten würden. Aber sie waren tatsächlich in einer Beziehung, und sie musste sich eingestehen, dass Leute, die zusammen waren, nicht einfach fickten und abhauten.

Er hatte recht mit seiner vorherigen Vermutung. Wenn Slate verletzt oder krank wäre, würde sie auf jeden Fall für ihn da sein.

Mit einem seltsamen Gefühl der Erleichterung in Bezug auf alles – ihre Beziehung zu Slate, den Verlauf der letzten Nacht und sogar den heutigen Morgen – lehnte Ashlyn sich gegen die Kissen. Sie konnte es genauso gut genießen, bedient zu werden, denn irgendwann würde sie wieder auf sich allein gestellt sein.

Als Slate mit einem Glas in der einen und einem Eiweiß-riegel in der anderen Hand ins Wohnzimmer zurückkam, fühlte Ashlyn sich bereits verdammt gut. Sie war zwar immer noch etwas benebelt von der Migräne und dem, was auch immer in der Tablette gewesen war, die er ihr gegeben hatte, aber das war ihr lieber als die Kopfschmerzen, unter denen sie letzte Nacht gelitten hatte.

Er reichte ihr das Glas und setzte sich dann neben sie. »Du musst deinen Freundinnen eine SMS schreiben.«

Ashlyn nahm einen Schluck von dem Shake und war angenehm überrascht, wie gut er schmeckte. Aus irgendeinem Grund hatte sie angenommen, dass er irgendwie eklig sein würde, vielleicht weil er gesund sein sollte. Aber sie konnte den Unterschied zwischen dem, was Slate ihr gemacht hatte, und den Milchshakes, die sie manchmal in ihrem Lieblingseiscremeladen kaufte, nicht wirklich erkennen.

»Das ist köstlich«, sagte sie mit einem Grinsen.

Seine Lippen zuckten. »Ich weiß.«

»Es fühlt sich an, als würde ich Nachtisch zum Frühstück essen.«

»Jup.«

Sie kniff die Augen zusammen. »Ich kann nicht glauben, dass du mir nicht vorher gesagt hast, wie gut das schmeckt. Du hast mich glauben lassen, dass du dich morgens gesund ernährst, wenn du so etwas zum Frühstück trinkst.«

Slate brach in Gelächter aus, was Ashlyn mit Freude erfüllte. Er war oft so stoisch, und zu wissen, dass sie ihn zum Lachen bringen konnte, gab ihr ein wohliges Gefühl.

»Babe«, sagte er.

Das war's. Nur ein Wort.

»Was? Ich meine es ernst«, sagte sie. »Warte, bist du sicher, dass das eines deiner Protein-Dinger ist? Du hast doch nicht etwa Eiscreme liefern lassen und das hier daraus gemacht, nur damit ich mich besser fühle?«

»Es ist ein Eiweißshake«, beruhigte Slate sie. »Eis, Vanilleproteinpulver, ein paar Erdbeeren für mehr Geschmack und Magermilch, damit es cremiger wird.«

»Es ist megalecker«, sagte sie und nahm einen weiteren Schluck.

Er grinste sie an. »Megalecker? Das sagt doch keiner.«

»Ich anscheinend schon«, informierte sie ihn.

»Stimmt. Aber damit das klar ist, du solltest etwas davon aufheben, um den Proteinriegel herunterzuspülen. Er ist gut, aber nicht so gut wie dieser Shake. Sie wurden zwar so weit verbessert, dass sie nicht mehr nach Pappe schmecken, aber ich vermute, dass du davon nicht so begeistert sein wirst wie von dem Getränk.«

Ashlyn rümpfte die Nase, griff aber nach dem nahrhaften Riegel in seiner Hand. »Ich glaube, ich werde mich besser fühlen, wenn er nicht wie eine dekadente Leckerei schmeckt. Ich habe jetzt schon ein schlechtes Gewissen, weil ich den Shake getrunken habe.«

Slate lachte und sah zu, wie sie die Verpackung an einem Ende aufriss und einen Bissen nahm. Sie kaute einen Moment und zuckte dann mit den Schultern. »Es ist nicht so schlimm, wie ich erwartet hatte. Ich bin mir nicht sicher, ob ich für den Rest meines Lebens jeden Tag einen essen möchte, aber er ist nicht schlecht.«

Slate hatte den Blick nicht von ihr abgewandt, seit er sich hingesetzt hatte.

»Was? Habe ich etwas im Gesicht?«, fragte Ashlyn und wischte sich das Gesicht an ihrem Arm ab, da sie beide Hände voll hatte.

»Nein. Ich bin nur so verdammt erleichtert, dass du wieder du selbst bist. Du hast mich erschreckt, Ash.«

»Es tut mir leid«, sagte sie leise.

Slate schüttelte den Kopf. »Nein, du musst dich nicht entschuldigen. Du hast dir nicht absichtlich Kopfschmerzen zugelegt. Ich wollte dich nur wissen lassen, dass ich hoffe, dich nie wieder so zu sehen.«

»Es macht keinen Spaß. Danke, dass du mir ein paar Medikamente besorgt hast. Was war es denn eigentlich?«

Slate zuckte mit den Schultern. »Ich habe keinen Schimmer. Ich meine, Mustang hat mir den Namen des Medikaments gesagt, aber ich habe nicht wirklich darauf geachtet. Mir war nur wichtig, dass es dir helfen würde.«

»Wie hat er es geschafft, es zu bekommen?«, fragte Ashlyn.

»In unserem Beruf kennen wir viele Leute«, erwiderte Slate schlicht.

»Oh mein Gott, hat er Baker angerufen?«, fragte Ashlyn und setzte sich aufrecht auf ihren Platz. »Ich habe schon so viel von ihm gehört! Ich meine, ich weiß, dass er zu Monicas und Pids Hochzeit auf der Kualoa Ranch gekommen ist, aber ich habe nicht mit ihm gesprochen.«

»Was? Nein, Mustang hat Baker nicht angerufen. Meine Güte.«

»Oh. Verdammt.«

Er schüttelte den Kopf. »Er hat einen Arzt auf dem Stützpunkt angerufen, der uns in der Vergangenheit behandelt hat. Er erklärte ihm deine Symptome und gab mir eine Probepackung des Medikaments für dich. Er hat nur zwei Tabletten mitgebracht. Aber da sie gewirkt haben, kannst du deinem Arzt sagen, was du eingenommen hast und dass es wirksam zu sein scheint, und vielleicht kann er dir ein Rezept ausstellen.«

»Das macht aber keinen Spaß«, grummelte Ashlyn.

»Außerdem bin ich mir nicht sicher, ob ich will, dass du dich mit Baker anfreundest«, sagte Slate.

»Warum?«

»Weil er anscheinend heiß ist. Alle anderen Frauen sagen das.«

»Und?«, fragte Ashlyn.

Slate zog nur eine Augenbraue hoch.

»Ach, komm schon. Es ist doch egal, ob er heiß ist, ich bin mit *dir* zusammen.«

»Und vergiss das nicht«, sagte Slate, griff ihr in den Nacken und zog sie zu sich heran.

Da Ashlyns Hände voll waren, konnte sie sich nicht abstützen, aber Slate ließ sie nicht fallen. Er küsste sie hart und viel zu kurz, bevor er sie losließ.

»Nach dem zu urteilen, was ich von den anderen gehört habe, steht er sowieso auf eine Frau namens Jodelle«, sagte sie.

Slate nickte. »Ich bin außerdem nicht allzu scharf darauf, dass Baker *irgendetwas* mit dir zu tun hat, denn jedes Mal, wenn wir ihn in letzter Zeit anrufen mussten, war es, weil unsere Frauen von schlimmen Dingen bedroht wurden. Ich hätte kein Problem damit, dass du ihm nie begegnest, wenn das bedeutet, dass alles gut ist. Sicher. Normal.«

Ashlyn konnte das verstehen. Sie zitterte ein wenig, als sie an das dachte, was ihre Freundinnen durchgemacht hatten. »Klar.«

»Und ... ich habe es vorhin schon gesagt, aber wir sind

irgendwie vom Thema abgekommen. Du musst Elodie und den anderen schreiben.«

»Ich weiß.«

»Nein, du musst es bald tun. Sie machen sich Sorgen um dich, Babe. Sie haben dir – und mir – fast die ganze Nacht geschrieben und sich nach deinem Zustand erkundigt. Und heute Morgen haben sie schon wieder angefangen.« Slate drehte sich und holte ihr Telefon vom Tisch neben seinem Ende des Sofas. Er hielt es ihr hin.

Sie beugte sich vor und stellte den Shake auf den Couchtisch, dann nahm sie ihr Handy. »Verdammte Scheiße, die tun so, als würde ich sterben oder so. Es waren nur Kopfschmerzen«, murmelte Ashlyn, während sie durch alle Benachrichtigungen scrollte.

»Bei unseren Jobs und allem, was passiert ist, ist niemandes Gesundheit selbstverständlich.«

Ashlyn seufzte. Nach einem Moment sagte sie: »Als ich mit Franklin Schluss gemacht habe, kam ich mir so dumm vor.«

Slate runzelte verwirrt die Stirn und sie fuhr schnell fort, ihren abrupten Themenwechsel zu erklären.

»Ich bin seinetwegen nach Hawaii gezogen, und wir waren noch nicht einmal lange zusammen. Ich war begeistert davon, hier zu leben, und er gab mir einen Vorwand, etwas zu tun, wovon ich geträumt hatte, aber zu feige war, es tatsächlich zu tun. Als ich herausfand, was für ein Trottel er war, konnte ich nicht glauben, dass ich so eine Idiotin gewesen war. Wer zieht schon für einen Typen, den er kaum kennt, fast ans andere Ende der Welt? Aber es stellte sich heraus, dass es die beste Entscheidung war, die ich je in meinem Leben getroffen habe. Ich bekam den Job bei *Food For All*, lernte Lexie kennen, dann Elodie und Kenna, Monica und Carly … und dich.«

»Am Anfang warst du nicht begeistert, mich kennenzulernen«, sagte Slate lachend.

»Stimmt. Du warst überheblich und unausstehlich.«

»Aber jetzt magst du mich«, sagte Slate und lehnte sich zu

ihr. Nur hörte er nicht auf und Ashlyn lachte, als sie auf den Rücken fiel, in dem Versuch, von ihm wegzukommen. Er schwebte lächelnd über ihr auf der Couch. »Sag es«, befahl er.

»Es«, erwiderte sie frech.

»Göre«, sagte Slate, während er sich noch weiter sinken ließ, um sie zu fixieren. Das Lächeln verschwand aus seinem Gesicht. »Du warst nicht dumm«, sagte er zu ihr. »Du warst optimistisch. Und das ist eine deiner größten Stärken. Glaube ich, dass du manchmal zu optimistisch bist? Ja, aber wenn du nicht so wärst, wie du bist, wären wir jetzt nicht hier. Und ich weiß genau, dass die anderen Frauen genauso froh sind, dich zu haben, wie du es bist, *sie* zu haben.«

Ashlyn lächelte zu ihm auf.

»Also, wie wär's, wenn du jetzt deinen Proteinriegel aufisst«, sagte Slate und deutete mit dem Kopf auf den halb aufgegessenen Riegel in ihrer Hand, »und deinen Shake trinkst, deinen Mädels eine SMS schreibst und dann hängen wir hier ab und schauen uns einen Film an.«

»Bist du ... Ich dachte, dass du dich jetzt, da du weißt, dass es mir gut geht, auf den Weg machst. Ich bin sicher, du hast heute noch einiges zu tun.«

»Es ist Samstag, Babe. Ich habe nichts anderes zu tun, als mit dir abzuhängen und dafür zu sorgen, dass es dir gut geht. Die Kopfschmerzen könnten wiederkommen und ich will hier sein, falls sie das tun.«

Das warme und wohlige Gefühl kehrte zurück. Ashlyn konnte sich nichts Schöneres vorstellen, als den ganzen Tag mit Slate zu verbringen. »Okay.«

»Aber ich darf den Film aussuchen«, sagte er.

Ashlyn runzelte die Stirn. »Nein. Du wirst etwas Langweiliges wählen.«

»Nein, werde ich nicht«, protestierte er.

»Doch, das wirst du. Du hältst *Full Metal Jacket* für einen Klassiker.«

»Babe, es ist ein Klassiker.«

»Aber er ist blutrünstig. Und es wird viel geschrien«, protestierte Ashlyn.

Slate lachte leise. »Gut. Du kannst dir den ersten Film aussuchen, aber ich bekomme den zweiten. Und wenn du wieder *Natürlich blond* wählst, musst du dir den längsten und langweiligsten Militärfilm ansehen, den ich finden kann.«

»Oh, in Ordnung«, sagte Ashlyn. Es war ihr egal, was sie sich ansahen, solange sie nur mit Slate zusammen sein konnte.

Er hob eine Hand und strich ihr zärtlich über den Kopf. »Ich habe es gehasst, dass ich das letzte Nacht nicht tun konnte«, murmelte er leise. »Ich habe es gehasst zu wissen, dass meine Berührung dir wehtun würde.«

Ashlyn hasste das auch. Sie neigte ihren Kopf in seine Hand und entspannte sich. Er lächelte sie an, dann beugte er sich zu ihr hinunter und küsste sie sanft auf die Stirn.

»Wir könnten zurück ins Schlafzimmer gehen und etwas anderes tun, als einen Film zu schauen«, platzte sie heraus.

»Auf keinen Fall«, sagte Slate, ohne zu zögern. »Kein Sex, bis ich sicher bin, dass es dir hundertprozentig besser geht.«

Ashlyn schmollte. »Mit dir macht es keinen Spaß.«

»Nein«, stimmte er zu, als er sich aufsetzte. »Iss, schreib SMS, dann knuddeln wir und schauen fern.«

Ashlyn kicherte.

»Was ist so lustig?«, fragte Slate.

»Dass du das Wort *knuddeln* sagst«, gab sie zu.

»Genauso lustig, wie wenn du das Wort *megalecker* sagst«, gab er zurück. Aber er lächelte, als er es sagte.

Ashlyn nahm einen weiteren Bissen des Proteinriegels und kaute weiter, während sie ihn angrinste.

Sie hätte nie gedacht, dass Slate so ... mitfühlend und zärtlich sein konnte, wie er es heute Morgen war. Es gefiel ihr. Und zwar sehr.

Als sie ihren Proteinriegel fertig gekaut hatte, erschien eine neue Benachrichtigung auf ihrem Handy. Elodie. Sie fragte, ob es ihr besser ginge, ob sie wach sei und wann sie ihr die Suppe bringen könne, die sie an diesem Morgen bereits für sie gekocht hatte.

»Ich werde duschen gehen, während du mit deiner Clique schreibst«, sagte Slate zu ihr. Er beugte sich vor, küsste sie auf den Kopf und ging dann in Richtung ihres Schlafzimmers.

Ashlyn sah ihm nach und war versucht, ihm in ihr Badezimmer zu folgen und mit ihm unter die Dusche zu steigen, aber sie wusste, wie stur er war. Wenn er der Meinung war, dass kein Sex das Beste für ihre Gesundheit war, konnte sie nichts tun, um ihn umzustimmen.

Sie griff nach ihrem Handy, um ihren Freundinnen zu versichern, dass es ihr besser ginge, aber sie wollte auch mit ihren SMS fertig werden, um den Tag mit Slate voll und ganz genießen zu können.

KAPITEL FÜNFZEHN

Mehr als eine Woche nach ihren höllischen Kopfschmerzen ging es Ashlyn immer noch großartig. Sie war bei ihrem Arzt gewesen und ihr MRT hatte nichts ergeben. Sie musste zugeben, dass sie erleichtert war, keinen Gehirntumor oder so etwas zu haben. Im Internet nachzuschauen, warum sie so starke Kopfschmerzen gehabt hatte, war nicht die beste Idee gewesen. Laut den Webseiten, die sie sich angesehen hatte, hatte sie wahrscheinlich Hirnkrebs.

Zum Glück war es weder das eine noch das andere. Ihr Arzt hatte ihr gesagt, was sie tun konnte, damit die Kopfschmerzen nicht so schlimm wurden, sollten sie wieder auftreten. Sie sollte sich nicht zu sehr anstrengen und sofort Ibuprofen nehmen. Er hatte ihr außerdem dasselbe Medikament verschrieben, das Slate ihr gegeben hatte, da es beim letzten Mal so gut gewirkt hatte.

Es war ein Dienstag und Ashlyn war auf dem Weg zum Haus von James Mason. Es war sein neunundachtzigster Geburtstag, und sie und Slate hatten ihm gestern Abend einen besonderen Kuchen gebacken. Es hatte sie umgebracht, am gestrigen Tag nichts zu sagen, als sie ihm sein übliches Essen geliefert hatte. Sie hatte ihn überraschen wollen. Und das nicht nur mit dem Kuchen.

Ashlyn hatte mit Carly gesprochen und sie hatte voll und ganz dem zugestimmt, worüber sie heute mit James reden wollte.

Als sie vor seinem Haus anhielt, sah sie Aidens Chevette in der engen Einfahrt neben James' Haus parken. Das war nicht verwunderlich, denn Dienstag war einer der Tage, an denen Aiden vorbeikam, um zu helfen, aber es war früh und sie glaubte, dass er normalerweise nicht vor der Mittagszeit kam.

Sie war zu aufgeregt, um sich über Aidens Zeitplan Gedanken zu machen – sie kam auch nicht immer zur gleichen Zeit bei ihren Kunden an –, nahm vorsichtig den Kuchen vom Beifahrersitz, schloss die Tür mit dem Fuß und ging zur Haustür.

Den Kuchen in einer Hand haltend, klopfte sie an.

Aiden öffnete mit finsterer Miene. »Was machst du denn hier?«

Verblüfft über seine schroffe Begrüßung, antwortete Ashlyn nicht sofort. Sie nahm sich einen Moment Zeit, um den Mann zu betrachten. Er sah etwas mitgenommen aus. Sein Hemd war schmutzig und zerknittert, sein Gesicht war blass und er wirkte ein wenig … unruhig? Er war offensichtlich nicht gut aufgelegt.

Sie beschloss, sein Verhalten zu ignorieren, und sagte fröhlich: »James hat heute Geburtstag. Ich habe ihm einen Kuchen mitgebracht.«

»Ich wusste nicht, dass er Geburtstag hat«, murmelte er, als er ihr die Tür öffnete.

»Ja. Neunundachtzig.« Ashlyn betrat das Haus und sah James in der Tür zwischen Küche und Wohnzimmer stehen. Er wirkte ebenfalls nicht sehr glücklich … aber als er sie sah, lächelte er.

»Hallo, Ashlyn. Was führt dich heute hierher? Es ist doch nicht Mittwoch, oder? Ich verliere langsam das Gefühl für die Wochentage.«

»Nein. Heute ist Dienstag. Ein ganz besonderer Dienstag. Ich konnte es mir nicht nehmen lassen, dir zum Geburtstag zu gratulieren und dir Kuchen zu bringen.«

James strahlte. »Woher wusstest du das? Ich habe es niemandem erzählt«, sagte er.

»Ich weiß alles«, erwiderte Ashlyn geheimnisvoll. Sie wollte ihm nicht gestehen, dass sie Lexie vor einiger Zeit gebeten hatte nachzuschauen, wann er Geburtstag hatte, da sie neugierig war.

»Ich hatte schon eine ganze Weile keinen Geburtstagskuchen mehr. Seit dem Tod meiner geliebten Angie«, sagte James leise.

»Dann bin ich besonders froh, dass ich heute vorbeigekommen bin«, sagte Ashlyn zu ihm.

»Ich werde gehen«, erklärte Aiden hinter ihr.

Sie drehte sich um. »Oh, du willst nicht bleiben und ein bisschen Kuchen essen? Ich wollte dich nicht verjagen –«

»Ist schon in Ordnung«, unterbrach James sie.

Überrascht von dem strengen Ton seiner Stimme, stand Ashlyn mitten im Raum zwischen Aiden und James und fühlte sich plötzlich unwohl.

»Es tut mir leid«, sprach Aiden leise zu James. »Es wird nicht wieder vorkommen. Wir sehen uns am Donnerstag.« Dann drehte er sich um, öffnete die Haustür und verschwand.

»Es tut mir so leid, James. Habe ich euch bei etwas gestört?«, fragte Ashlyn behutsam.

James sah einen Moment lang traurig aus, dann schüttelte er den Kopf. »Nein. Es ist in Ordnung. Aiden hat heute hoffentlich eine Lektion gelernt. Jeder macht Fehler. Ich bin bereit, die Vergangenheit ruhen zu lassen. Also ... was für einen Kuchen hast du mir gebacken?«

Ashlyn wollte am liebsten noch mehr Fragen stellen, was mit Aiden passiert war. Welchen »Fehler« er genau gemacht hatte. Aber sie wollte James auch nicht verärgern.

»Schwarzwälder Kirschtorte, was sollte ich denn sonst für dich machen?«

James strahlte einmal mehr. »Meine Lieblingssorte«, antwortete er.

Ashlyn wusste das, deshalb hatte sie sie auch für ihn gebacken. Sie hatte bereits viele Geschichten über die Kuchen gehört, die seine Frau ihm jedes Jahr gemacht hatte. Am liebsten erzählte er ihr, wie sie ihm eine Schachtel Schwarzwälder-Kirsch-Cupcakes zu seinem Geburtstag schickte, als er auf einem Schiff stationiert gewesen war, und sie auf dem Transportweg verloren gingen und erst eine Woche nach seinem Geburtstag ankamen. Sie waren alt und größtenteils zerdrückt gewesen, aber James schwor trotzdem, dass es die besten Cupcakes waren, die er je gegessen hatte.

Ashlyn war überrascht, dass er sich keine Lebensmittelvergiftung zugezogen hatte, aber sie sagte nichts dazu, da es offensichtlich eine von James' schönsten Erinnerungen war.

Sie ging in die Küche und stellte den Kuchen auf den kleinen Tisch. Sie zog James einen Stuhl heraus, auf den er sich dankbar sinken ließ. Sie schob das Glas Wasser, das auf dem Tisch stand, näher an ihn heran, aber er schüttelte den Kopf.

»Nein. Hol mir ein neues Glas. Bitte«, sagte er ein wenig verspätet.

Ashlyn fragte sich, was das Problem mit dem anderen Wasser war, nickte jedoch und brachte das offensichtlich nicht gute Glas zur Spüle, wo sie es auskippte. »Ich habe eine bessere Idee«, sagte sie und öffnete den Kühlschrank. Sie holte eine Flasche Bikini Blonde Lager, gebraut von der Maui Brewing Company, aus dem obersten Fach.

Sie hielt sie hoch. »Ich denke, ein Geburtstag schreit nach einem Bier, oder?«

James schaute auf die Uhr. »Es ist noch nicht einmal zehn«, bemerkte er.

»Na und? Ich verrate nichts, wenn du nichts verrätst.

Außerdem, hast du große Pläne, heute irgendwohin zu fahren?«

Er lachte leise. »Nein. Und ein Bier klingt gut. Ich habe ganz vergessen, dass ich das da drin habe.«

Ashlyn löste den Deckel und stellte die Flasche vor ihm auf den Tisch. Dann beugte sie sich hinunter und küsste ihn auf den Kopf. »Alles Gute zum Geburtstag, mein Freund.«

Er grinste sie an.

Ashlyn kamen die Tränen, und sie wandte sich ab, um Teller und Gabeln zu holen, um ihre Rührung zu verbergen.

Wenig später, als sie beide ein zweites Stück des leckeren Kuchens aßen, beschloss Ashlyn, dass es Zeit war, James sein nächstes Geschenk zu geben. »Also, ich habe nachgedacht. Und bevor du Nein sagst, lass mich ausreden.«

James legte bei ihren Worten neugierig den Kopf schief.

»Meine Freunde Carly und Jag heiraten am Donnerstag. Es ist eine sehr entspannte Sache, die sie im *Duke's* machen. Du weißt schon, das Restaurant unten in Waikiki. Ich habe mich gefragt, ob du mit mir hingehen würdest. Als meine Begleitung.«

James starrte sie ungläubig an. »Was ist mit deinem jungen Mann? Ich schätze, er wird etwas dazu zu sagen haben, wenn ich mit dir hingehe.«

»Ja, da hast du recht. Das hat er. Er ist voll dafür. Ich habe schon mit ihm darüber gesprochen, dass du mitkommen sollst. Und Carly freut sich bereits darauf, dich kennenzulernen. Und Jag hat auch kein Problem damit, dass du kommst. Ich weiß, dass du dich langweilst und vielleicht sogar ein bisschen traurig bist, weil du die ganze Zeit allein in deinem Haus sitzt.«

Sie hielt den Atem an, als James über ihre Einladung nachdachte.

»Ich will dir nicht zur Last fallen«, sagte er nach einem Moment. »Ich kann nicht so gut laufen und Treppen schaffe ich nicht ohne Hilfe.«

»Du bist niemals eine Last«, entgegnete sie streng. »Und es

werden jede Menge Leute da sein, die dir helfen, wenn es nötig ist. Warst du schon mal im *Duke's*?«

»Ob ich schon mal im *Duke's* war? Mädchen, ich bin neunundachtzig Jahre alt und habe die meiste Zeit meines Lebens auf dieser Insel verbracht. Natürlich war ich schon mal da. Der Hula-Kuchen ist das Beste, was es gibt – nach der Schwarzwälder Kirschtorte natürlich. Ich habe Duke Kahanamoku ein paarmal getroffen, weißt du.«

»Wirklich?«, fragte Ashlyn fasziniert.

»Ja. Er war der Sheriff von Honolulu, als ich ein Junge war, und er besuchte gern den Strand und plauderte mit den Kindern, die dort surften. Er starb achtundsechzig, und ich war dabei, als seine Asche in den Ozean gestreut wurde, den er immer geliebt hatte.«

»Also? Kommst du mit?«

James schaute ihr in die Augen. »Bist du sicher, dass es keine Zumutung ist?«

»Ganz und gar nicht, wirklich. Carly und Jag gehen das alles sehr entspannt an. Nach der Zeremonie wird es ein riesiges Essen geben und ich bin mir sicher, dass es mehr als genug sein wird. Das *weiß* ich sogar mit Sicherheit, denn Carly hat mir ausdrücklich gesagt, dass sie viele Reste haben möchte, um sie an *Food For All* zu spenden. Wahrscheinlich werde ich die ganze nächste Woche über *Duke's* Hauptgerichte ausliefern. Bitte sag, dass du kommen wirst.«

»Ich war schon ewig nicht mehr in Waikiki«, sagte James wehmütig.

Ashlyn hielt den Atem an.

»Wenn du dir sicher bist, dass ich dir nicht zur Last falle, würde ich gern kommen«, sagte er schließlich.

»Juhu!«, rief Ashlyn. »Slate und ich werden dich am Donnerstag gegen elf Uhr abholen. Ich weiß, dass das ein komischer Tag zum Heiraten ist, aber das war der einzige Tag, an dem das gesamte *Duke's* gemietet werden konnte. Und mach dich nicht allzu schick. Wir sind hier in Hawaii und Carly hat sehr deutlich gemacht, dass sie jeden rausschmeißen wird, der in etwas Spießigem auftaucht.« Ashlyn lächelte ihn an. »Tatsächlich habe ich dir sogar ein Hawaiihemd zu deinem Geburtstag gekauft. Es ist im Wagen, ich bringe es rein, bevor ich gehe. Mit den Händen voller Kuchen konnte ich es nicht tragen. Es wäre perfekt für Donnerstag.«

James kniff die Augen zusammen. »Du hattest das alles geplant«, warf er ihr scherzhaft vor. »Was hättest du getan, wenn ich Nein gesagt hätte?«

»Dich vom Gegenteil überzeugt«, erwiderte Ashlyn, ohne zu zögern. Dann wurde sie ernst. »Ich habe kein gutes Verhältnis zu meinen Eltern, James. Sie haben sich oft gestritten, als ich ein Kind war, und sie haben sich lieber angeschrien, als sich meinetwegen zu vertragen. Meine Großeltern habe ich nie gekannt. Vielleicht gehe ich zu weit ... aber du bist wie der Großvater, den ich nie hatte. Ich bin fasziniert von deinen Geschichten, wie du hier aufgewachsen bist, von den Kriegen, die du erlebt hast, und es tut mir nur leid, dass ich deine Frau nie kennengelernt habe. Ich habe das Gefühl, dass ich Glück hatte, als du dich für die Essenslieferungen von *Food For All* angemeldet hast.«

James' Augen füllten sich mit Tränen, woraufhin er schnell blinzelte und mit den Kuchenkrümeln auf seinem Teller spielte. Ashlyn war selbst ein wenig emotional. Sie gab ihm Zeit, sich zu fassen.

»Ich bin der Glückliche«, sagte er nach einem Moment.

»Dann sind wir es beide«, fügte Ashlyn hinzu.

Sie blieb noch etwa eine halbe Stunde, während derer sie mit James lachte und scherzte. Er schwärmte von dem Hemd, das sie ihm gekauft hatte, und erklärte, es gefalle ihm.

Als sie merkte, dass sie ihren Aufbruch nicht länger aufschieben konnte, wenn sie ihre Essenslieferungen zu Ende bringen wollte, stand sie widerwillig auf. »Denk dran, Donnerstag um elf Uhr. Zieh das Hemd an, das ich mitgebracht habe. Du brauchst kein Geschenk mitzubringen, mach dich einfach auf einen tollen Tag am Strand gefasst.«

»Und darauf, hübsche Mädchen in Bikinis anzusehen«, fügte James lächelnd hinzu.

Ashlyn kicherte. »Das auch.« Sie umarmte den lieben Mann und hasste es, wie zerbrechlich er sich in ihren Armen anfühlte. »Alles Gute zum Geburtstag, James.«

»Das ist der beste Geburtstag seit Jahren«, sagte er, als er die Umarmung erwiderte.

Nachdem Ashlyn ihn in seinen Sessel gesetzt und dafür gesorgt hatte, dass sein Telefon und die Fernbedienung in Reichweite waren, und nachdem sie ihm ein weiteres Stück Kuchen und einen großen Becher Wasser mit einem Strohhalm auf den Tisch gestellt hatte, ging sie schließlich.

Sie schickte Slate eine SMS, sobald sie in ihren Wagen stieg.

Ashlyn: Er hat Ja gesagt!

Slate: Gute Nachrichten, Babe.

Ashlyn: Ja. Er hat sogar gesagt, dass er das Hemd tragen wird, das ich ihm geschenkt habe. Und er mochte den Kuchen.

Slate: Du hattest einen guten Morgen.

Ashlyn: Den hatte ich. Wie läuft deiner?

Slate: Viel zu tun.

Ashlyn runzelte die Stirn. Sie hatte das Gefühl zu wissen, was das bedeutete. Slate und der Rest der Jungs bereiteten sich darauf vor, wieder auf Mission zu gehen. Sie hasste es, dass es so kurz nach dem letzten Einsatz sein sollte, aber Slate erinnerte sie daran, dass sie sich nicht aussuchen konnten, wann Terroristen Arschlöcher sein wollten. Sie mussten nur bereit sein zu handeln, wenn sie es taten.

Wenigstens würden sie nicht vor der Zeremonie abreisen.

Es wäre schrecklich, wenn Jag seine eigene Hochzeit verpassen müsste und sich dadurch alles verzögern würde.

Slate: Fahr vorsichtig heute.

Ashlyn: Das werde ich. Soll ich heute Abend immer noch zu dir nach Hause kommen?

Slate: Ja. Ich weiß allerdings nicht, wann ich hier rauskomme. Nimm den Schlüssel, den ich dir heute Morgen gegeben habe, und mach es dir bequem. Mach dir keine Sorgen wegen des Abendessens für mich. Wenn ich zu spät komme, werde ich auf dem Heimweg etwas besorgen.

Ashlyn grinste und schaute auf ihren Schlüsselbund hinab. Sie war verblüfft gewesen, als Slate ihr am Morgen diesen Schlüssel gegeben hatte, bevor sie ihr Haus verließen. Sie hatten darüber gesprochen, dass sie später am Abend zu ihm kommen würde, und er hatte beiläufig den Ersatzschlüssel von seinem Schlüsselbund genommen und ihn ihr gegeben. Sie zog zwar nicht bei ihm ein oder so, aber es kam ihr wie eine große Sache vor, dass er ihr einen Schlüssel zu seinem Haus gegeben hatte.

Ashlyn: Hol dir nicht irgendeinen Mist. Ich werde einen Auflauf mit Eiern machen. Der ist voll mit Proteinen und guten Sachen und hält sich, bis du nach Hause kommst. Wenn du zu spät kommst, können wir ihn einfach aufwärmen.

Slate: Klingt gut. Aber, Babe, warte nicht auf mich. Du wirst hungrig sein, also iss, wenn der Auflauf fertig ist.

Ashlyn: Na gut.

Slate: Und schmoll nicht.

. . .

Sie lachte laut auf. Er kannte sie zu gut.

Ashlyn: Ich schmolle nicht. Wie kann ich schmollen, wenn James Geburtstag hat und er versprochen hat, am Donnerstag zur Hochzeit zu kommen?

   Slate: Das kannst du nicht. Wir sehen uns heute Abend.

   Ashlyn: Bis später. Viel Spaß beim Stürmen der Burg.

   Slate: Babe, wir sind hier nicht bei *Die Braut des Prinzen*. Wir stürmen gar nichts.

   Ashlyn: Aber ihr plant die Stürmung.

   Slate: Du bist unmöglich.

   Ashlyn: Jup. Ich werde jetzt Schluss machen. Ich muss ein bisschen aufs Gaspedal treten, um alle meine Lieferungen erledigen zu können.

   Slate: Es wird niemanden stören, wenn du zu spät kommst. Pass auf dich auf.

   Ashlyn: Das werde ich. Tschüss.

   Slate: Bis später.

Ashlyn war glücklich, also ging sie in Gedanken die Lieferungen durch, die sie machen musste, überlegte, welche Zutaten sie nach der Arbeit im Laden besorgen musste, um den Auflauf zuzubereiten, und dachte darüber nach, wie sehr sie sich auf Donnerstag freute.

   Über das seltsame Zwischenspiel zwischen James und Aiden grübelte sie nicht weiter nach. Aber später, als sie auf den Tag zurückblickte, wurde ihr klar, dass sie mehr Fragen hätte stellen sollen.

Aiden saß in seinem Wagen und schaute missmutig auf die Tankanzeige. Er hatte fast kein Benzin mehr und kein Geld, um neues zu kaufen. Genauso wenig wie er Geld für den nächsten Schuss hatte. Sein Dealer weigerte sich, ihm seinen üblichen Vorrat ohne Bezahlung zu geben. Nur weil er die letzten beiden Male nicht in der Lage gewesen war, ihm das Geld wie versprochen zurückzuzahlen, gab das dem Arschloch nicht das Recht, es ihm zu verweigern!

Es war die Schuld des alten Mannes. Hätte er das verdammte Wasser getrunken, das Aiden ihm gegeben hatte, anstatt paranoid zu werden, hätte er schon geschnarcht, bevor die Schlampe ankam ... und Aiden hätte das Geld, das er dringend brauchte.

Niemand in seinem Leben verstand, wie furchtbar es sich anfühlte, auf Entzug zu sein. Niemanden interessierte es. Er brauchte keine tausend Dollar, er brauchte nur hundert. Genug für ein paar Schüsse. Und der alte Mann brauchte das verdammte Geld nicht. Er saß den ganzen Tag auf seinem Hintern und ließ das Geld von seiner Navy-Rente und der Sozialversicherung auflaufen.

Er hatte nur gewollt, dass der alte Mistkerl schläft, damit er nach einem anderen Versteck im Haus suchen konnte. Aiden hatte von den beiden Plätzen, die er bereits gefunden hatte, so viel mitgenommen, wie er sich traute. Er wusste, dass es noch andere Verstecke geben musste.

Aber er war unvorsichtig geworden und James hatte gesehen, wie er eine Schlaftablette in sein Wasser gab. Er hatte ihn zur Rede gestellt. Er wollte wissen, was zum Teufel er da tat. Aiden hatte keine andere Wahl gehabt, als zuzugeben, dass er Drogen in sein Wasser gemischt hatte, aber er war sich ziemlich sicher, dass er James überzeugend vorgemacht hatte, es nur aus Sorge um ihn getan zu haben, weil er in letzter Zeit nicht gut schlief.

Es war wahrscheinlich gut, dass die Schlampe aufgetaucht war. So konnte James über etwas anderes nachdenken als über Aidens Beweggründe für sein Handeln. Aber jetzt war der alte Mann misstrauisch und würde wachsamer denn je sein.

Wenn er gefeuert wurde, wäre Aiden am Ende. Er brauchte das Geld, das in James' Haus versteckt war.

Da er vor Donnerstag nicht zurückkehren konnte, musste er sich etwas anderes einfallen lassen, um an Geld zu kommen. Wahrscheinlich würde er wieder betteln gehen, was beschissen war! Aber er würde alles tun, was nötig war, um genügend Geld für einen Schuss zu bekommen. Er würde nicht bis Donnerstag durchhalten, wo er möglicherweise, oder auch nicht, noch mehr Geld von dem alten Sack stehlen konnte.

Neunundachtzig Jahre alt. Mein Gott, Aiden hoffte, dass *er* nicht so lange leben würde. Was hatte das für einen Sinn? Man konnte nicht mehr gut gehen, konnte nicht mehr viel tun, außer rumzusitzen, fernzusehen und zu schlafen. Lächerlich.

Aiden würde den Kerl auf raffiniertere Weise betäuben müssen, damit er sein Haus durchsuchen konnte. Aiden hatte keinen Zweifel, dass dort noch mehr Geld versteckt war. Und er musste es finden. Er *würde* es finden. Und niemand würde ihn aufhalten. Nicht James, nicht die Schlampe ... niemand.

KAPITEL SECHZEHN

Slate konnte es nicht verhindern, dass sein Blick zu Ashlyn wanderte. Sie strahlte förmlich. Normalerweise war das ein Ausdruck, der für die Braut reserviert war, aber er konnte nicht anders, als ihn auf Ashlyn anzuwenden. Sie hatte ein breites Lächeln im Gesicht und sah entspannt und glücklich aus.

Der Tag war bis jetzt perfekt gewesen. Angefangen beim Aufwachen mit ihrem Mund an seinem Schwanz, über den harten und schnellen Fick unter der Dusche bis hin zu ihrem Mitgefühl und ihrer Freude, als sie bei James Mason ankamen und sahen, dass er das Hemd trug, das sie ihm gekauft hatte.

Sie hatte den älteren Mann zu seinem Trailblazer geführt und auf den Vordersitz gesetzt, dann hatte sie sich fröhlich auf der Rückbank niedergelassen und die ganze Fahrt über bis nach Waikiki geplaudert. Slate hatte sie vor dem *Outrigger* abgesetzt, dem Hotel, in dem sich das *Duke's* befand, und hatte dann den Wagen geparkt. Als er im Restaurant ankam, saß James bereits an einem Tisch und unterhielt sich angeregt mit Kenna, Aleck, Midas und Lexie.

Ashlyn stand an der Theke und holte Getränke, wahrscheinlich einen Mai Tai für sich und Bier für ihn und James.

Sie lachte mit den Barkeepern und hatte ihren Arm um Elodie geschlungen, während sie auf ihre Bestellung warteten.

Mustang schlenderte hinüber und stellte sich neben Slate. »Ich hätte nie gedacht, dass ich das mal sagen würde«, sagte er mit einem kleinen Lachen, »aber ich liebe Hochzeiten.«

Slate prustete.

»Im Ernst, was kann man daran nicht lieben? Meine Frau so schick zu sehen, sie wird beschwipst, was Gutes für mich bedeutet, wenn wir heute Abend nach Hause kommen. Sie ist glücklich und ich verbringe Zeit mit meinen liebsten Menschen auf der Welt. Das wird scheiße, wenn du und Midas es auch tut und wir niemanden mehr haben, für den wir diese Partys schmeißen können.«

»Das ist ein wenig voreilig, meinst du nicht?«, fragte Slate. »Ich weiß nicht, ob Midas und Lex bereit sind, in nächster Zeit zu heiraten, und ich schon gar nicht. Außerdem könnten wir beide beschließen, einfach zum Standesamt zu gehen und es schnell und einfach hinter uns zu bringen.«

»Stimmt, aber wir könnten hinterher trotzdem eine große Party feiern.«

Slate schüttelte den Kopf über seinen Freund. »Aber im Ernst, ich will nicht, dass du enttäuscht bist, wenn die Sache mit Ash und mir sich abkühlt und wir nur noch Freunde sind.«

Mustang drehte sich herum und stützte sich mit der Schulter an der Wand ab, an der sie standen, um Slate seine volle Aufmerksamkeit zu schenken. »Ich weiß, dass du es satt hast, dass ich das Thema anspreche –«

»Dann lass es«, unterbrach Slate ihn, aber sein Freund ignorierte ihn.

»Es ist jetzt fast drei Monate her, dass ihr eure Beziehung angefangen habt. Ihr sagt beide immer wieder, dass es nur zwanglos sei, dass ihr nur eine Art Sexfreundschaft habt, aber das ist Schwachsinn.«

»Es ist kein Schwachsinn«, erwiderte er schroff.

»Doch, das ist es, Slate. Scheiße, du und Ashlyn habt ein

ganzes verdammtes Jahr lang um eure gegenseitige Anziehung herumgetanzt, bevor ihr es endlich miteinander getrieben habt. Und das sieht dir gar nicht ähnlich. Nenn mir eine andere Frau, mit der du nur befreundet bist.«

»Elodie«, sagte Slate, ohne zu zögern.

»Gut, eine andere *alleinstehende* Frau«, präzisierte sein Freund.

Slate presste die Lippen zusammen.

»Genau«, sagte Mustang, aber er klang nicht selbstgefällig. »Du machst das Freundschaftsding nicht mit Frauen. Daran ist nichts auszusetzen, aber du und Ashlyn hattet von Anfang an etwas anderes. Ich zögere, das Wort *besonders* zu benutzen, weil ich nicht wie ein Weichei klingen will. Aber im Ernst, du und sie, ihr seid *nicht* zwanglos. Ich weiß nicht, ob ihr beide am Ende zusammen vor den Traualtar treten werdet oder nicht, aber ich finde, du bist respektlos dir selbst und Ashlyn gegenüber, wenn du darauf bestehst, dass ihr nur vögelt. Dass ihr keine richtige Beziehung habt.«

Slate wollte sich über die Versuche seines Freundes ärgern, ihn zu psychoanalysieren. Aber er hatte zu viele gute Argumente. Slate war noch nie nur mit einer Frau befreundet gewesen. Nicht weil er Frauen generell nicht mochte oder respektierte, sondern weil er sich mit Männern einfach besser verstand.

Bis zu Ashlyn.

Sie brachte ihn zum Lachen.

Sie trieb ihn zur Verzweiflung.

Manchmal ärgerte sie ihn zu Tode. Genauso wie seine Teamkameraden.

Außerdem vertraute er ihr. Er hatte nie ein Problem damit, mit dieser Frau ein Gesprächsthema zu finden. Er genoss es, Zeit mit ihr zu verbringen ... und das nicht nur im Schlafzimmer. Ja, als sie angefangen hatten, miteinander auszugehen, konnten sie die Hände nicht voneinander lassen. Jedes Mal wenn sie sich trafen, landeten sie im Bett.

Aber aus ihrer Beziehung war … mehr geworden. Sie stürzten sich nicht mehr sofort aufeinander, wenn sie sich trafen. Sie redeten. Sie lachten. Sie kuschelten sogar auf der Couch vor dem Fernseher. Sie verbrachten nicht mehr jede Nacht zusammen, aber wenn sie Sex hatten, schliefen sie zusammen in der Wohnung, in der sie sich gerade aufhielten. Aufzustehen und gleich nach dem Orgasmus zu gehen war das Letzte, was er tun wollte.

Er wollte es vielleicht nicht laut zugeben, aber Mustang hatte so ziemlich recht.

Slate war immer noch genauso entschlossen wie früher, die Art ihrer Beziehung *nicht* zu ändern. Aber jetzt … wollte er es einfach nicht vermasseln. Er wollte Ashlyn nicht verschrecken.

»Und diese Frau sieht dich nicht an, als wärst du nur ein Freund«, fuhr Mustang fort. »Sie sucht ständig mit dem Blick nach dir, wenn du nicht an ihrer Seite bist. Sie sieht sich nicht nach anderen Männern um auf der Suche nach besseren Möglichkeiten, wie es manche Frauen tun, wenn sie in einer zwanglosen Beziehung sind. Und wenn ihr euch nahe seid, greift ihr automatisch nach dem anderen. Du berührst ihren Rücken. Sie lehnt sich an dich. Du hältst ihre Hand oder legst einen Arm um sie. Ihr könnt beide protestieren und jedem, der es hören will, erzählen, dass es nichts Ernstes zwischen euch ist, aber das ist alles Blödsinn. Je eher ihr euch das eingesteht, desto besser ist es für euch beide.«

»Mustang, du weißt, dass ich dich respektiere und liebe wie einen Bruder, aber du musst dich zurückhalten«, sagte Slate, dem der ernste Tonfall der Diskussion unangenehm war.

»Na gut. Aber ich habe noch eine Sache zu sagen, bevor ich die Klappe halte.«

Slate wappnete sich.

»Elodie ist das Beste, was mir je passiert ist, und ich will dich nicht verarschen, wenn ich das sage. Bevor ich sie kennengelernt habe, habe ich nie viel über die Ehe nachgedacht, aber jetzt kann ich mir ein Leben ohne sie nicht mehr vorstellen. Ich dachte, ich wäre zufrieden. Ich hatte einen Job, den ich liebte und in dem ich verdammt gut war, ich hatte tolle Freunde, Geld auf der Bank, lebte in Hawaii ... was konnte ich mir noch wünschen? Ich kann nicht erklären, wie es sich anfühlt, wenn ich am Ende des Tages von der Arbeit oder von einer Mission zurückkomme und weiß, dass sie da sein wird, wenn ich durch meine Haustür trete. Ashlyn mag vielleicht nicht deine Seelenverwandte sein, aber ... was, wenn sie es ist? Auf keinen Fall willst du dir für den Rest deines Lebens selbst in den Arsch treten, weil du sie hast gehen lassen. Weil du nicht wenigstens versucht hast herauszufinden, ob es auf lange Sicht funktionieren kann. Irgendwann wird sie es satthaben, ein Betthäschen zu sein. Sie wird sich nach einer tieferen Beziehung zu einem Mann sehnen – und sie wird dich verlassen, um das bei einem anderen zu finden. Wenn du damit wirklich einverstanden bist, ist das in Ordnung. Aber wenn nicht ... dann musst du aufhören, diese Beziehung halbherzig anzugehen.«

Slate ballte die Hände zu Fäusten. Er war nicht wütend auf Mustang. Es war der Gedanke, dass Ashlyn mit einem anderen Mann zusammen war, der ihm nicht gefiel.

»Ich sehe, dass ich endlich zu dir durchdringe«, sagte Mustang mit Genugtuung. Er klopfte seinem Freund auf den Rücken, bevor er sich von seiner Position an der Wand aufrichtete. Er drehte sich um und schaute zu Elodie und Ashlyn an der Theke. Sie lachten beide hysterisch über etwas, das einer der Barkeeper gesagt hatte.

»Übrigens«, sagte Mustang, und Slate war mehr als bereit, das Thema zu wechseln, »es sieht so aus, als würden wir am Sonntag aufbrechen.«

Slate nickte. Damit hatte er gerechnet. Die Lage in Afghanistan war im besten Fall unbeständig. Die Drohungen gegen den amerikanischen Stützpunkt dort wurden für glaubwürdig erklärt und einige Spezialeinheiten wurden nach Übersee geschickt, um die Verantwortlichen ausfindig zu machen.

»Weiß Jag es?«, fragte Slate.

»Ja. Ich habe es ihm heute Morgen gesagt. Er ist nicht begeistert, dass er Carly so kurz nach ihrer Hochzeit verlassen muss, aber er ist erleichtert, dass sie seinen Ring tragen wird. Schade, dass ich ihm die nächsten Tage nicht freigeben kann«, sagte Mustang seufzend. »Wir brauchen ihn bei der Planung.«

Slate nickte. Das Recherchieren und Planen ihrer Missionen war das Wichtigste, was das Team tat. Niemand mochte es, sich blind in eine Situation zu begeben, und obwohl sie bereits die Stadt untersucht und versucht hatten, die Standorte der wichtigsten ISIL-Akteure einzugrenzen, mussten sie jede Gasse, jedes Haus der Bösewichte und jeden Fluchtweg wie ihre Westentasche kennen, bevor sie im Land eintrafen.

»Im Anmarsch«, sagte Mustang leise.

Slate drehte den Kopf und sah Elodie und Ashlyn mit einem breiten Grinsen auf sie zukommen. Ashlyn hatte drei Drinks in der Hand und tat ihr Bestes, keinen davon fallen zu lassen.

Slate trat einen Schritt vor und nahm ihr die beiden Bierflaschen ab, sodass sie nur noch den Mai Tai halten musste. »Meine Güte, Babe, hast du noch für jemand anderen Alkohol übrig gelassen?«, stichelte er. Er bemerkte abwesend, dass Mustang Elodie wegführte.

Ashlyns Grinsen wurde noch breiter. »Ich habe Kaleen gesagt, dass ich einen Doppelten haben möchte, damit ich nicht so schnell wieder zurückkommen muss, um einen neuen Drink zu holen, und sie hat mir dieses riesige Glas gegeben.«

Und es war in der Tat riesig. Statt eines doppelten war es eher ein vierfacher Drink.

»Ich hoffe, du hattest nicht vor, am Ende des Abends noch aufrecht zu gehen«, meinte Slate.

Ashlyn kicherte. »Nein. Warum gehen, wenn du mich tragen kannst? Aber im Ernst, ich habe auch vor, viel Wasser zu trinken. Ich möchte auf keinen Fall auf der Hochzeit meiner Freundin ohnmächtig werden und mich blamieren.«

Slate konnte sich nicht zurückhalten. Er beugte sich vor und bedeckte ihre Lippen mit den seinen. Die einzigen Körperteile, die sich berührten, waren ihre Lippen, denn seine Hände waren voll und sie hielt ihr großes Glas. Sie schmeckte wie das fruchtige Getränk – und Slate wollte sie. Jetzt und hier.

Er zwang sich, sich zurückzuziehen, und starrte Ashlyn an, die sich über die Lippen leckte. Sie wollte ihn ebenfalls. Ihr Verlangen war deutlich zu sehen.

Plötzlich konnte Slate es nicht mehr erwarten, dass der Nachmittag vorbei war. Sex mit Ashlyn, wenn sie beschwipst war, war fantastisch. Er hatte das Gefühl, dass Sex mit ihr, wenn sie betrunken war, gewaltig sein würde.

»Hör auf damit«, flüsterte sie.

»Womit aufhören?«, fragte er.

»Mich anzusehen, als wolltest du mich nackt ausziehen und mich gleich hier vögeln.«

»Ich kann nichts dafür«, erwiderte er.

»Ich glaube nicht, dass das normal ist«, überlegte Ashlyn.

»Was ist nicht normal?«

»Wir. Wir hatten heute Morgen schon zweimal Sex. Wie können wir es so schnell wieder wollen?«

Slate grinste. »Weil du du bist«, sagte er schlicht.

Sie rümpfte die Nase. »Das macht keinen Sinn. Ich war schon immer ich, und so war ich noch nie.«

»Meinetwegen, weil wir wir sind«, ergänzte Slate.

Ashlyn grinste. »Da bin ich schon eher dabei.«

»Komm schon, Babe. James braucht sein Bier, und dass du so süß bist, löst in mir nur den Wunsch danach aus, mich von der Hochzeit zu schleichen und dich mit zu mir nach Hause nehmen, um dir zu zeigen, wie normal wir wirklich sind.«

»Wir können nicht gehen!«, rief Ashlyn entsetzt aus.

»Das war ein Scherz. Ich würde Jags Hochzeit um nichts in der Welt verpassen«, sagte Slate. Er verlagerte eines der Biere, sodass er beide in einer Hand hielt, und legte die andere auf Ashlyns Rücken. Er beugte sich hinunter und kraulte die Haut neben ihrem Ohr. »Trink so viel du willst, aber nicht so viel, dass dir schlecht wird«, sagte er sanft. »Ich mag es nicht, wenn du dich beschissen fühlst.«

Sie nickte und blickte zu ihm auf, ihre Augen schwammen vor Gefühlen, die er nicht lesen konnte. »Danke, dass du meiner Idee zugestimmt hast, James mitzubringen.«

»Ich mag ihn. Und nicht nur, weil er ein Veteran ist. Er hat interessante Geschichten zu erzählen, er ist witzig und man merkt, dass er einsam ist. Und ich würde so ziemlich alles tun, um dich glücklich zu machen, Ash.«

»Ich bin sehr glücklich«, entgegnete sie, ohne zu zögern.

»Gut. Ich auch.«

»Gut«, wiederholte sie und lehnte sich an ihn, als Slate einen Arm um ihre Schultern legte.

Sie gingen zurück zu der Stelle, an der alle versammelt waren und auf den Beginn der Zeremonie in etwa zwanzig Minuten warteten. Alle würden auf den Sand hinter dem Restaurant gehen, wo ein weißer Pavillon aufgestellt worden war. Jag war sich nicht sicher gewesen, ob er an dem Strand heiraten sollte, an dem sich Carlys Ex bei dem Versuch, Kenna zu entführen, buchstäblich in die Luft gesprengt hatte, aber sie hatte ihn davon überzeugt, dass es helfen würde, die Gegend von seinem bösen Juju zu befreien.

Slate selbst stimmte dem zu. Der Strand sollte ein glücklicher Ort sein, und er war froh, dass die schrecklichen Erinnerungen an diesen Abend durch gute ersetzt wurden ... für alle, nicht nur für Kenna und Aleck, sondern für jeden Zivilisten, der an dem Abend im Restaurant gewesen war, als Shawn den Verstand verloren hatte.

»Hier, bitte«, sagte Slate, als er James das Bier reichte.

Der ältere Mann schaute auf und man konnte deutlich die Freude in seinen Augen sehen.

»Danke. Ich habe Geld, ich kann es dir zurückzahlen.«

»Unsinn«, sagte Ashlyn, als sie ihn hörte. Sie beugte sich

hinunter und küsste ihn auf die Wange. »Betrachte es als Geburtstagsgeschenk.«

»Du hast mir schon das hier geschenkt«, entgegnete James und zupfte an dem bunten Hawaiihemd, das er trug.

»Allerdings.«

»Ich habe ein paar Dollar für ein Bier«, sagte er, jetzt ruhiger. »Ich weiß, dass ich Essen von *Food For All* bekomme, aber ich bin nicht pleite.«

Ashlyn hockte sich neben seinen Stuhl und legte eine Hand auf sein Bein. Sie sprach genauso leise, sodass die anderen um sie herum nicht mithören konnten. Aber da Slate direkt neben ihnen stand, war er nahe genug dran, um ihre Unterhaltung zu hören.

»Ich weiß, dass du das nicht bist. Und ganz ehrlich, selbst wenn du anrufen würdest, um die Lieferung morgen abzusagen, würde ich trotzdem kommen. Ich habe dir schon gesagt, James, du bist wie ein Großvater für mich. Dir Geschenke zu machen ist kein Akt der Wohltätigkeit, sondern ich tue es, weil ich dich liebe. Für mich gehörst du jetzt zu meiner Familie. Und Familie meckert nicht, wenn jemand ihr ein Bier kauft. Eigentlich solltest du mich dazu manipulieren, dir mehr zu spendieren. Denn das ist es, was eine Familie tun würde. Kapiert?«

James brauchte eine Sekunde, um sich zu fassen, aber dann nickte er. »Kapiert.«

»Außerdem ... habe ich dein Bier nicht gekauft. Das war Slate. Ich habe anschreiben lassen«, flüsterte sie und zwinkerte James zu, »und dem Barkeeper gesagt, dass mein heißer Freund am Ende des Abends bezahlen wird.«

James lachte leise. »Wenn das so ist ... Prost!«, sagte er, hob seine Bierflasche und stieß mit Ashlyns riesigem Mai Tai an.

Slate zog Ashlyn an seine Seite, sobald sie aufstand. Er küsste ihre Schläfe und flüsterte ihr ins Ohr: »Du bist unglaublich.«

Sie strahlte ihn an.

»Kommt schon, Leute«, rief Kenna, die allen von unten am Strand ein Zeichen gab. »Es ist gleich so weit und wir müssen uns in Position bringen!«

»Geh schon«, sagte Slate zu ihr. »Ich übernehme James.«

»Bist du sicher?«

»Ich bin sicher.«

Sie stellte sich auf die Zehenspitzen und küsste ihn auf die Lippen, sanft und süß, bevor sie grinste und zu ihren Freundinnen eilte.

James erhob sich langsam neben Slate. »Sie ist wunderschön«, sagte der ältere Mann.

Slate nickte. Das war sie. Das war sie wirklich. Sie trug ein dunkelblaues Sommerkleid, das ihre Brust und ihre Hüften umspielte, aber in der Meeresbrise um ihre Waden wehte. Ihr glattes, glänzendes Haar hatte sie offen gelassen, und hin und wieder wehten ihr ein paar Strähnen ins Gesicht, die sie zurückstreichen musste. Sie trug keine Pumps, denn die waren auf dem Sand unpraktisch und Carly wollte, dass alle lässig angezogen waren und sich wohlfühlten. Ihre Zehennägel waren leuchtend rosa lackiert, passend zu den Blumen auf den Flipflops, die sie trug. Außerdem brauchte sie keine Absätze. Ashlyn war die Größte unter ihren Freundinnen und passte perfekt zu seiner Größe von fast einem Meter neunzig.

Als Slate James' Ellbogen in die Hand nahm, um ihn zu stützen, während sie die wenigen Stufen zum Sand hinuntergingen, dachte er daran, dass Ashlyn in jeder Hinsicht perfekt für ihn war. In den wenigen Monaten, die sie bisher zusammen gewesen waren, hatte er sich kein einziges Mal wirklich über sie geärgert.

»Es ist schon sehr lange her, dass ich am Strand war«, sinnierte James.

Slate wandte die Aufmerksamkeit von Ashlyn zu dem älteren Mann. »Ich habe gehört, du warst früher ein guter Surfer.«

»Das war ich«, sagte James ohne eine Spur von Prahlerei. Er stellte nur eine Tatsache fest.

»Du wärst ein verdammt guter SEAL gewesen«, erklärte Slate ihm. Er blies dem Mann keinen Zucker in den Arsch. Er hatte James' Geschichten über einige der Dinge gehört, die er während seiner Zeit bei der Navy getan hatte. Und auch wenn er kein SEAL gewesen war, hatte er mit Sicherheit einige der gleichen Dinge getan, die Slate und sein Team auch heute noch taten.

Um den Pavillon herum waren keine Stühle aufgestellt, alle standen nur, um die kurze Zeremonie von Carly und Jag zu beobachten. Ashlyn wollte einen Liegestuhl näher zum Zelt ziehen, damit James sich hinsetzen konnte, aber Slate schüttelte den Kopf.

»Es geht ihm gut.«

»Aber –«

»Es geht ihm gut«, sagte Slate noch einmal mit etwas mehr Nachdruck.

Ashlyn starrte ihn einen Moment lang an, bevor sie nickte.

Slate zog sich mit James in den Schatten des Pavillons zurück, aber er wusste, ohne fragen zu müssen, dass es dem Veteranen peinlich wäre, als Einziger zu sitzen. Er hielt seine Hand auf James' Ellbogen, um ihn zu stützen und dafür zu sorgen, dass er nicht aus Versehen im Sand stürzte.

Die Blicke aller richteten sich auf die Treppe, die vom Essbereich des *Duke's* hinunterführte, als Carly und Jag auf sie zukamen. Es gab keinen richtigen Gang, keine Musik und weder Brautjungfern noch Trauzeugen. Da waren einfach nur zwei verliebte Menschen, die sich vor ihren Freunden das Jawort gaben.

Ashlyn schmiegte sich an Slates linke Seite, hakte ihren Arm bei ihm ein und legte den Kopf auf seinen Bizeps. Slate spürte, wie James zu seiner Rechten das Gewicht verlagerte, und er sah den leicht gebeugten Neunundachtzigjährigen an.

Der Mann schaute mit einem zärtlichen Blick zu Ashlyn hinüber. Dann hob er den Kopf und schaute Slate an.

Er nickte zustimmend, bevor er den Kopf drehte und Carly und Jag wieder ansah. Sie gingen auf Paulo zu, der sich bereit erklärt hatte, die Trauung vorzunehmen, und wandten sich einander zu.

Es war verrückt, wie zufrieden Slate in diesem Moment war. Er wusste, dass er sich in ein paar Tagen in Afghanistan den Arsch abschwitzen und sein Bestes geben würde, um Aufständische zu töten, bevor sie ihn töteten. Aber im Moment hatte er den Sand unter seinen Füßen, spürte die Brise, die gegen seine Beine und Arme wehte, hatte eine wunderbare Frau an seiner Seite, einen Mann, den er sehr respektierte, an seiner anderen, und er sah zu, wie einer seiner besten Freunde die Frau heiratete, die er liebte.

Das Leben war verdammt gut.

»Beweg dich, Babe«, befahl Slate spät in der Nacht.

Sie lagen in seinem Bett und Ashlyn war tatsächlich betrunken. Sie hatte ihn beim Betreten seines Hauses sofort überfallen. Er hatte ihr die Führung überlassen. Und anscheinend wollte sie oben sein.

Nicht dass Slate damit ein Problem gehabt hätte. Bis auf die Tatsache, dass sie sich für ihn nicht schnell genug bewegte. Ashlyns Wangen waren vom Alkohol und dem vielen Tanzen gerötet. Nachdem Carly und Jag sich am Strand das Jawort gegeben und einen völlig unangemessenen Kuss ausgetauscht hatten, waren sie alle zurück ins Restaurant gegangen und hatten ihr Bestes getan, um die Gerichte zu vertilgen, die für sie vorbereitet worden waren.

Dann hatte Ashlyn sich zu Elodie, Lexie, Carly und Kenna auf die Tanzfläche gesellt. Monica hatte die meiste Zeit über vom Rand aus zugesehen und behauptet, dass sie nicht tanzen könne, weil sie schwanger sei. Natürlich ließen die Mädchen diese Ausrede nicht lange gelten, bevor sie sie dazu brachten, mit ihnen« zu tanzen … wenn auch etwas weniger ausgelassen.

Slate und der Rest seines Teams beobachteten ihre Frauen amüsiert und stellten sicher, dass sie sie einforderten, sobald die Musik langsamer wurde. James beobachtete alles von seinem Stuhl in der Ecke aus mit einem Lächeln auf dem Gesicht, mehr als glücklich darüber, aus dem Haus zu sein und das Treiben zu beobachten.

Sie hatten ihn nach Hause gefahren und Ashlyn hatte ihn hineingebracht, sich vergewissert, dass er in Ordnung war, und dann auf dem Weg zu seinem Haus Slate verrückt gemacht. Sie ließ die Hände an seinem Bein auf und ab wandern, wobei sie hin und wieder seinen Schwanz streifte. Sie grinste verschmitzt, und kaum hatte er seinen Wagen geparkt, hatte sie sich abgeschnallt und rittlings auf seinen Schoß gesetzt.

Und jetzt lagen sie in seinem Bett. Ashlyn war so nackt wie am Tag ihrer Geburt und rieb sich langsam an seinem Schwanz. Slate legte seine Hände auf ihre Hüften. Die Lust war fast *zu* intensiv.

»*Beweg dich*«, befahl er noch einmal.

Ashlyn schien in ihrer eigenen Welt verloren zu sein. Ein kleines Lächeln erhellte ihr Gesicht, als sie ihre inneren Muskeln einsetzte, um seinen Schwanz zu umklammern. »Aber mir gefällt das«, argumentierte sie. »Du fühlst dich so gut an …«

Er war fertig. Sie musste kommen, damit er sie so ficken konnte, wie er es wollte – hart und schnell. Er ließ eine Hand nach unten gleiten und begann, mit seinem Daumen ihre Klitoris zu reiben.

Sie zuckte und er musste alles tun, um nicht zu explodieren, als ihre Muskeln sich noch fester um ihn herum anspannten.

»Oh!«, rief sie aus, als sie sich endlich schneller auf seinem Schwanz bewegte. Es war nicht die Auf- und Abbewegung, die er brauchte, um zu kommen, aber es fühlte sich dennoch fantastisch an.

»So ist es gut, Baby. Komm an meinem Schwanz. Lass mich spüren, wie du an meinen Eiern heruntertropfst.«

»Slate!«, schrie sie, als ihr ganzer Körper zu zittern begann. Sie krümmte sich an ihm, eine Hand lag auf seiner Brust, um sich aufrecht zu halten, und die andere umklammerte seinen Bizeps, wobei sie ihre Fingernägel in ihn grub, als wäre er das Einzige, was sie zusammenhielt.

Slate fuhr damit fort, grob ihre Klitoris zu reiben, da sie für ihn kommen musste. Aber er konnte nicht leugnen, dass er den Anblick genoss. Ihr langes Haar streifte seinen Oberkörper und sein Gesicht und kitzelte ihn bei jeder ihrer Bewegungen. Ihre Brustwarzen waren hart und ihre Brüste hüpften, als sie sich wiegte. Die Wölbung an ihrem Bauch ließ sie noch weiblicher erscheinen, und er liebte das Gefühl ihrer weichen Schenkel rechts und links von seinen Hüften.

Ashlyn biss sich auf die Lippe und schloss die Augen, als ihr Zittern heftiger wurde. Er wusste, dass sie kurz davor war zu kommen, weshalb er knurrte: »Mach die Augen auf und sieh mich an.«

Als sie nicht gehorchte, stoppte er die Bewegung seines Daumens auf ihrem empfindlichen Nervenbündel.

Sofort riss sie die Augen auf. »Slate«, jammerte sie. »Hör nicht auf!«

»Sieh mich an, dann höre ich nicht auf«, sagte er.

Sie nickte ruckartig, und er bewegte seinen Daumen wieder.

Sie begann, die Hüfte zu bewegen, und spannte ihre Oberschenkel um ihn herum an, als sie ihrem Höhepunkt immer näher kam.

»So ist es gut, Babe. Verdammt, du bist so heiß und eng! Du drückst meinen Schwanz und es fühlt sich so verdammt gut an. Ich werde dich hart vögeln, sobald du gekommen bist. Ich kann mich jetzt schon kaum noch zurückhalten.«

»*Ja*«, seufzte sie.

Ihre Blicke waren aufeinander fixiert. Slate wollte nach unten schauen, um zu sehen, wo sein Schwanz tief in ihr vergraben war, aber er konnte nicht. Ihre Pupillen waren vor Lust geweitet, ihre Lippen glänzten von seinen vorherigen Küssen.

Er kniff ihr in die Klitoris, woraufhin sie praktisch den Verstand verlor und sich noch mehr gegen ihn krümmte, als sie kam.

Slate ließ die Hände zu ihren Hüften wandern und hob sie leicht an, um sie sofort wieder nach unten zu ziehen.

Sie schrie auf.

Slate tat es erneut, aber da er nicht die nötige Reibung bekam, drehte er sich, bis sie unter ihm lag. Sie zitterte noch immer, als er wieder und wieder in sie stieß. Er stöhnte jedes Mal, wenn er vollständig in ihrer krampfenden Muschi vergraben war.

Es dauerte nicht lange, bis sein eigener Orgasmus ihn überkam. Er drückte sich so tief in sie hinein, wie er konnte, wölbte den Rücken und ließ los. Er hätte schwören können, dass er für einen Moment erblindete, dann sah er Sterne, und eine Lust, von der er nicht einmal zu träumen gewagt hatte, verzehrte ihn.

Nachdem er wieder einigermaßen bei Sinnen war, ließ Slate sich sinken und stützte sich mit den Ellbogen ab, um Ashlyn nicht zu zerquetschen. Er küsste sie sanft und genoss es, wie erschöpft sie unter ihm war. Ihr Atem war noch süß von dem Mixgetränk, das sie den ganzen Abend getrunken hatte, und er schwor sich, dass er diesen Moment, diesen Geschmack, niemals vergessen würde, solange er lebte –

Sofort kam ihm etwas in den Sinn. Und so sehr er die Stimmung auch nicht ruinieren wollte, er musste es sofort ansprechen.

»Babe?«

»Hmmm?«

Sie klang völlig aufgelöst, und Slate liebte es.

»Wir waren so verrückt nacheinander, dass ich keine Chance hatte, ein Kondom zu benutzen.« Er redete nicht um den heißen Brei herum. Aber er hielt den Atem an und betete, dass sie nicht ausflippte.

»Mmmm ... okay.«

Er wartete darauf, dass sie noch etwas hinzufügte, aber als Ashlyn nur die Arme um seinen Rücken schlang und ihn näher an sich heranzog, sagte er: »Hast du mich gehört?«

»Hm-hm. Kein Kondom. Ich nehme die Pille. Ich habe keine ansteckenden Krankheiten. Ich hoffe, das ist bei dir ebenso.«

»Die Pille nehmen?«, wiederholte er wie betäubt.

Sie lachte und öffnete schließlich die Augen, um ihn anzuschauen. »Nein, dass du keine ansteckenden Krankheiten hast.«

»Die habe ich nicht«, sagte er ernst. »Ich habe es bisher nicht ungeschützt getan. Noch nie.«

»Nie?«, flüsterte sie.

»Nein.«

»Gott ... das tut mir leid.«

Slate runzelte die Stirn. »Was tut dir leid?«

»Ich habe dich praktisch überfallen. Du hattest nicht mal die Chance, dir eins zu schnappen, bevor ich aufgesprungen bin.«

Slate lachte leise. »Aufgesprungen?«

»Du weißt, was ich meine«, sagte sie mit roten Wangen. »Ich wollte dich nicht zu etwas zwingen, was du nicht willst.«

»Ich habe nicht gesagt, dass ich dich nicht ungeschützt will«, sagte Slate. »Ich war mir nur nicht sicher, ob du dich darüber ärgern würdest.«

»Wir haben vereinbart, dass wir einander wissen lassen, wenn wir mit jemand anderem zusammen sind, und da du nichts gesagt hast, nehme ich an, dass ich der einzige Mensch bin, mit dem du zusammen warst. Es fühlte sich sicher an, und ich bin vor einer Schwangerschaft geschützt. Also nein, ich bin nicht verärgert.«

Slate hätte nicht verhindern können, dass seine Hüften sich bewegten, selbst wenn sein Leben davon abgehangen hätte. Er glitt mühelos in sie hinein und aus ihr heraus, wobei ihrer beider Orgasmen ihm den Weg ebneten. Das Gefühl, in ihr zu sein, war unbeschreiblich. Sein Schwanz zuckte und begann, sich zu erholen.

»Oh mein Gott, du kannst doch nicht schon wieder bereit sein. Ich bin hier ein Haufen Wackelpudding und du wirst schon wieder hart?«

»Ich kann nichts dafür«, keuchte er. »Ich kann jedes Zucken deiner Muskeln spüren. Und deine unglaubliche Hitze. Und du bist so nass und glatt ...«

Ashlyn kicherte, und auch das spürte er an seinem Schwanz.

»Oh mein Gott, du bist wie ein Kind mit einem neuen Spielzeug.«

Slate fühlte sich irgendwie genau so. »Keine Sorge, du musst nichts tun. Ich werde die ganze Arbeit machen.«

»Das ist auch gut so, denn ich befinde mich in einem Orgasmuskoma. Und der Raum dreht sich immer noch irgendwie.«

»Musst du kotzen?«

»Nein.«

»Gut.« Slate zog seinen Schwanz langsam ganz aus ihrem Körper heraus, bis nur noch die Spitze in ihr steckte, und schob ihn dann langsam wieder hinein, bis seine Hoden wieder an sie gepresst waren. »Dann lass dich von mir nicht stören, ich mache einfach das hier für den Rest der Nacht.«

Ashlyn lachte, und wieder einmal spürte Slate es tief in ihr.

»Gut, dann mach weiter.«

Also tat er es.

Dreißig Minuten später waren sie beide wieder verschwitzt, und diesmal war es Ashlyn, die auf *seiner* Brust lag.

»Das war's. Ich bin tot.«

»Aber was für eine Art zu sterben«, hauchte Slate, immer noch überwältigt von der Art, wie sie sich an seinem Schwanz angefühlt hatte.

Ashlyn drehte den Kopf, küsste die Haut an seinem Oberkörper und ließ dann wieder ihre Wange auf ihm ruhen. »Slate?«

»Ja, Babe?«

»Ich hatte viel Spaß heute Abend.«

»Ich auch«, sagte er, ohne zu zögern. Schon bald spürte er, wie ihr Körper sich an seinem entspannte, als sie einschlief.

Er lag noch lange unter ihr und dachte über ihren Tag nach. Er wiederholte Mustangs Worte im Geiste. Er erinnerte sich daran, wie Ashlyn immer noch alle paar Minuten seinen Blick gesucht hatte, obwohl sie sich mit ihren Freundinnen amüsierte. Wie gut sie sich an ihm anfühlte, wenn sie tanzten. Wie großzügig und gebend die Frau war. Wie glücklich und zufrieden er war, wenn er mit ihr zusammen war.

Wie fantastisch der Sex war.

Es schien ein bisschen kindisch, das auf die Pro-Seite zu packen, aber er konnte nicht leugnen, dass die Chemie zwischen ihnen einfach unglaublich war. Er hatte in seinem ganzen Leben noch nie vergessen, ein Kondom zu benutzen. Aber er war genauso erpicht darauf gewesen, in ihren Körper einzudringen, wie sie es gewesen war, ihn in sich zu haben. Und das Gefühl, sie ungehindert zu nehmen, war besser, als er es sich je hätte vorstellen können.

Unterm Strich waren die letzten Monate mit die besten seines Lebens gewesen. Slate fühlte sich ausgeglichen. In der Vergangenheit hatte sich alles um seinen Job gedreht, und wenn er sich mit Frauen verabredet hatte, war er meist schnell genervt gewesen von ihnen. Meistens dann, wenn sie mehr von seiner Zeit beanspruchten, als er zu geben bereit war.

Aber Slate konnte sich nicht daran erinnern, von Ashlyn jemals wirklich genervt gewesen zu sein. Es war so einfach, mit ihr zusammen zu sein. Sie löcherte ihn nicht in Bezug auf das, was er bei der Arbeit tat, und drängte ihn nicht, Zeit mit ihr zu verbringen. Er hätte sogar behauptet, dass *er* derjenige war, der nicht genug von Ashlyn bekommen konnte. Natürlich schien sie es auch sehr zu genießen, wenn sie zusammen waren.

Er fuhr mit einem Finger die zarte Kurve ihrer Wirbelsäule hinauf, als sie auf ihm lag, und lächelte, als sie sich seiner Berührung beugte in dem Versuch, sich im Schlaf noch enger an ihn zu schmiegen.

Wollte er mehr mit ihr? Mehr als das, was sie hatten? Etwas Tieferes ... Langfristigeres? Es war ein beängstigender Gedanke. Wie er schon nach dem Gespräch mit Mustang gedacht hatte, könnte der Versuch, die Art ihrer Beziehung zu ändern, alles ruinieren. Ashlyn hatte ihm klargemacht, dass sie mit dem zufrieden war, was sie hatten. Auf keinen Fall wollte er für Unruhe sorgen.

Außerdem sollte er in ein paar Tagen zu einer Mission aufbrechen. Jetzt war nicht der richtige Zeitpunkt, um über eine Änderung ihrer Beziehung zu sprechen.

Für den Moment würden sie die Dinge weiterhin einen Tag nach dem anderen angehen. Sie mussten in diesem Moment keine Entscheidungen treffen.

KAPITEL SIEBZEHN

Drei Tage später tat Ashlyn ihr Bestes, um nicht völlig durchzudrehen. Slate brach zu einem weiteren Einsatz auf, und dieser war noch gefährlicher als der letzte. Das hatte er ihr natürlich nicht gesagt, aber sie konnte es spüren. An den letzten beiden Abenden war er erst spät von der Arbeit nach Hause gekommen, mit Stirnfalten, die vor dem letzten Einsatz noch nicht da gewesen waren. Er war stoisch, als er seine Tasche packte und auch als sie seinen Kühlschrank ausräumten, um Lebensmittel für *Food For All* zu sammeln, die während seiner Abwesenheit verderben würden.

Auch in anderer Hinsicht schien er ernster zu sein. Ihr Liebesspiel letzte Nacht war verzweifelter gewesen. Zumindest beim ersten Mal. Als wüsste er, dass die Möglichkeit bestand, dass er nicht zurückkehren würde.

Ashlyn konnte nicht einmal daran denken. Slate würde zurückkommen. Das musste er.

»Ich weiß nicht, wie lange ich weg sein werde, Babe«, sagte er zu ihr, als sie neben seiner Haustür standen. »Danke, dass du für mich auf mein Haus aufpasst.«

Ashlyn konnte nur an seiner Brust nicken. Sie konnte den Kopf nicht heben, um ihn anzusehen, in dem Wissen, dass sie sonst in Tränen ausbrechen würde, und das war das Letzte, was er im Moment brauchte. Sie musste stark sein, ihn mit einem Lächeln verabschieden und ihm versichern, dass sie klarkäme.

Aber sie kam nicht klar. Sie hatte schreckliche Angst. Die Ernsthaftigkeit ihrer Mission war in sie gesickert und sie hatte ein schlechtes Gefühl angesichts seiner Abreise.

»Ash?«, fragte er leise.

Sie holte tief Luft, da sie wusste, dass es Zeit war. Es war Zeit, dass sie sich zusammenriss und ihren Freund das tun ließ, wozu er ausgebildet worden war. Sie hob den Kopf und begegnete mutig seinem Blick. »Ja?«

Seine Miene wurde weicher.

Scheiße. Sie hatte ihre Ängste und Sorgen nicht so gut versteckt wie gehofft.

»Ich muss zugeben, so sehr ich es auch hasse, diesen Gesichtsausdruck zu sehen, es tut verdammt gut zu wissen, dass du mich vermissen wirst.«

Ashlyn sah ihn stirnrunzelnd an. »Natürlich werde ich das. Hast du gedacht, ich würde es nicht tun?«

Slate zuckte mit den Schultern. »Ich hatte noch nie jemanden, der mich vermisst hat.«

»Nun, jetzt schon«, sagte sie ein wenig beleidigt.

Er lachte leise. »Damit das klar ist, ich werde dich auch vermissen, Babe.«

Die Tränen, die sie zurückgehalten hatte, drohten sie zu überwältigen. Ashlyn bewahrte die Fassung. Wenn auch kaum. »Ja, weil ich fantastisch bin«, sagte sie so fröhlich, wie sie es nur konnte.

Slate lächelte, aber es erreichte nicht ganz seine Augen. »Pass auf dich auf, während ich weg bin. Hast du diese Woche irgendwelche neuen Kunden auf dem Plan?«

»Nein.«

»Gut. Planst du eine Übernachtung mit den Mädels?«

Ashlyn nickte. »Ja, am Samstag. Wir wollten nicht so lange

warten, aber wir haben alle viel auf der Arbeit zu tun. Ich glaube, Carly verbringt die Woche bei Kenna.«

»Schade, dass ihre Flitterwochen verschoben wurden«, sagte Slate.

»Sie freut sich darauf, dass Jag es wiedergutmacht«, erwiderte Ashlyn.

Sie wusste, was sie taten. Sie machten Small Talk, um den Moment zu verlängern. Es brachte sie um. Es hatte etwas für sich, ein Pflaster schnell abzuziehen; der Schmerz war immer noch da, aber wenigstens war der harte Teil schnell vorbei.

»Sei vorsichtig«, flüsterte sie.

»Das bin ich immer.«

»Ich weiß, aber ... du hast es nicht gesagt und ich habe nicht gefragt, aber diese Mission fühlt sich anders an als die letzte.«

Er nickte und bestätigte damit ihre Befürchtungen.

»Ich weiß, dass du ein knallharter Typ bist und tolle Männer an deiner Seite hast, aber bitte geh kein Risiko ein.«

»Das werde ich nicht«, versprach Slate, während er seine Stirn an ihre drückte.

Sie standen einen Moment lang so da, dann wusste Ashlyn, dass er gehen musste, bevor sie völlig durchdrehte.

»Okay, genug. Du musst jetzt gehen. Wir sehen uns, wenn du zurückkommst.«

»Ja, das werden wir«, stimmte er zu. Er legte ihr einen Finger unter das Kinn und senkte den Kopf.

Ashlyn dachte, er würde sie verzweifelt küssen ... aber stattdessen war es langsam, zärtlich und liebevoll. Was sie dazu brachte, noch mehr weinen zu wollen.

»Lass dir heute Morgen Zeit. Es ist noch früh«, sagte er, als er sich zurückzog und hinunterbeugte, um seine Reisetasche zu holen.

Ashlyn nickte. Sie würde nicht bei ihm zu Hause bleiben, während er weg war. Das wäre die reinste Folter. Aber sie hatte zugestimmt, ab und zu vorbeizukommen und nach dem Rechten zu sehen.

Sie stand steif in seinem Flur und schluckte schwer, obwohl sie sich bemühte zu lächeln.

»Wir sehen uns bald«, sagte er leise.

»Bald«, wiederholte sie und betete, dass das stimmte.

Dann war er weg.

Und Ashlyn ließ die Tränen, die sie zurückgehalten hatte, über ihre Wangen laufen.

Sie konnte es nicht ertragen, Slate wegfahren zu sehen, also ging sie zurück in sein Schlafzimmer und vergrub ihr Gesicht in seinem Kissen. Sein Geruch ließ sie nur noch mehr weinen. Sie musste immer wieder an die letzte Nacht denken. Beim ersten Mal hatten sie es hart, fast manisch, getrieben. Aber dann hatten sie einander geliebt, wobei Slate sie sehr verwöhnt hatte. Es gab definitiv einen Unterschied, und obwohl Ashlyn es genoss, wenn sie sich vor Lust gegenseitig um den Verstand brachten, liebte sie es noch mehr, wenn Slate langsam und zärtlich war.

Es dauerte eine Weile, aber schließlich bekam sie ihre Gefühle in den Griff. Sie war eine erwachsene Frau mit Verantwortung. Die Partner von Militärangehörigen machten das ständig. Sie sahen zu, wie ihre Männer und Frauen sich mit erschreckender Regelmäßigkeit in Gefahr begaben, während sie zu Hause ihr Leben weiterführten.

Ashlyn zog sich an, atmete tief durch, vergewisserte sich, dass alle Lichter im Haus ausgeschaltet waren, und machte sich auf den Weg zu ihrem Wagen. So sehr es ihr auch gefiel, dass sie mit zwei Frauen zusammenarbeitete, die wussten, was sie durchmachte, da sie das Gleiche erlebten, war Ashlyn irgendwie froh, heute Zeit für sich zu haben, während sie die Lieferungen machte.

Es war nicht so, dass sie nicht mit Elodie oder Lexie reden wollte, aber sie brauchte einfach Freiraum, um ihre Gefühle zu verarbeiten.

Irgendwann hatte sich ihre Sexfreundschaft verwandelt. Sie war sich nicht sicher, zu was genau, aber die entspannte Beziehung, die sie vorgeschlagen hatte, die sie weiterführen würden, nachdem sie einander satthatten, war nicht mehr realistisch. Anstatt dass ihre Gefühle für Slate abflauten, wurden sie nur noch stärker.

Seufzend machte sie sich auf den Weg zu ihrer Wohnung. Sie konnte sich nicht dazu durchringen, in Slates Haus zu duschen. In seinem Badezimmer gab es zu viele Erinnerungen an die Liebe und das Lachen, das sie in diesem Raum geteilt hatten. Ihre Dusche war zu klein, als dass sie sie sich hätten teilen können, und so war es für sie die sicherere Wahl für ihren fragilen Gemütszustand.

»Slate wird es gut gehen«, sagte Ashlyn laut, während sie fuhr. »Er ist ein Profi, der solche Dinge ständig macht.« Sie wusste nicht, von welchen Dingen sie sprach, aber das war auch egal. »Er wird zurückkommen und wir machen da weiter, wo wir aufgehört haben.«

Ihre Worte klangen selbst in ihren eigenen Ohren etwas verzweifelt, aber da niemand da war, der ihre Selbstgespräche hörte, scherte sie sich nicht darum.

Sie schaltete die Musik in ihrem Wagen ein, froh darüber, dass ein optimistisches, fröhliches Lied lief und nicht irgendeine rührselige Liebesballade. Es würde ihr gut gehen. Slate würde es gut gehen. Alles würde gut werden. Einfach gut.

Ashlyn wusste, dass sie zu sehr versuchte, sich selbst zu überzeugen, aber sie musste es tun, um ihre Gefühle unter Kontrolle zu halten.

Slate und sein Team waren noch nicht einmal einen ganzen Tag in Afghanistan, als die Kacke am Dampfen war. Die Drohung mit Angriffen auf den Stützpunkt wurde zur Realität, und die gut einstudierten Pläne des SEAL-Teams waren innerhalb weniger Stunden völlig nutzlos.

Sie hatten sich auf den Weg in die extrem feindliche Stadt gemacht, um herauszufinden, von wo aus die Panzerfäuste abgefeuert wurden, und um jeden auszuschalten, der sich ihnen in den Weg stellte. Das war vor zwei Tagen gewesen, und ihre Suche hatte sie an den Rand der Stadt und in eine extrem gefährliche Gegend geführt.

Die Häuser waren heruntergekommen und sahen aus, als wären sie aus allem möglichen Material zusammengebaut worden, das die Bewohner in die Finger bekommen hatten. Wellblech, Holzbalken, die Motorhaube eines Autos, sogar Drahtzaun. Es wäre deprimierend gewesen, wenn ihr Leben nicht auf dem Spiel gestanden hätte. Slate hatte keine Zeit, die Gesichter der Kinder zu verarbeiten, die aus den zerbrochenen Fenstern und Löchern in den Wänden schauten, während sein Team sich leise und stetig auf das Ziel zubewegte.

Der Geheimdienst hatte sie auf den Anführer einer extremistischen Gruppe von Aufständischen hingewiesen, die Osama Bin Laden gegenüber äußerst loyal waren. Obwohl der Mann schon seit Jahren tot war, taten verschiedene Gruppen ihr Bestes, um seine Ideologie und die gewalttätigen Tendenzen, die er vertreten hatte, wiederaufleben zu lassen.

Irgendwie war diese Gruppe von Soldaten in den Besitz vieler Panzerfäuste gekommen, die sie auf den amerikanischen Stützpunkt abfeuerten, und es hieß, sie würden jeden Amerikaner töten, der ihnen in der Stadt, auf dem Land oder sonst wo begegnete.

Das Haus, in das sie einbrechen wollten, fiel in der baufälligen Gegend auf wie ein bunter Hund. Es war zweistöckig, verglichen mit all den klapprigen, baufälligen Behausungen in den umliegenden Straßen. Es war aus Ziegeln gebaut und nicht aus irgendwelchen zusammengesammelten Materialien. Das große, robuste Gebäude stand mitten an dem Ort, der als Taliban-Zentrale erachtet wurde.

Es war ein extrem gefährlicher Ort, aber da laut Geheimdienstinformationen ein weiterer Angriff auf den Stützpunkt bevorstand, musste der Anführer jetzt ausgeschaltet werden, bevor noch mehr Soldaten und Zivilisten verletzt oder getötet wurden.

Mustang zeigte auf Midas und Aleck und dann auf die rechte Seite einer Tür. Als Nächstes zeigte er auf Pid und Jag und auf die linke Seite desselben Eingangs.

Slate nickte und ging neben seinem Teamleiter in Position. Die gefährlichste Position beim Betreten eines Gebäudes war die Spitze, aber er hatte kein Problem damit, sich an die Seite seines Freundes zu stellen. Die anderen würden ihnen direkt auf den Fersen sein und sie links und rechts decken. Sein Ziel war es, jeden Gegner direkt vor ihnen auszuschalten.

Die Atmosphäre um sie herum machte Slate unruhig. Es war ruhig ... *zu* ruhig. Als würden alle in der Umgebung den Atem anhalten. Sie könnten in einen Hinterhalt oder in ein leeres Haus laufen. Draußen war es dunkel – sie hatten den Überfall zu einer Zeit geplant, zu der der Anführer hoffentlich zu Hause war und schlief –, aber das war wirklich ihr einziger Vorteil.

Mustang hob eine Hand und zählte an den Fingern herunter.

Drei. Zwei. Eins.

Slate und Mustang stürmten ohne Probleme durch die Tür, wobei die schwere hölzerne Oberfläche gegen die Wand schlug und in der stillen Nacht wie ein Schuss klang.

Slate spürte seine Teamkameraden im Rücken, die sich lautlos bewegten, so wie es ihnen beigebracht worden war. Schnell durchquerten sie den ersten Raum und bewegten sich stetig durch die anderen beiden im Erdgeschoss. Leer.

Die Haare in Slates Nacken stellten sich auf. Irgendetwas stimmte nicht. Laut ihren Informationen hatte der Anführer vier Frauen und acht Kinder. Selbst wenn sie nicht alle hier wohnten, sollte *jemand* im Haus sein.

»Halte nach Sprengfallen Ausschau«, flüsterte er Mustang zu, der nickte und seine Lippen grimmig aufeinanderpresste. Slate fühlte sich ein wenig besser, dass er mit seinem Unbehagen nicht allein war.

Sie stiegen die Treppe hinauf und Slate zuckte zusammen, als die verzogenen Bretter unter ihren Stiefeln knarrten.

Aleck und Midas hielten ihnen den Rücken frei, während er und Mustang sich auf den Weg in den ersten Stock machten. Pid und Jag blieben unten, um sicherzustellen, dass niemand das Haus betrat, während sie drinnen waren.

Während die Räume im Erdgeschoss fast leer waren und nur ein paar Tische, Stühle und Teppiche auf dem Boden sowie eine einfache Küche enthielten, sah es im Obergeschoss ganz anders aus. Überall lagen Kleidungsstücke herum und in jedem Zimmer stapelten sich Kisten. Es machte das Durchsuchen extrem schwierig. Sie arbeiteten sich schnell und effizient durch das Stockwerk.

Gerade als Slate dachte, dass die Razzia ein totaler Reinfall war, sah er eine Bewegung in der Ecke des letzten Raumes, den sie durchsuchten.

Er hob eine Hand vor Mustang und zeigte auf die Stelle. Sein Teamleiter nickte und sie schlichen näher, die Waffen im Anschlag.

»US Navy. Hände hoch!«, befahl Mustang in tiefem, tödlichem Ton.

Sofort sahen sie zwei Hände hinter einer großen Kiste auftauchen.

»Was zum Teufel?«, flüsterte Slate. Das waren keine Erwachsenenhände. Sie waren zu klein.

Mustang schob die Kiste zur Seite, während Slate seine Waffe auf denjenigen richtete, der sich dahinter verbarg.

Und tatsächlich, es war ein Kind. Ein Junge, der in etwas gekleidet war, das wie Lumpen aussah. Sein Gesicht war schmutzig und er hielt etwas in der Hand, das wie eine Taschenlampe aussah.

Aber es war nicht das Gesicht eines verängstigten kleinen Jungen. Seine Miene war von klarem Hass geprägt.

»Wie heißt du?«, fragte Mustang.

Entweder verstand der Junge kein Englisch oder er hatte nicht die Absicht, ihnen etwas zu sagen.

Bevor einer der vier Männer etwas anderes tun konnte, knipste der Junge das Licht in seiner Hand an und richtete es auf das einzige Fenster im Raum.

Schnell schaltete er es zweimal aus und wieder an.

»Scheiße!«, fluchte Mustang. »Er gibt jemandem ein Zeichen.«

Slate kam zur gleichen Zeit wie sein Teamleiter zu diesem Schluss. Sein einziger Gedanke war, so schnell wie möglich zu verschwinden.

»Los, los, los!«, rief er Mustang und den anderen zu.

Sie drehten sich alle gleichzeitig um und eilten aus dem Raum. Sie waren gut ausgebildete Soldaten, aber sie wussten auch, wann die Chancen gegen sie standen und der Rückzug die einzige Option war.

Das Haus war leer, weil es eine Falle war.

In letzter Sekunde zögerte Slate. Der Junge war offensichtlich dazu erzogen worden, Amerikaner zu hassen. Er sah weder Angst noch Reue in den Augen des Jungen, als er gefunden worden war. Slate hätte sogar gewettet, dass er sich absichtlich bewegt hatte, um entdeckt zu werden. Er war ein Spitzel. Und was auch immer der Plan war, der Junge sollte sterben – zusammen mit Slate und seinem Team.

Aber auch wenn der Junge es nicht zu schätzen wusste, gerettet zu werden, musste Slate es versuchen.

Er drehte sich um, ging drei Schritte zurück in den Raum und griff nach dem Arm des Jungen. Er schrie auf, als Slate ihn grob zur Tür schob. Es war keine Zeit, sanft zu sein und den Jungen davon zu überzeugen, dass er kein edles Opfer darstellte, sondern nur eine Spielfigur war. Der Junge hatte wahrscheinlich irgendwo eine Mutter, die sich in dieser

Sekunde die Augen ausweinte, weil sie wusste, dass ihr Sohn sterben würde.

Der Rest von Slates Team hatte es bis zum Ende der Treppe geschafft und war auf dem Weg zur Vordertür, die Waffen gezogen und bereit, auf jeden zu schießen, der möglicherweise auf sie wartete.

Doch bevor Slate auch nur einen Schritt die Treppe hinunter machte, explodierte seine Welt und das gesamte Gebäude stürzte um ihn herum ein.

KAPITEL ACHTZEHN

Es war noch nicht einmal eine ganze Woche her, dass Slate abgereist war, aber für Ashlyn fühlte es sich wie ein Jahr an. Sie freute sich auf die morgige Übernachtungsparty, denn sie musste unbedingt mit ihren Freundinnen darüber reden, wie es ihr ging.

Sie war sich nicht sicher, ob sie damit umgehen konnte. Sie hatte gedacht, sie könnte es. Sie hatte gedacht, Slates Job wäre keine große Sache. Er würde losziehen, um die Welt zu retten, und sie würde weitermachen wie bisher, während er weg war. Aber sie kam nicht gut damit zurecht, dass er in Gefahr war. Sie hatte keine Ahnung, wie die anderen es schafften, sich zusammenzureißen. Ashlyn versagte bei dieser ganzen Freundinnen-Sache und sie hasste es, dass sie so schwach war.

Sie war nicht diejenige, die in Gefahr war, sondern Slate. Warum war sie dann so gereizt? Und jeder, mit dem sie in Kontakt kam, schien sich von ihrer negativen Energie zu nähren. Im Supermarkt geriet sie in einen Streit mit einem Mann, weil er neunundvierzig Artikel an der Schnellkasse hatte anstatt zwölf oder weniger, wie auf dem Schild angegeben. Auf der Schnellstraße zeigte sie einer Frau den Mittelfinger, die sie geschnitten hatte, und Ashlyn saß *immer* besonnen hinter dem Steuer.

Der Tropfen, der das Fass zum Überlaufen brachte, war ihr Besuch bei James. Er schien aufgebracht zu sein, aber als er ihr nicht sagen wollte, was los war, hatte Ashlyn einfach aufgegeben, sich umgedreht und war gegangen. Sie hatte nicht versucht, ihn zu überzeugen, mit ihr zu reden, sondern war einfach gegangen, ohne mehr zu sagen als: »Bis nächste Woche.«

Das war nicht ihre Art. Ashlyn hatte ein schlechtes Gewissen, weil sie ihn nicht nett behandelt hatte, und sie wusste, dass sie ihre Gefühle in den Griff bekommen musste.

Sie war gerade von der Arbeit nach Hause gekommen und stand vor ihrer Mikrowelle, um darauf zu warten, dass ihr Tiefkühlgericht fertig war, als ihr Telefon klingelte. Ashlyn stürzte sich förmlich darauf in der Hoffnung, Slates Namen auf dem Display zu sehen.

Sie schrie fast vor Freude, als sie sah, dass er es tatsächlich war.

»Slate!«, rief sie aus, als sie abnahm.

»Hey, Babe.« Er hörte sich erschöpft an.

»Bist du wieder da?«

»Fast.«

»Geht es dir gut?«, fragte Ashlyn. »Du klingst seltsam.«

»Ich will ganz offen sein. Ich wurde verletzt. Aber ich bin okay.«

»Verletzt? Wie? Wo?«

»Nichts Besonderes. Mein Gehirn wurde ein wenig durchgerüttelt. Ich bin nicht aus einem Gebäude rausgekommen, bevor es um mich herum in die Luft geflogen ist.«

Ashlyn merkte, dass er versuchte, einen Witz zu machen, aber sie fand nichts von dem, was er sagte, lustig. »*Ernsthaft?*«

»Ja, ich habe eine Fehleinschätzung gemacht. Ich bin im Grunde genommen die Treppe hinuntergefallen, nur dass mein Helm abfiel und ich mit dem Kopf auf etwas aufschlug. Die Jungs haben mich ausgegraben und zurück zum Stützpunkt gebracht. Als ich aufwachte, hatte ich höllische Kopfschmerzen.«

Ashlyn konnte nicht atmen. *Als er aufwachte?* Das bedeutete, dass er bewusstlos geworden war. »Aber dir geht es gut?«

»Ja. Ich habe eine Gehirnerschütterung. Die Ärzte wollten mich nach Deutschland fliegen, aber ich wollte mich nirgendwo mehr erholen als bei mir zu Hause. Also haben sie mich nach Hause kommen lassen.«

Ashlyn wusste nicht, wie das Militär funktionierte, aber sie hatte das Gefühl, dass es als Navy SEAL nicht so einfach war, eine Behandlung abzulehnen, wie als Zivilist. Im Moment machte sie sich jedoch mehr Gedanken darüber, wie es Slate ging, als darüber, wie er einen Arzt davon überzeugt hatte, ihn mit einer Gehirnerschütterung nach Hause fliegen zu lassen.

Ashlyn machte sich auf den Weg in ihr Schlafzimmer. Als sie nach Hause kam, hatte sie sofort ein T-Shirt von Slate angezogen, in dem sie geschlafen hatte, und das war alles, was sie zurzeit trug.

»Ich ziehe mich um, damit wir uns bei dir zu Hause treffen können«, sagte sie zu ihm.

»Nein.«

Dieses eine Wort ließ Ashlyn mitten im Flur erstarren. »Was?«

»Ich bin erschöpft, Babe. Und Mustang wird bei mir bleiben. Ich rufe dich an, wenn ich morgen früh aufstehe.«

Wenn Mustang in Slates Haus war, bedeutete das, dass Elodie wahrscheinlich auch dort wäre. Für Slate war es in Ordnung, dass sein Freund und seine Frau dort waren ... aber sie nicht? Das tat mehr weh als erwartet.

Der Schmerz, den sie in diesem Moment verspürte, war so heftig und tief, dass sie sogar eine Hand auf ihre Brust legte, um ihn zu unterdrücken.

»Ich kann mich um dich kümmern«, sagte sie mit einer Stimme, die schwächer war, als sie es gewollt hätte. »Ich wecke dich jede Stunde oder so, so macht man das doch bei einer Gehirnerschütterung, oder?«

»Mustang hat das im Griff«, entgegnete er. »Wir sind es gewohnt, uns gegenseitig zu helfen, wenn es uns erwischt hat. Ich habe angerufen, weil ich dachte, du würdest von den anderen hören, dass wir zurück sind. Ich wollte nicht, dass du dir Sorgen um mich machst.«

Keine Sorgen um ihn machen. Klar.

»Okay«, sagte sie nach ein oder zwei Augenblicken. Was hätte sie sonst sagen sollen? Sie könnte ihn anflehen, vorbeikommen zu dürfen, aber das fühlte sich ... verzweifelt an. Und wenn er sie nicht sehen wollte, dann würde sie sich ihm nicht aufdrängen.

»Ich muss Schluss machen. Mustang wirft mir einen bösen Blick zu. Mr. Doktor geht mir auf die Nerven mit seinem *Tu dies nicht* und *Das darfst du nicht*. Wir sprechen uns morgen, Babe. Es ist gut, zu Hause zu sein.«

»Ja. Gut. Schön, dass es dir gut geht.«

»Bis dann.«

»Tschüss.«

Kaum hatte sie den Hörer aufgelegt, gaben Ashlyns wackelige Beine nach und sie sank im Flur zu Boden. Dann ließ sie sich auf die Seite fallen, wo sie sich zu einer kleinen Kugel zusammenrollte.

Slate war bei einem Einsatz verletzt worden – und er wollte nicht, dass sie sich um ihn kümmerte.

Wie ein Blitz, der durch das Dach ihrer Wohnung schoss, wurde Ashlyn klar, dass sie ihn liebte.

Sie hatte das nicht gewollt. Er war ihr einfach unter die Haut gefahren. Sie hatte gewollt, dass es eine zwanglose Sache war ... und für sie war es alles andere als zwanglos.

Aber anscheinend war er mit dem Status quo zufrieden.

Wenn er sie liebte, und sei es auch nur ein bisschen, würde er sich dann nicht freuen, sie zu sehen? Würde er sie nicht an seiner Seite haben wollen, während er sich erholte? Würde er nicht verstehen, dass sie bei ihm sein musste, um sich selbst davon zu überzeugen, dass es ihm gut ging?

Und Ashlyn konnte nicht einmal wütend auf Slate sein. Er hatte genau das getan, worum sie gebeten hatte ... die Dinge einfach und zwanglos gehalten. Sexfreundschaft. Hatte sie nicht gesagt, dass sie das wollte?

Wimmernd rollte sie sich fester zusammen. Sie war eine Idiotin. So dumm. Sie hätte wissen müssen, dass sie nicht zwanglos sein konnte. Das hatte sie in der Vergangenheit nie getan. Sie hatte sich immer Hals über Kopf in Beziehungen gestürzt. Aber noch nie hatte eine Zurückweisung sie so sehr verletzt.

Wie lange sie in der Mitte ihres Flurs lag, wusste Ashlyn nicht. Schließlich erhob sie sich und ging in ihr Schlafzimmer. Sie wusste, dass sie das tiefgefrorene Essen wegwerfen sollte, das sie aufgewärmt hatte, aber darum würde sie sich morgen kümmern. Im Moment wollte sie nur noch schlafen. Sie konnte nicht einmal mehr weinen.

Sie wusste, was sie jetzt tun musste. Sie musste sich langsam von ihrer Beziehung zu Slate zurückziehen. Sie musste das, was von ihrem gebrochenen Herzen noch übrig war, schützen. Und sie würde alles tun, um mit ihm befreundet zu bleiben, auch wenn es höllisch wehtun würde.

Doch heute Abend würde sie den Verlust dessen betrauern, was sie nie haben würden.

Slate tat sein Bestes, um das Hämmern in seinem Schädel vor Mustang zu verbergen. Wenn sein Freund wüsste, welche Schmerzen er hatte, würde er ihn ins Krankenhaus schleppen.

Aber der einzige Ort, an dem Slate sein wollte, war in seinem eigenen Bett.

Die Panzerfaust, die das Haus zerstört hatte und die sein gesamtes Team töten sollte, hatte auf wundersame Weise nur die Hälfte ihrer Aufgabe erfüllt. Er hatte keine Ahnung, was mit dem Jungen passiert war, den er zu retten versucht hatte. Mustang und Midas sagten, sie hätten ihn nicht gesehen, als sie Slate aus den Trümmern gruben. Sein Helm war durch den Einsturz zerdrückt und vom Kopf gerissen worden, aber er war irgendwie durch die Trümmer gerutscht, als das Haus explodierte, und nicht getötet worden.

Jag und Pid hatten seinen bewusstlosen Körper zurück zum Evakuierungsort getragen, und als er wieder aufwachte, lag er auf einem Tisch im Lazarett des Stützpunkts. Die Ärzte waren alles andere als erfreut gewesen, als er darauf bestand aufzustehen. Und sie waren *wirklich* nicht begeistert gewesen, als er darauf bestand, dass Mustang die Erlaubnis für ihn einholte, nach Hause zu fliegen, um sich zu erholen.

Er hatte Glück gehabt, und Slate wusste das. Zum Teufel, alle wussten es. Er hatte sich beschissen gefühlt, aber er wollte unbedingt aus dem Land raus. Er versuchte, seinen Schmerz vor seinen Teamkameraden zu verbergen, obwohl Slate das Gefühl hatte, dass sie genau wussten, wie schlecht es ihm ging. Jeder Muskel in seinem Körper schmerzte. Sein Kopf pochte. Ihm war übel. Sein Oberkörper war mit dunkelvioletten Blutergüssen übersät, aber wie durch ein Wunder hatten die Scans keine inneren Verletzungen gezeigt.

Es war ein verdammtes Wunder, dass er nicht unter den Trümmern des Backsteingebäudes zerquetscht worden war.

Laut Pid hatte die Panzerfaust sie nicht direkt getroffen. Derjenige, der sie abfeuerte, hatte das Haus sogar fast ganz verfehlt. Sie hatte die andere Seite des Gebäudes gestreift und die Steine in sich zusammenfallen lassen, anstatt sie in alle Richtungen zu schießen.

Er saß zwischen Jag und Pid im Flugzeug und Slate konnte

ihre besorgten Blicke auf sich spüren. Es kostete ihn seine ganze Konzentration, bei Bewusstsein zu bleiben.

Vage nahm er wahr, dass das Flugzeug zum Sinkflug ansetzte. Sie würden in wenigen Minuten landen. Irgendwo in seinem benebelten Gehirn fiel ihm ein, dass er wahrscheinlich Handyempfang haben würde, obwohl sie noch nicht auf dem Boden waren. Er holte sein Telefon heraus und wählte eine bekannte Nummer.

Ein oder zwei Minuten später legte Slate auf und schloss die Augen, als das Flugzeug aufsetzte.

»Alles in Ordnung?«, fragte Jag neben ihm.

»Ja«, sagte Slate leise, obwohl der Druck in seinem Kopf dafür sorgte, dass er am liebsten auf seinen Schoß kotzen wollte.

»Bist du sicher, dass du die richtige Entscheidung getroffen hast?«

Slate konnte nicht mehr klar denken. Von welcher Entscheidung sprach Jag? Aber anstatt zu fragen, lallte er nur: »Ja.«

Sein Freund brummte, offensichtlich nicht zufrieden mit seiner Antwort. Slate war das egal. Er konnte nur noch daran denken, sich hinzulegen. Er musste aus dem Flugzeug raus, zu Mustangs Wagen gehen und hoffentlich in sein Bett kommen, bevor er etwas tat, was Mustang dazu bringen würde, ihn direkt in die Notaufnahme zu fahren.

Endlich, eine Stunde später, setzte Slate sich vorsichtig auf die Seite seines Bettes. Die Fahrt nach Hause war die Hölle gewesen. Und ohne Mustang, der ihm in sein Haus half, hätte er es nie geschafft.

»Du musst ins Krankenhaus, Slate«, sagte er jetzt leise, da er wusste, wie sehr der Kopf seines Freundes schmerzte.

»Nein, ich muss mich nur hinlegen«, gab Slate zurück. »Kannst du mir helfen, die Schmerztabletten zu finden, die der Arzt mir gegeben hat?«, fragte er. Er hatte eine genommen, bevor er in das Flugzeug gestiegen war, und die hatte ihn fast den ganzen Flug über betäubt. Slate mochte es nicht, wie er sich durch die Medikamente fühlte, aber im Moment war es ihm lieber, bewusstlos zu sein, als die Schmerzen zu ertragen, die er hatte.

Mustang hatte recht. Wahrscheinlich hätte er ins Krankenhaus gehen sollen, aber er war jetzt zu Hause und würde sich nirgendwo mehr hinbegeben. Wenn er sich morgen immer noch so schrecklich fühlte, würde er nachgeben und gehen.

Sein Freund verließ den Raum und kam mit Slates Reisetasche zurück. »Hast du was dagegen, wenn Elodie vorbeikommt?«, fragte Mustang, während er in einer Seitentasche kramte.

»Nein.«

Slate wusste kaum, wovon Mustang sprach. Das Pochen in seinem Kopf schien den gleichen Rhythmus wie sein Herzschlag angenommen zu haben. Er fühlte sich, als wäre er hundertzwanzig Jahre alt. Seine Muskeln schmerzten. Seine Gelenke schmerzten. Zum Teufel, seine verdammten Knochen schmerzten.

»Hier«, sagte Mustang. »Gib mir deine Hand.«

Slate steckte sie aus und schloss die Augen.

»Gib mir eine Sekunde, um Wasser zu holen«, sagte Mustang, aber Slate ignorierte ihn. Er steckte sich die beiden Tabletten in den Mund und schluckte sie trocken herunter. Dann schob er seinen Körper langsam auf die Matratze und seufzte erleichtert, als er endlich flach auf dem Rücken lag.

»Scheiße«, fluchte Mustang, aber Slate öffnete die Augen nicht.

Er spürte, wie sein Freund die Schnürsenkel seiner Stiefel öffnete, aber er hatte nicht die Kraft, ihm zu danken, als er sie ihm auszog.

»Wenn du morgen früh noch immer so aussiehst, als wärst du nur zwei Sekunden davon entfernt, dich in einen verdammten Zombie zu verwandeln, schleppe ich deinen

Arsch ins Krankenhaus, ob du willst oder nicht«, sagte Mustang leise.

»Okay.«

»Okay?«, fragte Mustang.

»Ja.«

»Gut. Ich werde dich hier drin jede Stunde wecken, also beiß mir nicht den Kopf ab, wenn ich es tue.«

»Werde ich nicht«, flüsterte Slate.

Er hörte das Rascheln von Stoff und vermutete, dass Mustang auf dem Weg zur Tür war.

»Mustang?«, sagte Slate, bevor sein Freund ging. »Ich danke dir. Nicht nur für heute Abend, sondern auch dafür, dass du mich da rausgeholt hast.«

»Du hättest dasselbe für mich getan«, sagte sein Teamleiter.

»Verdammt richtig. SEALs lassen keinen SEAL zurück«, entgegnete Slate.

»Ganz genau. Wir sehen uns in einer Stunde.«

Slate freute sich nicht darauf, immer wieder geweckt zu werden, aber er wusste, dass es getan werden musste. Für den Moment vergaß er jedoch alles andere und schloss die Augen und ließ die Medikamente wirken, die er genommen hatte.

Am nächsten Morgen ging es Slate besser. Geringfügig.

Mustang hatte genau das getan, was er versprochen hatte. Er hatte Slate die ganze Nacht über einmal pro Stunde geweckt. Das bedeutete, dass beide Männer am nächsten Morgen erschöpft waren, da keiner von ihnen ununterbrochenen Schlaf bekommen hatte.

Slate schlief am Samstag den ganzen Tag mehr oder weniger durch und bekam das Kommen und Gehen von Mustang und Elodie kaum mit. Er aß, wenn Elodie ihm etwas in die Hand drückte, und trank, wenn Mustang es ihm befahl, aber im Großen und Ganzen schlief er den Tag und auch die folgende Nacht durch.

Als der Sonntag kam, fühlte Slate sich wieder mehr wie er selbst. Er verweigerte die Tablette, zu der Elodie ihn am Morgen überreden wollte, und zwang sich, aufzustehen, zu duschen und saubere Kleidung anzuziehen.

Die letzten achtundvierzig Stunden waren ein verschwommener Wirbel. Slate konnte sich kaum daran erinnern, dass er zu Hause angekommen war, und auch nicht an die Gespräche, die er mit Elodie oder Mustang geführt hatte.

Langsam ging er aus seinem Schlafzimmer und bemerkte, dass es schon nach Mittag war. Die Sonne stand hell am Himmel und er war nicht sonderlich überrascht, Mustang auf seiner Couch sitzen zu sehen.

Er war jedoch überrascht, auch Midas und Aleck dort zu sehen. Elodie war nirgends zu finden. Sie könnte auf seiner Dachterrasse sein, aber Slate bezweifelte das.

»Hey«, sagte er, als er sein Wohnzimmer betrat.

»Verdammt, du siehst ja scheiße aus«, bemerkte Midas.

»Vielen Dank auch«, sagte Slate. »Ich dachte, ich mache heute Morgen einen Fünfzehn-Kilometer-Lauf, um meine Muskeln zu dehnen.«

Seine Freunde starrten ihn ungläubig an.

»Scheiße, das war ein Scherz. Meine Güte«, sagte er mit einem leichten Kopfschütteln. Slate ging in die Küche und stellte fest, dass er am Verhungern war. Er wusste nicht mehr, wann oder was er das letzte Mal gegessen hatte, er wusste nur, dass er in dieser Sekunde alles essen würde.

»Geh und setz dich«, befahl Aleck, der hinter ihm auftauchte. »Ich mache dir ein paar Eier und einen Eiweißshake.«

Beides hörte sich fantastisch an und Slate drehte sich, um sich seinen anderen Teamkameraden anzuschließen. Dann meldete sich eine Erinnerung in seinem Kopf und er blieb stehen. »Scheiße. Ashlyn. Wo ist mein Handy?«

»Setz dich«, befahl Aleck. »Bevor du auf dein Gesicht fällst.«

Slate ignorierte ihn. »Wo ist mein verdammtes Handy?«, fragte er erneut.

»Ich habe es«, sagte Mustang, der sich neben ihn stellte. Aber anstatt ihm das Telefon zu geben, legte er seine Hand auf Slates Schulter. »Setz dich hin. Du kannst Ashlyn in einer Minute anrufen.«

Ein Gefühl des Grauens überkam ihn. »Was ist los?«

»Komm. Setz. Dich«, wiederholte Mustang und machte deutlich, dass er nicht herumalberte. »Wir werden reden, dann kannst du Ash anrufen.«

»Geht es ihr gut?«, fragte Slate, als er sich von seinem Freund zur Couch führen ließ.

Midas anzusehen, um einen Hinweis darauf zu bekommen, was zur Hölle vor sich ging, machte Slate nur noch nervöser. Wenn er sich nicht irrte, hatte sein Freund einen mitleidigen Gesichtsausdruck.

Scheiße, scheiße, scheiße!

»Okay, also ... woran erinnerst du dich, bevor die Panzerfaust einschlug?«, fragte Mustang.

Slate nahm einen tiefen Atemzug. »Ich schrie euch an, dass ihr verschwinden sollt, und drehte mich um, um den Jungen zu packen. Ich konnte ihn nicht mit gutem Gewissen dort zurücklassen.«

»Obwohl er das Signal zum Sprengen des Hauses gegeben hatte?«, fragte Midas.

»Ja. Das war verdammt dumm, ich weiß«, sagte Slate. »Aber er war ein Kind. Wie alt war er, sieben oder acht?«

»Ein Kind, das dazu erzogen wurde, die Amerikaner zu hassen, und das die Ideologie vertritt, dass es besser ist, für die Taliban zu sterben, als als Feigling zu leben«, fügte Mustang hinzu.

Slate presste die Lippen zusammen. Sein Teamleiter hatte

recht, aber Slate wusste, dass er wahrscheinlich in jedem Fall genauso gehandelt hätte.

»Gut, machen wir weiter. Was dann?«, fragte Mustang.

»Ich bin im Lazarett aufgewacht. Ein Streit mit dem Arzt über die Reise nach Deutschland. Hier und da ein paar Informationen über den Flug. Ich konzentrierte mich darauf hierherzukommen. Mich hinzulegen. Dann haben du und Elodie mich wachgerüttelt und mir etwas zu essen gegeben. Das war's dann auch schon.«

Midas und Mustang tauschten einen Blick aus, der Slate überhaupt nicht gefiel.

»Was verpasse ich?«, fragte Slate.

»Ich habe mit Pid gesprochen. Er hat im Flugzeug neben dir gesessen und darauf geachtet, dass du weiteratmest und so«, sagte Mustang.

Slate zuckte zusammen. Er hätte länger im Lazarett auf dem Stützpunkt bleiben sollen. Er hätte nach Deutschland fliegen sollen. Er hasste die Situation, in die er seine Freunde gebracht hatte. Aber Mustang redete immer noch, also hatte er keine Zeit zum Grübeln.

»Er sagte, dass du, sobald das Flugzeug im Sinkflug war, dein Handy herausgeholt und Ashlyn angerufen hast.«

Slate versteifte sich. Er hatte Ash angerufen? *Verdammt.* Daran konnte er sich überhaupt nicht erinnern. Sie musste ausgeflippt sein. »Was habe ich zu ihr gesagt?« Er hasste es, dass er das fragen musste, aber seine Freunde wussten bereits, dass er sich an die letzten zwei Tage nicht mehr sonderlich gut erinnern konnte.

»Pid sagte, du hättest ihr mitgeteilt, dass du zurück bist, oder fast zurück, und dass du verletzt bist, es dir aber gut geht. Du sagtest, dass du nach Hause fährst, dass ich auf dich aufpasse und dass du später mit ihr sprechen würdest.«

Slate wartete, aber als Mustang nicht weitersprach, seufzte er innerlich erleichtert. Das klang gar nicht so schlecht. So wie sich seine Freunde verhielten, dachte er, dass er Ashlyn vielleicht gesagt hatte, dass er sie nie wiedersehen wollte oder so.

Aleck betrat den Raum und stützte sich mit den Händen auf die Lehne der Couch. »Er kapiert es nicht«, sagte er zu niemandem Bestimmtes.

»Wenn ihr alle aufhören würdet, um den heißen Brei herumzureden und einfach ausspucken würdet, was ich eurer Meinung nach so Schlimmes gesagt habe, könnten wir das vielleicht hinter uns bringen, damit ich meine Freundin anrufen kann«, zischte Slate. Das Pochen in seinem Kopf war wieder da, aber er ignorierte es.

»Du hast deiner *Freundin* erzählt, dass du bei einem Einsatz verletzt wurdest. Dass du eine Gehirnerschütterung hast. Und dass Mustang auf dich aufpassen würde«, wiederholte Midas. »Soweit Pid deinen Teil der Unterhaltung verstanden hat, hat sie dir angeboten, dich zu pflegen, aber du hast abgelehnt. Du sagtest, du würdest sie morgen anrufen ... was übrigens gestern war. Und falls es dir entgangen sein sollte: Du hast sie nicht angerufen. Du warst verdammt noch mal bewusstlos, weil dein Hirn in deinem Schädel durcheinandergerüttelt wurde und du zu stur warst, um dich richtig behandeln zu lassen.«

Slate starrte seinen Freund an. Im Laufe der Jahre hatten er und seine Teamkameraden viele Streitereien gehabt, aber er konnte sich nicht erinnern, dass einer von ihnen jemals so wütend auf ihn gewesen war wie Midas in diesem Moment.

»Ich habe versucht, sie anzurufen, in der Hoffnung, es ihr zu erklären, aber sie ist nicht rangegangen. Du und Ashlyn seid vielleicht nur Fickfreunde, aber das war eine beschissene Art, sie zu behandeln«, beendete Midas seine Tirade.

Slate ballte die Hände zu Fäusten. Es gefiel ihm nicht, dass Ashlyn so bezeichnet wurde.

»Wenn ich verletzt worden wäre und Elodie angerufen hätte, um ihr zu sagen, dass Jag sich um mich kümmert, was denkst du, wie sie sich dabei gefühlt hätte?«, fragte Mustang in wesentlich milderem Tonfall. »Und erzähl mir keinen Scheiß darüber, dass wir verheiratet sind«, fuhr er fort.

»Sie hat nicht angerufen«, informierte Midas Slate. »Sie hat Lexie keine SMS geschrieben. Soweit wir wissen hat sie mit niemandem Kontakt aufgenommen. Wahrscheinlich weil ihr Freund, mit dem sie vor der Änderung ihres Beziehungsstatus monatelang befreundet war, im Einsatz war und er anrief, um ihr zu sagen, dass er verletzt sei, aber nicht wolle, dass sie ihn besucht. Dass stattdessen sein Freund für ihn da sein würde.«

»Und sie musste wissen, dass Elodie nicht zu Hause sitzen und auf mich warten würde«, fügte Mustang leise hinzu. »Dass sie hiereilen würde, um mich zu sehen ... und so helfen würde, sich um dich zu kümmern.«

Slate schluckte schwer und schloss die Augen. *Verdammt.*

»Er hat es endlich kapiert«, seufzte Midas.

Slate öffnete die Augen und begegnete Midas' Blick. »Gib mir mein Telefon.«

»Slate, die meisten von uns haben versucht, sie anzurufen. Um ihr zu erklären, was passiert ist und dass du deine Verletzungen auf die leichte Schulter nimmst, aber sie war ... ausweichend.« Midas sprach jetzt viel sanfter.

»Wenn ich noch einmal jemanden bitten muss, mir mein verdammtes Telefon zu geben, werde ich nicht glücklich sein«, presste Slate zwischen zusammengebissenen Zähnen hervor. Er war auch jetzt nicht glücklich, aber das war nebensächlich.

Mustang hielt Slate das Handy hin.

Er beugte sich vor und nahm es in die Hand. Slate sah sofort eine ganze Reihe von SMS-Benachrichtigungen von den letzten anderthalb Tagen. Lexie, Kenna, Monica, Carly, seine anderen Teamkameraden ... zum Teufel, selbst Baker wollte wissen, ob es ihm gut ging.

Da war auch eine von Ashlyn. Nur eine. Sie war kurz und unpersönlich und beinhaltete, dass sie hoffte, es ginge ihm besser.

Er schluckte schwer und tippte auf Ashlyns Namen. Er

stand auf und ging zurück in Richtung seines Schlafzimmers. Er liebte seine Freunde, aber er wollte auf keinen Fall, dass sie dieses Gespräch belauschten.

Slate war sich nicht sicher, ob er überrascht oder sauer sein sollte, als Ashlyn nicht abnahm. Der Klang ihrer Stimme auf dem Anrufbeantworter steigerte seine Sehnsucht nach ihr nur noch. Nach dem Piepton hinterließ Slate eine Nachricht. »Ich bin's, Ash. Ich muss mit dir reden. Bitte ruf mich zurück, sobald du das hörst.«

Er legte auf und ging unruhig in seinem Zimmer hin und her. Er musste das in Ordnung bringen. Er hatte es vermasselt. Ja, die Schmerzen hatten ihm praktisch den Verstand geraubt und er konnte sich an vieles, was nach seiner Kopfverletzung passiert war, nicht mehr erinnern, aber wenn Ashlyn verletzt worden wäre, würde er vor Sorge um sie verrückt werden. Die Tatsache, dass sie trotz allem nicht zu ihm nach Hause gekommen war, überzeugte Slate davon, wie verärgert sie war.

Er tippte noch einmal auf ihren Namen und schrieb schnell eine Nachricht.

Slate: Hey, ich muss mit dir reden. Dich sehen. Kommst du vorbei?

Er wartete eine ganze Minute, aber das graue Häkchen wurde nicht grün, was bedeutete, dass sie seine Nachricht nicht geöffnet hatte.

Besorgt schickte Slate eine weitere SMS.

Slate: Ich habe es versaut. Das ist keine Entschuldigung, aber ich hatte eine Gehirnerschütterung. Ich kann mich nicht erinnern, dich angerufen zu haben. Bitte lass mich wissen, dass es dir gut geht, wenn auch sonst nichts.

. . .

Nichts. Keine drei Punkte, die ihm mitteilten, dass sie auf seine SMS antwortete, und kein Hinweis darauf, dass sie sie überhaupt gelesen hatte.

In Panik und das Schlimmste befürchtend, erinnerte Slate sich schließlich an die Tracking-App. Er konnte sehen, wo sie war. Vielleicht war sie zu Hause, verletzt oder hatte wieder Migräne und konnte nicht ans Telefon gehen. Er klickte auf die App ... und verstand zuerst nicht, was er da sah.

Ashlyn war nicht zu Hause. Wenn die App korrekt war, befand sie sich gerade in Waikiki in einem Lokal namens *Arnold's Beach Bar*. Es war nicht weit vom *Duke's* entfernt.

Es war Sonntagnachmittag und Ashlyn war in einer Kneipe? Was zum Teufel war da los?

Slate: Wenn du mir nicht antwortest und mir sagst, dass es dir gut geht, fahre ich zum *Arnold's*, um mich zu vergewissern, dass du wirklich dort bist und nicht jemand, der dich entführt, dein Handy gestohlen und deine Kreditkarten benutzt hat, um sich zu besaufen.

Er hielt den Atem an und betete, dass sie antwortete, während er gleichzeitig wusste, dass es, wenn sie es tat, bedeutete, dass sie ihm aus dem Weg ging ... was scheiße wäre.

Die grauen Häkchen auf seinem Bildschirm wurden grün und die drei Punkte, auf die er so sehr gehofft hatte, erschienen endlich.

Mist.

Ashlyn: Mir geht's gut. Ich hoffe, du fühlst dich besser.

. . .

Die Worte waren höflich, aber distanziert. Am liebsten hätte Slate sein Handy quer durch den Raum geworfen. Eine Gänsehaut breitete sich auf seinen Armen aus.

Er war nicht bereit, sie zu verlieren.

Slate: Was machst du in einer Kneipe?
Ashlyn: Ich esse mit einem Freund zu Mittag.

Jeder Muskel in Slates Körper gefror, als er auf die Worte auf seinem Bildschirm starrte. Sie war zum Mittagessen verabredet, während er sich von seinem Beinahe-Tod erholte? Ja, er hatte ihr offenbar gesagt, dass sie nicht kommen sollte, aber trotzdem. Er war nicht dramatisch, indem er dachte, dass er hätte getötet werden können. Tatsächlich wusste er, dass er in diesem Haus beinahe in tausend Stücke gesprengt worden wäre. Es war ein Wunder, dass er noch lebte und auf den Beinen war.

Und seine Freundin war in einer *Kneipe*? Mit einem »Freund«? Ihre Freunde waren *seine* Freunde und er war sich verdammt sicher, dass sie nicht mit Elodie, Lexie oder einer der anderen unterwegs war.

War sie mit einem Kerl unterwegs?

Der Gedanke verursachte ihm Übelkeit.

Und er war wütend.

Und enttäuscht.

Und wahnsinnig eifersüchtig.

In einem Moment glühender Klarheit erkannte Slate, dass er sich die letzten drei Monate etwas vorgemacht hatte.

Er hatte Ashlyns lächerlichem Sexfreundschafts-Vorschlag zugestimmt, weil er sie auf jede ihm mögliche Art haben wollte. Anfangs hatte er vielleicht sein Bestes getan, um sie nicht unter seine Haut gelangen zu lassen, indem er ihre Beziehung hauptsächlich auf Sex beschränkte, nicht über Nacht blieb und nur ab und zu anrief ... aber im Laufe der Wochen hatten sich die Dinge geändert. Sie war *sein*.

Sein, verdammt noch mal! Und er würde nicht zulassen, dass dieses Missverständnis – okay, sein kolossales Versagen – sie auseinanderbrachte.

Scheiß auf zwanglos. In ihrer Beziehung gab es nichts Zwangloses. Und er würde dafür sorgen, dass Ashlyn das wusste. Er änderte die Dinge grundlegend, und sie müsste es einfach akzeptieren.

Er war irrational, aber das war Slate scheißegal.

Er liebte Ashlyn Taylor. Sie war alles, was er sich je von einer Frau gewünscht hatte. Klug und sexy, freundlich und loyal. Sie gehörte *ihm*. Genauso wie er ihr gehörte.

Wenn er an den letzten Monat zurückdachte, hatte Slate keinen Zweifel, dass Ashlyn ihn genauso liebte. Sie hatten beide verzweifelt ignoriert, was direkt vor ihrer Nase lag.

Sie war verletzt und er konnte es ihr nicht verübeln, aber wenn sie dachte, dass sie mit einem anderen Kerl ausgehen und ihn so einfach vergessen könnte, machte sie sich etwas vor.

Slate machte sich nicht die Mühe, auf ihre Nachricht zu antworten. Er war zu wütend. Zu eifersüchtig. Zu aufgebracht. Zu sehr verletzt. Außerdem konnte er in einer SMS nicht sagen, was er zu sagen hatte. Er wollte sich von Angesicht zu Angesicht mit ihr treffen, um sich richtig zu entschuldigen. Er musste in der Lage sein, ihren Gesichtsausdruck zu lesen, um zu sehen, ob sein ungewollt gefühlloses Verhalten alles zerstört hatte, was sie sich im letzten Jahr aufgebaut hatten.

Entschlossenheit stieg in ihm auf und Slate machte sich auf den Weg zurück in sein Wohnzimmer.

Mustang, Midas und Aleck drehten den Kopf zu ihm um, als er erschien.

»Ich brauche jemanden, der mich zu Ashlyns Haus fährt.«

Mustang grinste langsam.

Midas nickte zustimmend.

Aleck sagte: »Nicht bevor du etwas gegessen hast.«

Eigentlich wollte Slate im Moment überhaupt nichts essen, aber er wollte auch nicht umfallen vor Schwäche, wenn er Ashlyn davon überzeugte, ihm zu verzeihen, dass er ein rücksichtsloses Arschloch war ... und wenn er ihr sagte, dass er die Bedingungen ihrer Beziehung neu verhandeln wollte.

Als Slate auf die App auf seinem Handy tippte, sah er, dass Ashlyn immer noch in Waikiki in dieser verdammten Kneipe war. Er hatte Zeit zum Essen. Er nickte Aleck zu.

KAPITEL NEUNZEHN

Ashlyn seufzte erleichtert, als sie die Tür des Taxis schloss, das sie gerufen hatte, um sie von der Kneipe abzuholen. Es war Jacks Geburtstag, einem weiteren Vollzeitangestellten bei *Food For All*, und eine Gruppe von Leuten hatte sich im *Arnold's* getroffen, um zu feiern.

Natalie, die Managerin des Standorts in der Innenstadt, hatte Ashlyn per SMS gefragt, ob sie mitkommen wollte. Sie hatte keine Lust gehabt. Sie wollte sich ganz allein in ihrem Elend suhlen. Aber sie hatte sich gezwungen, zu duschen, sich umzuziehen und die Wohnung zu verlassen. Herumzusitzen und darauf zu warten, dass Slate anrief, stand nicht gerade ganz oben auf ihrer Liste der spaßigen Dinge, die sie tun wollte. Im Gegenteil, es war eine Qual.

Mustang hatte angerufen, ebenso wie einige andere, aber sie fühlte sich noch nicht stark genug, um das Mitleid in ihren Stimmen zu ertragen, während sie versuchten zu erklären, warum Slate ihre Hilfe nicht gewollt hatte, wenn es ihm nicht gut ging. Sie wusste nicht genau, was auf seiner Mission passiert war – nicht dass sie irgendjemandem die Chance gegeben hätte, es zu erklären –, aber Slate hatte ihr unmissverständlich mitgeteilt, dass seine Freunde für ihn da sein würden, anstatt sie zu bitten, zu ihm zu kommen, und das wiederholte sich in ihrem Kopf wie eine kaputte Schallplatte.

Sie hatte den ganzen Samstag vergeblich auf seinen Anruf gewartet, und mit jeder Stunde, die verging, wurde sie deprimierter. Es war ätzend, sich bis über beide Ohren in einen Mann zu verlieben und dann feststellen zu müssen, dass er nicht dasselbe empfand. Aber sie würde schon klarkommen. Das tat sie immer.

Der erste Schritt war, sich zu beschäftigen und nicht in ihrer Wohnung Trübsal zu blasen. Also hatte sie Natalie versprochen zu kommen. Da sie nicht sicher war, ob sie etwas trinken würde oder nicht, hatte sie ein Taxi gerufen. Der Nachmittag hatte Spaß gemacht ... so viel Spaß wie möglich, wenn sie so verdammt untröstlich war ... aber jetzt war Ashlyn mehr als bereit, nach Hause zu fahren.

Zugegeben, sie war erleichtert gewesen, endlich von Slate zu hören. Sie hasste ihn nicht. Sie könnte ihn niemals hassen. Und trotz allem war sie wahnsinnig besorgt gewesen. Die erste SMS ließ den Stress und die Sorgen ein wenig verschwinden.

Er behauptete, er könne sich nicht daran erinnern, sie angerufen zu haben, und sie nahm an, dass das der Fall sein könnte. Aber er war am Freitag nach Hause gekommen. Und jetzt war es *Sonntag*. Zu wissen, dass er seit fast zwei Tagen zu Hause war und sich nicht bei ihr gemeldet hatte, erinnerte sie daran, wo sie in seinem Leben stand.

Bis zu seiner dritten Nachricht hatte sie vergessen, dass er die Tracking-App hatte. Wäre sie ein anderer Mensch gewesen, hätte sie auch diese Nachricht ignoriert, aber sie hatte das Gefühl, dass er wirklich zum *Arnold's* marschiert wäre, um zu sehen, ob sie da war, und sie wollte nun wirklich keine Konfrontation an einem öffentlichen Ort.

Ashlyn wollte ihn sehen. Sie wollte sich selbst davon überzeugen, dass es ihm gut ging. Erst wenn sie sicher war, dass er wirklich unverletzt war, würde sie ihm erklären, dass sie es für besser hielt, wenn sie nur Freunde wären. Es würde wehtun ... sie absolut umbringen ... aber sie musste es tun.

Also hatte sie auf seine SMS geantwortet. Sie versicherte ihm, dass es ihr gut ginge. Eigentlich wollte sie es dabei belassen, aber die dumme Ashlyn konnte nicht umhin, ihn zu fragen, wie es ihm ging.

Anstatt auf ihre Frage zu antworten, hatte er sie gefragt, was sie im *Arnold's* machte. Sie hätte sagen sollen, dass sie wegen eines beruflichen Treffens hier war, aber sie war vage geblieben ... es war zu schwer, mit Tränen in den Augen zu tippen. Er hatte ihr nicht geantwortet, was ein weiterer Schlag war. Aber egal. Sie wappnete sich, mit ihrem Leben weiterzumachen.

Ashlyn hatte gar nicht gemerkt, wie sehr sie sich in ihren Gedanken verloren hatte, bis die Fahrerin sagte: »Da wären wir. Noch einen schönen Tag.«

Als sie die Augen öffnete, sah Ashlyn, dass sie auf dem Parkplatz ihres Wohngebäudes standen. Sie bedankte sich bei der Frau und kletterte vom Rücksitz. Langsam betrat sie das Gebäude und ging die Treppe hinauf. Sie kramte gerade in ihrer Handtasche nach ihrem Schlüssel, als ihr etwas ins Auge fiel.

Als sie aufblickte, blieb sie auf halbem Weg stehen und starrte auf einen stirnrunzelnden Slate, der mit über der Brust verschränkten Armen an ihrer Tür lehnte.

Ashlyn saugte seinen Anblick in sich auf. Er sah gut aus. Ein paar Kratzer in seinem Gesicht. Ein wenig blass, aber in einem Stück. Die überwältigende Erleichterung durchfuhr sie so schnell, dass ihr die Knie weich wurden und sie sich mit einer Hand an der Wand abstützen musste, um sich zu stabilisieren.

Slate stieß sich von der Tür ab und marschierte auf sie zu. Er griff nach ihrem Ellbogen, um sie sanft festzuhalten. »Bist du betrunken?«, fragte er.

Ashlyn blinzelte überrascht und schüttelte den Kopf. »Nein.«

»Gut. Denn für das Gespräch, das wir gleich führen werden, musst du stocknüchtern sein.«

»Ich habe nichts getrunken.«

Slate nickte knapp und zog an ihrem Arm, um sie wieder zum Gehen zu bewegen. Ashlyn protestierte nicht und hasste sich dafür, dass es bei seiner Berührung in ihrem Bauch kribbelte, während sie wortlos neben ihm herging. Als sie an ihrer Tür ankamen, suchte sie erneut nach ihrem Schlüssel. Er nahm ihn ihr sofort ab, als sie ihn aus ihrer Handtasche zog, und schloss die Tür auf.

Sie legte ihre Handtasche auf den kleinen Tisch im Flur und betrat ihr Apartment. Sie zuckte zusammen, als sie den Zustand der Wohnung sah. In der Spüle stapelte sich schmutziges Geschirr und der Müll musste rausgebracht werden. Die letzten beiden Nächte hatte sie auf der Couch geschlafen, weil sie nicht in ihr Schlafzimmer gehen wollte, das sie zu sehr an Slate erinnerte. Die Decke, die sie benutzt hatte, lag auf dem Boden. Das und ihr Kissen am Ende der Couch machten es mehr als deutlich, dass sie in ihrem Wohnzimmer geschlafen hatte.

Auf dem Couchtisch standen benutzte Tassen und sie hatte sich nicht die Mühe gemacht, die vielen zerknüllten und benutzten Taschentücher auf dem Beistelltisch und dem Boden aufzuheben, bevor sie ins *Arnold's* gefahren war.

Als sie Slate anschaute, war sein Blick auf sie gerichtet, nicht auf den Zustand ihrer Wohnung.

»Du siehst müde aus«, sagte er sanft.

Ashlyn zuckte mit den Schultern. Sie wollte nicht zugeben, dass sie schlecht geschlafen hatte, weil sie zu sehr damit beschäftigt war, sich um ihn zu sorgen und sich die Augen auszuweinen.

Der strenge Ausdruck auf Slates Gesicht verschwand und Ashlyn hätte schwören können, dass Nervosität an seine Stelle trat.

»Du siehst gut aus. Ich bin froh, dass es dir gut geht«, sagte sie zu ihm.

»Ich auch. Obwohl mein Kopf immer noch etwas durcheinander ist. Wenn das, was ich gerade durchgemacht habe, auch nur die Hälfte von dem war, was *du* bei deiner Migräne gefühlt hast, weiß ich nicht, wie du das überstanden hast.«

»Ich hatte nicht wirklich eine Wahl«, entgegnete sie.

»Stimmt. Können wir reden?«, fragte er.

Ashlyn zog die Augenbrauen zusammen. »Wir reden doch.«

»Ich meine … ich muss mich entschuldigen. Erklären, was passiert ist.«

»Ist schon in Ordnung. Ich verstehe.«

»Ich glaube nicht, dass du das tust«, konterte er. »Ich muss dir von Mittwoch und Donnerstag in Afghanistan erzählen. Erklären, was dazu geführt hat, dass ich dich Freitagabend angerufen habe.«

»Ich dachte, du darfst nicht über deine Einsätze sprechen«, sagte Ashlyn verwirrt.

»Das darf ich auch nicht.«

In ihrem Kopf drehte sich alles. Sie war sich nicht sicher, ob sie Details darüber hören wollte, was mit ihm passiert war, da sie ihr schreckliche Angst machen würden, aber gleichzeitig wollte sie unbedingt mehr wissen. »Okay.«

Slate wies auf das Wohnzimmer. »Können wir uns setzen? Ich gebe es nur ungern zu, aber ich bin immer noch ziemlich zittrig.«

Ashlyn nickte sofort. Gott, sie war ein furchtbarer Mensch. Sie war zwar nicht bereit gewesen, Slate vor ihrer Tür zu sehen, und sie freute sich definitiv nicht darauf, mit ihm Schluss zu machen, aber sie wollte ihm keinen Schmerz zufügen.

Er folgte ihr in den Wohnbereich und sie war froh, dass er die Taschentücher und die allgemeine Unordnung nicht kommentierte. Sie setzte sich an ein Ende der Couch, erleichtert, als Slate sich nicht direkt neben sie setzte. Er ließ ihr Platz und nahm das andere Ende.

»Als wir in Afghanistan ankamen, ging alles sofort den Bach runter. Die Aufständischen griffen den Stützpunkt an und alle waren nervös. Nach ein paar Nächten fuhren wir in die Stadt, um den Anführer einer Gruppe von Taliban-Kämpfern aufzuspüren. Wir bekamen Informationen darüber, wo er wohnte, und gingen hin, um es uns anzusehen. Lange Rede, kurzer Sinn, er war nicht da, aber als wir uns in seinem Haus befanden, schoss er oder einer seiner Anhänger eine Panzerfaust auf das Haus ab, in der Hoffnung, mein ganzes Team zu töten.«

Ashlyn schnappte nach Luft.

Slate fuhr fort: »Aber wer auch immer es war, er war ein schlechter Schütze oder vielleicht war er nicht auf den Rückstoß der Waffe vorbereitet, denn anstatt das Gebäude genau in der Mitte zu treffen, ging der Schuss daneben. Die beschissene Bauweise des Hauses hat mich wahrscheinlich auch gerettet. Ich weiß noch, dass ich versucht habe, auf den Ziegeln und Brettern zu surfen, die unter meinen Füßen weggerutscht sind ... aber das ist alles. Ich wurde bewusstlos. Ich wachte auf dem Stützpunkt auf. Die Jungs hatten mich aus den Trümmern ausgegraben und mich in das Lazarett dort gebracht. Ich schätze, ich war superaggressiv – ich kann mich nicht wirklich erinnern – und weigerte mich dortzubleiben, und ich wurde *wirklich* wütend, als sie vorschlugen, mich nach Deutschland zu schicken. Ich weiß nicht, wie er es geschafft hat, aber Mustang überredete die Ärzte, mich in seine Obhut zu geben, und wir flogen nach Hause. Ich kann mich nicht daran erinnern, dich angerufen zu haben, Babe«, sagte Slate leise. »Ich kann mich nicht daran erinnern, wie ich aus dem Flugzeug, in Mustangs Wagen oder in mein Haus gekommen bin. Ich erinnere mich nur bruchstückhaft an alles, bis ich heute Mittag aufgewacht bin und einen etwas klareren Kopf hatte. Ich weiß nur, dass ich dir wehgetan habe – und das macht mich fertig.«

Ashlyn starrte den Mann an, den sie mehr liebte als jeden

anderen, mit dem sie je ausgegangen war ... und zuckte mit den Schultern. »Es ist okay.«

»Ist es nicht«, entgegnete Slate entschieden. »Du hättest da sein sollen.«

»Das wäre ich auch gewesen«, sagte Ashlyn, in der bei seinen Worten Schmerz und Zorn aufstiegen. »Aber du hast deutlich gemacht, dass Mustang gut auf dich aufpassen kann. Es spielt keine Rolle, dass du dich nicht daran erinnerst, es gesagt zu haben, Slate. Es könnte sogar mehr bedeuten, dass du es nicht mehr weißt.«

»Was soll das heißen?«

»Nur, dass dein Unterbewusstsein vielleicht gesagt hat, was du wirklich denkst.«

Slate schüttelte den Kopf. »Nein, du liegst falsch.«

»Tue ich das?«, fragte Ashlyn und legte den Kopf schief. »Ich bin nur die Braut, mit der du Sex hast«, sagte sie in dem Versuch, die Traurigkeit aus ihrem Tonfall herauszuhalten. »Mustang ist derjenige, der dich gerettet hat. Der mit dir durch dick und dünn gegangen ist. Tief in dir drin wusstest du, dass er dich beschützen würde, wenn du dich nicht selbst beschützen kannst. Und du kennst ihn viel besser als mich. Es ist nur natürlich, dass du seine Hilfe willst und nicht meine.«

»Ich kenne dich«, sagte Slate.

Ashlyn erwiderte nichts.

»Ich kenne dich«, beharrte er. »Du bist der großzügigste Mensch, den ich je kennengelernt habe. Und damit meine ich nicht das Geld. Jeder kann Geld spenden und es im nächsten Moment wieder vergessen. Du gibst dich selbst. Jedem, der klug genug ist, um zu erkennen, wie wertvoll du bist. Du hast zwei Stunden lang auf Jazmins Baby aufgepasst und ihr damit eine der ersten Pausen seit Monaten gegönnt. Du hast Brooklyn gelobt, als sie mit ihren Kleinkindern am Ende ihrer Kräfte war. Du ermutigst und unterstützt sie in ihrem Traum, wieder zur Schule zu gehen – etwas, das sie nie für möglich gehalten hätte, bis du anfingst, ihr und ihrer Familie das Essen zu bringen. Du sorgst dich darum, ob eine behinderte Frau genügend Sonnenschein in ihrem Leben bekommt. Genug, um sie zu ermutigen, bei jedem Besuch zwanzig Minuten mit dir draußen zu sitzen und zu lachen. Und lass uns James nicht vergessen. Du hast ihm das Gefühl gegeben, nicht mehr so einsam und wieder ein Teil der Welt zu sein. Nicht jeder würde jemanden wie ihn zur Hochzeit seiner Freunde einladen. Du gibst jedem, den du triffst, etwas von dir, Ashlyn, und du hast *mein* Leben um hundert Prozent besser gemacht.«

Ashlyn konnte ihn nur anstarren. Sie hatte keine Ahnung, worauf er hinauswollte, aber sie brachte kein einziges Wort als Antwort heraus.

»Du hast mich allein durch deine Existenz zu einem besseren Menschen gemacht. Ich bin nicht mehr so ungeduldig, wie ich es früher war. Wenn du mir nicht glaubst, frag einen meiner Teamkameraden. Ich lache mehr. Ich interessiere mich für die Menschen um mich herum und analysiere sie nicht nur, um herauszufinden, ob sie eine Bedrohung darstellen könnten. Zum Teufel, aus genau diesem Grund wurde ich in dem verdammten Haus erwischt. Da war ein Kind. Vielleicht sieben oder acht Jahre alt. Er gab demjenigen, der die Panzerfaust hatte, ein Zeichen, dass wir im Haus waren. Alle rannten wie der Teufel, um von dort wegzukommen, weil wir alle wussten, was kommen würde. Aber ich konnte den Jungen nicht zurücklassen. Er hasste mich. Er war bereit zu sterben, wenn das bedeutete, mein Team zu töten ... Aber gerade als ich mich umdrehte, um wegzulaufen, ließ mein Gewissen mich zögern. Ich drehte mich zurück, um ihn zu packen. Es war das, was *du* getan hättest. Ich wusste es. Tief in meiner Seele wusste ich, dass du nicht gegangen wärst, ohne zu versuchen, den Jungen zu retten. Schon als ich ihn zur Treppe schleppte, wurde mir klar, dass ich es nicht schaffen würde. Weißt du, was mir da durch den Kopf ging?«

»Was?«, flüsterte Ashlyn. Sie weinte jetzt, aber sie konnte nicht aufhören.

»Ich hoffte, dass die Jungs in Sicherheit waren. Ich wünschte, der Junge würde aufhören, an meiner Hand zu zerren, damit ich loslasse. Aber vor allem habe ich an dich gedacht.«

»An mich?«

»Ja, Babe. An *dich*. Ich war wütend, dass du nie erfahren würdest, wie viel du mir bedeutest. Dass ich dir nie erklären könnte, dass unsere zwanglose Beziehung totaler Schwachsinn ist. An unserer Beziehung ist nichts *zwanglos*. Nicht für mich.«

Ashlyns Augen weiteten sich. Hatte sie ihn falsch verstanden? Vielleicht wollte sie so verzweifelt, dass er dasselbe empfand wie sie, dass sie Halluzinationen hatte.

»Ich kann mich wirklich nicht daran erinnern, dich angerufen zu haben. Zu meiner Verteidigung muss ich sagen, dass mein Gehirn in meinem Schädel ganz schön durchgerüttelt wurde. Das ist wirklich keine Entschuldigung ... aber das Erste, was ich heute Morgen tun wollte, als ich endlich aufwachte und mich einigermaßen normal fühlte, war, mit dir zu reden. Dann hast du mir gesagt, du hättest eine Verabredung ...«

Slate holte tief Luft. »Ich *hasse* es, dass ich dir so wehgetan habe, dass du mit jemand anderem ausgegangen bist – aber ich werde dich nicht aufgeben. Ich werde uns nicht aufgeben. Ich werde alles tun, was nötig ist, um dein Vertrauen zurückzugewinnen. Wenn du dich weiterhin mit anderen treffen willst, während wir das, was wir hatten, in Ordnung bringen, werde ich damit fertig. Es wird mir nicht gefallen, aber ich werde dir beweisen, dass ich nicht nur dein Freund bin, sondern der Mann, der dich liebt. Der Mann, der vor einem Militärarzt einen Wutanfall bekommt wie ein Dreijähriger, damit er seinen Kopf durchsetzen und nach Hause zurückkehren kann, um die Frau zu sehen, der sein Herz gehört.«

Ashlyn fühlte sich, als würde sie gleich ohnmächtig werden. Anstatt zuzugeben, dass sie ihn auch liebte, fiel ihr nur ein: »Ich hatte keine Verabredung.«

»Babe, du warst in einer Kneipe und hast gesagt, du wärst mit einem *Freund* unterwegs.«

»Das war ich auch. Aber ... es war nicht mit einem Mann. Ich meine, es waren zwar Männer da, aber es war ein Gruppending. Heute hat einer der Jungs von *Food For All* Geburtstag. Ein paar von uns sind losgezogen, um mit ihm zu feiern.«

Slate setzte sich aufrechter hin. »Du hattest keine Verabredung?«

»Nein.«

Sein ganzer Körper sackte zusammen, er schloss die Augen und senkte den Kopf.

»Slate?«

»Gib mir eine Sekunde«, flüsterte er.

Ashlyn war sich nicht sicher, was sie tun sollte. Noch vor einer Woche wäre sie auf seinen Schoß geklettert und hätte ihm auf die beste Art und Weise versichert, dass er der einzige Mann in ihrem Leben war ...

Und in dem Moment, in dem sie diesen Gedanken hatte, fragte Ashlyn sich, was sie zurückhielt.

Er hatte sich entschuldigt. Er hatte eine Gehirnerschütterung. Er konnte sich nicht einmal mehr an die letzten zwei Tage erinnern.

Er sagte, dass er sie liebte.

Bevor sie merkte, was sie tat, war sie bereits in Bewegung. Sie ging die paar Schritte, die sie brauchte, um vor ihm zu stehen. Dann platzierte sie ihre Knie rechts und links von seinen Oberschenkeln.

Als er spürte, wie das Kissen unter ihm nachgab, riss Slate die Augen auf und ließ seine Hände zu ihren Hüften wandern. Er hielt sie fest, als sie näher an ihn heranrückte.

Ashlyn legte die Hände auf seine Wangen und begegnete seinem Blick. Sie hatte schreckliche Angst, aber das hier war zu wichtig, als dass sie um den heißen Brei herumreden könnte. »Du liebst mich?«, flüsterte sie.

»Ja«, sagte Slate, ohne zu zögern.

»Ich liebe dich auch.«

Er bewegte sich eine Nanosekunde lang nicht, nachdem das letzte Wort ihren Mund verlassen hatte. Dann atmete er lange aus, zog sie an sich und vergrub seine Nase zwischen ihrer Schulter und ihrem Hals.

»*Leck mich*«, flüsterte er.

Ashlyn weinte ... schon wieder ... aber sie lächelte.

»Leck mich!«, wiederholte Slate.

»Ich bin mir nicht sicher, ob du schon so weit bist«, neckte Ashlyn.

Er legte den Kopf nach hinten und sie sah, dass seine Augen vor Tränen glitzerten. »Sag es noch einmal«, befahl er.

»Ich liebe dich. Das tue ich schon eine ganze Weile, aber ich war zu feige, es mir selbst einzugestehen. Als ich hörte, dass du verletzt bist ... ich hatte noch nie solche Angst. Dann sagtest du, dass du mich nicht sehen willst, dass Mustang sich um dich kümmern kann, und all diese Angst verwandelte sich in Qual. Ich konnte nicht einmal mit unseren Freunden reden, weil es einfach zu sehr wehtat.«

»Es tut mir so verdammt leid«, sagte Slate leise.

Ashlyn schüttelte den Kopf. »Ich habe das nicht gesagt, damit du dich schlecht fühlst oder dich wieder entschuldigst oder so. Das lassen wir hinter uns. Ich habe es auch vermasselt. Ich hätte dich ignorieren und trotzdem zu deinem Haus fahren sollen. Ich hätte mir das anhören sollen, was unsere Freunde zu sagen hatten. Ich hätte mir schon viel früher eingestehen sollen, dass ich so viel mehr wollte als nur eine Sexfreundschaft mit dir. Ich hatte zu viel Angst, dass das der einzige Weg war, dich zu bekommen.«

»Wenn es jemals ein nächstes Mal gibt«, sagte Slate, »ist es scheißegal, *was* ich sage, du bewegst deinen Arsch zu mir, okay?«

Ashlyn schluckte die Angst hinunter, die sie bei dem Gedanken durchfuhr, dass er in Zukunft verletzt werden könnte. Aber sie war keine Idiotin. Ihr Mann war ein SEAL.

Sein Job war gefährlich. Sie musste einfach hoffen und beten, dass sein Team ihm den Rücken freihielt und die Bösewichte kein zweites Mal Glück hatten. »Okay.«

Er nahm ihr Gesicht in seine Hände. »Du warst nicht mit jemand anderem aus.« Es war keine Frage.

»Nein. Du bist der einzige Mann, für den ich mich seit über einem Jahr auch nur ein klitzekleines bisschen interessiere. Ich bin schon ewig in dich verknallt.«

»Ja?«

»Ja.«

»Ich weiß nicht, ob ich das auch von mir behaupten kann … aber ich weiß, dass ich nicht aufhören konnte, an dich zu denken. Mir Sorgen um dich zu machen. Dich zu nerven, damit du auf mich losgehst.«

Ashlyn rollte mit den Augen, während Slate ihr mit seinen Daumen die Tränen von den Wangen wischte. »Du hast dich also wie ein Grundschüler verhalten, der das Mädchen, das er mag, ärgert, weil er nicht weiß, wie er sonst ihre Aufmerksamkeit bekommen kann.«

»So in etwa«, stimmte Slate zu. Dann beugte er sich langsam zu ihr.

Sein Kuss war leicht, fast zögernd. Als wäre es der erste, den sie je miteinander geteilt hatten. Und in vielerlei Hinsicht war er das auch. Der erste in ihrer neuen, ernsten und sehr engagierten Beziehung.

Als er sich zurückzog, drückte Slate seine Stirn gegen ihre.

»Wie um alles in der Welt sollen wir nach all den Monaten, in denen wir darauf bestanden haben, dass wir nichts weiter als eine zwanglose Beziehung haben, allen erzählen, dass wir uns plötzlich lieben und eine ernsthafte Beziehung führen?«, murmelte sie.

Daraufhin legte Slate eine Hand auf ihre Hüfte, um sie zu stützen, und beugte sich dann so weit vor, dass er mit der anderen in seine Gesäßtasche greifen konnte. Er holte sein Handy heraus und tippte mit beiden Händen etwas ein.

»Slate? Was machst du da?«

»Gib mir eine Sekunde.«

»Im Ernst, Slate, was –«

»So. Es ist erledigt. Alle wissen es, also mach dir keine Sorgen mehr.«

»Was ist erledigt? Was hast du getan?«

Er drehte sein Handy um und Ashlyn starrte auf die Gruppennachricht, die er gerade verschickt hatte.

Slate: Ash und ich sind ineinander verliebt. Irgendwann in hoffentlich nicht allzu ferner Zukunft werden wir heiraten. Die erste Person, die »Ich wusste es« oder »Ich hab's ja gesagt« sagt, wird nicht zur Hochzeit eingeladen.

»Oh mein Gott! Ich kann nicht glauben, dass du das gerade verschickt hast. An wen hast du es geschickt?«, fragte Ashlyn, hin- und hergerissen zwischen Beschämung und hysterischem Gelächter.

»An alle.«

»Das hast du nicht!«

»Doch.«

In diesem Moment fing sein Handy an zu vibrieren, als die Leute auf die Nachricht antworteten. Und nicht nur das, auch Ashlyn hörte, wie ihr eigenes Telefon, das immer noch in ihrer Handtasche neben der Tür steckte, mit Benachrichtigungen klingelte.

»Du bist unmöglich.«

»Und du liebst mich trotzdem.«

Sie lächelte. »Das tue ich.«

Sein Gesichtsausdruck wurde ernst. »Ich werde mein Bestes tun, um dich nie wieder so zu verletzen, Babe. Aber wenn ich es tue, nimm es nicht einfach hin. Du kannst mir Paroli bieten. Immer. Ich kann den Gedanken nicht ertragen, dass du auf deiner Couch schläfst und dir die Augen ausweinst, weil ich etwas getan oder gesagt habe.«

Klar, dass ihm nicht entgangen war, dass sie genau das während der letzten zwei Tage getan hatte. »Das werde ich.«

»Ich meine es ernst. Ich werde mich immer wieder zusammenreißen, aber wenn du mich auf meine Scheiße ansprichst, wird das schneller passieren.«

»Okay.«

»Jetzt, da mit uns wieder alles in Ordnung ist – es ist doch alles in Ordnung, oder?«

»Alles ist in Ordnung, Slate.«

Er nickte. »Okay. Jetzt, da alles in Ordnung ist, denke ich, dass ich mich ein bisschen hinlegen muss.«

Ashlyn runzelte besorgt die Stirn. »Warum? Tut dein Kopf weh? Soll ich einen Arzt anrufen? Vielleicht sollte Mustang vorbeikommen. Da er sich um dich gekümmert hat, wird er wissen, ob du ins Krankenhaus musst, nicht wahr?«

»Schhhh. Mir geht's gut. Ich bin nur müde. Und mein Kopf tut immer noch ein wenig weh. Aber nicht so wie zuvor.«

»Bist du sicher? Du sagst mir das nicht nur, damit ich nicht ausflippe?«

»Ich bin mir sicher.«

Ashlyn atmete erleichtert aus. »Wann hast du das letzte Mal etwas gegessen?«

»Bevor ich hierherkam. Aleck hat mich dazu gebracht, Eier und einen Shake zu mir zu nehmen.«

»Wie wäre es, wenn du dich hinlegst und ich dir etwas zum Abendessen mache. Vielleicht eine Lasagne? Ich werde viel Fleisch reintun, damit du mehr Proteine bekommst. Und die Kohlenhydrate werden dir sicher guttun.«

»Wie wäre es, wenn ich hier liege, während du kochst?«, konterte er.

»Okay. Das ist besser. So kann ich ein Auge auf dich haben«, stimmte Ashlyn zu. Dann sagte sie verlegen: »Und eine Decke und ein Kissen liegen hier sowieso schon.«

Slate runzelte die Stirn. »Ich hasse es, dass ich dir wehgetan habe, Babe.«

»Ist schon okay. Es ist vorbei. Wir schauen nach vorn. Ich meine, anscheinend werden wir irgendwann heiraten, auch wenn ich mich nicht erinnern kann, dass du gefragt hast oder ich Ja gesagt habe.«

Slate grinste, beugte sich vor und küsste sie innig. »Ich weiß, wenn ich etwas Gutes gefunden habe, und du, Babe, bist das Beste, was mir je passiert ist. Wir werden heiraten. Vielleicht nicht morgen oder nächsten Monat, aber es wird passieren.«

»Bist du dir sicher, dass es mit uns klappt? Dass wir uns nicht gegenseitig überdrüssig werden?«

»Ich bin mir sehr sicher«, sagte er ohne den geringsten Zweifel in der Stimme. »Ich habe den Panzerfaustangriff nicht überlebt, um weiterhin ein Dummkopf zu sein.«

Ashlyn konnte sich ein Lächeln nicht verkneifen, auch wenn sie es immer noch hasste, sich vorzustellen, was er durchgemacht hatte. Dann fiel ihr etwas anderes ein. »Glaubst du, er ist in Ordnung?«

Als Beweis dafür, dass sie auf der gleichen Wellenlänge waren, musste Slate nicht fragen, von wem sie sprach. »Ich weiß es nicht. Mein Bauchgefühl sagt Nein, aber mein Herz hofft, dass er vielleicht auch überlebt hat. Vielleicht sind seine Eltern gekommen und haben ihn ausgegraben, nachdem wir weg waren. Die Jungs haben ihn auf der Suche nach mir nicht gefunden.«

»Das ist alles so traurig«, sagte Ashlyn.

»Das ist es. Kinder sind unschuldig. Ich hasse es, dass jemand seinen kleinen Verstand so verdreht hat, schon so früh in seinem Leben einen solchen Hass zu hegen.«

Ashlyn beugte sich nach vorn und lehnte ihr Körpergewicht an Slate. Er legte die Arme um sie und so saßen sie ein paar Minuten lang da.

»Essen«, sagte sie, als sie sich schließlich mit einem Seufzen aufrichtete. Als sie in Slates Gesicht blickte, sah sie, wie er die Stirn runzelte, als würde ihm der Kopf wehtun. Sie ging von ihm herunter, beugte sich nach unten, küsste ihn kurz, hob die Decke auf, die immer noch auf dem Boden lag, und zeigte auf das Kopfkissen. »Leg dich hin.«

»Ja, Ma'am.«

»Und zu denken, dass du diesen hervorragenden Patientenservice in den letzten Tagen hättest haben können«, scherzte sie, als sie die Decke über ihm ausbreitete, während er sich auf den Rücken legte.

»Ja.«

Nur klang er nicht so, als fände er ihre Worte lustig.

»Ich habe nur einen Witz gemacht«, sagte sie.

»Ich nicht. Ich habe dich zum Weinen gebracht. Und dich fast verloren. Das wird nicht wieder vorkommen.«

»Ich weiß.« Und das tat sie. »Schlaf, Slate. Wenn du aufwachst, essen wir etwas und bringen dich dann ins Bett. Warte, musst du morgen arbeiten?«

»Nein. Ich habe die Woche frei.«

»Okay, gut. Ich rufe Lex an und frage, ob sie jemanden findet, der meine Lieferroute für ein paar Tage übernimmt.«

»Ich kann auch einfach hier abhängen, während du dein Ding machst«, protestierte er.

»Nein. Ich spreche jetzt ein Machtwort. Ich hätte dich fast verloren«, sagte sie, wobei sie den letzten Teil flüsterte. »Gib mir ein paar Tage.«

»Abgemacht«, sagte er, ohne zu zögern. »Ich würde mich freuen, wenn du dich um mich kümmerst, während ich mich erhole.«

Ashlyn nickte, dann griff sie nach der Lampe neben der Couch. Sie schaltete das Licht aus, dann ging sie zu den Vorhängen an den Fenstern und schloss auch diese. Sie wusste, wie schmerzhaft das Sonnenlicht sein konnte, wenn sie Kopfschmerzen hatte. Slate ging es wahrscheinlich genauso. Sein erleichtertes Seufzen sagte ihr, dass sie recht hatte.

»Ach, übrigens, ich beantworte keine der SMS von unseren Freunden. Du hast die Nachricht verschickt, *du* kannst dich darum kümmern.«

»Kein Problem. Ich kümmere mich darum, indem ich sie ignoriere«, sagte er mit einem kleinen Lächeln, während er die Augen schloss.

Ashlyn beobachtete ihn eine Weile. Auch wenn sie etwas überwältigt davon war, wie sie von dem Wunsch, mit Slate Schluss zu machen, zu dem Eingeständnis gekommen war, dass sie ihn liebte, konnte sie sich ein Lächeln nicht verkneifen. Sie würde auf jeden Fall mit den anderen Frauen über alles reden, was passiert war. Sie würden sich für sie freuen und wahrscheinlich grinsend sagen, dass sie schon die ganze Zeit gewusst hatten, dass sie und Slate am Ende zusammenkommen würden ... und zwar *wirklich* zusammen.

Mit einem tiefen Atemzug ging Ashlyn in die Küche, um die Lasagne vorzubereiten. Sie musste Slate wieder zu Kräften bringen. Sie musste ihn wieder zu dem herrischen, leicht nervigen, beschützenden Mann machen, den sie kannte und liebte. Sie mochte es nicht, wenn er unsicher und verletzt war.

Irgendwie war ein Tag, der miserabel begonnen hatte, zu einem der besten ihres Lebens geworden. Eine Beziehung mit Slate würde nicht ohne Höhen und Tiefen sein, aber solange sie sich am Ende eines jeden Tages sagten, dass sie einander liebten, und versprachen, alle Unebenheiten des Lebens zu meistern, würde alles gut werden.

KAPITEL ZWANZIG

Die letzten vier Tage hatten zu den glücklichsten in Ashlyns Leben gehört, und zwar aus keinem anderen Grund als dem, dass sie sie mit dem Mann verbracht hatte, den sie liebte.

Sie hatten die Nacht von Sonntag auf Montag in ihrer Wohnung verbracht und waren dann für den Rest der Woche zu Slates Haus gefahren. Als sie ihm am Sonntagabend vorsichtig das Hemd auszog, bevor sie ihn ins Bett legte, schockierten sie die blauen Flecke auf seinem Körper. Slate hatte seine Verletzungen *sehr* heruntergespielt. Ashlyn hatte ihm danach verboten, sich allzu sehr anzustrengen, und darauf bestanden, dass er sich Zeit zum Heilen nahm.

Aber gestern war es offensichtlich gewesen, dass er fast wieder ganz der Alte war. Er bestand darauf, am Donnerstagmorgen zu trainieren, ein paar leichte Gewichte zu heben und Sit-ups und Klimmzüge zu machen – Laufen ging er noch nicht.

Es war Freitagmorgen und Zeit für sie beide, zu ihrem normalen Tagesablauf zurückzukehren. Obwohl er erst am Montag wieder zur Arbeit musste, wollte Slate unbedingt mit seinem Kommandanten sprechen und ihm von den Ereig-

nissen in Afghanistan berichten. Ihr Mann war verdammt hartnäckig, aber zum Glück auch ein Schnellheiler.

Gestern Abend hatten sie endlich miteinander geschlafen.
Ashlyn hatte versucht, es langsam und sanft anzugehen, aber
es dauerte nicht lange, bis sie beide zu verzweifelt waren, um
so fortzufahren.

Slate war unersättlich gewesen und hatte ihr immer wieder
gesagt, wie sehr er sie liebte, während er sie mit seinem Mund
und seinen Fingern dreimal zum Orgasmus brachte, bevor er
sich ihrer erbarmte. Sie versuchte, sich umzudrehen, damit er
sie von hinten nehmen konnte – sie liebte es, wenn er sie auf
diese Weise fickte –, aber er ließ es nicht zu, zwang sie auf den
Rücken und drang tief in sie ein, während sie Angesicht zu
Angesicht waren.

»Nach allem, was passiert ist, möchte ich beim ersten Mal,
wenn wir *Liebe machen*«, sagte er und betonte die Worte, »dein
Gesicht sehen. Ich möchte dir in die Augen schauen, damit du
siehst, wie sehr ich dich liebe.«

Sie war dahingeschmolzen. Wie hätte sie da Nein sagen
können?

Und er hatte genau das getan, was er gesagt hatte: Er stieß
immer wieder zu, langsam und gleichmäßig, ohne den Blick
von ihr zu nehmen. Er hatte sie noch einmal an den Rand des
Abgrunds gebracht, bis sie ihn anflehte, sie kommen zu lassen.
In dem Moment, in dem sie sich an ihn schmiegte und zu
zittern begann, drehte er durch und hämmerte wieder und
wieder in sie hinein, wobei er im Takt seiner Stöße *Ich liebe
dich, ich liebe dich* wiederholte.

Danach hatten sie sich aneinandergeklammert, während
ihre Herzen wie wild rasten.

Jetzt saß sie in ihrem Wagen und versuchte, nicht mehr von
der letzten Nacht zu träumen.

Sie freute sich darauf, ihre Kunden wiederzusehen. Doch
sie waren mehr als nur Kunden. Sie waren ihre Freunde, und
Ashlyn war gespannt darauf, was sie in den letzten vier Tagen

verpasst hatte. Es war kaum zu glauben, dass es erst Freitag war. Es fühlte sich an, als wären Wochen vergangen. Ihr Leben hatte sich in den letzten Tagen so sehr verändert ... zum Besseren.

Elodie, Lexie, Kenna, Monica und Carly waren überglücklich über die Veränderung in ihrer und Slates Beziehung gewesen. Und ja, Ashlyn hatte eine Menge »nicht überrascht« und »wurde auch Zeit« von ihren Freundinnen gehört, aber sie war nicht im Geringsten verärgert. Es war offensichtlich, dass sie sich alle für sie und Slate freuten.

Auch alle auf ihrer Route waren froh, sie zu sehen. Jazmin war ganz aufgeregt, als sie Henrys ersten Zahn zeigte, der durch sein Zahnfleisch lugte. Briar und Curtis zeigten ihre neuesten Zeichnungen und Brooklyn platzte vor Freude, weil Trey einen neuen Job bekommen hatte, der fünf Dollar mehr pro Stunde einbrachte. Sogar Christi lächelte mehr als sonst, als sie zwanzig Minuten lang auf ihrer Veranda in der Sonne saßen.

Der einzige Mensch, der nicht glücklich war, war James.

Ashlyn hatte sich seinem Haus mit federndem Schritt genähert und sich darauf gefreut, ihn zu sehen. Aber als sie ihn sah und er die Tür öffnete, wusste sie sofort, dass etwas nicht stimmte. Er lächelte, als er sie sah, aber irgendetwas war definitiv ... seltsam.

Es brauchte ein wenig Überredungskunst, um es aus ihm herauszubekommen. Nach einigem Small Talk, nachdem sie ihm das Stück Limettenkuchen, den Elodie gebacken hatte, auf einen Teller gelegt und ihm von der Veränderung in ihrer und Slates Beziehung erzählt hatte, erklärte sie: »Sagst du mir jetzt, was los ist, oder wollen wir den Rest meines Besuchs hier sitzen und so tun, als ob nichts wäre?«

James seufzte. »Ich bin neunundachtzig Jahre alt. Man sollte meinen, dass ich mittlerweile daran gewöhnt bin, enttäuscht zu werden.«

»Was ist passiert?«, fragte Ashlyn.

»Es geht um Aiden.«

»Deine Haushaltshilfe?«

»Ja. Ich hatte schon länger Bedenken, aber ich wollte ihm einen Vertrauensbonus geben. Der Junge hatte kein einfaches Leben und er war sehr hilfreich«, sagte James.

»Aber?«, drängte Ashlyn, als er nicht sofort fortfuhr.

»Du weißt, dass ich kein Fan von Banken bin, oder?«, fragte James.

Verwirrt über den Themenwechsel, nickte Ashlyn. »Ich sage dir immer wieder, dass sich die Dinge seit deiner Kindheit geändert haben. Dass es jetzt sicher ist, dein Geld einzuzahlen.«

James schenkte ihr ein kleines Lächeln. »Ich weiß, aber alte Gewohnheiten lassen sich schwer überwinden. Als Kind haben meine Eltern ständig über die Depression gesprochen. Sie haben wegen der Situation bei den Banken viel Geld verloren und bis zu ihrem Tod haben sie ihre Ersparnisse im Haus aufbewahrt. Und erzähl mir nichts von Zinsen«, sagte er, eine Hand erhoben. »Der magere Betrag, den die Banken dir geben, ist ein Schlag ins Gesicht. Sie machen mit unseren Einlagen einen Haufen Geld und geben uns trotzdem nur ein paar Cent pro Dollar. Das ist Abzocke!«

Ashlyn wusste, dass James sich bei diesem Thema extrem aufregen konnte, und versuchte, das Thema zu wechseln. »Was ist mit Aiden passiert?«

James seufzte. »Ich habe gestern meinen Rentenscheck bekommen. Aiden hat mich mit Freuden zur Bank gebracht, um ihn einzulösen. Ich warte immer, bis ich allein bin, um mein Geld zu verstecken. Nachdem Aiden gegangen war, ging ich in die Küche, um das Geld in eines meiner Verstecke zu legen. Aus dem Augenwinkel nahm ich eine Bewegung wahr. Es war Aiden, der durch das Fenster hereinschaute. Ich glaube nicht, dass er wusste, dass ich ihn gesehen habe, aber ich kann ihn nicht mehr guten Gewissens in meinem Haus haben.«

»Oh, James. Das tut mir leid«, sagte Ashlyn. »Bist du sicher, dass er dir wirklich nachspioniert hat?« Es war eine dumme Frage, aber sie konnte nicht anders, als sie trotzdem zu stellen.

James sah sie nur mit hochgezogenen Augenbrauen an.

Sie seufzte. »Ja, blöde Frage. Tut mir leid.«

»Es ist nicht nur das«, sagte James. »Ich meine, nachdem ich sicher war, dass er weg war, hätte ich mein Geld einfach woanders hintun können ... aber es gibt noch andere Dinge, die er getan hat, die mich schon seit einiger Zeit beunruhigen.«

»Was zum Beispiel?«

James winkte abweisend mit der Hand. »Das spielt keine Rolle. Ich habe die Agentur angerufen, kurz bevor du gekommen bist, und gesagt, dass ich seine Dienste nicht mehr benötige.« Langsam erhob James sich von seinem Sessel. Er ging zu einem kleinen Tisch an der Wand neben der Küche und hob einen Karton auf. Er war etwa doppelt so groß wie ein Schuhkarton. Er trug ihn dorthin, wo Ashlyn saß, und hielt ihn ihr hin.

Ashlyn nahm ihn ihm ab. »Was ist das?«

»Meine Ersparnisse«, antwortete James ruhig, während er sich wieder auf seinem Sessel niederließ.

»Was?«

»Das ist alles Geld, das ich auf der Welt habe. Es hat ein bisschen gedauert, bis ich mich an alle meine Verstecke im Haus erinnert habe, aber ich glaube, ich habe alles.«

»Das kann ich nicht annehmen!«, rief Ashlyn.

»Es ist kein Geschenk«, korrigierte James sanft. »Ich bin vielleicht alt, aber nicht senil ... noch nicht.« Er lächelte, aber Ashlyn fand nichts an dieser Situation lustig.

»Ich möchte, dass du es für mich aufbewahrst. Ich weiß, dass es nicht fair ist, dich darum zu bitten, aber ich tue es trotzdem. Ich vertraue dir, Ashlyn. Du hast mir nie einen Grund gegeben, es nicht zu tun. Ich habe tausend Dollar für den Notfall aufbewahrt, aber ich will das ganze Geld nicht mehr im Haus haben.«

Ashlyn versuchte, sich eine Antwort einfallen zu lassen, aber sie war zu überrascht. Sie war zu geschockt.

»Mir fehlt Geld«, erklärte James. »Ich weiß nicht, wie viel, aber ich vermute, dass Aiden sich schon seit Langem bedient hat. Ich kann es nicht beweisen, und wenn ich es versuchen würde, würde die Polizei denken, dass ich einfach vergessen habe, wie viel ich hatte, und ein verrückter alter Mann bin.«

»Vielleicht ist es jetzt an der Zeit, ein Konto bei der Bank zu eröffnen«, sagte Ashlyn sanft.

James schüttelte nur den Kopf. »Ich habe nicht mehr viel Zeit auf dieser Erde, und das ist in Ordnung für mich. Meine Angie wartet auf der anderen Seite auf mich und ich kann es kaum erwarten, sie wiederzusehen. Aber ich will verdammt sein, wenn ich jemand anderem überlasse, was ich verdient habe. Es ist nicht viel, vielleicht zwanzigtausend oder so, aber ich vertraue darauf, dass du es für mich aufbewahrst.«

Ashlyn hätte am liebsten geweint. Sie wollte auf keinen Fall die Verantwortung für James' Geld übernehmen, aber sie hatte noch größere Bedenken dabei, dass er es im Haus aufbewahrte, vor allem wenn er dachte, dass Aiden es stahl. »Okay, James. Ich werde es sicher für dich aufbewahren.«

Als Erstes würde sie das Geld auf ihr Konto einzahlen. So viel Bargeld konnte sie auf keinen Fall einfach in ihrer Wohnung liegen lassen. Und sie hatte das Gefühl, dass Slate sich dabei auch nicht wohlfühlen würde.

Sie beobachtete, wie James' Schultern sich bei ihren Worten zu entspannen schienen. Es war offensichtlich, dass er sich darüber Sorgen gemacht hatte. Er schien hundertmal weniger gestresst zu sein als vorhin, als sie hereingekommen war.

»Gut. Ich vertraue dir, Ashlyn«, sagte er erneut.

»Das bedeutet mir sehr viel, James«, erwiderte sie. »Aber was wirst du wegen einer Haushaltshilfe unternehmen? Ich will dir nicht zu nahe treten, aber du brauchst weiterhin jemanden.«

»Ich weiß. Nächste Woche rufe ich das Ministerium für Kriegsveteranen an und frage, ob sie mir dort jemand anderen empfehlen können. In der Zwischenzeit sehen wir uns immer noch Montag, Mittwoch und Freitag, oder?«

»Natürlich«, versicherte Ashlyn ihm. »Und ich werde sehen, ob ich dich auch an den anderen Wochentagen in meine Route aufnehmen kann.« Sein Haus lag zwar nicht in der Nähe der anderen, die sie an den anderen Wochentagen besuchte, aber sie würde schon einen Weg finden, das zu regeln.

»Du bist ein gutes Mädchen«, sagte James. »Ich bin froh, dich zu kennen.«

Ashlyn lächelte. »Und ich bin froh, *dich* zu kennen.«

»Wenn du Zeit hast, kannst du mir vielleicht mehr darüber erzählen, wie du und Slate von *nichts Ernstem* dazu gekommen seid, die L-Bomben aufeinander zu werfen.«

Ashlyn brach in Gelächter aus. »Die L-Bomben?«, fragte sie kichernd.

»Ist das nicht das, was die jungen Leute heutzutage *Ich liebe dich* nennen?«, fragte James.

Sie konnte nur den Kopf schütteln. »Ich habe keine Ahnung«, gab sie zu. Sie bückte sich, stellte die Schachtel mit dem Geld auf den Boden, nahm das Glas Wasser, auf das James bei ihrer Ankunft bestanden hatte, und erzählte ihrem Freund alles.

Eine halbe Stunde später ertönte das Klingeln von Ashlyns Telefon im Zimmer. Sie zog es aus ihrer Tasche und sah, dass sie eine SMS von Slate bekommen hatte.

Slate: Sag James einen schönen Gruß von mir. Hast du eine Ahnung, wann du nach Hause kommst?

· · ·

Nach Hause. Gott, das hörte sich gut an. Trotz all ihrer Proteste in den letzten Monaten, dass sie und Slate nicht zusammenziehen würden, fühlte es sich gut an, Slates Haus als *ihr Zuhause* zu betrachten.

»Ich nehme an, das ist dein junger Mann«, sagte James.

»Ja. Er lässt grüßen und hat sich gefragt, wann ich nach Hause komme«, antwortete Ashlyn.

»Es ist schon spät«, sagte James. »Los, fahr nach Hause zu deinem Mann.«

Ashlyn konnte es kaum erwarten, ihn wiederzusehen. In den letzten vier Tagen hatten sie jede Minute zusammen verbracht, und jetzt fühlte es sich seltsam an, ihn seit heute Morgen nicht mehr gesehen zu haben.

Aber aus irgendeinem Grund war es ihr unangenehm, James zu verlassen. »Es ist noch nicht so spät.«

»Ashlyn, fahr nach Hause«, drängte James entschieden. »Außerdem bin ich müde. Ich schalte den Fernseher ein und schlafe wahrscheinlich gleich hier in meinem Sessel ein.«

»In Ordnung, ich mache mich auf den Weg«, sagte Ashlyn. »Aber ich werde dich morgen anrufen, um mich nach dir zu erkundigen.«

»Mir wird es gut gehen«, versicherte er ihr.

»Gut. Dann rufe ich morgen an, um Hallo zu sagen«, gab Ashlyn zurück.

James lachte leise. »Es wäre doch albern, sich weiterhin dagegen zu wehren, von einer hübschen jungen Dame angerufen zu werden, oder?«

»Jup.« Ashlyn stand auf und ging zu James' Sessel hinüber. Sie kniete sich neben ihn und legte ihre Hand auf seinen Arm. Aufgrund seiner Persönlichkeit vergaß sie meistens, wie alt und gebrechlich er war. Aber als sie seinen dünnen Arm berührte und ihm so nahe war, wurde sie sich seiner Verletzlichkeit schmerzlich bewusst. »Das mit Aiden tut mir leid. Ich weiß, dass du ihn mochtest.«

James presste seine Lippen aufeinander und nickte. »Er hat

sich in letzter Zeit verändert. Am Anfang habe ich es nicht bemerkt, aber jetzt, da ich zurückblicke, sehe ich es.«

Ashlyn drückte sanft seinen Arm. »Es ist besser, auf Nummer sicher zu gehen. Ich werde sehen, ob ich einen anderen Hilfsdienst finden kann. Wir werden das in Windeseile hinbekommen.«

»Du bist eine gute Frau«, sagte James.

»Ich versuche es«, antwortete Ashlyn. »Und iss nicht die anderen zwei Stücke Kuchen zum Abendessen. Elodie hat gestern fleißig am Hähnchen, dem Reis und den Hummus-Frikadellen gearbeitet. Ich habe genug für zwei Mahlzeiten mitgebracht. In der Küche ist auch noch Obst und etwas Brot.«

»Du bist zu gut zu mir«, sagte James, hob seine Hand und legte sie ihr an die Wange, ähnlich wie Slate es tat.

Für einen Moment konnte Ashlyn sich ihren Freund als jungen Mann vorstellen, der seine Frau umwarb und genauso beschützend und herrisch war, wie Slate es bei ihr war. Es brachte sie zum Lächeln.

»Ich liebe es, dich lächeln zu sehen«, sagte James. »Und jetzt ab mit dir. Fahr nach Hause zu deinem Mann und hab ein schönes Wochenende.«

»Wir sprechen uns morgen.«

James rollte mit den Augen, was Ashlyn zum Lächeln brachte.

»Und ruf mich an, wenn du etwas brauchst. Ich meine es ernst, James.«

»Ja, Ma'am. Das werde ich. Und ...« Seine Stimme wurde leiser. »Danke, dass du dich für mich darum kümmerst.« Er nickte zu der Schachtel, die neben ihrem Sessel stand.

»Natürlich.« Ashlyn beugte sich vor und küsste James auf die Wange. »Wir sehen uns bald wieder.«

»Ich freue mich schon darauf.«

Ashlyn stand auf, schnappte sich ihr Glas, brachte es in die Küche und stellte es in die Spüle. Dann ging sie zurück in das kleine Wohnzimmer, hob James' Ersparnisse auf, lächelte ihn noch einmal an und machte sich auf den Weg zu ihrem Wagen. Sie ging etwas schneller als sonst, aus Paranoia darüber, so viel Bargeld bei sich zu tragen.

Sie dachte daran, wie unglücklich Slate wäre, wenn er wüsste, dass sie mit zwanzigtausend Dollar herumlief, und griff zum Telefon, als sie sicher in ihrem Wagen saß und die Türen verschlossen waren.

Ashlyn: Ich fahre jetzt zurück zu *Food For All*. Ich sollte in etwa fünfundvierzig Minuten zu Hause sein.

Slate: Klingt gut. Ich mache Nudeln mit gebratenem Gemüse zum Abendessen.

Gott, die Unterhaltung war so ... häuslich. Ashlyn liebte es.

Ashlyn: Klingt toll. Ich habe eine Menge mit dir zu besprechen, wenn ich da bin.

Slate: Ist alles in Ordnung?

Ashlyn: Ja. Ich hatte einen schönen Tag.

Slate: Okay. Ich mache jetzt Schluss, damit du fahren kannst. Pass auf dich auf.

Ashlyn: Das werde ich. Wir sehen uns bald.

Slate: Ich liebe dich.

Ashlyn lächelte und starrte auf die Worte auf ihrem Bildschirm. Es war erstaunlich, wie gut sie sich damit fühlte.

Ashlyn: Ich liebe dich auch.

· · ·

Dann startete sie den Motor und fuhr vom Bordstein weg. Es war fast beängstigend, wie gut die Dinge in ihrem Leben liefen. Einen Moment lang fragte sie sich, wann die nächste Hiobsbotschaft kommen würde. Es schien immer so zu sein, dass etwas passierte, das alles durcheinanderbrachte, sobald es gut für sie lief.

Aber daran wollte sie nicht denken. Alles war gut. Großartig. Selbst wenn sie und Slate irgendwann in der Zukunft Probleme bekommen würden, im Moment war alles wunderbar.

Aiden beendete das Gespräch, warf den Kopf zurück und schrie vor Frust.

Ihm war gerade mitgeteilt worden, dass James Mason seine Dienste nicht mehr benötigte.

Der alte Mistkerl konnte ihn nicht feuern! Nicht jetzt. Er *brauchte* den Job. Er brauchte das Geld aus den Verstecken in seinem Haus. Ohne seine Drogen würde Aiden buchstäblich sterben. Zumindest würde es sich so anfühlen, wenn er einen Entzug durchmachte.

In letzter Zeit musste er immer mehr Heroin nehmen, um seinen Rausch aufrechtzuerhalten. Und die einzige Möglichkeit, wie er sich die benötigte Menge leisten konnte, bestand darin, sein Einkommen aufzustocken. James' Geld war der schnellste und einfachste Weg, das zu erreichen.

Der Typ bekam kostenloses Essen geliefert und verließ nie das Haus. Er bekam seine Rente von der Navy und Geld von der Sozialversicherung. Ihm fehlte kein Cent von dem, was Aiden bereits genommen hatte, warum sollte es ihn also kümmern, wenn Aiden ein paar Dollar brauchte?

Gestern war er ein wenig unvorsichtig gewesen. Er wusste, nachdem sie von der Bank zurückgekommen waren, würde James das Geld verstecken, sobald er allein war ... und Aiden brauchte etwas davon. Also hatte er sich um das Haus herumgeschlichen und beobachtet, wie der alte Mann sein Geld versteckte. Es war gut, dass er das tat, denn James hatte es an einem anderen Ort versteckt.

Er konnte sich nicht daran erinnern, dass James zum Fenster geschaut hatte ... aber er musste entdeckt worden sein. Und jetzt war er gefeuert worden.

Scheiß auf James! Und scheiß auf seinen Job! Ihm wurde nicht annähernd genug bezahlt, um sich den ganzen Tag mit der Scheiße alter Leute zu beschäftigen. Sie stanken, waren langweilig, unordentlich und erbärmlich.

Aiden ging in seiner leeren Wohnung umher. Einer Wohnung, die er sich nicht mehr lange würde leisten können, ohne Job und mit einer Gewohnheit, die er nicht ablegen konnte. Der Gedanke daran, wie viel Geld in James' Haus versteckt sein könnte, ließ Aiden das Wasser im Munde zusammenlaufen.

Nachdem ein bisschen hier und da zu nehmen keine Option mehr war, würde er einfach reingehen und alles mitnehmen. Sicherlich würde es für eine ganze Weile reichen. Er musste es nur finden.

In seinem Kopf wirbelten Pläne herum. Er würde noch einmal zu dem Haus fahren. Er würde sich entschuldigen. Er würde sich bei James einschmeicheln ... und ihn dann ein letztes Mal betäuben. Er versetzte sein Wasser schon seit einer Weile mit Schlafmittel. Es war einfacher, nach dem Geld zu suchen, wenn der alte Mann bewusstlos war und Aiden nicht befürchten musste, erwischt zu werden.

Er hatte gehört, wie er sich am Telefon mit der übermäßig netten Schlampe des Essenslieferdienstes darüber unterhielt, dass er oft müde war und mehr Nickerchen als sonst machte. Durch einen glücklichen Zufall schien er Aiden nicht zu verdächtigen, obwohl er ihn vor einiger Zeit dabei erwischt hatte, wie er ihm etwas ins Wasserglas tat. Wie dumm konnte der Kerl eigentlich sein?

Morgen würde das Arschloch ein *sehr* langes Nickerchen machen. Eines, aus dem er nicht mehr aufwachen würde.

Aiden empfand nicht einmal Schuldgefühle angesichts der Entscheidung, dem Mistkerl eine Überdosis zu verpassen. Er war verdammt noch mal steinalt. Eine Verschwendung von Platz. Er würde ihm eine dreifache Dosis Schlaftabletten verabreichen und dann nach dem versteckten Geld suchen. Er würde das Haus genau so verlassen, wie er es vorgefunden hatte, damit niemand etwas anderes vermuten konnte als einen alten Mann, der sich für ein Nickerchen hinlegte und nie wieder aufwachte.

Seine Fingerabdrücke würden die Polizei nicht misstrauisch machen, da er dreimal pro Woche vorbeikam. Er würde ein paar Blocks vom Haus entfernt parken, sodass niemand seinen Wagen vor dem Haus sähe. Aiden hatte außerdem genügend Sendungen über wahre Kriminalfälle gesehen, um zu wissen, dass er sein Handy bei sich in der Wohnung lassen würde, um ein Alibi zu haben, falls die Polizei seine Handydaten überprüfen sollte.

Je mehr er darüber nachdachte, desto aufgeregter wurde Aiden.

Das würde funktionieren. Wenn der alte Mann ihn nicht gefeuert hätte, hätte er weiterhin hier und da ein paar Hunderter kassiert, und es wäre keine große Sache gewesen. Aber jetzt würde er eine riesige Menge an Geld bekommen.

»Dummes Arschloch«, murmelte Aiden. Er hatte keine Ahnung, ob eine dreifache Dosis Schlaftabletten den alten Knacker tatsächlich umbringen würde oder nicht, aber er wollte keine Zeit mit Sorgen darüber verschwenden. Zumindest würde es ihn für Stunden außer Gefecht setzen, vielleicht sogar für den ganzen Tag und die ganze Nacht. Und morgen um diese Zeit würde Aiden seine Drogen haben und sich wieder gut fühlen. Je nachdem, wie viel Geld er fand, könnte er für eine sehr lange Zeit ausgesorgt haben.

Aidens einziges Problem in diesem Moment war es, genügend Geld für einen Schuss zusammenzukratzen, der ihm bis morgen reichen würde. Er dachte darüber nach, in die Wohnung seines Nachbarn einzubrechen, was er schon einmal getan hatte, aber er entschied sich für etwas weniger Riskantes. Er könnte die Braut, die er kannte, ansprechen, die sich manchmal erbarmte und ihm ein paar Dollar zusteckte, nachdem er sie gevögelt hatte ... oder er könnte mit seinem Dealer eine Art Tauschhandel ausmachen. Das gefiel ihm zwar nicht, es war viel zu gefährlich, aber im Moment würde er alles tun, um seine Drogen zu bekommen.

»Das letzte Mal«, sagte Aiden laut. »Das wird das letzte Mal sein, dass ich bei jemand anderem betteln muss.« Dann machte er sich auf den Weg zu seinem Wagen. Zum Glück hatte er einen Teil des Geldes, das er beim letzten Mal aus James' Haus gestohlen hatte, in Benzin investiert, sodass er genügend Sprit hatte, um nach Waikiki und zurück zu kommen. Er würde seinen Drogendealer anrufen, sich einen Schuss setzen und genau planen, wie die Dinge morgen laufen sollten.

Aiden fühlte sich so gut wie schon lange nicht mehr und lächelte, als er in seinen Wagen stieg. Auf dem Weg aus der Nachbarschaft streifte er einen Briefkasten, bemerkte es jedoch nicht, als er auf die Schnellstraße fuhr.

KAPITEL EINUNDZWANZIG

Am Samstagmorgen lag Slate wach und sah Ashlyn einfach nur beim Schlafen zu. Gestern war ein harter Tag gewesen. Er war zum Stützpunkt gefahren und hatte sich die Aufnahmen der Überwachungskamera von dem angesehen, was vor etwas mehr als einer Woche in Afghanistan passiert war. Er hatte es mit seinem Versuch, den Jungen zu retten, definitiv vermasselt, aber ironischerweise hatte sein Handeln wahrscheinlich sein Leben gerettet.

Wäre er seinem Team die Treppe hinunter gefolgt, hätte er es vermutlich nicht mehr aus dem Haus geschafft, bevor die Panzerfaust einschlug. Und er wäre näher an der Seite des Hauses gewesen, die zuerst eingestürzt war, und unter wesentlich mehr Schutt begraben worden. Da er sich im obersten Stockwerk befunden hatte, auf der gegenüberliegenden Seite des Einschlagsortes, konnte er dem Schlimmsten der Explosion entgehen.

Es war nicht leicht gewesen zuzusehen, wie seine Teamkameraden verzweifelt versuchten, ihn in den Trümmern zu finden, oder wie sie seinen bewusstlosen Körper durch die feindlichen Straßen der Stadt trugen, während sie sich zurückzogen.

Slate hatte immer gewusst, dass Mustang, Midas, Aleck, Pid und Jag ihm den Rücken freihielten, aber es aus erster Hand zu sehen, den Stress in ihren Stimmen zu hören und ihre absolute Zuversicht, ihn wohlbehalten zum Stützpunkt zurückzubringen, machte die ohnehin schon enge Bindung noch enger.

Er hatte jetzt eine andere Einstellung zu Missionen. Ja, die bösen Jungs mussten immer noch ausgeschaltet, unschuldige Zivilisten gerettet und gefangene Kameraden befreit werden ... aber zum ersten Mal in seiner Karriere war Slate nicht mehr so sehr bereit, dafür zu sterben. Er würde immer noch alles für jede Mission geben, er liebte immer noch sein Land, aber jetzt liebte er etwas, *jemanden*, sogar noch mehr.

Ashlyn lag an ihn geschmiegt, ihr Atem ging langsam und tief. Die Liebe, die er für die Frau empfand, schien alles zu verzehren. Slate hatte keine Ahnung, warum er sich das nicht früher eingestanden hatte. Es war lächerlich, seine Gefühle nicht als das erkannt zu haben, was sie waren, vor allem weil er so etwas noch nie gefühlt hatte.

Es waren eine Verletzung und seine Eifersucht nötig gewesen, um ihnen beiden die Augen zu öffnen, damit sie sahen, was direkt vor ihnen lag. Dass Ashlyn gestern Abend zur Tür hereinkam, war genau das gewesen, was er gebraucht hatte, um den Stress des Tages hinter sich zu lassen. Er wollte, dass sie jeden einzelnen Tag zueinander nach Hause kamen.

Er war zwar nicht begeistert gewesen, dass James ihr zwanzigtausend Dollar gegeben hatte, damit sie sich für ihn darum kümmerte, aber er war erleichtert, dass der alte Mann nicht mehr so viel Geld im Haus hatte. Trotz James' Meinung über Banken würden er und Ashlyn das Geld heute auf ein Konto einzahlen, um es sicher aufzubewahren. Er hatte sie überredet, ein separates Konto für James' Geld zu eröffnen, damit es keine Interessenkonflikte oder Fragen dazu gab.

Danach hatten sie nichts anderes vor, als die Gesellschaft des anderen zu genießen. Slate fühlte sich überraschend gut, nachdem die leichte Schwellung in seinem Gehirn zurückgegangen war, und er würde nächste Woche wieder zur Arbeit gehen. Aber bis dahin hatten er und Ashlyn zwei volle Tage für sich.

Es war schwer, sich an die Zeit zu erinnern, als er und Ash nichts anderes getan hatten, als sich gegenseitig an die Gurgel zu gehen. Aber Slate dachte gern an diese Zeit zurück. Sie stand für sich selbst ein, stand für ihn ein und stand für das ein, woran sie glaubte, und das liebte er an ihr … genauso wie es ihn verrückt machte.

Sie würde ihr letztes Hemd hergeben, wenn sie damit jemandem helfen könnte. Sie würde die Ersparnisse eines alten Mannes sicher verwahren, wenn er sich dadurch wohler fühlte. Sie würde sich immer praktisch ein Bein ausreißen, um anderen zu helfen … was bedeutete, dass Slate dafür sorgen musste, dass er ihr immer den Rücken freihielt. Dass die Hilfe für andere nicht bedeutete, dass sie sich selbst in eine verletzliche Lage brachte. Slate war mehr als bereit, sie ihr Ding machen zu lassen, aber er würde sie zurückholen, wenn die Situation es erforderte.

Er hatte ein schlechtes Gewissen bei der Erleichterung, die ihn bei dem Wissen durchfuhr, dass sie keine rachsüchtigen Ex-Freunde hatte. Sie wurde nicht von der Mafia gesucht. Sie mussten sich keine Sorgen machen, dass jemand ihr etwas antun wollte, weil sie in der Vergangenheit etwas getan hatte. Slate glaubte nicht, dass sie einen Feind auf der Welt hatte, was eine Erleichterung war. Er könnte den Gedanken nicht ertragen, dass sie in eine der Situationen geraten könnte, die ihre Freundinnen durchgemacht hatten.

Ihr gemeinsames Leben würde so langweilig sein, wie er es gestalten konnte, und sie wären beide überglücklich damit.

Ashlyn rührte sich neben ihm und Slate lächelte, als sie langsam wach wurde. Ihre Augen öffneten sich einen Spalt und sie schaute von ihm auf die Uhr auf dem Tisch hinter ihm und dann wieder zu ihm. »Es ist noch früh. Hast du gut geschlafen?«

»So früh ist es gar nicht und ja, ich habe wie ein Stein geschlafen, da du in meinen Armen lagst.«

Sie lächelte verschlafen. »Ich auch.«

Slate konnte nicht anders, als zu prusten. Sie schlief *jede* Nacht wie ein Stein. Sie gehörte zu den glücklichen Menschen, die schnell einschliefen und auch weiterhin tief und fest schliefen. Er freute sich deswegen für sie.

»Okay, ich schlafe jede Nacht wie ein Stein«, sagte sie, als sie sein Prusten korrekt interpretierte. »Aber ich schlafe noch besser, weil du bei mir bist.«

Slate fuhr mit einem Finger über ihre Nase und küsste sie sanft.

»Haben wir heute Pläne?«

»Außer zur Bank zu gehen, nein«, antwortete Slate.

»Und die macht an einem Samstag erst so um zehn Uhr auf, oder?«, fragte sie.

»Ich glaube, das stimmt.«

Sie legte eine Hand auf seinen Bauch und ließ sie langsam nach unten wandern. »Also haben wir heute Morgen Zeit, faul zu sein.«

»Faul?«, fragte er lächelnd. »Oh nein, keine Faulheit für dich. Ich habe gestern Abend die ganze Arbeit gemacht.«

Ihre Hand erstarrte und sie sah ihn stirnrunzelnd an. »Nein, das hast du nicht. Ich erinnere mich genau, dass ich oben war und das Sagen hatte.«

Slate brach in Gelächter aus. »Ich glaube, deine Erinnerung ist fehlerhaft, Babe«, erwiderte er. »Am Anfang hattest du das Sagen, aber nach dem ersten Orgasmus konntest du nichts anderes tun, als in lustvoller Benommenheit dazuliegen, und ich musste übernehmen. Du warst vielleicht oben, aber *ich* war es, der deinen Körper auf meinem Schwanz auf und ab bewegt hat, während ich *dich* gevögelt habe.«

Anstatt wütend zu werden, grinste Ashlyn nur. »Ja, okay, da könntest du recht haben«, sagte sie, während ihre Hand in seine Boxershorts glitt und sie begann, seine Morgenlatte zu einer vollwertigen Erektion zu streicheln. »Heute Morgen kannst du also faul sein und ich werde auf jeden Fall die ganze Arbeit übernehmen.« Sie verlagerte ihr Gewicht, ging auf die Knie und rutschte nach unten, bis sie zwischen seinen Beinen war. Sie zog ihm die Boxershorts aus, dann beugte sie sich über seinen sehr wachen Schwanz.

Sie lächelte ihn an, während sie ihn vom Ansatz bis zur Spitze leckte.

Wenn das ihre Vorstellung von Faulheit war, war er ein verdammter Glückspilz. Er schob seine Hand in ihr Haar, als sie den Kopf senkte. Stöhnend weigerte sich Slate, die Augen zu schließen, während seine Frau ihm einen blies. Er liebte sie so sehr. Er hatte keine Ahnung, wie er so viel Glück gehabt hatte.

Ein paar Stunden später lächelte Ashlyn Slate an. Mit Slate *faul* zu sein war großartig. Sie hatte das Gefühl, an diesem Morgen in einer Stunde mehr Kalorien verbrannt zu haben, als sie es den ganzen Tag über tun würde. Es kam nicht oft vor, dass Slate im Bett bleiben konnte und nichts zu tun hatte, also hatten sie die Zeit so gut wie möglich genutzt. Nächste Woche würde er in aller Herrgottsfrühe aufstehen und wieder mit seinem Team trainieren, also musste Ashlyn jede Sekunde ihres Liebesspiels und Kuschelns genießen.

Sie hatten gerade ein spätes Frühstück eingenommen und spülten gemeinsam das Geschirr ab, bevor sie zur Bank gingen, als Slates Telefon klingelte.

Er runzelte die Stirn, trocknete sich die Hände und ging zum Tresen, um das Gespräch anzunehmen.

»Slate hier«, antwortete er. »Ja, Sir. Nein, es ist in Ordnung, ich kann reden. Geben Sie mir eine Sekunde? Danke.«

Er legte das Telefon an seine Brust und drehte sich zu ihr

um. »Es ist Kommandant Huttner. Er hat ein paar Fragen zu meiner Aussage von letzter Woche.«

»Ist schon okay«, sagte Ashlyn, ohne zu zögern. »Warum fahre ich nicht gleich zur Bank? Ich besorge uns auf dem Heimweg etwas zum Mittagessen und wir können den Rest des Tages zusammen verbringen.«

Slate runzelte die Stirn. »Mir gefällt der Gedanke nicht, dass du mit all dem Geld herumfährst.«

Ashlyn verdrehte die Augen. »Es wird schon gut gehen, Slate. Ich werde direkt zur Bank fahren, ein Konto eröffnen und das war's dann. Ich werde nicht die Tatsache kundtun, dass ich einen Haufen Geld bei mir habe. Keiner wird es wissen.«

Er runzelte nur noch mehr die Stirn.

»Im Ernst, sprich mit deinem Kommandanten. Ich werde wahrscheinlich zurück sein, bevor du fertig bist. Ich werde sogar anhalten und etwas Hawaiianisches für dich zum Mittagessen besorgen«, umschmeichelte sie ihn.

»Dass du mich so gut beschwatzen kannst, verheißt nichts Gutes für unsere Beziehung«, knurrte er.

Ashlyn kicherte. »Ich finde, es ist ein großartiges Zeichen für diese Beziehung.« Sie beugte sich vor und küsste ihn kurz. »Ich liebe dich«, sagte sie sanft.

»Und ich liebe dich«, sagte er, anscheinend ohne sich darum zu kümmern, dass sein Kommandant mithören könnte. »Sei vorsichtig – und hol nichts Hawaiianisches. Du magst es nicht, also müsstest du zwei Stopps einlegen, um dir auch etwas zu besorgen.«

»Das ist keine große Sache«, sagte sie.

»Babe. Ich habe noch zwei Tage frei und möchte diese Zeit so weit wie möglich mit dir verbringen. Bank, Mittagessen und dann schwing deinen Arsch wieder hierher, damit wir uns entspannen können.«

Er war schon wieder herrisch, aber da er auch so süß damit

war, Zeit mit ihr verbringen zu wollen, konnte sie sich nicht beschweren. »Okay, Slate.«

»Okay.«

Ashlyn spürte seinen Blick auf sich, als er sein Handy wieder ans Ohr hielt. »Ich bin wieder da, Sir.«

Er beobachtete sie, während sie in ihre Flipflops schlüpfte und ihre Handtasche, ihre Sonnenbrille und die beiden Briefumschläge nahm, in die sie das Geld von James gesteckt hatten, nachdem sie es gezählt und ordentlich gestapelt hatten. Sie nahm sich einen Moment Zeit, um Slate zu bewundern, während er abgelenkt mit seinem Chef sprach.

Er trug eine Jeans, die sich an seine muskulösen Oberschenkel schmiegte. Er trug ein T-Shirt von Helenas Bäckerei, sein Haar war zerzaust und seine nackten Füße lugten unter dem Saum seiner Hose hervor. Alles in allem war ihr Mann verdammt heiß. Egal ob er seine Uniform, eine Jeans wie heute oder eine graue Jogginghose trug oder einfach splitterfasernackt war, er war ein Prachtexemplar von einem Mann.

»Bin bald zurück«, flüsterte sie, als sie zur Tür ging.

»Pass auf dich auf«, erwiderte Slate.

Mit einem Nicken öffnete Ashlyn die Tür und ging zu ihrem Wagen.

Als sie zur Bank fuhr, warf sie einen Blick auf die Briefumschläge. James hatte recht gehabt, er hatte zwanzigtausendzweihundert Dollar in seinem Haus versteckt. Für jemanden in seinem Alter war das nicht gerade viel Geld, aber er schien mit seinem Lebensstil zufrieden zu sein.

Der Besuch bei der Bank verlief reibungslos. Sie eröffnete ein neues Konto und notierte sich in Gedanken, dass sie irgendwann James' Namen hinzufügen würde. Die Angestellte hinter dem Schalter schien sich nicht daran zu stören, dass sie über zweihundert Hundert-Dollar-Scheine einzahlte. Sie überprüfte zwar einige Scheine, um sicherzugehen, dass sie nicht gefälscht waren, aber als sie sich vergewissert hatte, dass sie echt waren, schloss sie die Transaktion schnell ab und händigte eine Quittung aus.

Ashlyn fühlte sich wesentlich besser, da das Geld nun sicher war, und verließ die Bank, erleichtert, nicht mehr so viel Bargeld mit sich herumtragen zu müssen.

Als sie in ihren Wagen stieg, dachte sie an ihr Versprechen, James anzurufen und nach ihm zu sehen, und fand, dass jetzt ein guter Zeitpunkt dafür wäre. Sie hatte das Gefühl, dass sie und Slate später beschäftigt sein würden, und sie wollte sichergehen, dass sie nicht vergaß, sich nach ihrem Freund zu erkundigen.

Sie wählte James' Nummer und wartete darauf, dass er abnahm. Er tat es nicht. Das Telefon klingelte fünfmal und der Anruf wurde dann auf die Mailbox umgeleitet. Ashlyn machte sich nicht die Mühe, eine Nachricht zu hinterlassen. James hatte einmal zugegeben, dass er keine Ahnung hatte, wie man auf das Nachrichtensystem seines Festnetzanschlusses zugriff und sowieso nicht in der Lage sei, die Nachrichten abzuhören.

Sie rief noch einmal an, aber erneut kam keine Reaktion. Ein wenig beunruhigt versuchte Ashlyn es noch mal, und dann wieder. Das Telefon klingelte nur und klingelte.

Sie runzelte die Stirn, als ihr Visionen von allen möglichen schrecklichen Dingen durch den Kopf schossen. James, der auf dem Boden lag, nachdem er gestürzt war und nicht mehr aufstehen konnte. James, der krank war und das Bett nicht mehr verlassen konnte. Da er allein lebte und so gebrechlich war, gab es so viele Dinge, die passieren konnten.

Ashlyn traf die spontane Entscheidung, bei ihm zu Hause vorbeizuschauen, um nach ihm zu sehen.

Schnell drückte sie auf Slates Namen und tippte eine SMS.

Ashlyn: Das Geld ist eingezahlt. Da du wahrscheinlich immer noch telefonierst, werde ich schnell bei James vorbeischauen. Er war gestern irgendwie seltsam und ich will sichergehen, dass es ihm gut geht. Ich besorge auf dem Heimweg noch etwas zu essen. Ich liebe dich.

Vermutlich machte sie sich zu viele Gedanken über die Situation. James saß wahrscheinlich draußen, genoss den Morgen und hatte sein Telefon nicht klingeln hören. Sie würde bei ihm vorbeifahren, sie würden über ihre Paranoia lachen, dann würde sie das Mittagessen holen und zurück zu Slates Haus fahren.

Wenn etwas *nicht* in Ordnung war, würde sie Hilfe für James holen und dann Slate anrufen. Es hatte keinen Sinn, ihn wegen etwas zu beunruhigen, das wahrscheinlich nicht der Rede wert war.

Nachdem sie sich entschieden hatte und sich nicht wunderte, dass Slate nicht sofort auf ihre SMS geantwortet hatte, startete Ashlyn ihren Wagen und fuhr zu James' Haus.

Sie war etwa zehn Minuten später dort, da es ein Samstag und der Verkehr nicht so stark war. Vor seinem Haus waren keine Fahrzeuge geparkt, was nicht weiter verwunderlich war. Ashlyn schnappte sich ihr Handy, schlüpfte aus ihrem RAV4 und ging zu seiner Haustür. Sie klopfte an, war aber nicht überrascht, als James nicht antwortete. Sie versuchte es mit dem Türknauf. Es war abgeschlossen.

Ashlyn biss sich auf die Lippe, holte tief Luft und ging zur Seite des Hauses. Sie würde nachsehen, ob James im Garten war, ihn ausschimpfen, weil er sie erschreckt hatte, sie würden zusammen lachen und dann würde sie wieder gehen.

Doch bevor sie in den Garten gehen konnte, wurde sie auf die Küchentür aufmerksam. Sie befand sich an der Seite des Hauses, und während die Fliegengittertür geschlossen war, war die Innentür es nicht. Das war ungewöhnlich genug, um Ashlyn innehalten zu lassen.

James benutzte diese Tür *nie*, zum Teil weil es dort zwei Stufen gab, die zu einem Gehweg hinunterführten, der dringend repariert werden musste. Da er nicht ganz sicher auf den Beinen war, zog er es immer vor, durch die Haustür zu gehen, wo es keine Stufen gab und der Fußweg nicht rissig und uneben war.

Warum war also die Küchentür offen? Hatte er sich verletzt und versucht, nach draußen zu gelangen, um Hilfe zu holen, und hatte es nicht geschafft? Ihr Herz schlug wie wild und Ashlyn zögerte nicht, die zwei Stufen hinaufzusteigen und die Fliegengittertür zu öffnen.

Als sie James' Küche betrat, starrte sie ungläubig auf das Chaos, das sie empfing.

Es sah aus, als wäre jeder Schrank geöffnet und ausgeräumt worden. Überall standen Behälter und Geschirr herum. Selbst die Speisekammer war durchwühlt worden. Der Boden war mit Mehl und Zucker überzogen und die Behältnisse lagen seitlich auf dem Durcheinander.

»James?«, rief sie, bevor sie sich geistig vor Verärgerung auf die Stirn schlug. Es war dumm, die Aufmerksamkeit auf sich zu lenken, wenn es offensichtlich war, dass in das Haus eingebrochen worden war – und sie keine Ahnung hatte, ob sich der Täter noch im Haus befand oder nicht. Sie musste die Polizei rufen. Aber sie konnte nicht gehen, ohne vorher nach James zu sehen.

Sie schritt über das schlimmste Chaos hinweg und schaute ins Wohnzimmer.

Zu ihrer Überraschung war es nicht James, der aus einem der Schlafzimmer kam.

Es war Aiden.

Ihre Blicke trafen sich … und Ashlyn wusste instinktiv, dass sie einen großen Fehler gemacht hatte. Als sie das Chaos in der Küche sah, hätte sie das Haus sofort verlassen und die Polizei rufen sollen. Jetzt war es zu spät.

»Was zum Teufel machst du hier?«, knurrte er.

»Was tust *du* hier?«, entgegnete Ashlyn, plötzlich wütend. Sie wusste, dass sie Angst haben sollte, und die hatte sie auch, aber ihr Zorn überwog in diesem Moment alles andere. »James hat mir gesagt, dass er dich gefeuert hat.«

»Das hat er. Ich bin vorbeigekommen, um mich zu entschuldigen und ihn zu bitten, es sich noch einmal zu überlegen«, entgegnete Aiden.

Ashlyn glaubte kein Wort von dem, was er sagte. Im Wohnbereich herrschte genauso viel Unordnung wie in der Küche. Es sah sogar so aus, als wären die Kissen mit einem Messer aufgeschlitzt worden! Die Füllung lag überall auf dem Boden verstreut.

Da wurde es ihr klar – Aiden suchte nach James' Geld. Das Geld, das er ihr erst am Vortag zur Verwahrung gegeben hatte. Der ältere Mann hatte offensichtlich gewusst, was er tat, als er ihr seine Ersparnisse anvertraute. Aiden würde das Geld, nach dem er so offensichtlich suchte, nicht finden.

Sie starrten einander einen langen Moment an. Dann zuckten beide zusammen, als das Telefon in Ashlyns Hand klingelte.

»Scheiße!« Aiden stürmte überraschend schnell auf sie zu. Er packte ihren Arm mit einem eisernen Griff und drückte zu. *Fest.* »Geh nicht ran.«

Als Ashlyn nach unten blickte, sah sie Slates Namen auf dem Display. »Das ist mein Freund. Wenn ich nicht rangehe, wird er wissen, dass etwas nicht stimmt. Ich nehme seine Anrufe immer entgegen.«

»Nein«, knurrte Aiden, als er nach ihrer anderen Hand griff.

Ashlyn hielt ihr Telefon mit festem Griff umklammert. Sie wusste, dass es ihre Verbindung zur Außenwelt war. Zu Hilfe. Sie hatte keine Ahnung, wo James war oder was Aiden mit ihm gemacht hatte, aber sie hatte das Gefühl, dass es nichts Gutes war.

Und jetzt, da sie Aiden von Angesicht zu Angesicht gegenüberstand, vermutete sie, dass er irgendetwas zu sich genommen hatte. Seine Pupillen waren winzig und seine Wangen errötet. Selbst während er versuchte, ihr Handy zu bekommen, schaute er sich immer wieder nervös um, als würde er erwarten, dass jemand anderes aus dem Nichts auftauchte. Nicht gerade eine leere Drohung, denn genau das hatte *sie* getan.

»Gib mir dein verdammtes Telefon!«, rief Aiden und riss es ihr aus der Hand. Er zog sie ins Wohnzimmer, wo er sie auf James' Lieblingssessel schleuderte. Das Kissen fehlte, aber Ashlyn bemerkte es kaum, da sie den Blick auf Aiden gerichtet hielt.

Er funkelte auf das Handy hinunter. »Wie lautet dein Passwort?«

Ashlyn presste die Lippen zusammen. Sie würde diesem Arschloch nicht das Passwort für ihr Telefon geben.

Aiden machte zwei Schritte nach vorn, beugte sich über sie und zischte: »Gib mir das Passwort oder ich bringe dich um!«

»Drei, zwei, eins, vier, fünf, sechs«, sagte sie sofort. In diesem Moment wurde ihr klar, wie prekär ihre Situation war. Aiden war verzweifelt und fühlte sich in die Ecke gedrängt. Er hatte James etwas angetan, war dabei, ihn auszurauben, und jetzt war sie eine Zeugin. Das war nicht gut. Ganz und gar nicht gut.

Aiden entsperrte ihr Handy und begann zu tippen.

»Was machst du da?«, flüsterte sie.

»Ich antworte deinem verdammten Freund«, fauchte er.

Ashlyn dachte zum ersten Mal über die Tracking-App nach. Slate würde wissen, wo sie war, wenn er nachsah. Aber sie hatte ihm bereits in ihrer vorherigen SMS mitgeteilt, wohin sie fahren würde. Er hätte also keinen Grund zu denken, dass etwas nicht stimmte, wenn er ihren Standort sähe.

Mist. Sie steckte in großen Schwierigkeiten – und hatte keine Ahnung, was sie dagegen tun sollte.

»Wo ist James?«, fragte sie leise.

»Es geht ihm gut.«

»Wo ist er?«, fragte sie erneut.

»Er schläft«, sagte Aiden, während er noch einmal auf ihr

Handy schaute und es dann auf eine der Ablagen eines Bücherregals neben Ashlyn warf. Sie starrte es einen Moment lang an. Wenn Aiden abgelenkt war und sie sich schnell genug bewegte, konnte sie es nehmen und den Notruf wählen. Oder Slate anrufen.

»Denk nicht mal dran«, sagte Aiden. »Du wirst es nicht schaffen. Ich hätte das verdammte Ding kaputt gemacht, aber ich brauche es funktionsfähig.«

Ashlyn konnte nicht anders, als zu fragen: »Warum?«

»Weil ich einen Sündenbock brauche«, antwortete Aiden. Er ging zu einem Tisch in der Nähe der Eingangstür und schnappte sich etwas. Er ging wieder auf sie zu und drehte den Gegenstand in seiner Hand ... und wenn Ashlyn vorher gedacht hatte, sie hätte Angst, hatte sie jetzt *Todesangst*.

Der Gegenstand in seiner Hand war eine Waffe. Dass Aiden sie in der Hand hatte, machte eine ohnehin schon schlechte Situation geradezu tödlich.

»Du bist mein Sündenbock«, wiederholte er, als Ashlyn auf seine letzte Aussage nicht reagierte. »Deine Telefonprotokolle werden zeigen, dass du hier warst. Die Nachbarn werden deinen Wagen gesehen haben. Du hast James unter Drogen gesetzt, seine Wohnung durchwühlt und bist dann abgehauen. Die Bullen werden dir auf den Fersen sein ... und mich werden sie nicht einmal in Erwägung ziehen.«

»Aiden, du musst das nicht –«, begann sie, aber er lachte und schnitt ihr das Wort ab.

»Ich *muss* das tun«, sagte er. »Du verstehst das nicht, aber das macht nichts. Sobald ich sein Versteck gefunden habe, machen wir uns auf den Weg. Ich werde mich um dich kümmern und für eine ganze Weile ausgesorgt haben.«

Ashlyn wollte gar nicht darüber nachdenken, was es bedeuten könnte, dass er sich um sie kümmern würde. Sie würde außerdem kein Wort darüber verlieren, dass seine Suche nach James' Geld vergeblich war. Je länger er suchte und je länger sie dort waren, desto größer war die Chance, dass

Slate herausfand, dass etwas nicht stimmte, und nach ihr suchte.

Ashlyn hatte keinen Zweifel daran, dass ihr übermäßig beschützender Freund irgendwann kommen würde. Sie hatte keine Ahnung, was Aiden in seiner SMS geschrieben hatte, aber Slate war klug. Er würde herausfinden, dass sie es nicht gewesen war, und nach ihr sehen. Das wusste sie so gut, wie sie ihren Namen kannte. Sie hoffte nur, dass sie noch da wäre, wenn er auftauchte.

»Was? Kein Kommentar?«, spottete Aiden.

Ashlyn schüttelte nur den Kopf.

»Gut. Ich habe es sowieso satt, dich reden zu hören. Setz dich da hin und sei brav«, befahl Aiden, wobei er die Waffe auf ihren Kopf richtete.

Ashlyn erstarrte. Sie hatte noch nie in den Lauf einer Pistole geblickt und genoss die Erfahrung wirklich nicht. Sie klammerte sich fest an die Armlehnen von James' Sessel und tat ihr Bestes, um ruhig zu bleiben. Slate würde kommen, sie musste nur clever sein, bis er auftauchte.

Aiden starrte sie eine Sekunde lang über das Visier der Pistole hinweg an, dann lachte er. Er steckte die Waffe in den vorderen Bund seiner Jeans und sagte: »Sitz. Bleib. Braver Hund.« Dann grinste er und nahm seine Suche nach James' Geld wieder auf. Geld, das er nie finden würde.

KAPITEL ZWEIUNDZWANZIG

Slate blickte stirnrunzelnd auf sein Handy und las die SMS von Ashlyn. Sie hatte seinen Anruf nicht angenommen, was ihn etwas überraschte. Er konnte sich nicht erinnern, dass sie jemals nicht abgenommen hatte, wenn er angerufen hatte. Es wäre vielleicht nicht *allzu* verwunderlich, wenn sie sich gerade mit James unterhielt, auch wenn sie das in der Vergangenheit nie davon abgehalten hatte. Aber es war die SMS, die ihn davon überzeugte, dass etwas nicht stimmte.

Ashlyn: beschäftgt kann nich reden bb liebe dich

Sie war noch nie zu beschäftigt gewesen, um mit ihm zu reden. Aber das war es nicht, was Slate die Haare im Nacken zu Berge stehen ließ.

Ashlyn kürzte keine Nachrichten ab, wenn sie SMS schrieb. *Niemals.* Es war nur eine Kleinigkeit, und es bestand immer die Möglichkeit, dass sie abgelenkt war und es dieses Mal aus Gründen der Kürze getan hatte. Aber Slate glaubte das nicht.

Er überprüfte noch einmal die Tracking-App und sah, dass sie in James' Haus war. Zumindest war ihr Telefon es.

Er setzte sich in Bewegung, bevor er darüber nachgedacht hatte, was er tat.

Slate musste hinfahren ... nur um sich davon zu überzeugen, dass alles in Ordnung war. Wenn er überreagierte, dann war es eben so. Ashlyn würde sich beschweren, dass er überfürsorglich war und es herunterschrauben sollte, und er würde sich entschuldigen. Aber wenn er nicht überreagierte ...

Slate hatte keine Ahnung, was bei einem Besuch in James' Haus schiefgehen könnte. Er wusste nur, dass er sich nie verzeihen würde, wenn er nicht reagierte und Ashlyn ihn brauchte. Soweit er wusste, hatte sie die SMS geschickt, um ihm klarzumachen, dass etwas *nicht* stimmte. Als Nachricht. Oder es war vielleicht gar nicht Ashlyn gewesen, die sie geschickt hatte. Beide Möglichkeiten waren nicht gut.

Er war froh, dass nicht viel Verkehr auf den Straßen war, denn Slate fuhr ein wenig rücksichtslos, da seine Intuition ihn dazu drängte, so schnell wie möglich zu Ashlyn zu gelangen.

Er war fünf Minuten von James' Haus entfernt, als ihm einfiel, dass er nicht allein hineingehen sollte. Er war zu sehr damit beschäftigt gewesen, darüber nachzudenken, was los sein könnte, warum Ashlyn nicht an ihr Telefon ging und warum sie diese seltsame SMS geschickt hatte. Er hatte nicht einmal daran gedacht, seine Teamkameraden anzurufen.

Er holte es nach.

»Hey, Slate. Was gibt's?«, fragte Mustang.

»Ich bin auf dem Weg zum Haus von James Mason. Ich brauche Verstärkung«, erklärte Slate seinem Teamleiter.

»Wie ist die Lage?«, fragte Mustang in sachlichem Ton, der Slate tatsächlich ein wenig beruhigte.

»Ich weiß es nicht. Ich gehe blind hinein. Ashlyn geht nicht an ihr Telefon und ich habe gerade eine SMS bekommen, die nicht nach ihr klang. Vielleicht ist alles in Ordnung ... aber James hat ihr gestern zwanzig Riesen gegeben, die er in seinem

Haus versteckt hatte, weil er Banken hasst. Er bat sie, das Geld sicher für ihn aufzubewahren. Außerdem hat er seine Haushaltshilfe gefeuert, weil er ihn dabei erwischt hat, wie er ihm nachspioniert hat, nachdem er angeblich gegangen war. Mir ist bei der Sache nicht gerade wohl.«

»Hast du noch jemanden angerufen?«

»Nein. Nur dich.«

»Ich werde das Team verständigen. Wo bist du?«

»Ich bin in drei Minuten vor Ort.«

»Warte auf uns«, befahl Mustang.

Slate widersetzte sich nur ungern einem direkten Befehl, aber er konnte auf keinen Fall draußen warten, wenn Ashlyn in Gefahr sein könnte. »Du weißt, dass ich das nicht tun kann«, sagte er zu seinem Teamleiter.

»Scheiße«, fluchte Mustang, maßregelte Slate jedoch nicht. »Gut. Finde die Lage der Dinge heraus, sammle Informationen und gib sie weiter, bevor du reingehst.«

Slate war sich auch nicht sicher, ob er das schaffen würde, wenn etwas nicht stimmte, aber er antwortete: »Verstanden.«

»Wir kommen, Slate. Wir werden auf keinen Fall zulassen, dass deiner Frau etwas passiert. Hörst du mich?«

Das tat er, aber Slate wusste besser als die meisten, dass manchmal Scheiße passierte, egal welche Vorkehrungen man traf. Egal wie tödlich und versiert das Team war. »Ich höre dich«, antwortete er verspätet. »Ich hoffe sehr, dass ich überreagiere«, sagte er, als ihn die Angst zu überwältigen drohte.

»Das tust du nicht«, sagte Mustang. »Ich kenne dich und du magst ein ungeduldiger Mistkerl sein, aber dein Instinkt ist genau richtig. Pass auf dich auf und versuche, nicht auf uns zu schießen, wenn wir reinkommen«, sagte Mustang, bevor er auflegte.

Sein Teamleiter machte keine Witze, es war in der Vergangenheit schon vorgekommen, dass Teammitglieder in chaotischen Situationen unter Eigenbeschuss gerieten, aber das wäre heute kein Problem – denn Slate wurde klar, dass er sein Haus ohne Waffe verlassen hatte. Es war dumm, aber er hatte sich mehr Sorgen darum gemacht, Ashlyn zu erreichen, als sich zu bewaffnen.

Slate betete, dass er keine tödliche Entscheidung getroffen hatte, indem er ohne seine Waffe losgezogen war, aber er versuchte, sich selbst zu versichern, dass er ohne genauso tödlich war. Er war von den Besten der Besten ausgebildet worden, wusste, wie man mit bloßen Händen tötete und wie man Dinge in seiner Umgebung notfalls als Waffe benutzte. Und wenn Ashlyn in Gefahr war, würde ihn nichts daran hindern, die Bedrohung auszuschalten.

Ein paar Minuten später bog Slate in James' Straße ein und war tatsächlich erleichtert, Ashlyns Wagen vor dem Haus parken zu sehen. Das bedeutete zwar nicht unbedingt, dass sie da war, aber es war wesentlich besser, als wenn ihr Handy da war und ihr Wagen fehlte.

Slate parkte sein Fahrzeug ein paar Häuser weiter entfernt, stieg aus und ließ den Schlüssel stecken. Er schaltete in den SEAL-Modus und tat sein Bestes, um sich unsichtbar zu machen, während er sich auf sein Ziel zubewegte.

Er mied den Vordereingang und ging um das Haus herum, bis er die Seitentür erreichte, die in die Küche führte. Die Fliegengittertür war geschlossen, aber die Innentür stand weit offen. Er lauschte einen Moment lang und hörte niemanden, was er für kein gutes Zeichen hielt. Aber noch beunruhigender war der Zustand der Küche. Überall lagen Lebensmittel und Dreck herum. Es sah aus, als hätte jemand den Inhalt der Schränke herausgeholt und überall auf den Anrichten, dem Tisch und selbst dem Boden verstreut.

Er fluchte vor sich hin und ging zum Fenster hinter der Tür. Er warf einen vorsichtigen Blick hinein und sah James still auf seinem Bett liegen. Es sah so aus, als würde er schlafen.

In der Hoffnung, dass die Tür nicht quietschte, ging Slate zurück und betrat das Haus. Er mied so viel zerbrochenes Porzellan und Glas, wie er konnte, während er sich an der

Wand orientierte. Als er nur noch wenige Schritte von der Tür entfernt war, die ins Wohnzimmer führte, hörte er schließlich jemanden sprechen. Aber es war nicht Ashlyn.

»Scheiße! Das ist doch Schwachsinn! Wo zum Teufel ist es?«

Slate erkannte die Stimme nicht, aber das war egal. Er spähte durch den Eingang und atmete erleichtert auf, als er Ashlyn sah. Sie saß in dem Sessel, den James für gewöhnlich nutzte. Mit den Händen hatten sie die Armlehnen des Stuhls umklammert und ihr Blick war auf die andere Seite des Raumes gerichtet. Auf einen Mann, der ihr den Rücken zugewandt hatte.

Sein ganzes Training flog aus dem Fenster. Mustang würde ihm in den Arsch treten, wenn er davon erfuhr, aber Slates einziger Gedanke war, zu Ashlyn zu gelangen.

Schnell betrat er den Wohnbereich, die Hände an den Seiten ausgestreckt, um zu zeigen, dass er unbewaffnet war.

Ashlyns Augen weiteten sich, als sie ihn sah, aber sie machte keinen Laut. Der Mann im Zimmer wählte diesen Moment, um sich umzudrehen.

Slate erkannte sofort, dass es sich um Aiden handelte, die kürzlich entlassene Haushaltshilfe.

»Was zum Teufel?«, rief Aiden aus. Ashlyn sprang vom Sessel auf, obwohl Aiden brüllte: »Nein! Setz dich!«

Ashlyn tat so, als hätte sie ihn nicht gehört, und lief zu Slate.

Er schlang seine Arme um sie und drehte dem Raum sofort den Rücken zu. Wenn Aiden eine Waffe hatte, würden jegliche Schüsse vermutlich direkt durch ihn hindurch gehen und Ashlyn treffen, aber es war sein Instinkt, sie aus der direkten Sichtlinie zu bringen.

Er konnte spüren, wie sie an ihm zitterte, aber abgesehen von ihrer Angst schien sie unverletzt zu sein. Eine große Last fiel von Slates Schultern ab. Sie stand aufrecht, atmete und es schien ihr gut zu gehen. Damit konnte er arbeiten.

»Geh weg von ihr!«, rief Aiden.

Slate drehte den Kopf und sah, dass der Mann einen Schritt näher gekommen war. Und er hatte tatsächlich eine Pistole gezogen. Er konnte nur annehmen, dass er sie irgendwo bei sich getragen hatte.

»Nein«, sagte Slate, der versuchte, ruhig zu bleiben, während er die Situation beurteilte.

»Ich wusste, dass du kommen würdest«, flüsterte Ashlyn.

»Natürlich«, sagte er.

»Halt's Maul, verdammt!«, schrie Aiden, jetzt ein wenig hysterisch.

Angespannt zog Slate Ashlyn weg und schob sie weiter hinter sich, während er sich dem Mann zuwandte.

»Ich dachte, du wärst gefeuert«, sagte Slate, bevor er es sich anders überlegte. Es war nicht klug, den Mann weiter zu verärgern. Er war einfach so verdammt erleichtert, Ashlyn lebendig zu sehen, dass er nicht klar denken konnte. Er musste sich zusammenreißen.

»Ja, nun, ich dachte, ich komme mal vorbei und danke dem alten Mann persönlich dafür, dass er mein Leben ruiniert hat«, spottete Aiden.

In diesem Moment wurde Slate klar, dass der Typ unter dem Einfluss irgendeiner Droge stand. Es würde sehr schwer werden, vernünftig mit ihm zu reden. Es machte die Waffe, die er in der Hand hielt, noch bedrohlicher. Aiden war offensichtlich verzweifelt und nicht ganz bei Verstand.

»Scheiße!«, zischte er, ohne die Waffe zu senken. »Das läuft nicht so, wie ich es geplant hatte.«

»Ich wusste, dass die SMS nicht von Ashlyn war«, sagte Slate, da er den Mann am Reden halten wollte. Er musste Mustang und seinem Team Zeit geben herzukommen. »Es war ein guter Versuch, aber ich kenne meine Frau. Sie benutzt nie Abkürzungen in ihren SMS.«

»Wie auch immer. Geh weg von ihr! Setz dich da drüben auf die Couch«, befahl Aiden.

»Nein.«

Aiden runzelte die Stirn. »Was?«

»Nein. Ich bleibe hier bei Ashlyn«, sagte Slate. Am liebsten hätte er Ashlyn in die Küche geschubst und ihr gesagt, sie solle weglaufen, aber auch wenn sie nicht weit vom Eingang entfernt waren, lag der Weg immer noch in der direkten Schusslinie. Er würde sie vorerst hinter sich halten müssen.

»Verdammt noch mal!«, rief Aiden. »Ich bin derjenige mit der Waffe! Tu, was ich sage!« Er war ernsthaft aufgewühlt.

»Suchst du James' Geld?«, fragte Slate. »Vielleicht können wir dir bei der Suche helfen. Je eher du es findest, desto eher kannst du verschwinden.«

Aiden schaute eine Sekunde lang verwirrt, dann grinste er höhnisch. »Klar, klar, ihr helft mir suchen. Ich bin doch kein Idiot! Sobald ich mich umdrehe, stürzt du dich auf mich. Ich weiß, wer du bist. Der alte Mann hat die ganze Zeit von dir gesprochen. Du bist eine verdammt große Nummer bei den Navy SEALs. Ich werde dich keine Sekunde aus den Augen lassen.«

»Wenn du weißt, wer ich bin, dann weißt du, dass das nicht gut für dich ausgehen wird«, sagte Slate in tödlichem Tonfall.

»Du irrst dich!« Die Worte kamen schrill heraus.

»Es gibt kein Geld«, sagte Ashlyn leise zu Aiden.

»Sei still, Ash«, erwiderte Slate, etwas schärfer als beabsichtigt.

»Nein, sei nicht still, verdammt! Was soll das heißen? Ich war bei James, als er vor ein paar Tagen den Scheck eingelöst hat. Und ich weiß genau, dass er überall in diesem verdammten Haus Scheine aufbewahrt«, sagte Aiden, der mit der Pistole herumfuchtelte, während er sprach.

»Er hat gesehen, wie du ihm nachspioniert hast«, erklärte Ashlyn. »Er hat gemerkt, dass du stiehlst. Er sammelte sein ganzes Bargeld ein und gab es mir zur Verwahrung. Du hast dir meine SMS angesehen. Du musst auch eine der letzten gesehen haben, die ich an Slate geschickt habe. Ich habe es heute Morgen auf der Bank eingezahlt. Hier gibt es nichts zu finden.«

Slate spannte sich an, als er sah, wie Aidens Augen sich ungläubig weiteten. »Nein ...«, flüsterte er.

»Es tut mir leid«, sagte Ashlyn und es klang wirklich so, als würde sie es bedauern, dass es im Haus kein Geld gab, das Aiden stehlen konnte. »Am besten ist es, wenn du jetzt gehst. Geh einfach durch die Tür und verschwinde von hier.«

»Ich *brauche* das Geld! Ich muss es haben«, sagte Aiden, der so klang, als würde er in wenigen Sekunden in Tränen ausbrechen.

Slate schob Ashlyn fast unmerklich noch fester hinter sich, in Vorbereitung darauf, sich auf Aiden zu stürzen, als der andere Mann sagte: »Dann muss ich dich eben mitnehmen. Wir gehen zur Bank und holen es zurück. Sobald ich es habe, setze ich dich irgendwo ab und wir gehen getrennte Wege.«

Er war wirklich wahnhaft. Slate würde ihn auf keinen Fall mit Ashlyn aus dem Haus gehen lassen. Und *keiner* von ihnen glaubte, dass er sie einfach irgendwo gesund und munter absetzen würde.

»Geh, Aiden. Es ist vorbei. Du wirst einen Vorsprung haben, bevor wir die Polizei rufen«, drängte Ashlyn. »Du könntest schon weit weg sein, wenn die Beamten hier eintreffen.«

»Nein!«, kreischte Aiden. »*Nein, nein, nein!* Du verstehst nicht!«

Slate verstand, dass die Zeit knapp wurde. Aiden geriet immer mehr aus der Fassung. Er konnte es nicht erwarten, dass sein Team ankam. Er dachte an James, der immer noch in seinem Bett lag. Es war möglich, dass er nicht schlief, dass Aiden ihn getötet hatte, und der Gedanke machte ihn fertig.

Das musste ein Ende haben. Sofort.

Er verlagerte das Gewicht, bereit, in Aktion zu treten –

Ein Krachen ertönte von der Rückseite des Hauses ... aus Richtung des Schlafzimmers.

Aiden drehte sich automatisch in Richtung des Geräusches,

die Hand, die die Waffe hielt, sank leicht – und Slate stürzte sich auf ihn.

Aiden drückte reflexartig ab und schoss wild in verschiedene Richtungen, als Slate angriff und ihn um die Taille packte.

Sie flogen beide nach hinten und knallten mit ihrem Gewicht gegen ein Bücherregal an der Wand. Das Knacken von Aidens Kopf, der auf die Kante des Regals aufschlug, war laut, trotz des Klingelns in Slates Ohren durch die Schüsse. Er konnte auch Ashlyn hinter sich schreien hören, aber er konzentrierte sich darauf, die Bedrohung auszuschalten.

Sie fielen inmitten von Bücherstapeln auf den Boden. Als sie unten waren, packte Slate Aidens Handgelenk, aber die Waffe war nicht mehr in seiner Hand. Als er sich umschaute, sah er sie in der Nähe liegen.

Aiden kämpfte nicht einmal gegen ihn, aber Slate ging kein Risiko ein. Während ihm das Adrenalin durch die Adern strömte, taumelte er zur Seite und schob die Waffe außer Reichweite. Dann griff er nach Aidens anderem Handgelenk und fixierte den Mann, während er versuchte, zu Atem zu kommen.

»Slate! Oh mein Gott, du blutest!«, schrie Ashlyn.

Erst in diesem Moment bemerkte Slate, dass sein Arm brannte. Als er an sich herunterschaute, entdeckte er einen dunkelroten Fleck auf dem Ärmel seines Hemdes und spürte, wie das Blut an seinem Bizeps herunterzulaufen begann.

»Scheiße!«, rief er aus, während er den Arm anspannte. Es tat höllisch weh, aber das Blut spritzte nicht heraus, was ein gutes Zeichen war. »Zieh meinen Ärmel hoch, Ashlyn. Ich will ihn nicht loslassen, um es mir anzusehen.«

Ashlyn trat mit leichenblassem Gesicht auf sie zu und zog vorsichtig den Ärmel seines T-Shirts hoch, wie er es verlangt hatte. An seinem Oberarm fehlte ein Stück Fleisch. Es war schmerzhaft und unschön, aber nicht lebensbedrohlich.

»Ist er ...« Ashlyns Worte brachen ab, als sie auf den regungslosen Mann unter ihm hinunterblickte.

Slate erkannte schließlich, dass Aiden sich noch immer nicht wehrte. Unter seinem Kopf bildete sich mit beunruhigender Geschwindigkeit eine Blutlache.

»Verdammt«, sagte Slate. Langsam ließ er die Handgelenke des Mannes los und rutschte zurück, bis er auf den Fersen saß. Aiden blieb genau so liegen, wie er gelandet war. Seine Augen waren geschlossen, und als Slate ihn näher betrachtete, konnte er nicht erkennen, wie sein Brustkorb sich hob und senkte.

»Wir können nicht viel für ihn tun«, sagte Slate. »Willst du mal nach James sehen?« Er wollte, dass sie den Raum verließ. Er wollte nicht, dass sie Aidens Leiche noch länger ansehen musste, als sie es ohnehin schon getan hatte.

Als Slate sich zu Ashlyn umdrehte, stellte er erschrocken fest, dass sie schwankte. Er hätte es nicht für möglich gehalten, aber ihr Gesicht sah jetzt noch aschfahler aus als noch vor einem Moment.

»Ähm ... ich fühle mich nicht gut«, flüsterte sie.

Slate bewegte sich, noch bevor ihre Beine unter ihr zusammenbrachen.

»Ash!«, rief er, als er sie auffing und zu Boden sinken ließ. Er legte sie auf den Rücken und fuhr mit den Händen über ihren Körper in dem Versuch herauszufinden, was los war. Als er die linke Seite ihrer Brust berührte, stöhnte sie leise auf.

Sie trug ein schwarzes Hemd und er konnte kein Blut sehen, aber er zögerte nicht, die Baumwolle anzuheben, um die Quelle ihres Schmerzes zu finden.

Eine Sekunde lang fiel es Slate schwer zu begreifen, was er da sah.

Sie hatte ein kleines Loch im Oberkörper, direkt unter ihrer Brust.

Viel zu nahe an ihrem Herzen.

Während er sie beobachtete, pulsierte das Blut im Takt ihres Herzschlags aus ihrem Körper.

»Slate?«, flüsterte sie. »Ich kann nicht richtig atmen.«

Er zog ihr Hemd herunter und drückte seine Hand auf die Wunde. Fest.

Diesmal schrie Ashlyn vor Schmerz auf und krümmte sich ihm entgegen in dem Versuch, seine Hand loszuwerden.

»Nein, bleib ruhig«, befahl er. Seine Worte klangen seltsam in seinen eigenen Ohren.

Ashlyn hörte auf, sich zu bewegen, und umklammerte mit einer Hand fest sein Handgelenk. »Er hat mich angeschossen?«, fragte sie.

»Sieht so aus. Aber mach dir keine Sorgen, du wirst wieder.« Slate wusste, dass er Unsinn redete. Er hatte keine Ahnung, ob das stimmte oder nicht. Wenn die Kugel ihr Herz gestreift hatte, würde sie innerhalb weniger Minuten verbluten. Er ging auf die Knie und drückte fester auf die Wunde, um genau das möglichst zu verhindern.

»Oh Gott, Slate!«, keuchte sie gequält.

»Nein!«, brüllte er sie praktisch an. »Sag das nicht. Du wirst wieder!«

Aber eine Träne kullerte aus ihrem Auge und glitt in das Haar an ihrer Schläfe. »Ich liebe dich.«

»Ich liebe dich auch, aber glaub nicht, dass das das Ende ist. Ich habe dich gerade erst gefunden, ich werde dich jetzt nicht verlieren!« Wo zum Teufel war sein Team?

Es kam ihm vor, als wären seit seiner Ankunft Stunden vergangen, aber in Wirklichkeit waren es nur wenige Minuten gewesen, nicht genügend Zeit für sein Team, um hierherzugelangen. Aber die Wahrheit war, dass er die anderen jetzt mehr brauchte als je zuvor.

Ein Geräusch hinter ihm ließ Slate den Kopf herumreißen, aber er ließ nicht von dem Druck auf Ashlyns Brust ab. Selbst wenn Aidan nicht wirklich gestorben war, als er sich den Kopf am Regal aufgeschlagen hatte, und er die Waffe noch einmal in die Hand hatte nehmen können, würde Slate seine Hände nicht heben. Jemand müsste ihn verdammt noch mal erschießen, damit er von Ashlyns Seite wich.

Aber es war nicht Aiden. Er lag immer noch regungslos dort, wo er hingefallen war. Es war James. Er sah müde aus und war definitiv nicht hundertprozentig bei sich. Er lehnte gegen den Türpfosten seiner Küche.

»Ich habe die Polizei gerufen«, sagte er. »Die Beamten sind auf dem Weg.«

So erleichtert er auch war, den älteren Mann am Leben zu sehen, konnte Slate nur nicken und sich wieder Ashlyn zuwenden. »Hörst du das, Babe? Hilfe ist auf dem Weg. Nein, mach die Augen nicht zu! Halte den Blick auf mich gerichtet.«

Er konnte sehen, dass sie versuchte, sich an das Bewusstsein zu klammern, den Kampf jedoch verlor.

»Slate«, flüsterte sie.

Ihm schnürte sich die Kehle zu und Slate schluckte schwer. Er musste jetzt für Ashlyn stark sein. Er durfte nicht den Verstand verlieren.

Er öffnete den Mund, aber bevor er etwas sagen konnte, hörte er Schritte in der Küche. Dann war sein Team da. Slate war in seinem ganzen Leben noch nie so erleichtert gewesen, jemanden zu sehen.

»Mustang ...«, sagte er, ohne seinen Schmerz zu verbergen, als er zu seinem Teamleiter aufblickte.

Mustang und Midas knieten sofort an Ashlyns Seite nieder. Aleck und Pid gingen zu James, und Jag zu Aiden. Allein die Tatsache, dass sein Team bei ihm war, gab Slate Hoffnung.

»Schusswunde in der linken Brust«, sagte Slate zu ihnen.

»Okay, bleib, wo du bist, drück weiter und lass nicht los, egal was passiert«, befahl Mustang.

Slate nickte ruckartig und starrte wieder auf Ashlyn hinunter. Sie hatte den Blick nicht von seinem Gesicht abgewandt. Sie rang nach Luft, aber sie war nicht in Panik.

»Du machst das toll, Babe. Atme einfach weiter, egal was passiert. Hörst du mich?«

»Ich höre dich«, antwortete sie keuchend.

Slate konnte Pid am Telefon hören, der wahrscheinlich mit der Leitstelle darüber sprach, was vor sich ging. Er wusste, dass er seinem Team berichten musste, was passiert war, aber er konnte es nicht. Im Moment konnte er nur Ashlyn anstarren und versuchen, ihr seine Kraft zu geben.

»Du machst das so gut«, lobte er sie.

»Werde ich sterben?«, fragte sie.

»Auf keinen Fall«, antwortete er, etwas schärfer als beabsichtigt.

»Aber er hat mich angeschossen ...«

»Mich hat er auch erwischt«, erinnerte Slate sie. »Aber ich werde wieder, genau wie du.«

»Ich glaube ... ein Streifschuss am Arm ist ... etwas anderes als ... ein Schuss in die Brust«, keuchte sie.

»Das ist mein Mädchen. Immer widersprichst du mir«, sagte Slate.

»Weil ich recht habe und du unrecht«, erklärte sie schwach.

Slate wollte über die Ungerechtigkeit der Situation schreien. Theoretisch wusste er, dass dies ein außergewöhnlicher Vorfall war. Sie hätte nicht wissen können, dass Aiden heute in James' Haus sein würde. Zum Teufel, keiner von ihnen hatte eine Ahnung gehabt, dass er gefährlich sein könnte. Und doch waren sie hier.

In der Ferne ertönten Sirenen und Slate sagte: »Hörst du das, Babe? Sie sind fast da. Der Notarzt wird dich wieder zusammenflicken und du wirst so gut wie neu sein.«

Ashlyns Gesicht hatte mittlerweile praktisch keine Farbe mehr und sie schnappte nach Luft. »Egal ... was ... passiert«, sagte sie zwischen zwei Atemzügen, »ich werde es nie ... bereuen, dich gebeten zu haben ... mein Sexfreund zu sein.«

»Der beste Tag meines Lebens«, sagte Slate ehrlich zu ihr. »Ich habe zu lange gebraucht, um meinen Kopf aus dem Arsch zu ziehen und den Schatz zu sehen, den ich direkt vor mir hatte, aber ich habe noch nie eine Frau getroffen, die so perfekt für mich ist wie du.« Er sprach weiter, da er Angst hatte, sie würde sonst die Augen schließen und aufhören zu kämpfen. »Durch dich bin ich weniger mürrisch, weniger ungeduldig und weiß mehr zu schätzen, was ich in meinem Leben habe.«

»Aber du fährst immer noch ... zu schnell«, sagte sie, während sie versuchte zu lächeln. Dann schloss sie die Augen.

»Nein! Sieh mich an, Babe«, befahl Slate hektisch.

Es dauerte einen Moment, aber sie zwang sich, die Augen wieder zu öffnen.

»Ich liebe dich. Mehr als ich jemals in meinem Leben erwartet hätte, jemanden zu lieben. Verlass mich nicht«, flehte er, als die Tränen sich schließlich aus seiner eisernen Kontrolle lösten und über seine Wangen liefen. »Du hast mich zu einem besseren Mann gemacht, zu einem besseren SEAL, zu einem besseren Freund. Ich brauche dich!«

»Es tut weh, Slate«, flüsterte sie.

»Ich weiß, und es tut mir leid. Aber wie die SEALs sagen, der einzige einfache Tag war gestern. Kämpfe, Ash. Für dich, für mich ... für uns.«

»Das werde ich.«

»Ich weiß, es tut weh, aber der Schmerz bedeutet, dass du lebst. Gib nicht auf, bitte!«

Ashlyn leckte sich über die Lippen und nickte. Dann schloss sie die Augen wieder und der feste Griff um sein Handgelenk lockerte sich, bevor ihre Hand auf den Boden fiel.

»Scheiße«, flüsterte Slate, während ihm die Tränen von den Wangen auf ihr Hemd tropften und im Stoff versickerten, als er über ihr aufragte.

»Die Hände so, dass wir sie sehen können!«, befahl eine laute Stimme, aber Slate ignorierte sie. Er nahm seine Hände nicht von Ashlyns Brust. Der Polizist, der gerade das Haus betreten hatte, würde ihn zuerst erschießen müssen.

Es dauerte eine Weile, bis die Polizei den Tatort gesichert und sich vergewissert hatte, dass die Männer im Haus keine Bedrohung darstellten. Kurze Zeit später traf der Notarztwagen ein. Und immer noch nahm Slate seine Hände nicht weg. Mustang sprach für ihn, erklärte Ashlyns Zustand und so viel über die Situation, wie er konnte.

»Sie müssen zurücktreten«, sagte einer der Sanitäter. »Wir übernehmen ab hier.«

Slate konnte sich nicht bewegen. Er war vor Angst wie erstarrt.

Es war Jag, der ihn davon überzeugte, den Notarzt seine Arbeit machen zu lassen, indem er sagte: »Du hast alles getan, was du kannst, Slate. Wenn du ihr eine Chance geben willst, musst du den Arzt jetzt sein Ding machen lassen.«

Slate sah auf und begegnete dem Blick einer der Sanitäter. Er schaute ihm in die Augen und flehte: »Sie ist mein Ein und Alles! Bitte lassen Sie sie nicht sterben.«

Er hätte schwören können, dass er einen Ausdruck der Entschlossenheit in die Augen des anderen Mannes treten sah. »Ich habe noch nie einen Patienten verloren und werde heute nicht damit anfangen«, antwortete er.

Slate nickte und bewegte sich. Er hob die Hände und rutschte schnell nach hinten, um seinen Platz an Ashlyns Seite den beiden Männern zu überlassen. Sie arbeiteten schnell, schnitten ihr das Hemd auf, warfen einen kurzen Blick auf die Wunde in ihrer Brust und übten wieder Druck aus.

»Einladen und los«, befahl einer der jungen Männer. Mit der Hilfe seines Teams schafften sie Ashlyn auf eine Trage und waren zur Vordertür hinaus, bevor zwei weitere Minuten vergangen waren.

Slate wollte ihnen folgen, aber einer der Polizisten hielt ihn auf. »Sie müssen uns erklären, was passiert ist.«

Ohne den Blick von der Trage zu nehmen, auf der die Frau lag, die seine ganze Welt war und die sich jetzt nicht mehr rührte, sagte Slate: »Dann bewegen Sie besser Ihren Hintern, denn ich fahre mit meiner Frau ins Krankenhaus.«

Zum Glück griff Aleck ein und übernahm die Situation. Slate war sich bewusst, dass hinter ihm ein toter Mann auf dem

Boden lag und er wahrscheinlich wegen Totschlags angeklagt werden würde, aber nichts konnte ihn davon abhalten, mit Ashlyn ins Krankenhaus zu fahren.

»Slate?«

Das Einzige, was ihn in diesem Moment davon hätte abhalten können, dem Krankenwagen zu folgen, war James. Slate drehte sich um. Pid hatte den älteren Mann auf die Couch gebracht. Er sah Slate voller Überzeugung an.

»Sie kommt wieder in Ordnung.«

James wusste zu diesem Zeitpunkt auch nicht mehr als Slate. Er war kein Hellseher. Er konnte nicht in die Zukunft schauen. Aber aus irgendeinem Grund setzten sich diese fünf Worte in Slates Seele fest. »Ich weiß«, sagte er, wobei er dem Mann zunickte. Dann drehte er sich um und ging auf die Tür zu.

Pid war ihm auf den Fersen, den Schlüssel in der Hand. »Ich fahre.«

Slate nickte erneut. Er war nicht in der Lage zu fahren, und das wusste er. Auf keinen Fall wollte er in einen Unfall geraten, sodass er sich nicht würde um Ashlyn kümmern können, wenn sie nach Hause kommen durfte. Und sie *würde* nach Hause kommen. Etwas anderes würde er nicht akzeptieren.

KAPITEL DREIUNDZWANZIG

Slate saß in dem privaten Warteraum, den die Krankenschwestern für alle Unterstützer von Ashlyn aufgeschlossen hatten. Alle waren da. Elodie, Lexie, Kenna, Monica, Carly, sein Team und Kommandant Huttner. Elodies Freund Kai von dem Ausflugsboot, auf dem sie früher einmal gearbeitet hatte. Theo, ein Stammkunde bei *Food For All*, ganz zu schweigen von einigen Mitarbeitern der Tafel: Jack, Pika, Courtney, Natalie und Richard. Sogar Kaleen, eine der Barkeeperinnen aus dem *Duke's*, hatte von dem Vorfall gehört und war gekommen, um ihre Unterstützung zu zeigen. Dann waren da noch die Männer, Frauen und Kinder, die Ashlyn jede Woche mit Lebensmitteln belieferte … Lori, die Schwester der behinderten Frau, die Familie Turner, Jazmin und ihr Baby und einige andere, die Slate nicht kannte.

James war auch da. Er war für Untersuchungen hergebracht worden, um sicherzugehen, dass es ihm gut ging, nachdem er von Aiden unter Drogen gesetzt worden war. Er hatte sich geweigert, nach Hause zu gehen, nachdem er entlassen worden war, und saß nun inmitten von Ashlyns Freunden, die beteten und sich Sorgen um sie machten.

Es war mehr als offensichtlich, wie sehr Ashlyn geliebt

wurde. Sie hatte all diese Menschen mit ihrer Freundlichkeit und ihrem offenen Geist berührt. Slate wusste, dass er zu allen sprechen und sie beruhigen sollte, aber er konnte nichts anderes tun, als in Gedanken versunken dazusitzen und ins Leere zu starren.

Die ganze Zeit, die er und Ashlyn zusammen verbracht hatten, ging ihm durch den Kopf. Die Zeiten, in denen sie sich spielerisch gestritten hatten. Wie sehr sie sich darauf gefreut hatte, ihm einige der Tricks zu zeigen, die sie beim Selbstverteidigungstraining gelernt hatte. Ihr häufiges Lachen. Ihr Gesichtsausdruck, wenn sie genervt von ihm war. Die Art und Weise, wie ihre Wangen erröteten, wenn sie wütend, aufgebracht oder erregt war. Ihr Enthusiasmus im Bett, ihre Bereitschaft, alles zu geben, selbst für eine zwanglose Affäre ... die für keinen von ihnen so zwanglos war. Er dachte daran, wie gut sie sich in seinen Armen anfühlte, wenn sie schliefen. Wie sehr sie es liebte zu kuscheln. Wie sie schlafen konnte wie ein verdammter Stein.

Er durfte sie nicht verlieren. Er *konnte* es nicht.

Slate hatte keine Ahnung, wie er ohne sie zurechtkommen würde. Die Panik, die er verspürt hatte, als er dachte, sie sei auf einer Verabredung, war nichts im Vergleich zu dem tiefen Grauen, das er jetzt empfand.

»Duncan Stone?«, fragte ein Mann, der den Wartebereich betrat.

»Das bin ich«, sagte Slate und stand so schnell auf, dass er schwankte. Mustang war sofort auf der einen Seite, um ihn zu stützen, Pid auf der anderen.

Slate hatte keine Ahnung, wie viel Zeit seit seiner Ankunft im Krankenhaus vergangen war. Aber sein Team war in jeder Sekunde bei ihm gewesen. Pid hatte ihn überredet, sich die Hände zu waschen, und ihm im Geschenkeladen ein T-Shirt gekauft, damit er das blutige, das er trug, wegwerfen konnte.

Als Aleck eingetroffen war, hatte er Slate gezwungen, sich von einem Arzt den Arm untersuchen zu lassen. Wie bereits erwartet, war es nur ein Streifschuss, der von einer Krankenschwester gereinigt und verbunden worden war. Dann kam Mustang mit zwei Polizisten und Slate hatte ihnen alles erzählt, was er über den Vorfall wusste. Wie Aiden sie mit einer Waffe bedroht hatte, wie er nach Geld suchte, um es zu stehlen, und wie er vorgehabt hatte, Ashlyn zu entführen. Er gab zu, Aiden angegriffen zu haben und dass der Mann seinen Kopf an einem Regal aufgeschlagen hatte.

Slate erzählte den Beamten von dem Geld, das James Ashlyn gegeben hatte, und dass sie es auf ein Konto eingezahlt hatte, um es sicher aufzubewahren.

Er hielt nichts zurück, denn er wollte die Befragung nur abschließen, um etwas über Ashlyns Zustand herauszufinden. Stattdessen hatte er stundenlang ängstlich gewartet.

Aleck hatte ihm vor Kurzem mitgeteilt, dass alles, was er gesagt hatte, mit den Beweisen am Tatort und mit dem, was James der Polizei erzählt hatte, übereinstimmte. Offenbar hatte Aiden versucht, James eine vierfache Dosis Schlaftabletten zu geben, aber der ältere Mann war misstrauisch gewesen, weil sein ehemaliger Helfer ihn drängte, seinen Becher Tee zu trinken. Er erzählte der Polizei, dass Aiden ihn in der Vergangenheit schon einmal ohne sein Einverständnis unter Drogen gesetzt hatte, und er zu spät erkannt hatte, dass er das wahrscheinlich schon seit Wochen getan hatte.

James hatte dennoch etwas von den Drogen zu sich genommen, als er widerwillig an dem Tee nippte, aber nicht genug, um ihn zu töten oder lange schlafen zu lassen. Er hatte Aidens Schreie im anderen Zimmer gehört, versucht aufzustehen und war gegen seinen Nachttisch gefallen, wodurch die Lampe zu Boden fiel. Das war das Geräusch, das Aiden lange genug abgelenkt hatte, damit Slate ihn angreifen konnte.

Die ganze Situation war beschissen. Nach dem zu urteilen, was sie aus Gesprächen mit Kollegen, seinem Chef und einigen anderen, die ihn kannten, erfahren hatten, war Aiden ein engagierter Angestellter und ein harter Arbeiter gewesen. Aber vor etwa einem Jahr hatte er sich bei der Arbeit verletzt und Schmerzmittel genommen, um seine Rückenschmerzen zu lindern. Als sein Arzt sie ihm nicht mehr verschrieb, griff er offenbar zu härteren Drogen und glitt schnell in die Sucht, woraufhin er verzweifelt mehr Drogen brauchte, um seine Schmerzen zu bewältigen und Entzugserscheinungen zu vermeiden.

Der Arzt forderte Slate mit einer Geste auf, mit ihm aus dem Zimmer zu kommen ... und er zögerte nur eine Sekunde lang. Wenn er nicht mit ihm ging, konnte der Arzt ihm keine schlechten Nachrichten über Ashlyn überbringen. Aber andererseits konnte er ihm auch keine guten Nachrichten überbringen. Also holte Slate tief Luft und folgte ihm.

Mustang verließ mit ihm den Raum, und Slate war wieder einmal dankbar, dass sein Teamleiter dabei war. Es war seine Idee gewesen, dem Krankenhauspersonal zu sagen, dass Slate Ashlyns Ehemann war. Slate hätte nicht erwartet, dass ihm jemand glaubte, aber da Ashlyn keine anderen Verwandten auf der Insel hatte, wurden sie vom Personal nicht darauf angesprochen.

Der Arzt zögerte nicht. »Ashlyn ist aus dem OP heraus. Die Kugel hat ihr Herz nur um Millimeter verfehlt. Sie hatte großes Glück. Sie hat ihre Lunge getroffen, weshalb sie Schwierigkeiten beim Atmen hatte. Sie wird in Kürze auf die Intensivstation verlegt.«

»Wird sie wieder gesund?«, flüsterte er.

»Wenn es keine Infektion oder andere Komplikationen gibt, ja«, antwortete der Arzt.

Jeder Muskel in Slates Körper schien zu erschlaffen. Mustang legte ihm einen Arm um die Schultern und gab ihm die Kraft, auf den Beinen zu bleiben. »Wann kann ich sie sehen?«, fragte er.

»Es wird ein paar Stunden dauern. Sie ist im Moment sediert und wir werden sie so lange in diesem Zustand halten, bis wir sicher sind, dass sie alleine atmen kann.«

»Werden Sie mich wissen lassen, wenn ich sie besuchen kann?«, fragte Slate.

»Natürlich. Normalerweise erzähle ich Familienmitgliedern so etwas nicht, aber ... die Operation war nicht leicht für sie. Ihr Blutdruck ist zweimal eingebrochen, aber beide Male hat sie sich erholt, ohne dass wir medizinisch eingreifen mussten. Ihre Frau ist eine Kämpferin.«

Anstatt sich über die Worte des Arztes aufzuregen, wurde Slate zum ersten Mal von völliger Erleichterung durchschwemmt. Seine Ashlyn war verdammt zäh, und sie hatte genau das getan, worum er sie angefleht hatte. Sie hatte um ihr Leben gekämpft. Sie hatte nicht aufgegeben, obwohl es einfacher und weniger schmerzhaft gewesen wäre.

»Ich bin nicht überrascht. Sie ist *definitiv* eine Kämpferin«, sagte Slate.

»Und sie wird sehr geliebt, wenn man von der Anzahl der Leute in diesem Raum ausgeht«, sagte der Arzt, der auf den Warteraum hinter ihnen zeigte. »Ich werde jetzt nach meiner Patientin sehen. Warum gehen Sie nicht rein und überbringen allen die gute Nachricht?«

»Danke«, sagte Slate. In dem einfachen Wort schwang Erleichterung mit.

»Nichts zu danken.« Dann nickte der Arzt Mustang und Slate zu und ging zurück den Flur entlang.

Slate drehte sich zu Mustang um und umarmte ihn. Fest. Sein Freund erwiderte die Umarmung. Es gab eine Zeit, die nicht allzu lange zurücklag, in der Slate diese Art von Intimität nie mit seinen Freunden geteilt hätte. Aber die Frauen in ihrem Leben hatten langsam, aber sicher ihre Mauern niedergerissen, wenn es darum ging, Zuneigung zu zeigen.

»Danke, dass du für uns da bist«, sagte Slate leise. »Dass du mir in Afghanistan das Leben gerettet hast und jedes andere verdammte Mal, wenn ich dich gebraucht habe ... und dass du mir geglaubt hast, als ich sagte, dass ich dachte, es würde etwas nicht stimmen.«

Mustang zog sich zurück und legte seine Hände auf Slates Schultern. Die beiden SEALs sahen einander in die Augen und tauschten einen langen, verständnisvollen Blick aus. »Ich werde dir *immer* glauben«, sagte Mustang nach einem Moment. »Du bist in jeder Hinsicht mein Bruder, so wie Ashlyn meine Schwester ist. Ich würde mein Leben für jeden von euch geben. Ich hoffe, du weißt das.«

»Das tue ich, und ich würde dasselbe für dich und Elodie tun.«

Mustang nickte. »Ich bin so verdammt erleichtert, dass sie wieder gesund wird.«

»Ich auch, Bruder. Ich auch«, antwortete Slate.

»Wie wäre es, wenn wir den anderen mitteilen, was der Arzt gesagt hat. Ashlyn hat eine Menge Freunde, die jetzt sicher gern gute Nachrichten hören würden.«

Slate nickte und nahm einen tiefen Atemzug. Seine Schultern sanken, und er war plötzlich erschöpft. Er hatte stundenlang mit purem Adrenalin gearbeitet. Jetzt, da die Gefahr vorüber war, fühlte er sich genauso wie nach einer langen und gefährlichen Mission.

»Nachdem wir dir die Neuigkeiten überbracht haben, werde ich sehen, ob ich nicht einen Platz für dich finde, wo du dich ausruhen kannst«, sagte Mustang, als er sah, dass Slate am Ende seiner Kräfte war.

»Ich muss Ash sehen, sobald der Arzt sein Okay gibt«, protestierte er.

»Das wirst du auch«, erwiderte Mustang. »Aber du musst nicht so aussehen, als wärst du schon seit drei verdammten Tagen wach, wenn du das tust. Du musst ihr für eine Weile Kraft geben, und das kannst du nicht, wenn du kaum stehen kannst. Ich weiß, dass du ein ungeduldiges Arschloch bist, aber dieses eine Mal wirst du auf mich hören.«

Slate lachte leise. »Dieses *eine* Mal?«

»Okay, du musst eigentlich *immer* auf mich hören, weil ich

dein Teamleiter bin. Aber ausnahmsweise musst du deine Ungeduld besiegen und für Ashlyn schlafen gehen.«

Das konnte Slate tun. Er nickte.

»Scheiße, ich bete, dass es in Zukunft immer so einfach ist, dich dazu zu bringen, das zu tun, was ich will«, murmelte Mustang.

»Verlass dich nicht darauf. Ich bin immer noch ein grüblerisches, ungeduldiges Arschloch.«

»Ich würde dich nicht anders haben wollen. Komm, lass uns die Neuigkeiten verkünden.«

Slate ging zurück in den Warteraum und war wieder einmal beeindruckt von den Menschen, die alles stehen und liegen gelassen hatten, um ins Krankenhaus zu kommen und Ashlyn ihre Unterstützung zu zeigen. Er hatte viel zu lange gebraucht, um zu erkennen, wie perfekt sie für ihn war, aber jetzt hatte er es endlich geschafft. Es war ein Wunder, dass sie sich überhaupt für ihn interessiert hatte. Er hatte sich bei ihrer ersten Begegnung ihr gegenüber wie ein ziemlicher Idiot verhalten. Herablassend und immer der Meinung, er wüsste es besser als sie, wenn es um ihre Sicherheit ging.

Das Entscheidende war, dass Ashlyn eine großzügige Seele war, und er schwor sich auf der Stelle, alles zu tun, was nötig war, um ihr den Freiraum und die Unterstützung zu geben, die sie brauchte, um so zu bleiben, wie sie war. Das, was heute passiert war, war ein Glücksfall gewesen. Ja, vermutlich müssten sie beide ein wenig mehr darauf achten, was im Leben der Menschen vor sich ging, denen sie half, aber Slate würde die Verletzung nicht als Ausrede benutzen, um sie zu unterdrücken. Sie würde verkümmern und sterben, wenn sie anderen nicht helfen konnte.

Er würde immer überfürsorglich und herrisch sein, aber für die Frau, die er liebte, würde er tun, was er konnte, um ihr zu helfen, Freundlichkeit zu verbreiten, und ihr niemals im Weg stehen.

Der Raum füllte sich mit Seufzern der Erleichterung und

vielen Tränen, als alle erfuhren, dass es ihrer Freundin gut gehen würde. Als Slate alle umarmte, die gekommen waren, um Ashlyn ihre Unterstützung zu zeigen, konnte er sich ein Lächeln nicht verkneifen. Ashlyn würde das lieben. Sie würde es lieben, all ihre Freunde so zusammen zu sehen ... wie sie sich alle gegenseitig unterstützten.

Später am Abend, nachdem fast alle gegangen waren in dem Wissen, dass sie Ashlyn an diesem Tag nicht mehr sehen würden, und nachdem Slate sich kurz ausgeruht hatte, waren nur noch er und Mustang im Wartezimmer. Eine Krankenschwester öffnete die Tür und teilte ihnen mit, dass Ashlyn stabil sei und einen Besucher empfangen könne.

»Ich warte hier und fahre dich danach nach Hause«, sagte Mustang.

Slate wollte protestieren. Er wollte sagen, dass er hier bei Ashlyn bleiben würde. Aber da sie auf der Intensivstation lag, wusste er, dass er nicht an ihrer Seite bleiben durfte. Es war praktisch für ihn, nach Hause zu fahren, zu duschen, sich umzuziehen, noch ein bisschen zu schlafen und etwas zu essen, bevor er am Morgen zurückkehrte.

»Danke.«

»Hör auf, mir zu danken. Es ist nervig«, gab Mustang zurück. »Ich glaube, ich bevorzuge den griesgrämigen Slate.«

»Oh, ich bin sicher, er wird früher oder später zurückkommen. Vor allem wenn Ashlyn auf dem Weg der Besserung ist und wieder zur Arbeit gehen will, bevor sie es sollte, was mich verrückt machen wird.«

Mustang lachte. »Stimmt. Okay, dann gern. Geh zu deiner Frau. Grüß sie von Elodie und mir.«

Slate nickte und folgte der Krankenschwester aus dem Zimmer. Er wurde zu einer verschlossenen Doppeltür geführt und von einer Krankenschwester auf der Intensivstation eingelassen. Er zog einen sterilen Kittel an, der ihm gereicht wurde, und zog sich Füßlinge über seine Schuhe. Er wollte sich selbst davon überzeugen, dass es Ashlyn gut ging, und tat sein Bestes, seine Ungeduld zu zügeln.

Schließlich führte die Krankenschwester ihn zu einer Nische und zog den Vorhang zurück. Die Schwester sagte etwas, aber Slate hörte sie nicht. Er hatte nur Augen für seine Frau.

Ashlyn lag auf dem weißen Laken und hatte mehr Farbe auf den Wangen als das letzte Mal, als er sie gesehen hatte, als sie zum Krankenwagen gerollt wurde. Sie hatte Infusionen in beiden Armen und eine Sauerstoffkanüle in der Nase. Aber sie war nicht intubiert und sah fast so aus, als würde sie einfach nur friedlich schlafen, nicht wie eine Frau, die fast gestorben wäre.

Slate kümmerte sich nicht um den Stuhl, sondern nahm ihre Hand in seine und lehnte sich dicht an sie heran.

»Hey, Babe«, flüsterte er.

Zu seiner Überraschung riss sie sofort die Augen auf. Ihr Mund bewegte sich, aber kein Wort kam ihr über die Lippen.

»Ich habe noch nie etwas so Schönes gesehen wie deine braunen Augen«, sagte Slate.

»Slate«, flüsterte sie.

»Ich bin hier«, versicherte er ihr.

»Erzähl es mir«, befahl sie.

»Dir was erzählen?«, fragte Slate.

»Was passiert ist. Bin ich okay?«

»Du bist okay«, antwortete er schnell. »Du wurdest ange-schossen, aber die Kugel hat dein Herz verfehlt. Deine Lunge wurde allerdings etwas beschädigt. Die Ärzte haben dich zusammengeflickt und du bist bald wieder so gut wie neu.«

Ashlyn lächelte. »Ich glaube, du lässt eine Menge Dinge aus.«

Das tat er und er tat es auch nicht. »Nein. Ich fasse es nur so schnell wie möglich für dich zusammen.«

»James?«, fragte sie.

»Ihm geht es gut. Er hatte etwas Schlafmittel geschluckt, aber nicht genug, um ihn lange ruhig zu halten. Die Jungs haben ihn in einem Hotel untergebracht, während die Polizei die Ermittlungen in seinem Haus abschließt, und sie sorgen dafür, dass es aufgeräumt ist und er so schnell wie möglich zurückkehren kann.«

»Gut. Aiden?«

Natürlich machte sie sich Sorgen um das Arschloch, das sie angeschossen hatte.

»Tot«, sagte Slate kurz und bündig.

»Das ist mir egal. Wirst du Schwierigkeiten bekommen?«, fragte sie.

Slates Lippen zuckten. Na gut, dann machte sie sich wohl doch keine Sorgen um Aiden. »Nein. Es war Notwehr.«

»Okay.« Dann krächzte sie: »Du bist herrisch.«

Slate zog verwirrt die Augenbrauen zusammen. Nicht, weil er *nicht* dachte, er sei herrisch, das war er definitiv, aber er war sich nicht sicher, warum Ashlyn das *jetzt* erwähnte. »Ja«, stimmte er zu.

»Du hast mich angeschrien, als ich im Operationssaal war. Ich habe geschlafen und doch nicht. Du hast mir gesagt, ich solle kämpfen. Ich wollte nicht. Ich hatte Schmerzen. Aber du gingst mir nicht aus dem Kopf. Du hast mir befohlen, dass ich mich zusammenreißen und zu dir zurückkommen soll. Ich glaube, ich bin wütend auf dich ...«

Sofort stiegen Slate Tränen in die Augen. Er hatte heute mehr geweint als je zuvor. Aber er schämte sich nicht. Wie könnte er auch? »Du kannst wütend sein, Babe. Aber ich bin stolz auf dich, dass du nicht aufgegeben hast. Du wirst wieder. Ich bin hier und ich werde dafür sorgen.«

»Ich liebe dich, Slate.«

»Und ich liebe dich, Ashlyn. Mach jetzt die Augen zu und schlaf ein bisschen. Ich komme später wieder, um nach dir zu sehen.«

Ashlyn nickte und ihr fielen die Augen zu. Dann sprangen sie auf, als wäre ihr etwas eingefallen.

»Was? Was ist los, Babe?«

»Bist du sicher, dass ich meine Augen schließen darf? Du hast gesagt, ich darf das nicht.«

»Das war vorhin. Jetzt geht es dir gut«, sagte Slate, der versuchte, das Schwanken seiner Stimme zu kontrollieren.

Seine Zusicherung schien alles zu sein, was sie hören musste, denn ihre Augen schlossen sich wieder und sie seufzte, bevor ihre Atmung sich vertiefte.

Slate stand einige Minuten lang über ihr, beobachtete sie beim Atmen und weinte dabei leise. Dann holte er tief Luft, rieb sich das Gesicht am Ärmel und beugte sich wieder über Ashlyn. Er küsste sie sanft auf die Lippen, dann richtete er sich auf. Er legte ihre Hand auf das Bett und drehte sich um, um den kleinen Bereich zu verlassen.

Slate blieb kurz stehen, als er sah, wie drei Krankenschwestern ihn vom Eingang aus anstarrten.

»Gleich als sie nach der Operation aufgewacht ist, hat sie nach Ihnen gefragt«, sagte eine.

»Sie wollte sich nicht beruhigen, bis wir ihr immer wieder versicherten, dass es Ihnen gut geht«, fügte eine andere hinzu.

»Ihr Herzschlag ist jetzt langsamer«, bemerkte die dritte, wobei sie in Richtung des Monitors nickte.

Slate nickte ihnen zu, nicht im Geringsten überrascht. Seine Ashlyn war eine Kämpfernatur und es war typisch für sie, dass sie sich vergewissern wollte, dass es ihm gut ging, obwohl *sie* selbst angeschossen worden war und auf dem Operationstisch fast gestorben wäre.

Sie würde wieder werden. Und er auch. Sie hatten den Rest ihres Lebens miteinander zu verbringen, und Slate schwor sich, keinen einzigen Tag davon zu vergeuden.

Er verließ die Intensivstation mit wesentlich besserer Laune, als er sie betreten hatte. Ashlyn zu sehen hatte Wunder für seine Psyche bewirkt. Die nächsten Wochen würden hart werden, ihre Genesung wäre nicht einfach, aber gemeinsam würden sie es schaffen und sowohl mental als auch als Paar gestärkt aus dieser Erfahrung hervorgehen.

Zum ersten Mal, seit er sich an diesem Morgen von ihr verabschiedet hatte, huschte ein Lächeln über sein Gesicht.

EPILOG

Vier Monate später

Ashlyn lag im schummrigen Schlafzimmer und wartete darauf, dass Slate ins Bett kam. Sie war fest entschlossen, ihr Leben wieder zur Normalität zurückkehren zu lassen. Und Normalität bedeutete *Sex*. Sie war bereit. Mehr als bereit. Aber Slate war übermäßig vorsichtig und wollte nichts tun, was ihr Schmerzen bereiten könnte.

Der Arzt hatte sie heute untersucht und ihnen beiden gesagt, dass sie ihre normalen Aktivitäten wieder aufnehmen könne ... einschließlich Sex. Im Anschluss an diese Aussage riet er ihr noch eine Weile vom Fallschirmspringen und Tauchen ab, aber da Ashlyn keines von beidem vorhatte, stimmte sie dem nur zu allzu gern zu.

Obwohl sie Slates Aufmerksamkeit in den letzten Monaten sehr zu schätzen wusste, hatte sie es satt, in Watte gepackt zu werden.

Während der letzten Wochen hatte Slate ein wenig nachgegeben und ihr erlaubt, ihn mit ihren Händen zu befriedigen, und ihr mit seinen Fingern langsame, einfache Orgasmen verschafft. Aber er hatte sich geweigert, mit ihr zu schlafen, mit der Begründung, dass er sich nie verzeihen würde, wenn er ihr auch nur einen Hauch von Schmerz zufügte.

Aber heute Abend, nachdem der Arzt es ihr offiziell erlaubt hatte, hatte Ashlyn genug vom Warten. Sie wollte ihren Mann.

Slate betrat leise das Zimmer, da er offensichtlich dachte, dass sie bereits schlief. Er ging ins Bad und kam ein paar Minuten später nur mit Boxershorts bekleidet wieder heraus.

In dem Moment, in dem er unter die Decke kroch, bewegte Ashlyn sich. Sie warf ein Bein über seine Hüften, um sich rittlings auf ihn zu setzen. Sie hatte sich absichtlich komplett ausgezogen, bevor sie sich unter die Decke gelegt hatte.

Ashlyn wölbte den Rücken ein wenig und starrte auf Slate herab, eine Herausforderung, sie abzuweisen.

Slate atmete tief ein, während er mit den Händen ihre Hüften packte.

»Ich liebe dich«, sagte sie leise.

»Ich liebe dich auch«, erwiderte Slate sofort.

»Es ist Zeit, Slate. Was passiert ist, war scheiße ... aber es geht mir gut. Es ist alles in Ordnung. Du hast den Arzt heute gehört. Ich will mit meinem Freund schlafen.«

»Verlobten«, korrigierte er.

Ashlyn verdrehte die Augen. Wann immer er sie jemandem vorstellte, nannte er sie immer seine Verlobte. Aber er hatte diesen Status noch nicht offiziell gemacht.

Sie hielt ihre linke Hand hoch und machte eine große Sache daraus, auf ihren blanken Finger zu schauen. »Huch, sieh dir das an«, sagte sie erstaunt. »Mein Finger scheint nackt zu sein.«

Es war ein immer wiederkehrender Witz zwischen den beiden. Ashlyn hatte die feste Absicht, den Mann zu heiraten, aber es machte Spaß, ihn zu ärgern, weil er *annahm*, sie würde ihn heiraten, bevor er überhaupt die Frage gestellt hatte.

Plötzlich bewegte er sich unter ihr, woraufhin Ashlyn einen mädchenhaften Schrei ausstieß. Aber sie brauchte keine Angst zu haben, von Slate herunterzufallen, denn er hielt eine Hand fest auf ihrer Hüfte, während er nach der Schublade des kleinen Tisches neben dem Bett griff.

Er nahm etwas heraus, dann umfasste er ihre linke Hand. Ohne ein Wort zu sagen, schob Slate ihr einen Ring auf den Finger.

»So, jetzt ist er nicht mehr nackt«, sagte er mit einem zufriedenen Grinsen.

Ashlyn konnte nur auf den Ring starren, den er ihr an den Finger gesteckt hatte. Es war ein Solitärdiamant im Prinzessinnenschliff, der im gedämpften Licht der Lampe auf Slates Nachttisch funkelte. Ihr Mund öffnete sich, schloss sich und öffnete sich dann wieder. Sie schien keinen zusammenhängenden Gedanken fassen zu können.

»Ich habe dich sprachlos gemacht«, sagte Slate mit einem kleinen Lachen. »Merke dir diesen Tag.«

Ashlyn schluckte schwer und blinzelte schnell, um nicht in Tränen auszubrechen.

»Er ist nicht riesig«, sagte Slate nach einem Moment. »Ich wollte dir eigentlich den größten Diamanten schenken, den ich finden konnte, aber das hätte dich nur in Gefahr gebracht. Ich will auf keinen Fall, dass jemand ihn sieht und denkt, er könne ihn dir stehlen. Also habe ich mich zurückgehalten.«

»Er ist perfekt«, murmelte Ashlyn nach einem Augenblick.

»*Du* bist perfekt«, konterte Slate. »Ich dachte, ich wollte es zwanglos. Aber von dem Moment an, in dem ich dich das erste Mal berührte, wusste ich, dass das unmöglich war. Du bist mir von Anfang an unter die Haut gegangen, Babe ... und ich war noch nie so glücklich.«

Sie wartete einen Moment, aber als er nichts weiter sagte, hob sie eine Augenbraue und legte ihre Handflächen auf seine Brust. Als sie den Ring an ihrem Finger sah, wollte sie am liebsten vor Freude lächeln, aber sie zwang sich, ernst zu sein. »Du hast mir einen Ring angesteckt, aber ich habe immer noch nicht gehört, dass du mich etwas *gefragt* hast«, sagte sie zu ihm.

Daraufhin hob Slate die Hände, um ihre Brüste zu umfassen.

Ashlyn atmete scharf ein und ließ den Kopf nach hinten fallen.

Er knetete ihre empfindlichen Brustwarzen und sie spürte, wie er mit dem Daumen über die Narbe unter ihrer linken Brust fuhr. Sie wollte ihm noch einmal versichern, dass es ihr gut ging. Dass sie lebte und Aidens Kugel sie nicht getötet hatte, aber Slate legte eine Hand auf ihren Rücken und ermutigte sie, sich nach hinten zu lehnen.

Mit dem Mund umschloss er eine ihrer Brustwarzen, und Ashlyn konnte an nichts anderes denken als daran, wie gut sie sich bei ihm fühlte.

Slate verbrachte eine ganze Weile damit, ihre Brüste zu liebkosen, bevor er sie sanft auf den Rücken drehte. Sofort glitt er an ihrem Körper hinunter und küsste beide Innenschenkel, bevor er die Aufmerksamkeit zwischen ihre Beine lenkte.

Das war nicht der schnelle und verzweifelte Sex, den sie sonst gehabt hatten. Obwohl Ashlyn ihren rauen Sex liebte und es kaum erwarten konnte, bis sie beide so außer Kontrolle waren, dass sie das Gefühl hatten, sie müssten einander haben oder sterben, sehnte sie sich auch hiernach.

Es fühlte sich wie eine Bestätigung ihrer Liebe an. Es war so anders als am Anfang, als sie sich einfach nur gut fühlen wollten, ohne die tieferen Verwicklungen der Zuneigung.

Slate betete sie an, während er sie langsam immer näher zum Orgasmus brachte. Aber anstatt sie über den Abgrund zu stoßen, hörte er auf, als sie kurz davor stand. Er zog seine Boxershorts aus und bewegte sich nach oben, bis die Spitze seines Schwanzes ihre Klitoris streifte. Slate hielt seinen Schwanz mit einer Hand fest und balancierte mit der anderen über ihr.

Er drückte sich sanft gegen sie und glitt Zentimeter für Zentimeter in sie hinein.

Ashlyn stöhnte, während sie seine Pobacken packte. »Schneller«, bettelte sie.

Aber Slate ignorierte sie. Sein Blick blieb auf ihr haften, während er sie nahm. Als es sich anfühlte, als hätte er nicht nur ihre Körper, sondern auch ihre Seelen miteinander verschmolzen, ließ Slate sich auf seine Ellbogen sinken.

Ashlyn spürte, wie das leichte Haar auf seiner Brust an ihren Brustwarzen rieb. Sie fühlte sich von ihm umgeben und wollte sich nie wieder bewegen.

»Ich liebe dich«, sagte Slate leise. »Ich möchte den Rest meines Lebens mit dir verbringen. Ich will mit dir neben mir aufwachen und mit dir an meine Seite gekuschelt einschlafen. Ich will mit dir lachen, weinen und nervige Frauenfilme anschauen.«

Ashlyn rümpfte die Nase über ihn.

Er lächelte. »Ich werde dir oft auf die Nerven gehen. Wahrscheinlich werde ich sogar noch überfürsorglicher sein als zuvor.«

»Wahrscheinlich?«, scherzte Ashlyn.

»Aber ich kann dir versprechen, dass ich während unserer Missionen keine Risiken eingehen werde. Ich werde keine Dummheiten machen, die mich dir entreißen könnten. Du bist die Eine für mich, Ash. Ich werde nie eine andere Frau wollen. Niemals.«

Ashlyn nahm einen tiefen Atemzug und nickte.

»Willst du mich heiraten? Du könntest etwas so viel Besseres bekommen, aber ich werde dich nicht gehen lassen. Ich meine, ich würde es tun, wenn du mich hassen würdest, denn ich bin kein Psycho-Stalker, aber es würde mich buchstäblich umbringen. Ich würde wahrscheinlich zu einer Hülle des Mannes verkümmern, der ich jetzt bin. Ich würde aufhören zu essen, tonnenweise Gewicht verlieren und die Navy müsste mich rausschmeißen, denn ein fünfzig Kilo leichter Schwächling als Navy SEAL ist nicht gerade eine gute Sache.«

Ashlyn konnte sich ein Kichern nicht verkneifen. Es war ihrem Mann zu verdanken, dass sie lachen statt weinen musste.

»Und jetzt lacht sie über mich«, sagte Slate seufzend.

Ashlyn griff nach oben und legte die Hände auf die Wangen ihres Mannes. Der Verlobungsring funkelte und sie konnte sich ein Lächeln nicht verkneifen. »Natürlich werde ich dich heiraten.«

Slate strahlte. »Gut.«

»Ich meine, die Navy wäre wahrscheinlich ziemlich sauer, wenn ich Nein sagen würde und sie dich ersetzen müsste.«

Diesmal lachte Slate. »Klar. Gibt es noch einen anderen Grund, warum du mich heiraten willst?«

»Nun ...« Ashlyn tat so, als würde sie darüber nachdenken. »Das ist schwer. Du magst ekliges hawaiianisches Essen und du fährst definitiv zu schnell. Außerdem hast du die Tendenz, mich mit dieser Tracking-App zu verfolgen. Ich denke, es war vielleicht keine gute Idee, dir Zugang zu geben.«

Slates Hüften bewegten sich und er begann, langsam in sie hinein- und wieder hinauszugleiten.

Ashlyns Gedanken zerstreuten sich. Sie konnte nur noch daran denken, wie gut er sich in ihr anfühlte.

»Stimmt, aber ich habe auch ein paar gute Eigenschaften«, sagte er, während er sie weiter liebte.

Ashlyn umklammerte seine Seiten, während er sie langsam weiter fickte. Sie grub ihre Fingernägel in seine Haut. »Schneller, Slate«, stöhnte sie.

»Nein.«

»Nein?«, wiederholte sie stirnrunzelnd.

»Ich weiß, was der Arzt gesagt hat, aber ich werde dich auf keinen Fall so ficken, wie ich es mir seit Monaten erträumt habe. Das wird warten müssen, bis ich mir sicher bin, dass du hundertprozentig gesund bist.«

»Slate«, jammerte Ashlyn. »Was wird dazu nötig sein? Dass ich einen Zehn-Kilometer-Lauf mache? Tausend Hampelmänner? Mir geht es *gut*.«

»Du wirst mich ertragen müssen«, sagte er mit ernstem Gesicht zu ihr. »Ich habe zwanzig Jahre meines Lebens verloren, als ich merkte, dass du angeschossen wurdest. Für den Moment werde ich dich lieben. Langsam und sanft. Gefällt es dir nicht?«

Ashlyn gefiel es. Sehr. Sie schluckte. »Ich mag es«, gab sie zu. »Aber ich mag es auch, wenn du mich fickst.«

Seine Lippen zuckten. »Du bist unersättlich.«

»Nach dir.«

»Verdammt richtig. Willst du kommen?«

»Was denkst du denn?«, gab sie zurück.

Seine Lippen verzogen sich zu einem breiten Grinsen. »Gut. Wie wär's, wenn du das machst? Berühr dich selbst, Babe.«

Ashlyn zögerte nicht. Sie ließ eine Hand zwischen ihre Körper gleiten und war dankbar, als Slate seine Hüften ein wenig anhob, um ihr Platz zu machen. Dann begann sie, ihre Klitoris zu streicheln, während er sanft in sie eindrang und wieder aus ihr herauskam.

»Ich liebe dich und kann es kaum erwarten, dich zu heiraten«, sagte Slate, als sie der Explosion immer näher kam.

»Ich liebe dich«, erwiderte sie mit einem Keuchen. »Sag mir, wann und wo, und ich bin da.«

»Komm an meinem Schwanz, Babe«, antwortete er. »Ich kann mich nicht länger zurückhalten.«

Sie brauchte nur wenige Sekunden. Es war schon zu lange her, dass sie ihren Mann in sich gehabt hatte, und er hatte sie bereits mit seiner Zunge vorbereitet.

Sie krümmte sich gegen ihn, als der Orgasmus sie überkam, und grub die Fingernägel der Hand, mit der sie ihn immer noch umklammerte, fester in seine Haut.

Er stöhnte und verlor ein wenig die Kontrolle, als er einmal in sie stieß. Zweimal. Dann ein drittes Mal, bevor er explodierte und sich tief in ihr vergrub.

Slate senkte den Kopf und presste seinen Mund auf den ihren, um sie leidenschaftlich zu küssen.

Als sein Körper aufhörte zu zittern, drehte er sie um, ohne seine Lippen von ihr zu lösen.

Als sie sich schließlich zurückzog, fühlte Ashlyn sich, als wäre sie gerade einen Marathon gelaufen. Sie keuchte und ihre Beine taten weh. Sie spürte Slate noch immer tief in ihrem Körper.

»Ich liebe dich«, murmelte sie, den Kopf an seine Schulter gelegt.

Mit einer Hand umfasste er ihren Hintern und drückte sie an sich, die andere ließ er auf ihrem Rücken ruhen. »Geht es dir gut? Keine Schmerzen?«

»Nicht so, wie du meinst.«

»Du bist verletzt?«, fragte er scharf.

»Es ist schon Monate her. Und du bist groß, Slate. Aber es ist ein angenehmer Schmerz. Und du wirst hart daran arbeiten müssen, mich wieder an dich zu gewöhnen.« Sie spürte, wie er sich unter ihr entspannte, als er merkte, dass sie keine Schmerzen von der verheilten Schusswunde hatte. »Ich denke, du musst im nächsten Monat mindestens einmal am Tag mit mir schlafen, damit ich mich wieder an dich gewöhne.«

»Ist das so?«, fragte er.

»Ja.«

Slate lachte leise. »Soll ich aufstehen und dir ein paar Schmerztabletten holen? Dir ein Bad einlassen?«

»Wenn du dich bewegst, muss ich dir wehtun«, warnte Ashlyn.

»Sicher.«

»Alles, was ich brauche, bist du. Dass du mich hältst. Mich liebst.«

»Das kann ich tun. Für den Rest unseres Lebens.«

Ashlyn lächelte. Es war schon komisch, wie sich das Leben manchmal entwickelte. Sie war nach Hawaii gekommen, um mit einem anderen Mann zusammen zu sein, aber am Ende hatte sie den einen Menschen getroffen, ohne den sie nicht leben konnte.

»Schlaf, Babe«, befahl Slate. »Morgen wird ein langer Tag.«

Ashlyn lächelte ihn an. »'Kay.«

Er nahm ihre linke Hand, küsste den Ring, den er ihr angesteckt hatte, und legte seine Hand um ihre, als er sie wieder auf seiner Brust platzierte.

Ashlyn schlief mit einem breiten Lächeln auf dem Gesicht ein. Es war beschissen, angeschossen zu werden, aber sie würde das alles noch einmal durchmachen, wenn sie dafür hier bei dem Mann landen würde, den sie mehr als alles andere liebte.

Ashlyn drückte Slates Hand, als er sie zu dem Platz führte, den Baker für sie in Beschlag genommen hatte und von dem aus sie die Waimea Bucht überblicken konnten. Der Surfspot war für sein tiefes Wasser und die hohen Wellen bekannt.

Überraschenderweise war Baker, der ehemalige SEAL, der den anderen Frauen in ihrer Gruppe immer geholfen hatte, wenn sie Hilfe brauchten, stinksauer über das, was Ashlyn zugestoßen war. Als er zu Besuch gekommen war, um nach ihr zu sehen, hatte er gefragt, was er tun könne, um ihr bei der Heilung zu helfen. Ashlyn hatte ihm scherzhaft gesagt, dass sie einen Platz in der ersten Reihe bei einem der großen Surfwettbewerbe haben wollte.

Er hatte weit mehr als das getan. Er hatte einen Einheimischen mit einem Haus auf der Nordostseite der Bucht davon überzeugt, ihnen seinen Garten zur Verfügung zu stellen, damit sie den Wettbewerb beobachten konnten. Ashlyn sollte nicht allzu überrascht sein, denn Baker schien überall Beziehungen zu haben.

Der Verkehr auf dem Kamehameha Highway war schrecklich – das war er immer bei Surfwettbewerben an der Nordküste –, aber Slate schien es nicht einmal zu stören, dass sie eine Stunde für die zweieinhalb Kilometer brauchten.

Sie waren die Letzten, die ankamen. Sie und Slate hatten sich an diesem Morgen in der Dusche hinreißen lassen, eins führte zum anderen und sie hatten viel zu lange damit verbracht, sich gegenseitig zu zeigen, wie sehr sie einander liebten. Slate war immer noch sehr vorsichtig mit ihr, aber Ashlyn war froh, dass er endlich zu erkennen schien, dass sie wirklich in Ordnung war und sie ihr normales Liebesleben wieder aufnehmen konnten.

»Hallo, Leute«, sagte Ashlyn, die sich weigerte, sich für ihre Verspätung zu schämen. Es war nicht so, als wären die anderen noch nie zu etwas zu spät gekommen, weil sie die Finger nicht voneinander lassen konnten.

»Ihr seid da!«

»Oh mein Gott, ihr werdet nicht glauben, wie hoch diese Wellen sind!«

»Der eine ist so heftig gestürzt, aber erstaunlicherweise ist er wieder aufgetaucht und es ging ihm gut.«

»Ich habe euch einen Platz in der ersten Reihe gesichert.«

Der letzte Satz kam von Carly.

Ashlyn strahlte ihre Freundinnen an. Sie würde nie vergessen, wie sehr sie sie unterstützt hatten, als sie im Krankenhaus gelegen hatte. Irgendjemand war immer bei ihr gewesen. Wenn es nicht Elodie war, die schokoladige, selbstgemachte Leckereien hereinschmuggelte, dann war es Lexie, die ihr einen Liebesroman brachte. Auch Kenna, Monica und Carly waren ständige Begleiter gewesen, ebenso wie ihre Ehemänner.

Aber auch die anderen Mitarbeiter von *Food For All* und ihre Kunden waren gekommen.

James hatte es sich zur Aufgabe gemacht, im Krankenhaus immer an ihrer Seite zu sein, wenn Slate nicht da sein konnte. Irgendwann hatte er wieder zur Arbeit gehen müssen, also setzte James sich an den meisten Tagen auf den Stuhl in ihrem

Zimmer und rührte sich nicht, bis Slate am späten Nachmittag vorbeikam.

Er hatte von Mustang und dem Rest von Slates Team geschwärmt, wie sie Leute für die Reinigung seines Hauses eingestellt und neue Möbel besorgt hatten – natürlich kostenlos. Er hatte eine neue Haushaltshilfe, die von der besten Agentur in der Gegend kam. Er klang glücklich, was für Ashlyn eine große Erleichterung war.

Und Slate hatte jede Nacht in dem beschissenen Klappbett verbracht, welches das Krankenhaus für Angehörige bereitstellte. Ashlyn hatte versucht, ihn dazu zu bringen, nach Hause zu fahren, aber er weigerte sich. Alles in allem fühlte Ashlyn sich gesegnet. Und wenn sie sich Slates SEAL-Team und seine Frauen ansah, wurde sie wieder einmal daran erinnert, wie viel Glück sie hatte.

»Willst du einen Drink?«, fragte Slate, der sich von hinten an sie lehnte und ihr Ohr mit seinen Lippen streifte.

»Ja bitte. Eine Margarita?«

Slate schnaubte. »Auf keinen Fall. Es ist noch zu früh. Ich hole dir einen Saft.«

Ashlyn verdrehte die Augen. Obwohl der Arzt die Erlaubnis gegeben hatte, dass sie ihren normalen Tagesablauf ohne Einschränkungen beim Essen und Trinken wieder aufnehmen konnte, nahm Slate es auf sich, äußerst zurückhaltend mit ihrer Nahrungsaufnahme umzugehen. Er machte ihr ein proteinreiches und kohlenhydratarmes Frühstück und Abendessen und bestand darauf, dass sie auch mehr Gemüse aß. Es war süß ... und grenzte langsam an nervig. Aber sie versuchte, sich einzureden, dass Slate an diesem Tag fast so sehr gelitten hatte wie sie. Wenn er mit einer Schusswunde in der Brust auf dem Boden gelegen hätte, hätte sie sich genauso verhalten wie er, also ließ sie ihn gewähren.

»Setz dich hier hin«, sagte Elodie, die auf einen Stuhl zwischen sich und Carly klopfte.

Ashlyn nahm den Platz ein, den Elodie ihr zugewiesen

hatte. Sie starrte über die Klippe auf die Bucht und staunte über die scheinbar höchste Welle, die sie je gesehen hatte.

»Ja, es ist schon erstaunlich, dass es Menschen gibt, die sich freiwillig und mit Begeisterung in diese Wellen stürzen, oder?«, fragte Elodie.

»Es ist geradezu beängstigend«, sagte Ashlyn. Dann schaute sie sich um und fragte: »Kommt Monica noch?«

»Ich glaube nicht«, sagte Carly. »Sie hat Probleme damit, Charlotte zu stillen. Und natürlich blieb Pid gern mit seinen Mädchen zu Hause.«

Ashlyn lächelte. Monica hatte vor einem Monat ihr Baby bekommen und Pid hatte im Grunde den Verstand verloren. Er hatte es übertrieben, kaufte alle möglichen Outfits und machte eine Million Fotos von seinem kleinen Mädchen. Er war außerdem sehr beschützerisch und verlangte sogar, dass die Leute Masken trugen, wenn sie zu Besuch kamen, was niemanden störte. Slate meckerte regelmäßig darüber, dass Pid seine Tochter nicht so teilte, wie er es sollte, was Ashlyn zum Lachen brachte. Zu sehen, wie ihr großer, mürrischer Freund das winzige Mädchen im Arm hielt, war so verdammt schön.

Slate kam mit einem Glas zurück und reichte es ihr. »Alles gut? Brauchst du noch etwas?«

»Nein, alles gut, danke.«

»Bleib nicht zu lange in der Sonne sitzen, Babe. Du bekommst sonst einen Sonnenbrand«, sagte er, beugte sich zu ihr hinunter und küsste sie auf den Kopf. »Ich werde mich ein wenig mit den Jungs unterhalten.«

»Du willst dir den Wettbewerb nicht ansehen?«, fragte sie mit Blick zu ihm.

Er lächelte. »Nicht mein Ding«, antwortete er schlicht.

»Oh, du hättest etwas sagen sollen«, erwiderte Ashlyn besorgt.

»Ich bin einfach glücklich, wenn ich mit dir zusammen bin, egal was wir machen. Und wenn du einen Surf-Wettbewerb sehen willst, werde ich alles tun, um dich zu einem Surf-Wettbewerb zu bringen.«

»Auch wenn der Verkehr dich verrückt macht? Und die ganzen Touristen?«

»Ja. Sag Bescheid, wenn du etwas brauchst«, sagte er, nickte Elodie zu und ging dann auf Mustang, Jag und die anderen Jungs zu, die dort standen.

»Ihr zwei seid so süß«, schwärmte Elodie. »Das hätte ich nie gedacht, als ihr euch das erste Mal begegnet seid. Wenn man bedenkt, wie ihr euch immer an die Gurgel gegangen seid.«

»Ja, er ist immer noch in seinem *Kümmere dich um Ashlyn* Modus. Ich bin sicher, dass wir uns bald wieder streiten werden«, sagte sie und nahm einen Schluck von dem Saft, den Slate ihr gebracht hatte.

»Warte mal ... ist das ein Ring?«, rief Elodie aus.

Ashlyn grinste und hielt ihre Hand für Carly und Elodie hoch. »Ja. Er hat mir gestern Abend offiziell einen Antrag gemacht.«

»Das wurde aber auch Zeit! Er nennt dich seine Verlobte, seit du das Krankenhaus verlassen hast«, sagte Elodie.

»Wann werdet ihr heiraten?«, fragte Carly.

Ashlyn zuckte mit den Schultern. »Keine Ahnung. Wir haben noch nicht über Details gesprochen. Aber ehrlich gesagt ist mir das auch egal. Ich brauche keine große Zeremonie. Ich will einfach nur den Rest meines Lebens mit Slate verbringen.«

»Das Gefühl kenne ich«, sagte Elodie mit einem Lächeln.

»Ich freue mich für euch«, fügte Carly hinzu.

»Danke.«

Ein angenehmes Schweigen legte sich über die Frauen, dann fragte Elodie: »Wie geht es James?«

»Ihm geht es gut. Eine Zeit lang hatte er Schuldgefühle wegen der Ereignisse, aber ich glaube, ich habe ihn endlich aus diesem Loch geholt. Dass Slate ihn mit der Veteranengruppe zusammengebracht hat, war mit das Beste für ihn. Die Treffen bringen ihn dazu, mehr aus dem Haus zu gehen und über etwas anderes nachzudenken als das, was passiert ist.«

»Und klappt es mit der neuen Haushaltshilfe?«, fragte Elodie.

»Ja. James war zuerst sehr abgeneigt, jemanden ins Haus zu lassen, aber es war Slate, der ihn überredet hat.«

»Wie?«, fragte Carly.

»Indem er alle Bewerber persönlich befragt und ihnen praktisch eine Heidenangst eingejagt hat. Er sagte ihnen, dass sie es mit *ihm* zu tun bekämen, wenn sie seinem Freund auch nur ein Haar krümmen würden oder etwas so Kleines wie ein Wattestäbchen aus dem Haus mitnähmen.«

»Oh Gott«, sagte Elodie lachend. »Ich bin überrascht, dass jemand den Job angenommen hat.«

»Das war ich auch. Aber ich schätze, nachdem er gehört hatte, was mit James und mir passiert ist, hat der Typ, der die Stelle schließlich angenommen hat, Slate in die Augen gesehen und versprochen, dass nur über seine Leiche irgendjemand James wieder etwas antun würde.«

»Wow, ja, okay, ich schätze, das ist gut.«

»Ja. Und der neue Typ ist selbst ein Navy-Veteran. Und er hat eine große hawaiianische *Ohana*, Familie, hier auf der Insel. Jeden Sonntag lädt er James zu sich nach Hause ein, um mit ihnen allen zu essen. Er ist ein Schatz und ich freue mich riesig für James.«

»Das ist großartig«, sagte Elodie lächelnd.

Ashlyn nickte, dann hörte sie, wie die Jungs jemandem hinter ihr einen Gruß zuriefen. Sie drehte sich um und sah, wie ein Mann, den sie erst ein paarmal getroffen hatte, den Garten betrat. Sie stellte ihr Getränk ab und stand auf, um ihn zu begrüßen.

Baker sah wie immer gut aus. Er trug Boardshorts und ein T-Shirt, das nicht alle Tattoos auf seinen Armen verbarg. Seine grau melierten Haare waren wie immer zerzaust, so als wäre er gerade vom Surfen gekommen, was wahrscheinlich nicht übertrieben war.

Sie musste warten, bis sie an der Reihe war, denn Baker ließ sich gerade auf den Rücken klopfen und schüttelte den Jungs die Hände. Als die Macho-Grüße beendet waren, kam Ashlyn auf ihn zu.

Baker umarmte sie sanft, als wollte er sie nicht zerquetschen. Lächelnd drückte sie ihn noch fester an sich.

»Ganz ruhig, Frau«, warnte er, als er sich zurückzog.

Ashlyn verdrehte die Augen. Sie spürte Slates Hand auf ihrem Rücken, als er hinter ihr auftauchte.

»Vielen Dank für all das«, sagte sie, wobei sie auf den Garten sowie die Aussicht auf die Bucht dahinter deutete.

»Gern geschehen. Ich kenne die Familie, der das Haus gehört. Er war früher ein berühmter Surfer und war mir noch etwas schuldig.«

Ashlyn war darüber nicht überrascht. Sie hatte keine Ahnung, was Baker für den Besitzer des Hauses getan hatte, aber es war ihr auch egal. Sie war froh, von den vielen Einheimischen und Touristen weg zu sein, die sich unten am Strand um die besten Zuschauerplätze für den Wettkampf stritten.

Während sie sich zurückhielt und beobachtete, wie Baker die anderen Frauen begrüßte, kam Ashlyn ein Gedanke. Als alle ihre Begrüßung beendet hatten, fragte sie: »Wo ist Jody?«

Ashlyn spürte die Blicke ihrer Freundinnen auf sich gerichtet. Sie hatten über die Frau geredet, die Baker zu mögen schien, aber der Mann selbst sprach nie über sie. Sie hätte wahrscheinlich diskreter sein sollen, aber sie hatte auf die harte Tour gelernt, wie kurz das Leben war. Und sie wollte, dass Baker so glücklich war wie seine Freunde.

Zu ihrer Überraschung wies Baker die Frage nicht ab. »Sie ist unten am Strand und arbeitet.«

»Sie arbeitet?«

»Ja. Ehrenamtlich. Sie sorgt dafür, dass die Surfer Wasser

und Snacks bekommen, wenn sie es brauchen. Aber vor allem passt sie auf ihre Kinder auf.«

»Ihre Kinder?«, fragte Lexie.

»Die Highschool-Surfer. An den Wettkampftagen kommen alle an den Strand, um zuzuschauen, und sie bleiben den ganzen Tag. Sie achtet darauf, dass sie keinen Ärger bekommen und sich niemand mit ihnen anlegt«, erklärte Baker.

»Das ist gut«, sagte Kenna.

Baker prustete. Es war offensichtlich, dass er seine eigene Meinung zu dem hatte, was Jody tat, aber er teilte sie nicht. »Wie auch immer, ich wollte mich nur vergewissern, dass es euch allen gut geht. Ich gehe jetzt wieder runter zum Strand. Wenn ihr etwas braucht, wird Jonny es euch gern besorgen.«

Sie alle hatten Jonny, den Hausbesitzer, kennengelernt und er schien sie wirklich gern alle in seinem Haus willkommen zu heißen und es ihnen gemütlich zu machen.

»Ich möchte sie irgendwann mal kennenlernen«, sagte Ashlyn.

Baker hob eine Augenbraue.

»Und sieh mich nicht so an. Ich wurde angeschossen, ich habe ein Recht darauf, meine Meinung zu sagen.«

Slate legte von hinten einen Arm um sie und sagte: »Ich finde es nicht gut, dass du so gleichgültig damit umgehst, dass du angeschossen wurdest, Babe.«

»Ich meine es ernst«, verkündete sie an Baker gewandt und drückte Slates Arm, um ihm zu zeigen, dass sie ihn gehört hatte. »Du magst sie, das ist offensichtlich. Sie scheint ein faszinierender Mensch zu sein. Ich finde es toll, dass sie sich um die Highschool-Kinder kümmert. Ich habe schon gehört, dass sie ihnen morgens beim Surfen Snacks bringt und dafür sorgt, dass sie alle zur Schule gehen. Aber ich habe noch nie gehört, dass jemand etwas darüber gesagt hat, dass sie Hilfe hat oder mit ihren eigenen Freundinnen abhängt. Und da du offensichtlich viel von ihr hältst, muss sie toll sein. Ich glaube, sie hätte nichts dagegen, uns kennenzulernen.«

»Sie ist älter als du, Ash«, sagte Baker.

»Und?«, schoss sie zurück. »Ich habe viele Freunde unterschiedlichen Alters. James ist neunundachtzig und er hängt gern mit mir und meinen anderen Freunden ab.«

»Stimmt«, sagte Baker mit einem kleinen Lächeln.

»Hör mal, ich verstehe ja, dass du zurückhaltend und grüblerisch bist, aber das heißt nicht, dass du uns nicht wenigstens miteinander bekannt machen kannst.«

»Sie ist penetrant«, sagte Baker zu Slate.

»Das bin ich«, entgegnete Ashlyn, bevor Slate antworten konnte. »Denn ich habe das Gefühl, dass deine Freundin ziemlich cool ist. Und ich brauche alle coolen Freunde, die ich finden kann, um meine Seltsamkeit auszugleichen.«

Alle um sie herum lachten. Ashlyn wusste, dass sie ein wenig übertrieb, aber aus irgendeinem Grund hatte sie das Gefühl, dass dies wichtig war.

»Sieh dich um, Baker. Diese Jungs waren vielleicht nicht dein SEAL-Team, aber du hast ihnen allen geholfen, als sie es am meisten brauchten. Du bist ihr Freund. Und du bist *mein* Freund, und der von Elodie, Lexie, Kenna, Monica und Carly. Wenn du uns erlaubst, Jody kennenzulernen, werden wir keine deiner dunklen Geheimnisse preisgeben. Also lass uns rein … zumindest dieses kleine bisschen.«

Baker starrte sie so lange an, dass Ashlyn das Gefühl hatte, sie hätte ihn *zu* sehr bedrängt. Doch dann schürzte er die Lippen und schüttelte den Kopf. »Du wirst erst glücklich sein, wenn alle um dich herum es auch sind, oder?«

»Allerdings«, entgegnete Ashlyn mit einem Lächeln. »Das ist es, was ich tue … ich bin die Glücksfee und bestreue alle mit meinem besonderen Glitzer, egal wo ich hingehe.«

Wieder brachen alle in Gelächter aus, aber Bakers Reaktion war die, die ihr am wichtigsten war.

»Gut. Ich werde sehen, was ich tun kann«, gab er schließlich nach.

Ashlyn strahlte. »Prima. Und lass dir nicht zu viel Zeit«, befahl sie.

»Jetzt strapazierst du dein Glück«, sagte er trocken. »Wenn du mich jetzt entschuldigst, werde ich mir den ganzen verdammten Glitzer abwaschen und wieder an die Arbeit gehen.«

Ashlyn war nicht im Geringsten beleidigt. Sie löste sich von Slates Arm und umarmte Baker noch einmal. »Danke, dass du fantastisch bist. Mürrisch, geheimnisvoll, irgendwie Furcht einflößend und unnahbar, aber großartig.«

Sie wurde mit einem weiteren Lächeln belohnt.

»Bis dann«, sagte er mit gehobenem Kinn zu der Gruppe, dann drehte er sich um und ging davon.

Ashlyn konnte nicht umhin zu bemerken, dass der Mann einen verdammt knackigen Hintern hatte. Er mochte in den Fünfzigern sein, aber die anderen Frauen hatten recht ... er war verdammt heiß.

»Starrst du auf den Hintern eines anderen Mannes?«, fragte Slate, der wieder einen Arm um sie legte, um sie an seine Brust zu ziehen.

»Ja«, sagte Ashlyn, ohne zu zögern, dann drehte sie sich in seiner Umarmung und starrte zu dem Mann auf, den sie liebte. »Aber er ist nicht du, also bin ich nicht interessiert.«

»Das solltest du auch besser nicht sein«, knurrte Slate.

»Du bist der Einzige für mich. Obwohl ich anscheinend eine Vorliebe für grüblerische, mürrische Männer habe.«

»Du hast ungeduldig vergessen«, sagte er.

»Willst du schon gehen?«, stichelte sie.

»Mal sehen, in der heißen Sonne abhängen und einem Haufen Idioten zusehen, die ihr Leben riskieren, indem sie versuchen, auf diesen verrückten Wellen zu reiten, und mit denselben Typen reden, die ich jeden Tag sehe ... oder mit meiner Frau nach Hause fahren, nackt im Bett liegen und ihr zeigen, wie sehr ich sie mit jeder Sekunde mehr liebe? Schwere Entscheidung«, erwiderte er sarkastisch.

Ashlyn lächelte und legte eine Hand auf seine Wange. Sofort drehte er den Kopf, um ihre Handfläche zu küssen. »Danke, dass du mich heute hierhergebracht hast.« Sie wusste, dass er nur einen Scherz gemacht hatte. Ja, er mochte es nicht, beim Surfen zuzusehen, und der Verkehr war wirklich ätzend, aber er genoss es, mit seinen Teamkameraden abzuhängen, auch wenn er sie jeden Tag sah.

»Wenn du Lust hast, können wir auf dem Heimweg noch bei Monica, Pid und Charlotte vorbeischauen«, schlug Slate vor.

»Gern«, stimmte Ashlyn zu. Die Gelegenheit, mit dem Neugeborenen zu kuscheln, würde sie nie ausschlagen. Sie war noch nicht bereit für ein eigenes Kind und war sich nicht sicher, ob sie es jemals sein würde, aber sie liebte es, mit Charlotte zu kuscheln und sie dann zurückgeben zu können, wenn sie weinte oder ihre Windel gewechselt werden musste.

»Ich liebe es, dich so zu sehen«, sagte Slate nach einem Moment.

»Wie?«

»Glücklich.«

»Das bin ich«, sagte Ashlyn inbrünstig.

»Gut. Darf ich davon ausgehen, dass wir in nächster Zeit öfter hier an die Nordküste kommen werden?«, fragte Slate.

Ashlyn lächelte. »Ja. Ich bin fest entschlossen, diese Jody kennenzulernen und sie in unsere Mädchengruppe aufzunehmen.«

»Dann ist sie eine glückliche Frau«, bemerkte Slate. Dann beugte er sich zu ihr hinunter. Er küsste sie lange, langsam und innig, ohne sich darum zu scheren, ob jemand zusah. Als er den Kopf hob, leckte er sich über die Lippen. »Ich liebe dich, Ashlyn. Mehr als du je wissen wirst.«

»Und ich liebe dich auch, Slate.«

»Geh und häng mit deinen Mädels ab. Bevor ich dich über meine Schulter werfe und nach Hause schleife.«

Ashlyn lachte. Er würde sie auf keinen Fall über die Schulter werfen, nicht so bald nach allem, was passiert war ... aber hoffentlich konnte sie ihn in Zukunft so sehr anstacheln, dass er die Kontrolle verlor und genau das tat.

»Geh«, befahl er, als könnte er ihre Gedanken lesen.

Ashlyn wich zurück, dann drehte sie sich um und schlenderte auf Elodie und die anderen zu, wobei sie ihre Hüften ein bisschen mehr schwang als sonst. Als sie sich umdrehte, sah sie, dass Slates Blick auf ihrem Hintern ruhte, genau wie sie es beabsichtigt hatte.

Das Leben war gut.

Jodelle Spencer behielt ihre Highschool-Schüler im Auge, während sie so weit weg von der Menge saß, wie es ihr möglich war, aber immer noch nahe genug, um zu sehen, was vor sich ging. Sie mochte es nicht, hier zu sein, es brachte zu viele schlechte Erinnerungen zurück, aber da die Surfer hier waren, musste auch sie hier sein.

»Haben Sie noch mehr Sandwiches, Miss Jody?«, fragte eines ihrer Lieblingskinder ein wenig schüchtern.

»Natürlich, Rome. Willst du eins oder zwei?«

»Haben Sie genug für mich, um zwei zu essen?«, fragte er.

»Wann hatte ich jemals nicht genug für meine Jungs, um ihre Bäuche zu füllen?«, erwiderte sie.

Rome grinste. »Dann zwei bitte.«

Jody griff in die Kühlbox, die sie immer an ihrer Seite hatte, und fischte zwei Sandwiches heraus.

»Danke, Miss Jody. Bis später.«

Sie schloss den Deckel, als der schlaksige Junge wegging, zurück zu einer Gruppe von Kindern, mit denen er sich herumgetrieben hatte.

Sie hatte es sich zur Aufgabe gemacht, ein Auge auf die Jungs und die paar Mädchen zu haben, die morgens vor der Schule und nachmittags gern surften. Wenn jemand dort gewesen wäre und aufgepasst hätte –

Nein, daran würde sie jetzt nicht denken.

Sie sah sich nach ihren Kindern um und entdeckte die meisten von ihnen. Brent und Felipe hingen am Strand ab und beobachteten die Surfer, Rome aß die Sandwiches, die sie ihm mitgegeben hatte, und flirtete mit einem Mädchen, das kaum einen Bikini trug. Iwalani, die auf den Namen Lani hörte und eine der wenigen Frauen war, die fast jeden Morgen surften, holte sich ein Autogramm von einem der Profisurfer. Kalama hing mit ein paar älteren Schülern von der High-school ab ...

Aber so sehr sie auch suchte, Jody konnte Ben Miller nicht entdecken.

Sie machte sich schon seit einer Weile Sorgen um ihn. Er war von einem fröhlichen Kind zu jemandem geworden, der in letzter Zeit kaum noch lächelte, und obwohl er morgens immer noch zum Surfen kam, schien es ihm nicht mehr so viel Spaß zu machen wie früher.

Als sie letzte Woche morgens an den Strand gekommen war, an dem sich die Highschool-Schüler normalerweise vor der Schule zum Surfen trafen, hatte sie gesehen, wie er auf der Rückbank seines älteren Kia-Modells schlief. Er war zu groß, um auf den Sitz zu passen. Als sie versucht hatte, ihn zu fragen, was los war und warum er in seinem Wagen schlief, hatte er sie abgewiesen und sich geweigert, darüber zu reden.

Das war eine weitere Sorge. Früher hatte Ben immer bei ihr gesessen und ihr praktisch das Ohr abgekaut, bevor er sich auf den Weg zu den Wellen machte. Jetzt hielt er den Kopf gesenkt und sah kaum noch jemanden an. Es war besorgniserregend, und dass er heute nicht hier war, beim Surfwettbewerb, machte es auch nicht besser.

»Hey, Jodelle«, sagte eine tiefe Stimme hinter ihr.

Sie lächelte – und sagte sich, dass sie sich nicht wie ein Trottel verhalten sollte – und drehte sich um. »Hey, Baker.«

»Alles in Ordnung?«

Sie wollte ihm sagen, dass nein, *nicht* alles in Ordnung war. Dass sie einsam war. Dass sie ihren Sohn mit jedem Tag mehr vermisste. Dass sie sich Sorgen um Ben machte. Dass sie kaum noch Sandwiches hatte und wusste, dass sie keinen Parkplatz mehr finden würde, wenn sie wegfahren und zurückkommen wollte. Dass es ihr Angst machte, die Surfer in den riesigen Wellen zu beobachten. Dass sie fand, dass Baker so verdammt gut aussah, dass es schwer war, ihre Hände bei sich zu behalten. Dass sie sich nach dem Alleinsein in ihrem Haus sehnte und es gleichzeitig fürchtete ...

Sie sagte nichts von alledem. Sie antwortete nur: »Ja.«

Aber Baker hatte eine Art, sie anzuschauen, die Jody vermuten ließ, dass er ihre lässigen Antworten durchschaute. Dass er ihr direkt ins Herz blicken konnte. Es war beängstigend ... und aufregend zur gleichen Zeit.

In der ganzen Zeit, in der sie ihn kannte, hatte er ihr nie zu verstehen gegeben, dass er etwas anderes als eine lockere Freundschaft wollte. Deshalb tat Jody immer ihr Bestes, um ihre Gefühle zu verbergen. Für ihn ... für alles.

»Hast du deine Freunde untergebracht?«, fragte sie. Er hatte ihr vorhin erzählt, dass seine Freunde kommen würden, um den Wettbewerb von der Klippe aus zu beobachten.

»Ja. Sie wollen dich kennenlernen«, antwortete er.

Jody blinzelte überrascht. »Mich?«

»Ja.«

»Warum?«

»Warum nicht?«, konterte Baker.

»Ähm ... weil?«

Bakers Mundwinkel zuckten und Jodys Knie wurden beim Anblick dieses Lächelns schwach. Er wollte gerade etwas erwidern, als Lani auf die beiden zustürmte.

»Miss Jody! Mit Ben stimmt etwas nicht!«

Alle Gedanken daran, wie attraktiv Baker war, verschwanden aus ihrem Kopf. »Wo ist er? Ich habe ihn nicht gesehen.«

»Sein Wagen war hinten auf dem Parkplatz geparkt und jemand hat ihn darin schlafen sehen. Weil es so heiß ist, hat er einen Hitzschlag bekommen. Der Notarzt kümmert sich gerade um ihn!«

Jody drehte sich zum Sanitätszelt um, aber sie sah keine übermäßige Aufregung. Sie machte sich sofort auf den Weg zum Parkplatz.

Sie zuckte überrascht zusammen, als Baker die Hand ausstreckte und ihren Ellbogen berührte.

Sie sah stirnrunzelnd zu ihm auf. »Du musst nicht mitkommen.«

Er starrte sie mit einem Blick an, den sie noch nie zuvor auf seinem Gesicht gesehen hatte. »Ich weiß, aber ich tue es trotzdem.«

»Warum?« Sie konnte sich die Frage nicht verkneifen.

»Weil ein Freund mich kürzlich daran erinnert hat, dass das Leben kurz ist, und ich es satthabe, edel zu sein. Ich tue das, was ich schon vor verdammt langer Zeit hätte tun sollen.«

Jody war verwirrt. Sie hatte keine Ahnung, wovon Baker überhaupt sprach. Aber sie hatte im Moment keine Zeit, sich darüber Gedanken zu machen. Sie musste herausfinden, warum Ben mitten am Tag in seinem Wagen schlief. Irgendetwas war mit ihm los, und sie würde herausfinden, was es war, egal was es kostete.

BÜCHER VON SUSAN STOKER

Die SEALs von Hawaii:
Die Suche nach Elodie
Die Suche nach Lexie
Die Suche nach Kenna
Die Suche nach Monica
Die Suche nach Carly
Die Suche nach Ashlyn
Die Suche nach Jodelle (11 July)

Das Bergungsteam vom Eagle Point
Ein Retter für Lilly
Ein Retter für Elsie
Ein Retter für Bristol
Ein Retter für Caryn (4 April)
Ein Retter für Finley
Ein Retter für Heather
Ein Retter für Khloe

Die Zuflucht in den Bergen
Zuflucht für Alaska
Zuflucht für Henley (30 May)

Zuflucht für Reese
Zuflucht für Cora
Zuflucht für Lara
Zuflucht für Maisy
Zuflucht für Ryleigh

Delta Team Zwei
Ein Held für Gillian
Ein Held für Kinley
Ein Held für Aspen
Ein Held für Jayme
Ein Held für Riley
Ein Held für Devyn
Ein Held für Ember
Ein Held für Sierra (1 Mar)

Mountain Mercenaries:
Die Befreiung von Allye
Die Befreiung von Chloe
Die Befreiung von Morgan
Die Befreiung von Harlow
Die Befreiung von Everly
Die Befreiung von Zara
Die Befreiung von Raven

Ace Security Reihe:
Anspruch auf Grace
Anspruch auf Alexis
Anspruch auf Bailey
Anspruch auf Felicity
Anspruch auf Sarah

Die Delta Force Heroes:
Die Rettung von Rayne
Die Rettung von Emily

Die Rettung von Harley
Die Hochzeit von Emily
Die Rettung von Kassie
Die Rettung von Bryn
Die Rettung von Casey
Die Rettung von Wendy
Die Rettung von Sadie
Die Rettung von Mary
Die Rettung von Macie
Die Rettung von Annie

SEALs of Protection:
Schutz für Caroline
Schutz für Alabama
Schutz für Fiona
Die Hochzeit von Caroline
Schutz für Summer
Schutz für Cheyenne
Schutz für Jessyka
Schutz für Julie
Schutz für Melody
Schutz für die Zukunft
Schutz für Kiera
Schutz für Alabamas Kinder
Schutz für Dakota

Eine Sammlung von Kurzgeschichten
Ein langer kurzer Augenblick

BIOGRAFIE

Susan Stoker ist die New York Times, USA Today und Wall Street Journal Bestsellerautorin der Buchreihen »Badge of Honor: Texas Heroes«, »SEAL of Protection«, »Die Delta Force Heroes« und einigen mehr. Stoker ist mit einem pensionierten Unteroffizier der US-Armee verheiratet und hat in ihrem Leben schon überall in den Vereinigten Staaten gelebt – von Missouri über Kalifornien bis hin zu Colorado. Zurzeit nennt sie die Region unter dem großen Himmel von Tennessee ihr Zuhause. Sie glaubt ganz und gar an Happy Ends und hat großen Spaß daran, Geschichten zu schreiben, in denen Romantik zu Liebe wird.

Besuchen Sie Susan im Netz!
www.stokeraces.com
facebook.com/authorsusanstoker
twitter.com/Susan_Stoker
bookbub.com/authors/susan-stoker
instagram.com/authorsusanstoker
Email: Susan@StokerAces.com